Der Bulle von Berg

Oliver Buslau wurde 1962 in Gießen geboren. Er wuchs in Koblenz auf, studierte in Köln und Wien Musikwissenschaft und Germanistik und lebt heute in Bergisch Gladbach. Er ist Gründer, Chefredakteur und Mitherausgeber der Zeitschrift TextArt – Magazin für Kreatives Schreiben. »Der Bulle von Berg« ist der achte Band seiner Detektivromanreihe um den Wuppertaler Privatdetektiv Remigius Rott. Im Emons Verlag erschienen außerdem mehrere Kriminalromane mit Schauplätzen im Rheintal, der Fantasy-Roman »Der Vampir von Melaten« und der historische Kriminalroman »Schatten über Sanssouci«, der am Hofe von Friedrich II. in Potsdam und Berlin spielt. Darüber hinaus ist Buslau Autor der Thriller »Die fünfte Passion« und »Die Orpheus-Prophezeiung« sowie diverser Kurzkrimis für Zeitschriften und Anthologien. In der 2011 gegründeten Krimiautorenband »Hands up! & The Shooting Stars« spielt er Bratsche und Klavier.
www.oliverbuslau.de

OLIVER BUSLAU

Der Bulle von Berg

DER BERGISCHE KRIMI

emons:

Bibliografische Information der Deutschen Nationalbibliothek
Die Deutsche Nationalbibliothek verzeichnet diese Publikation in der Deutschen Nationalbibliografie; detaillierte bibliografische Daten sind im Internet über http://dnb.d-nb.de abrufbar.

MIX
Papier aus verantwortungsvollen Quellen
FSC® C083411
FSC
www.fsc.org

Umschlagmotiv: iStockphoto.com/Aifos
Umschlaggestaltung: Tobias Doetsch
Gestaltung Innenteil: César Satz & Grafik GmbH, Köln
Druck und Bindung: CPI – Clausen & Bosse, Leck
Printed in Germany 2014
ISBN 978-3-95451-249-2
Der Bergische Krimi
Originalausgabe

Prolog

Im ersten Morgengrauen taumelte ich aus dem Wagen.

Meine Hände bluteten.

Der Golf stand einsam auf einem großen Platz aus platt gefahrenem Schlamm. Dahinter befand sich ein Schild: »Fußweg zum Brückenpark Müngsten«. Darunter ein Pfeil.

Meine Muskeln kamen nur schwer in Gang, aber es gelang mir nach und nach zu rennen.

Ich gelangte auf einen Plattenweg, der am Rand des Parkplatzes entlangführte. Dann ging es durch einen Fußgängertunnel unter der Hauptstraße hindurch.

Die Bewegung trieb die Kälte aus meinen Gliedern.

Das zehnte Rätsel kam mir in den Sinn.

Sie sitzt dir im Nacken. Sie lässt dich schwitzen. Sie kann dich lähmen. Aber sie verleiht dir auch Flügel.

Das stimmte.

Und wie das stimmte!

Weiter.

Worte klangen mir in den Ohren. Worte, die ich heute Nacht gehört hatte.

»Komm an die Brücke. Vielleicht sehen wir uns da ja noch.«

Alles war frühmorgendlich still. Nur mein eigener Atem rasselte laut. Vom Parkplatz bis zur Brücke – das war sicher mehr als ein Kilometer. Meine Lungen schmerzten.

Neben mir floss träge die Wupper. Ein Vogel stob irgendwo hinter den Bäumen auf, aufgeschreckt von meinen Schritten und meinem Keuchen. Das Licht wirkte, als würde die Sonne durch eine fahle Staubschicht gefiltert.

Und da war die Brücke.

Der riesige Bogen – ein Schattenriss vor dem milchigen Himmel. Die Rundung hatte etwas von einem gigantischen Auge, das ernst auf mich herabblickte.

Haus Müngsten lag da wie ein seltsames Relikt aus uralten

Zeiten. Sehr klein verglichen mit dem das Tal überspannenden stählernen Monstrum.

Ich stoppte, als die Brücke fast direkt über mir aufragte und ich vor mir auf dem Weg etwas liegen sah. Zuerst erinnerte es mich an ein Stoffbündel. Dann erkannte ich die Gliedmaßen. Und den riesigen dunklen Fleck.

Ich blieb stehen, beugte mich schwer atmend nach vorne. Schweißtropfen fielen auf den Weg.

Ich war zu spät gekommen.

1

Vier Tage zuvor lechzten alle nach dem Frühling. Karneval war vorbei, es ging bereits auf Ostern zu, aber man musste sich immer noch in dicke Mäntel packen, Eis von den Autoscheiben kratzen und immer und ständig die Heizung anmachen. Der Winter hatte die Welt noch fest im Griff. Als stünde Weihnachten vor der Tür. Oder als hätten wir gerade erst Silvester gefeiert.

Urlaub, dachte ich. Urlaub wäre schön.

Das war mein erster Gedanke, als ich in Wonnes Wohnung aufwachte.

Vielleicht waren die Gedanken an den Winter, an die Kälte und die Sehnsucht nach dem Urlaub der Grund, dass ich nicht sofort merkte, was los war. Dass etwas nicht stimmte. Oder ich war einfach überarbeitet.

Am Abend zuvor war ich spät von den Recherchen zu einem Fall zurückgekommen, der mich fast das ganze Wochenende und noch den gestrigen Montag in Beschlag genommen hatte. Eine typische Ehepartnerüberwachung. Die Frau eines Verwaltungsbeamten aus Burscheid mutmaßte, dass ihr Gemahl fremdging. Hauptindiz: Er war in dem Fitnessstudio, das er angeblich hin und wieder aufsuchte, gar nicht angemeldet. Das hatte die Gattin zufällig herausbekommen, als sie im Studio anrief, weil sie ihren Mann wegen irgendetwas dringend sprechen musste.

Ich hatte den Herrn bis nach Köln verfolgt und herausgefunden, dass er einen Tanzkurs besuchte. Gestern Abend hatte ich ihn vor der Tanzschule in Ehrenfeld abgepasst und mit ihm gesprochen. Eigentlich war das gemäß Auftraggeberin untersagt. Die Überwachung sollte auf jeden Fall geheim bleiben. Aber im Gespräch erfuhr ich, was ich mir schon gedacht hatte: Der Mann wollte seine Frau zum anstehenden sechzigsten Geburtstag überraschen. Kreuzfahrt mit allem Schnick und Schnack, Kapitänsdinner und eleganten Tanzabenden in Ballsälen auf dem

Schiff. Dafür musste man in Sachen Foxtrott, Walzer, Rumba, Tango und was noch alles fit sein.

Ich brachte ihn dazu, seiner Frau möglichst bald die Wahrheit zu sagen, und leierte ihm mein Honorar aus dem Leib. Im Gegenzug versprach ich, meine Auftraggeberin hinzuhalten. Ich hatte beschlossen, erst mal eine Woche so zu tun, als gäbe es keine neuen Hinweise. Mit dem Geld des Herrn Gemahls bezahlte ich meine Schulden.

Gegen halb zwölf war ich nach Hause gekommen – in meine Wohnung in Wuppertal. Ich hatte meine Sachen abgestellt und Wonne angerufen, um ihr zu sagen, dass ich noch käme. Dann hatte ich mich in meinen Golf gesetzt und war die Strecke von Wuppertal hierhergefahren, in dichtem Schneetreiben und eingekesselt von Lkws.

Wonne wohnte seit einem Jahr in Bergisch Gladbach, in einem Seitenarm der Mülheimer Straße, der langen Verbindungsstrecke nach Köln. Als sie mir damals ihre Umzugspläne mitgeteilt hatte, war ein leichter, aber deutlicher Schmerz durch mich hindurchgezuckt. Ich hatte es nie offen zugegeben und mir vielleicht auch selbst nicht richtig eingestanden, aber ich hatte mir schon gewünscht, den Schritt zu einer gemeinsamen Wohnung zu tun – vielleicht in Elberfeld. Leider wurde mir das erst in dem Moment klar, als Wonne schon ihren Umzug plante.

Nun wohnte sie etwa sechzig Kilometer von mir entfernt, ging weiter ihrem Job als freie Journalistin nach, und ich hatte mich damit abgefunden, dass wir zwar zusammen waren, aber eben getrennt lebten.

Ein einziges Mal hatten wir darüber gesprochen.

Ein einziges Mal.

Nicht öfter.

»Du bist eben ein einsamer Wolf, Remi. Ich bin mir nicht sicher, ob du überhaupt mit jemandem zusammenleben kannst. Und wir haben doch unsere Jobs, unsere Arbeit. Ist es nicht schöner, wenn wir uns die Zeit, die wir zusammen verbringen, auch selbst aussuchen? Sie ist doch dann viel … intensiver.«

Solche Reden kannte ich aus Fernsehfilmen, aus Serien. Fast immer waren sie der Anfang vom Ende.

Sie hatte mich mit ihren türkisfarbenen Augen angesehen, und mir war aufgefallen, dass das herzerfrischende Lächeln, das mich schon am ersten Tag so fasziniert hatte, verschwunden war. Was sollte ich darauf antworten?

Was sagten denn die Helden, die die Frauen am Ende dennoch erfolgreich in eine eigene Wohnhöhle brachten, in so einem Fall? Ich musste es wissen, denn Fernsehen gehört zu meinen liebsten Freizeitbeschäftigungen. Aber mir fiel nichts ein. Ums Verrecken nicht.

Und so hatte ich nur genickt. Nach dem Motto: Wenn du es so willst, dann soll es so sein.

War ich denn ein Macho, der bestimmte, was gemacht wurde? Der einfach eine Wohnung mietete, die Frau eines Tages hinbrachte und vor vollendete Tatsachen stellte?

»Hallo Schatz, könntest du dir vorstellen, hier zu leben? Sag nichts, ich habe den Vertrag schon unterschrieben. Das hier ist jetzt alles unseres. Deins. Freu dich gefälligst.«

Und die Frau sagt nicht: »Sag mal, was fällt dir denn eigentlich ein, hier einfach Alleingänge zu machen – wo ich wohne, wo ich lebe, will ich selbst bestimmen, dass das mal klar ist. Außerdem ist es besser, wir lassen unsere Beziehung erst mal ruhen, bis du das gelernt hast. Tschö.« Worauf sie hinausstürmt und die Tür der neuen Wohnung zuknallt.

Nein, die Frau macht erst ein sehr überraschtes, dann sehr glückliches Gesicht, fällt dem Geliebten um den Hals und stößt gerührt hervor: »Ist das wirklich wahr? *Das* hast *du* für mich getan?« Und der Mann streicht ihr eine Strähne – in Wonnes Fall eine goldblonde – aus dem Gesicht und sagt sanft: »Nein, Baby, nicht für dich, nicht für mich. Für *uns.*«

Woraufhin dann natürlich keine Türen knallen. Stattdessen gibt es in der kahlen Wohnung auf dem nackten Boden, vielleicht auf dem Wohnzimmerparkett, den ersten Sex im neuen Zuhause.

Als ich an besagtem Dienstagmorgen in Wonnes Schlafzimmer endlich wach war, streifte mich die Erinnerung daran, wie sie mir mitten in der Nacht die Tür geöffnet hatte. Sie hatte schon geschlafen und sich dann, ohne etwas zu sagen, gleich wieder hingelegt, während ich mich auszog und zu ihr unter die Decke kroch.

Ich tastete nach rechts. Dort sollte eigentlich Wonnes warmer Körper liegen. Aber das Bett war leer, die Decke zurückgeschlagen.

Der Wecker zeigte kurz nach acht.

Langsam kamen meine Gedanken in Gang.

Und es gab mir einen Stich, als mir klar wurde, dass ich natürlich völlig vergebens gekommen war.

Ich hatte mir eingebildet, so etwas wie den Rest eines schönen, nur kurz durch etwas Arbeit unterbrochenen Wochenendes zu erleben. Aber es war eben nur eine Einbildung. Ich hatte gut sieben Stunden in Wonnes Bett geschlafen, und wenn ich mich gleich angezogen und einen Kaffee getrunken hatte, würde ich wieder auf die Piste gehen und zurück nach Wuppertal in mein Wohnbüro an der Ecke Luisenstraße in Elberfeld fahren. Ich konnte mich dann weiter mit angeblichen Fremdgehern, heimlichen Tanzkursbesuchern und Ähnlichem herumschlagen. Meine Schulden war ich zwar los, aber schon bald war wieder der Erste, und im Moment sah es nicht danach aus, dass ich genug beisammenhaben würde, um die Miete bezahlen zu können.

Eins war klar: Mit Wonne in einer Wohnung zu leben, wäre sicher billiger.

Ich setzte mich auf, rubbelte durch mein Haar und seufzte.

Aus dem Nebenraum kamen Geräusche von einer Tastatur. Aha, Wonne arbeitete. Das Tippen kam unregelmäßig. Sie schien keinen Text zu schreiben, sondern im Internet zu surfen.

Ich erhob mich, ging nach nebenan und sah sie an ihrem kleinen Schreibtisch sitzen, der mit Papierkram bedeckt war. Auch sie hatte eine Büro- und Wohnungskombination. Neben der Schreibecke stand ein rosa Sofa. Wenn man sich draufsetzte, konnte man gerade so die Füße ausstrecken, dann stieß man gegen den Fernseher, der an der Wand gegenüber stand.

»Morgen«, sagte ich und lauschte meiner eigenen Stimme nach, wobei ich bemerkte, dass sie direkt schüchtern klang.

Seltsam, wenn ich Wonne arbeiten sah, fühlte ich mich immer als der Unterlegene, der Schwächere, und glaubte, dass ich sie nicht stören dürfe. Wonnes Arbeit war etwas Heiliges, während sie mich dauernd störte.

Sie tippte, klickte, las.

»Morgen«, sagte sie, ohne sich umzudrehen.

Ich nahm meine Schüchternheit mit unter die Dusche.

Der Gedanke, dass ich im Grunde einhundertzwanzig Kilometer umsonst gefahren war, saß irgendwo in meinem Bauch fest. *So darfst du aber nicht rechnen*, sagte irgendetwas in mir, während mir das Wasser auf den Körper prasselte. *Es gibt gute und schlechte Tage. Vielleicht ist es auch das Wetter. Es macht die Leute melancholisch und ungeduldig, manche sogar aggressiv.*

Eine Großstadtgegend in spätwinterlichem Schmuddelwetter, wem gefiel das schon?

Ich kam aus der Dusche und schaltete mein Smartphone ein, das ich mir vor Kurzem zugelegt hatte.

Eigentlich war ich mit meinem normalen Handy wunderbar zurechtgekommen, aber dann war mir bewusst geworden, welche Möglichkeiten man hatte, wenn man die ganze Welt des Internets mit sich herumtrug. Man konnte auf dem Ding sogar Bücher lesen. Zum Beispiel auf langweiligen Überwachungen. Oder man schoss Vögel durch die Gegend, die sich an irgendwelchen Schweinen rächen wollten und dabei die Gebäude zum Einsturz brachten, in denen die Schweine lebten. Was genau die Story hinter dem Spiel war und warum die Szenen zum Teil sogar im Weltraum spielten, hatte ich nicht verstanden – ich würde aber wetten, dass es den Erfindern des Spiels genauso ging.

Ich wollte wieder zu Wonne ins Arbeitszimmer gehen und mir zumindest den morgendlichen Kuss abholen. Immerhin hatte ich mir die Zähne geputzt.

Doch Wonne war nicht da. Der Computer blinkte, der Bildschirm war schwarz.

Sie war nicht in der Wohnung.

Was war jetzt los?

Im Schlafzimmer surrte mein Handy in kurzen Stößen. Das hieß, es gab Nachrichten für mich.

Das ist der Fluch eines solchen Gerätes.

Es gibt immer Nachrichten.

Allerlei blödsinnige Mails hatten sich angesammelt: Jemand machte sich Sorgen über meine Krankenversicherung und behauptete, dass ich schon für fünfundzwanzig Euro im Monat eine private haben konnte. Wusste der Mensch, dass ich demnächst einundfünfzig Jahre alt wurde und einen gefährlichen Beruf hatte? Sicher nicht.

Ich öffnete eine Mail, in deren Betreffzeile ich persönlich angesprochen wurde: *»Auftrag für Herrn Remigius Rott«*.

Im Ernst? Ein neuer Kunde, der mich via Mail engagierte? Das hatte ich noch nie erlebt.

Aber ich sah sofort, dass etwas nicht stimmte. Es war kein richtiges Anschreiben. Es war kein Auftrag. Jedenfalls nicht im normalen Sinne. Es war ein Rätsel.

»Sie kann heilen. Auch wenn du sie totschlägst. Du willst sie gern festhalten. Aber sie fließt trotzdem weiter.«

Ich sah nach dem Absender, aber da war kein Name, nur eine kryptische Mailadresse, zusammengesetzt aus einer sinnlosen Zeichenkombination.

Ich setzte mich in Wonnes Schreibtischsessel und überlegte einen Moment, ob ich dem Spaßvogel antworten sollte oder nicht. Die Lösung seines Rätsels war klar: Es war die Zeit, die da umschrieben wurde.

Ich machte eine Bewegung mit dem Arm, und der Laptop erwachte aus dem Schlaf. Die Website, die Wonne zuletzt besucht hatte, erschien.

Es war die Seite eines Studios für Brautkleider. Ein Laden namens Noni in Köln-Mülheim. Sehr modern und recht schick. Aber ich konnte mich an den Bildern gar nicht erfreuen. Ich fragte mich, wieso sich Wonne dafür interessierte.

Und wo war sie überhaupt?

Genau in diesem Moment knirschte der Schlüssel in der

Wohnungstür. Ich war wie elektrisiert. Wenn sie mich hier so sitzen sah, würde sie denken, dass ich ihr nachspionierte. Andererseits hatte ich keine Ahnung, wie ich den Computer so schnell wieder in den Tiefschlaf versetzte. Da gab es sicher eine Tastenkombination, aber ich kannte sie nicht.

Ich sprang auf und trat die Flucht nach vorne an. Jetzt war mir auch klar, weshalb Wonne verschwunden war. Sie hatte sicher Brötchen geholt.

Tatsächlich. Sie hatte eine Kamps-Tüte in der Hand.

»Hast du Kaffee gemacht?«, fragte sie.

Ich schüttelte den Kopf und folgte ihr in die Küche. Sie holte ein Croissant aus der Tüte. Und das war alles, was darin war.

»Und ich?«, fragte ich und versuchte eine morgendliche Umarmung. Sie entwand sich mir.

»Ich dachte, du wärst schon weg.«

»Schon weg? Als du zum Bäcker gegangen bist, stand ich noch unter der Dusche.«

»Wir haben alle unsere Arbeit.« Sie drängte sich an mir vorbei zu ihrem Arbeitsplatz.

»Du hast mir noch nicht mal richtig Guten Morgen gesagt.«

Sie drückte auf die Tastatur, schloss innerhalb eines Sekundenbruchteils das Fenster mit der Brautmoden-Website, sodass der blaue Desktop sichtbar wurde.

»Klar habe ich.«

»Wonne, ich …«

Jetzt tönte elektronische Musik durch den Raum. Es war wieder mein Handy.

Bestimmt die Ehefrau des heimlichen Tanzschulenbesuchers. Wahrscheinlich hatte sie ein neues Indiz entdeckt.

»Wir haben alle unsere Arbeit«, wiederholte Wonne und sah mich mit einem Gesichtsausdruck an, in dem ich deutlich Resignation erkannte.

Das Display zeigte keine Telefonnummer. Ich meldete mich.

»Rott?«

»Remi, hier ist Anja.«

Anja …

»Äh, ich weiß nicht …«

»Remi, du kennst mich doch. Anja!«

Die Anja? Meine uralte Freundin? Beziehungsweise nicht direkt eine Freundin – eher eine Frau, die mir in den vielen Jahren meines Daseins als Detektiv immer wieder über den Weg gelaufen war.

Anja: erst Prostituierte und dann Ehefrau eines bürgerlichen Typen, der Lehrer war und als Hobby mit Modelleisenbahnen spielte.

Wann hatte ich zuletzt mit ihr gesprochen?

Das musste Jahre her sein.

Was wollte sie? Einen Plausch halten?

Ich sah Wonne nachdenklich in ihr Croissant beißen.

»Anja, kann ich dich gleich zurückrufen? Es passt gerade schlecht.«

»Du bist nicht im Büro, oder?«

»Woher weißt du das?«

»Weil ich es dort gerade probiert habe. Und jetzt über dein Handy mit dir spreche.«

»Ach so, ist ja klar.«

»Ich habe einen Auftrag für dich. Es wäre toll, wenn du Zeit hättest.«

»Ich rufe dich an. Ich hab ja deine Nummer.«

»Hast du nicht. Sie ist unterdrückt. Und das aus gutem Grund. Schreib auf.«

Ich nahm einen Zettel und notierte die Adresse und Telefonnummer, die sie mir nannte.

»Das ist die Bambi-Bar in Leichlingen«, erklärte sie.

»Die Bambi-Bar in Leichlingen«, wiederholte ich, und Wonne runzelte die Stirn. »Es ist beruflich«, flüsterte ich.

»Klar ist es beruflich«, sagte Anja.

Ich lachte gekünstelt. »Ja, also, meine Freundin ist da, das heißt, ich bin gerade bei meiner Freundin …« Ich spürte, wie mir warm wurde.

Endlich hatte ich alles aufgeschrieben, verabschiedete mich und drückte den roten Knopf.

Wonne hob die Schultern. »Du siehst, Remi, es ist, wie ich gesagt habe. Wir haben alle unsere Arbeit. Du gehst deiner nach und ich meiner.«

»Du hast ja recht, Wonne. Aber wir sollten mal Urlaub machen. Mal was anderes erleben. Mal raus aus dem Trott.«

»Vielleicht erleben wir ja schon genug«, sagte sie rätselhaft und wandte sich wieder ihrem Laptop zu.

Ich zog meine Jacke an und verließ die Wohnung. Unten im Wagen rief ich Anja zurück.

»Komm in die Bambi-Bar«, sagte sie nur. »Dort können wir alles besprechen.«

2

Der Morgenverkehr war so heftig, dass ich darauf verzichtete, mich auf der Bergisch Gladbacher Straße in Richtung A 3 durchzuquälen. Ich wählte statt der Pest die Cholera und arbeitete mich durch bis zur Bergisch Gladbacher Stadtmitte, wo ich auf die Odenthaler Straße abbog. An der Ecke stand die alte Kneipe »Im Waatsack«, deren Tage gezählt waren, denn man wollte die Kreuzung verbreitern, um es dem Verkehr leichter zu machen. Die Stadtväter hatten vor, das Gebäude aus dem 18. Jahrhundert zu versetzen. Wonne hatte mir allerdings erzählt, dass genau so etwas in der Region schon mehrmals schiefgegangen war. Die Einzelteile der alten Gebäude vergammelten in irgendwelchen Lagern, und am Ende kümmerte sich keiner mehr darum.

In langer Kolonne mit vielen Mitstreitern, die die Strecke hinauf nach Burscheid bevölkerten, erreichte ich nach gefühlten Stunden die A 1. Die Musik von Radio Berg versüßte mir die Fahrt. Über die Landstraße schlug ich mich in Richtung Witzhelden durch. Hinter dem Horizont tauchte der Funkturm auf und starrte auf mich herab wie ein riesiges außerirdisches Wesen.

Hinter St. Heribert lag mir die Kölner Bucht zu Füßen. Ich erkannte im Dunst Häuserblocks und nadelfeine Schornsteine, deren Rauchfahnen den winterlichen Himmel mit neuem Grau zu versorgen schienen. Eine Kette von Hochspannungsmasten verlor sich in der Ferne.

Am Beginn einer schnurgeraden, unordentlich gepflasterten Straße war in Leichlingen in riesigen Lettern die mir von Anja genannte Hausnummer zu lesen. Über eine enge Zufahrt erreichte ich einen kleinen, versteckten Parkplatz.

Ein braun angelaufenes ehemaliges Wohnhaus ragte dahinter auf. Eine geschwungene Neonschrift, die im trüben Licht des bewölkten Morgenhimmels rosa leuchtete, formte die Buchstaben »Bambi-Bar«.

Wie bei vielen solcher Etablissements gab es vom Parkplatz

aus einen kleinen Durchschlupf – in diesem Fall in einer Hecke. So konnte man fast unbemerkt das Gelände betreten und wurde nicht gesehen, wenn man vor der Tür stand und wartete. Diskretion war Ehrensache und Geschäftsgrundlage.

Betonplatten wiesen den Weg zum Eingang, der hinter dem Haus neben einer Terrasse lag. In einer Ecke lagerten weiße Plastikliegestühle, die wie ganz Deutschland auf besseres Wetter warteten. Tannen begrenzten die bräunliche Rasenfläche. In ihrem Schatten hatte sich schmutziger Schnee angesammelt.

Die Fenster waren dunkel. Abgesehen von der Neonschrift hätte man das Gebäude auch jetzt noch für ein normales Wohnhaus halten können, wäre da nicht die Getränkekarte neben dem Eingang gewesen.

Kölsch, 0,2 Liter, sechs Euro.

Dafür durfte man was trinken und sich die Damen ansehen. Alles Weitere kostete ja noch mal extra.

Die Klingel war aus Messing und wirkte blank geputzt. Ich klingelte und glaubte, von drinnen eine Art »Ding-Dong« zu hören.

Ein Schlüssel wurde herumgedreht, dann ging die Tür auf, und Anja stand vor mir.

Ich erschrak.

Gut, wir werden alle nicht jünger. Vor fünfzehn Jahren hatte sie aber noch richtig knackig ausgesehen. Damals, als sie in Wuppertal am Mäuerchen stand.

Nicht so heute. Ihr brutal rot gefärbtes Haar schrie geradezu, es war unnatürlich dick und zwängte sich auf das Gesicht mit den kanaltiefen Falten wie eine Mütze.

Sie trägt eine Perücke, dachte ich. Dann sah ich erst die Zöpfe. Es war so eine auf Schulmädchen getrimmte Frisur, in der Art von Pippi Langstrumpf – mit einem Mittelscheitel, bei dem man schon beim Hinsehen Kopfschmerzen bekommt.

Ein blassrosa Bademantel bedeckte ihren Körper. Die Füße steckten in Badelatschen. Die paar Zentimeter, die ich von ihren Beinen sehen konnte, zeigten rissige rötliche Haut.

Meine Phantasie begann zu galoppieren. Ich stellte mir vor,

wie Anjas Kostüm, zu dem die Perücke gehörte, im Gesamten aussah. Wahrscheinlich machte sie auf junges Mädchen mit weißem Blüschen, kurzem karierten Faltenrock und weißen Kniestrümpfen. Und das bei einer Frau, die weit über vierzig war und die man bei Tageslicht ohne Probleme für sechzig halten konnte.

»Schön, dich zu sehen, Remi.« Ihr Blick machte mir klar, dass sie meine Gedanken gelesen hatte. Sie verzog ein wenig den Mund und sagte: »Wir haben alle unsere Arbeit.«

Das hatte ich doch heute schon mal gehört.

»Und die Arbeit verändert einen eben«, fuhr sie fort. »Komm doch rein. Wie lange ist es her, dass wir uns das letzte Mal gesehen haben?«

Sie erwartete keine Antwort, führte mich stattdessen in das Haus. Ein kleiner Flur mit einem winzigen Sofa. Eine weitere Tür, die offen stand. Dahinter schummriges Licht. Indirekte Beleuchtung, farbig gestrichene Wände. Vasen mit Plastikblumen. Ein Riesenfernseher, höchst modern, auf dem ein Bild eingefroren war – das Standbild eines Films oder einer Fernsehsendung. Vielleicht ein Spot aus der Werbepause. Ich erkannte ein schreiend blaues Schwimmbecken, den Schatten einer Figur, die aber nicht im Bild war. Der Rand des Schwimmbeckens wirkte wie von Felsen eingefasst.

Auf dem niedrigen Tisch vor einer riesigen Ledercouch stand zwischen Geschirr eine Kaffeekanne. Ein angebissenes halbes Brötchen auf einem Teller, ein verschmiertes Messer, blutrote Marmelade.

»Willst du auch einen Kaffee?«, fragte sie.

Ich lehnte ab. »Hier arbeitest du?«, fragte ich. »Und wieso eigentlich um diese Zeit? Ist es nicht ein bisschen früh?«

Sie setzte sich auf die Couch. Der Bademantel klaffte etwas, ich wandte den Blick automatisch ab, hatte keine Lust, mir anzusehen, was auch immer ich da zu sehen bekommen würde. Umständlich nahm ich auf einem der Sessel Platz.

»Im Gegenteil, es ist spät, Remi. Ich habe die ganze Nacht gearbeitet. Jetzt frühstücke ich was, mache ein bisschen Papierkram, bis elf oder so, und dann leg ich mich hin. Heute Abend um neun machen wir wieder auf.«

»Der Laden gehört dir? Läuft er denn gut?«

»Erste Frage ja. Zweite Frage nein.«

Sie nippte an dem Kaffee. Dann biss sie in ihr Brötchen. Ein Klecks rote Marmelade blieb an ihrem Kinn hängen.

»Diese Art von Geschäft läuft nur noch gut, wenn man die Sache aufzieht wie einen großen Supermarkt«, sagte sie kauend. »Viel Angebot, niedrige Preise. Sonderpreise. Flatrate-Ficken. Riesige Eros-Center sind gefragt. Du weißt schon. Das hier ist sozusagen ein Tante-Emma-Laden. Ich komme einigermaßen über die Runden, weil ich besondere Veranstaltungen anbiete. Wir machen zum Beispiel Motto-Partys.«

»Motto-Partys?«, wiederholte ich, dabei konnte ich mir ja denken, was sie meinte.

»Schule. Zwanziger Jahre. Karneval in Rio. Oder auch mal was Ausgefallenes. Aliens, Science-Fiction. Immer mit passenden Kostümen und entsprechenden Filmen zum Antörnen.« Sie wies auf den Fernseher.

»Ich sehe nur ein Schwimmbecken.«

Sie wischte sich die Marmelade mit einer Serviette ab und aß ihr Brötchen auf. Dann trank sie wieder Kaffee.

»Es ist ein Fantasy-Porno. Willst du mal sehen?«

Sie drückte auf den Play-Knopf der Fernbedienung. Die Szene, von der ich geglaubt hatte, sie spiele in einem Swimmingpool, handelte von einer kahlköpfigen Frau in einer Höhle – wobei ich nicht ganz sicher war, ob diese Frau ein Mensch sein sollte. Sie hatte spitze Ohren wie Mr. Spock in der alten Serie »Raumschiff Enterprise«. Ihr Körper war mit dicken Fellen bedeckt, allerdings waren die für einen Pornofilm wichtigen Körperteile ausgespart. Sie lag auf einem Pelzlager wie nach einem langen Winterschlaf. Was ich für einen Pool gehalten hatte, war ein Wasserbassin, in dem sich weitere weibliche Wesen ihrer Art tummelten – unbekleidet. Mit Ohren wie Mr. Spock. Und Glatzen.

»Ist das Fantasy oder Science-Fiction?«, fragte ich. »Ich meine, weil die Damen wie Vulkanierinnen aussehen.«

Wir sahen eine Weile dem Treiben der bepelzten Wesen zu, an dem sich nun auch ein männlicher Fellträger beteiligte. Ebenfalls ein Spitzohr.

»Anja, warum hast du mich herbestellt?«, fragte ich nach wenigen Sekunden, als mich die Darbietung zu langweilen begann. »Du hast gesagt, du hättest einen Auftrag für mich.«

Sie stellte den Fernseher aus. »Du hast recht. Wir sollten über den Auftrag sprechen. Ich nehme an, du kannst ihn gebrauchen. Siehst nicht gerade so aus, als würde es dir besonders gut gehen.«

»Danke.« Ich lächelte gequält. »Geht so.«

»Am Telefon hast du eine Freundin erwähnt.«

Ich seufzte. Darüber wollte ich nicht reden. Schon gar nicht mit Anja. Andererseits hieß es ja immer, Prostituierte seien gute Zuhörerinnen.

»Nimm es mir nicht übel, aber ich sehe dir an der Nasenspitze an, dass es Probleme gibt. Weißt du, die meisten Männer kommen nicht her, weil sie mal eine Frau haben wollen. Sie kommen her, weil sie eine Frau *haben.*«

»Du hast recht, es geht mir nicht gut. Ich brauche Geld. Wenn ich ein bisschen was verdiene, kann ich mir mit Wonne einen Urlaub leisten, und das würde mit Sicherheit alles immens verbessern. Was ist mein Auftrag?«

Sie lächelte. »Du nennst sie Wonne? Schau an.«

»Eigentlich heißt sie Yvonne.«

»Ihr arbeitet zu viel und habt zu wenig Zeit füreinander. Ich verstehe schon. Darüber reden die meisten Männer hier.«

Ja, ja, dachte ich. Wer's glaubt. Männer kaufen Sexzeitschriften, um die Artikel zwischen den Bildern zu lesen, und sie gehen in den Puff, um sich mit Frauen darüber zu unterhalten, dass sie mit ihren eigenen Frauen zu wenig Zeit verbringen.

Ich hatte keine Lust, darüber zu diskutieren. Anja sollte mir sagen, worum es ging. Hoffentlich war die Sache leicht. Und hoffentlich brachte sie Geld.

Die Erfüllung dieser Wünsche war, wenn ich mir die Umgebung so ansah, unwahrscheinlich, vor allem die des zweiten.

»Vielleicht würde es dir auch mal guttun, hier ein bisschen zu dir selbst zu finden?«, schlug Anja vor.

Ach, so nannte man das jetzt?

»Anja …«

»Ist schon gut«, unterbrach sie mich. »War nur ein Scherz. Ich weiß, dass du nicht der Typ bist, der als Kunde herkäme.«

»Ach nein?«

»Ach nein.« Sie stand auf und riss sich die rote Perücke vom Kopf. Darunter war sie glatzköpfig wie Spocks Gespielinnen aus dem Film. »Keine Sorge«, sagte sie. »Ich bin nicht krank. Ich habe mir nur die Haare abrasiert, damit ich schneller die Perücken wechseln kann. Mal Schülerin, mal Vamp, mal Zwanziger-Jahre-Dame, mal Marilyn Monroe. Motto-Partys, wie gesagt. Warte hier, ich hole rasch die Unterlagen.«

Ja, dachte ich. Ich warte. Wo soll ich auch hingehen?

»Sagt dir das hier was?«

Sie war zurückgekommen, schob das Frühstücksgeschirr beiseite und legte Kopien von Zeitungsartikeln auf den Tisch. Sie waren teilweise bebildert. Man erkannte Schloss Burg auf den Fotos – die prächtige Burganlage, die wie ein Relikt aus dem Mittelalter südlich von Solingen über der Wupper thronte. Eines der beliebtesten Ausflugsziele im Bergischen. Sehnsuchtsort märchen- oder ritterbegeisterter Kinder.

In den Artikeln ging es allerdings nicht um das Ausflugsziel. Es ging um einen Mord, der vor einer knappen Woche zu Füßen des Burghanges geschehen war.

»Klar, ich habe das auch gelesen«, sagte ich. »Eine junge Frau wurde ermordet. Direkt unter der Sesselbahn, die zum Schloss hinaufführt.«

»Die Tote hieß Michaela Paas«, sagte Anja. »Sie wurde mit einem Schwert getötet. Erstochen.«

Das mit dem Schwert wusste ich natürlich auch. Ich überflog die Artikel. Anja hatte eine Menge gesammelt. Je nach journalistischem Stil der jeweiligen Zeitung lauteten die Überschriften zum Beispiel »Rätselhafter Mord mit Schwert« oder »Wer ist der Irre mit dem Mittelalterschwert?«.

Es gab auch Fotos von der Waffe. Ein langes, blankes Ding, etwa einen Meter lang, mit einem dicken Knauf am Griff. Solingen war bundesweit, wenn nicht sogar weltweit bekannt als die Klingenstadt, die Messerstadt, die Schwerterstadt schlechthin. Die Assoziation lag nahe, dass die Mordmethode etwas mit dem Ort der Tat zu tun hatte – und ich war nicht der Erste, dem dieser Zusammenhang auffiel. Die Journalisten walzten ihn gehörig platt – mit unlustigen Vergleichen und Wortspielen bis hin zu der eher geschmacklosen Zeile: »Mord mit einem Schwert? – Typisch Solingen!«.

Man hatte die Waffe in einem Gebüsch ganz in der Nähe der Toten gefunden. Dass der Mörder das Schwert so halbherzig versteckt hatte, gab Rätsel auf. Er musste ja damit rechnen, dass es in so geringer Entfernung zum Tatort sofort entdeckt wurde. Warum hatte er es dann nicht gleich bei der Leiche gelassen?

Die nächste Frage war: Wo kam das Ding überhaupt her? Die Polizei war sich sicher, dass es sich nicht um eine echte mittelalterliche Waffe handelte, sondern um eine Nachbildung, wie sie zum Beispiel bei Ritterspielen oder bei irgendwelchen Fantasy-Spektakeln verwendet wurde. Aber sie war aus echtem Stahl und wirklich scharf, wirklich spitz und für einen Mord also mehr als brauchbar.

»Michaela war eine ehemalige Kollegin«, sagte Anja.

»Du meinst, sie hat in diesem Club gearbeitet?«

»Ganz genau. Ist aber schon eine ganze Weile her.«

Von einer Vergangenheit als Prostituierte war in keinem der Artikel die Rede. Michaela Paas habe sich als Putzfrau durchgeschlagen, hieß es. Sie sei neunundzwanzig Jahre alt geworden. Ein Bild von ihr gab es auch: Ich sah ein rundes Gesicht mit dunklen Augen, umgeben von dunklem lockigen Haar.

»Ja, sie war hübsch«, sagte Anja, als ich anerkennend die Augenbrauen hochzog. »Ich hätte sie gut für meine Mottoabende gebrauchen können. Aber zu ihrer Zeit gab's die hier noch nicht.«

»Weiß die Polizei, dass sie für dich gearbeitet hat?«, fragte ich.

»Ich glaube nicht. Hier ist jedenfalls kein Polizist vorbeigekommen. Und das ist auch gut so. Sie ist außerdem schon vor ungefähr sechs Jahren ausgestiegen. Sie wollte es allein schaffen, weißt du? Ohne das hier. Und da hat sie eben lieber geputzt. Sie war auch der Typ, dem es gelingen konnte, mehr aus sich zu machen. Sie hatte Phantasie, Ideen. Und sie scheint die letzten Jahre ganz gut zurechtgekommen zu sein.«

Aha, dachte ich. Sie hat also ideenreich geputzt. Gut, warum nicht. Ich lehnte mich zurück. »Die Frau ist ermordet worden. Und? Worin besteht nun der Auftrag?«

Anja sah mich an. Ihre Augen blickten streng. »Ich dachte, das wäre klar. Du sollst rauskriegen, wer es getan hat.«

»Aber warum? Ich meine, warum willst du Geld für einen Privatermittler ausgeben? Es gibt doch offizielle Ermittlungen.«

Sie hob den Papierstapel an.

Unter den Zeitungsausschnitten, die Anja auf den Tisch gelegt hatte, lag noch etwas, das ich nicht gesehen hatte. Es war ein braunes Kuvert, im DIN-A4-Format und dick gefüllt. Anja griff hinein und förderte ganze Packen von Hundert-Euro-Scheinen zutage.

»Soll das mein Honorar sein?«, fragte ich, während ich abzuschätzen versuchte, wie viel Kohle das wohl war. Ich tippte auf etwa viertausend Euro.

»Das könnte es sein«, sagte Anja.

»Sieh mal an. So schlecht läuft dein Laden also doch nicht.«

Sie ging nicht darauf ein. »Nimmst du den Auftrag an?«, fragte sie.

»Moment, Moment, so schnell geht das nicht. Ich verstehe immer noch nicht, warum du das nicht der Polizei überlässt. Ich meine, geh doch einfach zur Kripo und teil denen mit, dass diese Michaela Paas hier gearbeitet hat. Die haben dann vielleicht einen Anhaltspunkt, mit dem sie weiterarbeiten können.«

Meine Güte, Rott, dachte ich, was ist aus dir geworden? Vor wenigen Jahren noch hättest du die Kohle genommen, ohne Fragen zu stellen. Du hättest dich an den Fall gemacht und versucht, die Polizei abzuhängen. Und es wäre dir auch gelungen. Jetzt bist du über fünfzig, und irgendwie sieht die Welt anders aus. Aber wieso eigentlich?

Als sei sie Hellseherin, tutete Anja in dasselbe Horn. »Mensch, Remi, so kenne ich dich ja gar nicht. *Du* empfiehlst mir, zur Polizei zu gehen?«

Das konnte ich nun auch nicht auf mir sitzen lassen.

»So meine ich das nicht, Anja. Ich will nur über alles genau informiert sein, bevor ich Ermittlungen anstelle. Du weißt doch, wie das läuft. Ich werde Ärger mit der Polizei kriegen, wenn ich mich einmische. Und wenn das passiert, will ich vor allem eines nicht – wie ein Idiot dastehen.«

Anja nickte. »Gut, das verstehe ich. Es gibt tatsächlich noch etwas Besonderes an dem Fall. Einen Grund, warum ich nicht zur Polizei gehen kann. Oder will. Dieses Geld hier, dieser Umschlag … das gehörte Michaela.«

»Was? Moment – hast du gezählt, wie viel es ist?«

»Fast fünftausend.«

»Und du sagst, es gehörte ihr? Du sagst, sie hat so viel Knete gebunkert? War sie extrem sparsam? Hat sie das als Altersvorsorge zur Seite gelegt? Warum hat sie die Kohle zu dir und nicht auf die Bank gebracht? Was hast du überhaupt damit zu tun?«

»Sie kam vor ein paar Monaten her. Sie hat vorher angerufen und gesagt, dass sie was mit mir zu besprechen hat. Es gab aber nichts zu besprechen. Sie hat nur gesagt, dass sie eine tolle finanzielle Sache in Aussicht hat.«

»Hast du sie nicht gefragt, was das für eine Sache war?«

»Na sicher. An tollen finanziellen Sachen sind wir ja alle interessiert, oder nicht? Aber sie wollte nichts sagen. Sie vertröstete mich. ›Später vielleicht‹, sagte sie nur. Und dann gab sie mir den Umschlag. Sie bat mich, ihn aufzubewahren.«

»Wusstest du von Anfang an, was drin war?«

»Wusste ich. Aber nicht, wie viel.«

»Wäre ein Bankschließfach nicht sicherer gewesen?«

»Sie hatte Vertrauen zu mir. Und hier ist es tatsächlich sicher, glaub mir. Ich habe einen Safe im Haus. Dort habe ich das Geld eingeschlossen. Ich nehme an, es lag ihr einfach daran, dass niemand weiß, wo das Geld ist. Aus welchen Gründen auch immer. Aber nun ist Michaela tot. Und ich habe lange darüber nachgedacht, was ich machen soll. Insgeheim hatte ich erwartet, dass jemand kommt und das Geld holt. Aber es passierte nichts. Und heute Nacht habe ich mich entschlossen, dich anzurufen.«

»Was ist für dich das Wichtigste?«, fragte ich, nachdem ich über das Gesagte so gründlich wie möglich nachgedacht hatte. »Herauszufinden, was das für Geld ist, oder herauszufinden, wer Michaela umgebracht hat?«

»Beides. Und wenn du es schaffst, kriegst du das Geld.«

»Aber was hast du davon? Kannst du die Kohle nicht selbst viel besser gebrauchen? Ich meine, schau dich doch mal um. Musst du nicht in deinen Laden investieren?«

Anja sah mich einen Moment lang schweigend an. Sie schien zu überlegen, was sie erwidern sollte.

»Mach dir um mich keine Sorgen«, sagte sie dann. »Ich bin bereits auf der Suche nach einem Investor, der aus der Bambi-Bar was Besseres macht, und werde auch einen finden. Das muss dich nicht kümmern.«

»Das überzeugt mich nicht. Warum liegt dir daran, herauszufinden, wer Michaelas Mörder ist? Zumal die Polizei ermittelt?«

Sie nagte eine Weile an ihrer Unterlippe. Dabei wirkte sie auf einmal direkt kindlich. Zusammen mit ihrem Faltengesicht ergab sich ein ziemlich gruseliger Eindruck.

»Sie stand dir nahe«, redete ich weiter, »hab ich recht? Da war etwas zwischen euch, das über den Job hinausging. Anja, sag es mir, sonst kann ich dir nicht helfen. Du musst offen sein.«

»Also gut«, rief sie. »Ich bin offen. Michaela war meine Schwester.«

»Deine Schwester?«, wiederholte ich stumpfsinnig, denn Anja war ja nicht schwer zu verstehen gewesen.

»Haben wir darüber nicht schon mal gesprochen, Remi? Wenn nicht, es war so: Michaela und ich wuchsen nicht bei unseren Eltern auf. Wir lebten als Kinder in unterschiedlichen Pflegefamilien. Wir hatten aber viel Kontakt, gingen sogar auf dieselbe Hauptschule in Remscheid.«

»Wie das? Michaela war neunundzwanzig, du bist über vierzig, oder?«

»Ich habe ja nicht gesagt, dass wir *gleichzeitig* hingingen. Mensch, Remi. Kannst du dir nicht vorstellen, wie das ist? Ich habe immer darauf geachtet, Michaela nicht aus den Augen zu verlieren. Mit sechzehn ist sie in eine Lehre gegangen, da war ich schon im Geschäft. Sie hat dann hingeschmissen. Sie fühlte sich immer zu mir hingezogen.«

»Und du hast sie nicht dazu gebracht, ihre Lehre zu beenden, sondern hast sie auf den Strich geholt?«

Ihre Züge verhärteten sich. »Kann sein, dass ich nicht alles richtig gemacht habe. Jedenfalls zogen wir zusammen, als Michaela volljährig war. Sie lebte bei mir. Und irgendwann probierte sie es auch ... So kam das eben.«

»Doch am Ende sagte sie sich los, verließ dein aufstrebendes Unternehmen und versuchte, auf eigenen Füßen zu stehen, ohne jeden Tag mit einem Haufen Männer rummachen zu müssen, indem sie putzen ging. Wobei sie diese Kohle hier sparte. Und du hast keine Ahnung, wie sie das geschafft hat. Habt ihr da nicht mehr zusammengelebt? Und was ist eigentlich aus deinem Lehrer geworden? Warst du nicht zwischendurch mal verheiratet?«

»Das ist lange vorbei. Ich wohne hier oben im Club. Michaela hatte eine eigene Wohnung. Zuletzt wohnte sie in Solingen. Die Adresse kann ich dir geben.«

Ich starrte nachdenklich die Scheine auf dem Tisch an. Es war ein Kuddelmuddel aus Schuldgefühlen, das Anja veranlasste, mich zu beauftragen, so viel war klar. Der Wunsch, irgendetwas zu korrigieren, was sie mit ihrer Schwester ihrer Meinung nach falsch gemacht hatte. Wie immer, wenn jemand tot ist, ist es in erster Linie gar nicht so schlimm für den, der es hinter sich hat, sondern für den, der übrig bleibt. Der sich nun den Rest seines Lebens darüber Gedanken machen kann, ob er alles Nötige für den, der gegangen ist, getan hat.

»Die Kohle hier wird also mein Honorar sein?«

Sie nickte. »In bar und steuerfrei.«

Ich sollte für fünf Mille Anjas Gewissen erleichtern.

»Was ist, wenn die Polizei schneller ist? Die halten ja auch nicht gerade Winterschlaf. Es kann doch sein, dass sie den Mörder längst haben.«

»Glaube ich nicht.«

»Glaubst du nicht oder weißt du nicht?«

»Erstens hätte es in der Zeitung gestanden, und zweitens kriegt man in meinem Geschäft eine Menge mit. Kontakte zur Polizei sind das A und O.«

»Also gut. Was weißt du sonst noch über Michaela?«

»Was meinst du?«

»Na, wenn ich ermitteln soll, brauche ich Informationen über ihr Umfeld. Wen kannte sie? Hatte sie einen Freund? Bei wem hat sie geputzt?«

»Kann ich dir nicht sagen.«

»Ich denke, sie war deine Schwester.«

»Kann ich dir nicht sagen«, wiederholte sie.

»Du weißt doch nicht so viel über sie.«

»*Das* jedenfalls nicht. Seit sie hier ausgestiegen ist, haben wir uns nicht mehr so oft gesehen. Bis sie mit dem Geld ankam.«

Ich stand auf und sah Anja ein paar Sekunden schweigend an.

Urlaub, dachte ich wieder. Was könnte man mit dem Geld für einen schönen Urlaub machen. Einfach mal ganz frei und unbefangen mit Wonne tolle Wochen verbringen.

»Ich nehme den Auftrag an«, sagte ich dann.

Die kopierten Zeitungsartikel in der Hand, verließ ich die Bambi-Bar und ging auf meinen Wagen zu, der immer noch einsam und allein auf dem Parkplatz stand. Feiner Schneefall hatte eingesetzt und hüllte die Umgebung in einen wabernden Schleier.

Irgendwas gefiel mir immer noch nicht an der Sache, aber ich konnte nicht richtig benennen, was es war. Ich hätte schon gern gewusst, was aus Anjas Mann, was aus ihrer Ehe geworden war. Gut, sie wollte nicht darüber reden. Aber was war denn in dieser Zeit mit ihrer Schwester gewesen? Ich rechnete ein bisschen nach und kam zu dem Schluss, dass wohl zuerst die Sache mit dem Lehrer auseinandergegangen war. Dann war Michaela mit in den

Club eingestiegen – und innerhalb eines Jahres oder so musste sie wieder aufgehört haben. Ich wischte den Gedanken beiseite. Anjas Verwandlung in eine heruntergekommene Puffmutter inmitten dieser ekelerregenden Umgebung hatte mich emotional ein bisschen aus der Bahn geworfen, hatte mir die Fähigkeit genommen, auf meinen Bauch zu hören. Vermutlich kotzte mich das alles einfach nur an. Vielleicht war ich aber auch sauer, verletzt oder genervt wegen dem, was ich mit Wonne erlebt hatte.

Mit einem Mal sehnte ich mich ganz schrecklich nach ihr.

Ich wandte meinen Blick von dem bräunlich angelaufenen Gebäude ab und zog mein Handy aus der Hosentasche. Es war die ganze Zeit laut gestellt gewesen. Wonne hätte mich jederzeit erreichen können. Es war keine SMS gekommen, und auf der Mailbox war auch nichts. Ich sah die Liste der eingegangenen Mails durch und stolperte wieder über die eigenartige Nachricht mit dem Rätsel.

In einem plötzlich aufflackernden Gefühl von Ohnmacht verließ ich das Programm und rief Wonne an.

Unter der Festnetznummer meldete sich der AB.

Auf dem Handy meldete sich die Mailbox.

Ich hinterließ keine Nachricht. Ich wäre mir blöd dabei vorgekommen, eine Bitte um Rückruf in diese winterliche Einsamkeit zu sprechen. Wonne würde schon sehen, dass ich angerufen hatte.

Ich steckte das Handy weg, stieg ein und startete den Motor.

3

»Sagt der Polizist zum Autofahrer: ›Würden Sie sich bitte einem Alkoholtest unterziehen?‹ Sagt der Autofahrer: ›Gern, in welcher Kneipe fangen wir denn an?‹«

Heribert Hückes lachte so schallend, dass sein Schreibtisch wackelte und fast zu schunkeln anfing. Eine Sekunde lang hatte ich den Eindruck, dass auch die Karnevalsorden, die hinter dem Beamten an der Wand hingen, in die Bewegung mit einfielen.

Der Kripomann beugte sich grinsend vor. In seinen Augen glitzerten Lachtränen. »Oder hier – noch einer: Ein besoffener Penner sucht in einem Müllcontainer nach Essbarem und findet einen Spiegel. Er erschrickt zu Tode, rennt weg und ruft die Polizei. Er sagt den Beamten, dass in dem Container eine Leiche liegt. Der Polizist guckt rein und sagt zu seinem Kollegen: ›Mensch, das ist ja einer von uns.‹«

Das Gelächter wurde ohrenbetäubend. Hückes' Äugelchen konnten die Tränen nicht mehr fassen, das Wasser lief ihm die feisten Backen hinunter. Schließlich kriegte er sich ein und sah mich an. Sein Gesicht glich einem überdimensionierten Hamster. Immer noch griemelnd, wischte er sich durch seine dicken roten Haarbüschel, zog ein zerknülltes Tempotaschentuch aus einer seiner Hosentaschen und schnäuzte hinein.

Ich hatte ja vorher schon mit vielen Polizisten zu tun gehabt, aber einer, der die ganze Zeit Witze erzählte, war noch nicht dabei gewesen.

In Hückes' Zuständigkeitsbereich fiel der Mord an Michaela Paas. Es hatte mich den Vormittag gekostet, bis ich das herausgefunden hatte. Doch nun saß ich ihm im Wuppertaler Polizeipräsidium in der Friedrich-Engels-Allee gegenüber.

»Und Sie sind wirklich Privatdetektiv?«, fragte er und schnäuzte sich noch einmal. Seltsam, dass es immer noch Kommissare in Wuppertal und Umgebung gab, die mich nicht kannten. Na gut, dann sollte er mich eben kennenlernen.

Ich griff in die Innentasche meines Mantels, holte eine meiner neuen Visitenkarten hervor und hielt sie ihm hin. Ich muss zugeben, die Karten waren keine Glanzstücke. Ich hatte ein Sonderangebot von einer Internetfirma genutzt, und als die Dinger ankamen – tausend Stück für vier Euro neunundneunzig –, hätte ich sie am liebsten gleich wieder weggeworfen. Ehrlich gesagt hatte ich sie sogar schon ins Altpapier geschmissen, denn die knapp fünf Euro Verlust konnte ich verschmerzen. Aber dann war mir eingefallen, dass hässliche Visitenkarten vielleicht besser waren als gar keine.

Hückes beäugte das Kärtchen, auf dem ein Emblem prangte, das eigentlich den grünen Umriss eines Auges auf weißem Untergrund darstellen sollte. Daneben stand in schwarzen gesperrten Lettern PRIVATERMITTLER, darunter mein Name und meine Adresse. Außerdem hatte ich mir noch einfallen lassen, die Stichworte »schnell – diskret – preiswert« an den unteren Rand zu schreiben. Ich hatte das Ganze online gestaltet, mit dem Layoutprogramm, das die Firma auf ihrer Website anbot. Am Ende war ein grauer statt weißer Untergrund dabei herausgekommen, das Grün des Augenumrisses wirkte verwaschen und bläulich, als habe ihm jemand ein Veilchen geschlagen, und der untere Teil war im Anschnitt verschwunden. Die Wörter standen sozusagen mit den Füßen im Wasser.

Drei Wochen nach dem Kauf hatte ich eine Rechnung über das mordsgünstige Abo des Layoutprogramms »Check-it!« erhalten. Außerdem bekam ich seither andauernd Mails, in denen mir nahegelegt wurde, ein eigenes Internetbusiness aufzubauen. Ich hatte in der Zwischenzeit längst vergessen, wie die Internetseite der Visitenkartenfirma lautete. Zum Glück stand sie auf der Rechnung, die ich natürlich nicht bezahlte. Stattdessen suchte ich auf der Webseite nach dem Impressum. Denen mach ich Beine, dachte ich. Doch dann las ich die Adresse. Sie lag in einer gewissen »Strada Amurgului« in »Bucuresti«.

»Da haben wir ja was gemeinsam.« Hückes sah mich schelmisch an.

Nein, dachte ich, bitte nicht noch ein Witz.

»Ich wollte auch immer Privatdetektiv werden«, enthüllte er.

Also los, erzähl mir einen Privatdetektivwitz, dachte ich resigniert und wollte schon die Augen schließen und die Zähne zusammenbeißen, um den Einschlag der Pointe zu überleben. Als nichts kam, öffnete ich die Augen wieder und sagte: »Tatsächlich?«

»Na ja, ich habe das Talent, und außerdem habe ich genau wie Sie eine Alliteration im Namen. Das macht was her.«

Nicht zu fassen! Der Spaßvogel hatte ein Fremdwort benutzt! Und auch noch eines, das mir aus fernen Zeiten bekannt vorkam. Irgendwann im letzten Jahrtausend hatte ich in der Zeit, in der ich mich an der Kölner Uni herumtrieb, auch ein bisschen Germanistik studiert. Das Wort »Alliteration« beschwor mit einem Schlag Erinnerungen herauf – an die Seminarräume im sogenannten »Philosophikum« zum Beispiel, die irgendein Genie von Schwachmatenarchitekt fensterlos in die Mitte eines Betonbunkers gesetzt hatte, sodass man selbst im schönsten Sommer bei Neonlicht dasaß, umkreist von grauen Wänden. Als hätte sich der Erbauer dieses Studentenknastes an seinen Deutschlehrern rächen wollen. In solcher Umgebung jedenfalls lernte ich, was eine Alliteration war. Bis heute hatte ich es vergessen. Aber der verhinderte Clown hier half mir auf die Sprünge.

»Remigius Rott, Heribert Hückes … Die Vor- und Nachnamen fangen jeweils mit demselben Buchstaben an. Wie bei Marilyn Monroe, Donald Duck oder Happy Hippos.« Er grinste und runzelte die Stirn, als wäre er etwas wirklich Bedeutendem auf die Spur gekommen.

»Elementar wichtig für Detektive, da haben Sie recht«, sagte ich. »Man muss verborgene Zeichen lesen können. Sie haben garantiert die Anlagen dazu.«

Er nickte und machte ein ernstes Gesicht. Der bemerkte Ironie noch nicht mal, wenn sie ihm auf den Kopf fiel.

»Könnten wir bitte zu dem Grund meines Besuchs zurückkommen?«, fragte ich.

Sein Gesicht schien in sich zusammenzufallen. Er warf die Visitenkarte auf den Tisch. Wahrscheinlich wollte er, dass ich sie zurücknahm, aber den Gefallen tat ich ihm nicht. Ich freute mich auf den Tag, an dem ich sie endlich alle aufgebraucht hätte.

»Genau, der Besuch. Was wollen Sie denn nun? Ein Schwätzchen halten?«

»Ich dachte, das hätten wir schon am Telefon besprochen. Es geht um den Mord an Frau Paas. Michaela Paas. In Solingen.«

»Aha?«

»Aha.«

»Und ich dachte, es geht nur darum, dass Sie sich mal wieder bei uns sehen lassen wollen.«

Der witzige Hückes war jetzt vollkommen verschwunden. Als hätte sich Dr. Jekyll in Mister Hyde verwandelt. Oder waren es Mister Jekyll und Dr. Hyde? Keine Ahnung. In Hückes wohnten jedenfalls zwei Seelen. Vielleicht sogar zwei Menschen. Unter Umständen war der Mann sogar schizophren.

»Sie kennen mich also doch«, stellte ich fest.

»Ich habe von Ihnen gehört, Herr Rott. Und ich muss zugeben, ich war neugierig auf Sie. Das ist alles.«

»Nein, das ist nicht alles. Ich brauche Informationen über …«

»Den Fall Paas? Wieso? Was haben Sie damit zu tun?«

»Mich interessiert, ob Sie in der Sache schon weitergekommen sind. Könnte ja sein. Gerade bei so einem spektakulären Fall. Ich meine – ein Schwert als Mordwaffe und so.«

Hückes lehnte sich zurück, jetzt ganz die Autoritätsperson. Durch die Bewegung gab er die Sicht auf etwas an der hinteren Wand frei, was mir bisher noch nicht aufgefallen war. Da hingen nicht nur Karnevalsorden. Es gab auch Fotos. Hückes als Büttenredner. Mit roter Knubbelnase, einer in diesem Zusammenhang völlig bescheuert aussehenden und irgendwie viel zu klein wirkenden Polizeischirmmütze, dazu passender Uniformjacke und Handschuhen. In der einen Hand hielt er ein paar Handschellen. Ob er gerade einen seiner Bullenwitze erzählte?

»Das geht Sie nichts an, Rott. Wenn Sie was wissen wollen, lesen Sie es in der Zeitung oder im Internet nach.«

»Was sagen Sie denn den Journalisten, die diese Beiträge schreiben? Das können Sie doch ebenso gut auch mir erzählen.«

»Dazu wenden Sie sich besser an die Pressestelle. Aber vorher verraten Sie mir erst mal, warum Sie das alles überhaupt interessiert.«

Nein, ich hatte mich geirrt. Hückes besaß nicht nur zwei Persönlichkeiten, sondern drei. Die dritte tauchte gerade aus den Tiefen seines Ichs auf. Er beugte sich vor, setzte einen Hundeblick auf und gab mit sehr leiser Stimme den fürsorglichen Vater: »Nun machen Sie schon, Herr Rott. Sie sind ohnehin dazu verpflichtet. Wenn Sie Informationen zurückhalten, kann das sehr, sehr schlimme Folgen für Sie haben.«

Es klang, als würde er mit seinem vierjährigen Sohn sprechen: *»Dann kommt der kleine Remigius nämlich vor Gericht und wird vielleicht verurteilt. Das kann dem kleinen Remigius ganz schön auaaua machen.«*

Ich hatte genug. Meine Wut schoss wie eine heiße Flamme in mir hoch. »Lassen Sie den Scheiß«, rief ich. Im selben Moment sah ich Hückes grinsen, und mir war klar, dass er mich da hatte, wo er mich haben wollte. Aber ich kriegte die Kurve. Ich riss mich zusammen und sagte leise: »Ich lasse mich nicht von Ihnen provozieren. Ich sage Ihnen gar nichts.«

»Auch gut. Ich kann Sie trotzdem nur davor warnen, sich in den Fall einzumischen. Wie ich weiß, sind Sie ja bekannt dafür. Aber nicht bei mir, dass das klar ist.«

»Sie werden es nicht verhindern können. Ich mische mich ein, wo es mir passt.«

»Das werden wir sehen.«

Verdammt, was sollte ich machen? Ich hatte es kommen sehen. Diese Ermittlung brachte mir nichts als Probleme. Eigentlich hatte ich einen Informanten bei der Polizei, der mir einen Gefallen schuldete und mir hätte weiterhelfen können. Kommissar Opladen. Aber der war gerade im Urlaub. Wahrscheinlich irgendwo im Süden.

Der Gedanke an sonnenbeschienene Strände und blaues Meer befeuerte wieder meine Phantasie. Ich musste Anjas Kohle bekommen, egal wie, und dieser Wunsch brachte mich dazu, etwas Riskantes zu versuchen.

»Kennen Sie eigentlich die Bambi-Bar?«, fragte ich.

»Nie gehört«, sagte Hückes. »Hat das was mit dem Fall Paas zu tun? Oder ist das eher ein Thema für die Sitte? Halten Sie mich nicht von der Arbeit ab.«

Die nächste Hückes-Verwandlung: vom Väterchen zum knurrenden Bullen, der seine Ruhe haben will.

Ich wusste, dass ich mich auf dünnes Eis begab. Anja wollte aus der Sache rausgehalten werden. Aber ich probierte es.

»Es hat nichts mit dem Fall Paas zu tun«, betonte ich und hoffte, Hückes würde mir glauben und nicht gleich nach Leichlingen fahren, um Anja in die Mangel zu nehmen. »Aber ich weiß, dass einige Ihrer Kollegen dort verkehren. Und zwar nicht gerade dienstlich, wenn Sie verstehen, was ich meine. Vielleicht sogar Sie selbst?« Ich hob die Augenbrauen und sah ihn herausfordernd an.

Er starrte gekonnt zurück.

»Ich wüsste nicht, dass das verboten wäre. Falls Sie den Mist nicht eh an den Haaren herbeigezogen haben. Außerdem: Was soll das? Versuchen Sie eine Erpressung oder so was? Kläglich.« Er schnaufte abfällig. »Aber wenn ich Sie damit loswerde … eine Sache hätte ich vielleicht, die ich Ihnen erzählen könnte. Weil ich so nett bin. Und damit Sie mich auch in netter Erinnerung behalten, wenn ich Sie gleich zum Gehen auffordere.«

»Lassen Sie hören.«

»Das Schwert, mit dem Michaela Paas ermordet wurde, war die Nachbildung einer Waffe, die sich im Klingenmuseum in Solingen befindet. Es ist dem sogenannten Ingelri-Schwert nachempfunden.«

Ich speicherte die Information innerlich ab. Keine Ahnung, was das für ein Schwert sein sollte, aber das war ja rauszukriegen. »Und das soll eine Spur sein?«, fragte ich.

»Wissen wir noch nicht.« Jetzt war er Hückes – der normale und – aus seiner Sicht – sehr vernünftige Hückes. »Und ich sage es gern noch mal: Wenn Sie was beizutragen haben, tun Sie es. Das könnte Ihnen der Abwechslung halber mal Pluspunkte bei der Polizei einbringen. Ist das nicht ein Angebot?«

»Vielleicht komme ich darauf zurück«, sagte ich. Dann stand ich auf. »Wiedersehen.«

Die Visitenkarte ließ ich liegen.

Ich stieg in meinen Wagen, der vor dem Präsidium parkte. Es war Mittag, aber der Himmel war dunkel. Ich beneidete Opladen. Ich beneidete alle, die Urlaub machen konnten – vor allem diejenigen, denen Urlaub sogar zustand und die auch noch Geld kriegten, um ihn bezahlen zu können. All die Beamten in dem graubraunen Bürokasten vor mir.

Ich nahm mein Smartphone zur Hand, aber nicht um damit zu telefonieren, sondern um die weite Welt des Internets zu erforschen. Ich gab »Solingen«, »Mord«, »Schwert« und »Ingelri« ein und hoffte, dass ich den Namen richtig verstanden hatte.

Kurz darauf wusste ich, dass mich Hückes verarscht hatte.

Ich hatte Ingelri instinktiv korrekt geschrieben und stieß daher sofort auf einige Artikel, die nicht bei Anjas Unterlagen dabei gewesen waren. Die Information, dass die Mordwaffe eine Nachbildung des Schwertes aus dem Klingenmuseum war, hatte bereits in der Zeitung gestanden.

Immerhin erfuhr ich durch die Artikel doch noch etwas Neues: Man hatte Michaela Paas abends umgebracht. Ihre Leiche wurde aber erst am darauffolgenden Morgen entdeckt – von jemandem, der am Fuß des Hanges von Schloss Burg seinen Hund ausführte. Die Polizei hatte außerdem über die Presse einen Aufruf gestartet, um Zeugen zu finden – vier Tage nach der Tat, was relativ spät war. Das wiederum ließ darauf schließen, dass die Kripo nicht besonders gut vorankam.

Das war eine Chance für mich.

Ich schloss das Internetprogramm und checkte meine Mails.

Während die Betreffzeilen einrasselten, wurde mir etwas klar. Eigentlich konnten die Mails warten. Ich wollte etwas anderes tun. Ich wollte mit Wonne sprechen. Warum hatte ich statt auf die Mail-App nicht auf Wiederwahl gedrückt? Weil ich mich davor fürchtete, dass sie immer noch nicht zu erreichen war. Also schob ich den Anruf vor mir her.

Rott, du bist ein Psychologe, sagte ich mir. Leider nützt es dir nichts.

Das Gefühl, nicht an Wonne heranzukommen, schmerzte.

Ich überflog die eingegangenen Mails. Dieser Scherzkeks hatte wieder geschrieben. Der Betreff hieß auch diesmal: *»Auftrag für Herrn Remigius Rott«*.

Der Unbekannte mit den Rätseln. Ich hatte ihn schon fast vergessen gehabt. Was sollte das? War ich auf die Mailingliste eines Rätselclubs geraten?

»Zwingen lässt es sich nicht. Aber es ist manchmal zum Greifen nahe. Dann kannst du es schmieden und auch teilen.«

Na toll. Schmieden … Man schmiedete Eisen, Stahl.

Aber hier war das Glück gemeint, was sonst?

Andererseits schmiedete man ja nicht nur das Glück. Auch Schwerter.

Für diese Übertragung kannte ich auch einen Begriff aus der Germanistik. Man nannte das »Metapher«.

Toll, Rott, dachte ich, da denkst du jahrelang nicht an dein Studium, und dann kommen die Erinnerungen gleich säckeweise. Und das alles nur wegen eines Kripo-Kommissars, der dich zum Narren hält.

Diese Mail hatte im Gegensatz zur ersten mehr als nur den Spruch zu bieten. Unter dem Rätsel gab es einen Link. Er bestand nur aus wenigen Buchstaben. Wie die Mailadresse des Absenders waren sie scheinbar zufällig zusammengesetzt.

Ich war unschlüssig, was zu tun war. Vielleicht kam ich ja drauf, was das sollte, wenn ich diesem Link folgte. Oder ich handelte mir einen Virus ein … Vor so was wurde ja immer gewarnt.

Egal, ich probierte es.

Das Internetprogramm ging wieder auf. Die Seite war weiß. Dann erschien ein schwarzer rechteckiger Kasten. Ein integriertes Videofenster. Es dauerte eine Weile, bis ich den Film abspielen konnte, die Verbindung war wohl schwach und brauchte ihre Zeit, bis die Datenmenge bei mir ankam, aber dann traf mich fast der Schlag. Es rieselte eiskalt durch meinen Körper, und für Sekunden konnte ich nicht glauben, was ich sah.

Ich sah mich selbst. Meinen Wagen, der am Präsidium ankam und in der Parklücke stoppte. Ich sah mich aussteigen, die Fahrertür schließen und die etwa zehn Stufen hinauf in das Gebäude eilen.

Kein Zweifel möglich. Das war kein Double. Das war ich. Ich erkannte meinen Mantel, und erst recht erkannte ich mein Auto. Ganz besonders das Kennzeichen. Dann war das Filmchen zu Ende.

Ich sah auf und blickte mich um. Auf der gegenüberliegenden Straßenseite der Friedrich-Engels-Allee zweigte die Zufahrt zu einem Supermarktparkplatz ab. Links davon, gleich vor der ersten Parktasche, stand an der Ecke ein Stromkasten aus hellgrauem Kunststoff. Dort musste der Videofilmer gestanden haben. Jetzt hasteten Fußgänger vorbei. Der Verkehr rollte träge dahin. Auf den Stellplätzen wurde rangiert. Einkaufswagen rasselten über den Asphalt.

Das Ganze kam mir wie eine Täuschung vor oder wie ein Traum.

Reiß dich zusammen, dachte ich. Noch mal. Schau dir das Video genau an. Vielleicht ist irgendwas zu erkennen, was dir weiterhilft. Oder dir einen Hinweis gibt, was das überhaupt soll.

Der Browser auf dem Handy war noch aktiv. Ich versuchte, die Seite, auf der ich gewesen war, noch einmal zu aktivieren. Als es nicht funktionierte, holte ich die Mail aus der Liste, fand den kurzen Link und startete ihn.

Aber das Video kam nicht. Stattdessen ein Text der Telekom: *»Vertippt? Nutzen Sie die Navigationshilfe.«*

Verdammt, ihr Schlaumeier, dachte ich. Ich habe mich nicht vertippt. Ich habe ja gar nichts eingegeben. Ich versuchte es noch mehrmals hintereinander, immer mit demselben Ergebnis.

Es war sinnlos.

Die Seite mit dem Video war nicht mehr zu erreichen.

Als hätte es sie gar nicht gegeben.

4

Südöstlich von Solingen beschließt die Wupper, die bis dahin ein langes Stück von Norden herunterkommt, mal was anders zu machen – nämlich nach Westen in Richtung Rhein zu fließen.

Die Folge ist eine dramatische Kurve, die auf der Karte wie der blaue Umriss eines Ellbogens aussieht. Und mitten in der Biegung, wo außerdem der Eschbach aus dem Bergischen herabfließt und in die Wupper mündet, liegt oben auf einem steilen Berg Schloss Burg.

Was für eine Anlage!

Die grauen Mauern, hohen Türme und schwarzen Schieferdächer erinnerten mich wieder daran, dass ich irgendwann, als ich zehn oder elf gewesen war, eine richtige Burgenphase erlebt hatte. Ich lernte im Nullkommanichts, dass der große viereckige Hauptturm »Bergfried« heißt, und sogar das Wort »Kemenate« kam mir leicht über die Lippen, genauso wie »Söller«, »Zinne«, »Bastion« und »Zwerchhaus«.

Damals hatte eine Modellplastikburg unter dem Weihnachtsbaum gestanden. Sie thronte auf einem hohlen Plastiksockel, der nach außen hin dickes Gestein nachahmte. Im Burghof, der gerade mal dreißig oder vierzig Zentimeter Durchmesser gehabt haben dürfte, gab es einen kleinen Ziehbrunnen mit einer winzigen Kurbel, an der man einen Eimer hinterlassen konnte. Wenn man vorher in dem hohlen Berg ein gefülltes Glas deponierte, war der Brunnen in der Lage, Wasser zu fördern. Dieses Detail, auf das mich meine Mutter aufmerksam machte, interessierte mich aber nicht so brennend wie die Ritterfiguren, die Kanonen und alles andere an der Burg, was eher in die martialische Richtung ging.

Während der Fahrt hatte es zu schneien begonnen. Die stolzen mittelalterlichen Mauern wurden vom Schneefall verwischt, was den Anblick noch dramatischer machte. Die Flocken blieben nicht auf der Straße liegen. Der Wind wirbelte sie durcheinander und ließ sie in der Luft tanzen.

Die Ansammlung von Häusern, die die Anlage umgab, bildete den Solinger Ortsteil mit dem passenden Namen »Burg« – nach Höhenlage aufgeteilt in »Unterburg« und »Oberburg«.

Der Mord an Michaela Paas hatte sich in Unterburg ereignet – genau an der Stelle, wo der jetzt winterlich stillstehende Sessellift den Fuß des Hanges erreichte. Von hier aus ging es noch weiter über die Wupper, dann durchfuhren die schwebenden Sessel die Talstation. Irgendwo unter den Fahrdrähten, direkt am Hang, hatte man Michaelas Leiche entdeckt.

Als ich in den engen Sträßchen zu Füßen des Berges ankam, war alles wie ausgestorben. Als wären die Bewohner irgendwohin geflüchtet. Wie Opladen. Oder wie ich, wenn ich genug Geld hätte, um meine Freundin dazu einzuladen.

Die Schneeflocken schienen das einzig Lebendige zu sein, als ich an dem kleinen Platz anhielt, der den Mittelpunkt von Unterburg darstellte – gesäumt von einem hübschen Fachwerkhaus, an dem in altertümlicher Schrift »Stadt-Sparkasse« geschrieben stand. Nur ein moderner Geldautomat neben dem Eingang brachte den nostalgischen Anblick ein wenig aus dem Tritt. Davor gab es einen alten Baum, um dessen Stamm eine Bank gebaut war, und die berühmte Metallstatue des »Burger Brezelbäckers«, der – ebenfalls aus Metall – einen Korb mit den für Solingen-Burg typischen Backwaren auf dem Rücken trug. Ein paar Schritte weiter befand sich das Café Meyer, wo man die Brezeln kaufen konnte.

Plötzlich kam mir noch eine Erinnerung. Sie hatte nichts mit der Burgphase meiner Kindheit zu tun. Sie war jüngeren Datums und sorgte für einen dumpfen Schmerz in mir drin, irgendwo zwischen Bauchnabel und Halsansatz.

Hier hatte das mit Wonne angefangen.

Vor zweieinhalb Jahren – mitten im schönsten Sommer.

Wir hatten uns auf dem Geburtstag meiner Tante Jutta kennengelernt. Sie hatte als besonderen Gag der Feier eine Rallye durch das Bergische Land veranstaltet. Wonne und ich bildeten ein Team. Die Burger Brezel hatte etwas mit einer der Aufgaben zu tun gehabt, die man lösen musste. *Ein Backwerk, das mindestens fünfmal um sich selbst geschlungen war …*

Wir hatten hier auf dem kleinen Platz im Sonnenschein gesessen. Wonne hatte im Café Meyer eine Brezel gekauft, kleine Stückchen davon abgebrochen und mich damit gefüttert. Das war in der aufregenden Phase unserer Beziehung gewesen. Noch nicht ganz zusammen, aber nicht mehr weit davon entfernt. Der Moment, in dem noch alles auf der Kippe steht. Wird etwas aus uns beiden, oder wird es nichts?

Es wurde. Und der Sommer war herrlich.

Dass wir auf der Rallye in Altenberg außerdem sprichwörtlich über eine Leiche stolperten und ein Fall für mich daraus wurde – daran erinnerte ich mich auch, aber das war nicht das Wichtigste.

Das Wichtigste war Wonne.

Und nun?

Nun saß ich hier im Auto an dem Platz unserer ersten Verliebtheit, die Welt um mich herum war in Eis erstarrt, Schnee fiel vom Himmel, und was mit Wonne und mir war, wusste ich nicht.

Stand wieder alles auf der Kippe?

War es eine Wiederholung des Scheidewegs, nur in anderer Richtung?

Noch nicht getrennt, aber nicht mehr zusammen.

Ich lenkte den Wagen von dem kleinen Platz weg und fuhr ans Wupperufer, wo man parken konnte. Von hier waren es bis zum Fundort der Leiche nur ein paar Schritte.

Als ich ausstieg, fegte mir der Wind entgegen. Ich hatte keine Handschuhe an. Mit nach kürzester Zeit gefühllosen Fingern zog ich das Handy heraus, um es noch einmal bei Wonne zu versuchen. Ich eilte hinüber zu der Leitplanke, die den Parkplatz begrenzte und hinter der der Fluss dahinrauschte. An einer Informationstafel für Wanderer, die eine Karte der Umgebung zeigte, fand ich Schutz.

Diesmal meldete sich der Anrufbeantworter nicht sofort. Der Ruf ging durch. Das war ein gutes Zeichen.

»Freier«, sagte Wonne. Sie klang genervt, und allein dieser

Ton ließ den Schmerz in mir stärker aufflackern. Wieso hatte sie meine Handynummer nicht erkannt?

»Hallo«, rief ich, »ich bin's.«

»Hallo Remi.«

Die Pause, die entstand, war mir unangenehm. Ich versuchte, etwas Enthusiastisches, Aufmunterndes vorzubringen. Ich wollte mit ihr reden, wollte wieder eins mit ihr sein, wollte das, was da zwischen uns stand, was auch immer das war, beseitigen. Oder wenigstens nicht wahrhaben. Einfach so tun, als wäre es nicht da. Dann würde es verschwinden. Ganz bestimmt.

»Rat mal, wo ich gerade bin«, rief ich. Der Enthusiasmus klang schrill und falsch, ich merkte es selbst. Und die Kälte in meinen Fingern wurde unerträglich. Ich wechselte die Hand, mit der ich das Telefon hielt.

»Keine Ahnung«, sagte Wonne müde.

»In Burg! Weißt noch? Damals, die Rallye. Burger Brezel …«

Der Wind fauchte ins Mikro, aber durch den Vorhang hindurch hörte ich, dass sich bei Wonne im Hintergrund etwas tat.

»Remi, ich kriege einen Anruf. Kann ich dich nachher zurückrufen? Dann kannst du mir alles erzählen, ja?«

»Aber …«

»Geht leider gerade nicht, tschau.«

Weg war sie. Ich starrte das Handy noch ein paar Sekunden an und steckte es ein. Die Hände ließ ich in den Manteltaschen – wenigstens *ein* gutes Gefühl. Wonnes Worte klangen noch in mir nach.

Tschau. Ich konnte mich nicht erinnern, dass sie sich jemals so von mir verabschiedet hatte.

Wenn sie sagt, dass sie mich zurückruft, dann wird sie es auch tun, dachte ich störrisch. Und wenn es ein ernstes Problem zwischen uns gäbe, würde sie darüber mit mir sprechen.

Es sind doch die Frauen, die immer reden wollen.

Oder?

Wonne war anders als andere Frauen.

Konzentrier dich auf deinen Fall, ermahnte ich mich selbst. Wahrscheinlich beschert der dir die größeren Probleme.

Erinnere dich daran, dass dich jemand gefilmt hat, als du ins Polizeipräsidium gingst.

Und dann war der Film verschwunden.

Ach Quatsch, dachte ich, das kann doch gar nicht sein.

Nein?, fragte eine andere Stimme in mir hämisch. Du hast doch selbst versucht, das Video ein zweites Mal aufzurufen, und es hat nicht geklappt.

Ein technisches Problem, das ist alles. Ich werde den Link zu Hause über den PC aufrufen und sehen, auf welche Seite er verweist – dann kriegen wir ganz schnell raus, wer sich da einen Scherz erlaubt hat.

Wir?, fragte die andere Stimme. Was meinst du mit wir?

Manni, dachte ich. Manni muss mir helfen. Mein alter Kumpel, der sich mit Computern auskennt.

Ich war gedankenverloren bis ans Ende des Parkplatzes gegangen und an einen Pfeiler gelangt, über den die Drähte der Seilbahn liefen – rechts über den Fluss, links steil den Berg hinauf über eine Schneise im Gehölz. Die Sessel hingen still da wie erstarrt.

An der Zaunöffnung begann so etwas wie ein Trampelpfad durch das winterlich braune Gras, das von dunklen Brocken durchsetzt war – Hundehaufen. Zum Hang hin wurde der Platz von niedrigem Gebüsch begrenzt. Auf dem Rasen standen dunkelbraune Bänke und Picknicktische. Dahinter eine steinerne Tischtennisplatte, auf der sich eine feine schmutzig weiße Schneeschicht angesammelt hatte.

Natürlich gab es nicht mehr die geringste Spur, dass hier, in der Nähe der Picknickmöblierung, eine Leiche gelegen hatte. Das Schwert hatte sich den Zeitungsberichten zufolge in dem angrenzenden Gebüsch gefunden.

Ich holte mein Telefon heraus und rief Anja an.

Es klingelte lange. Irgendwann meldete sich ein Anrufbeantworter. Anjas Stimme machte auf verführerisch: »Hey – du willst die Mädels von der Bambi-Bar kennenlernen und ein bisschen Spaß haben? Dann rufst du zur falschen Zeit an, aber heute Abend ab einundzwanzig Uhr haben wir wieder geöffnet – eine ganze aufregende Nacht lang. Hinterlass uns eine Nachricht. Keine Angst, wir behandeln deinen Anruf diskret.«

Es piepte.

»Anja? Hier ist Remi. Ich wollte dich fragen, ob ...« Weiter kam ich nicht.

»Ja?« Dieselbe Stimme. Aber diesmal unendlich verschlafen.

»Tut mir leid, dass ich dich geweckt habe, Anja, aber ...«

»Ist schon okay, Remi. Ich bin wach geworden, als das Ding hier piepte. Das macht es immer, wenn jemand anruft, keine Ahnung, wie man das abstellt. Jedenfalls hab ich deine Nummer erkannt.«

Sie erkennt meine Nummer, Wonne nicht, dachte ich. So weit sind wir schon.

Konzentrier dich auf den Fall.

»Ich bin gerade an der Stelle, wo man Michaela gefunden hat«, sagte ich.

Anja gähnte lautstark. »Und? Hast du eine Spur?«

»Das würde ich nun nicht gerade behaupten. Aber ich habe mit der Polizei gesprochen.« Ich tischte Anja das, was Hückes gesagt hatte, als große Neuigkeit auf: »Das Schwert, mit dem Michaela umgebracht wurde, war die Nachbildung einer Waffe, die im Klingenmuseum in Solingen gezeigt wird.«

»Hat das nicht in der Zeitung gestanden?«

»Nicht in den Artikeln, die du mir gegeben hast. Aber deshalb rufe ich gar nicht an, ich brauche noch eine Information von dir. Wo hat Michaela gewohnt? Du wolltest mir die Adresse geben, aber dann haben wir vergessen, sie aufzuschreiben.«

»In Solingen.«

»Wo genau? Hier in Burg?«

»Nein, in der Innenstadt.« Sie raschelte eine Weile mit Papier. Wahrscheinlich suchte sie ihr Adressbuch. »Hier hab ich's. Brühler Straße.«

Ich suchte in meinen Taschen nach einem Zettel und fand einen alten Parkschein. Schließlich gelang es mir, aus den Tiefen meiner Manteltaschen auch noch einen Kugelschreiber zutage zu fördern, und ich konnte die Adresse notieren.

»Danke«, sagte ich. »Und noch mal sorry, dass ich dich geweckt habe.«

Ich drückte den roten Knopf und sah mich noch eine Weile um. Das Schloss war von meiner Position aus nicht zu sehen. Ich erkannte nur die Gebäude, die oben direkt am Rand des Abgrunds standen.

Im Zickzack um die Hundehaufen herumgehend, näherte ich mich langsam dem Zaun, hinter dem träge und mit grünlichem Wasser die Wupper floss. Auf der anderen Seite des Flusses sah ich nahe der Talstation ein paar Leute in dicken Jacken die Straße entlangeilen. Kein Wunder. Niemand hatte Lust, sich in dieser Kälte lange draußen aufzuhalten.

Ich auch nicht.

So ging ich zum Wagen zurück.

5

Wonne rief nicht an.

Nicht, als ich in Richtung Innenstadt fuhr.

Nicht, als ich in der Nähe des alten Birker Bades parkte und an der heruntergekommenen Fassade dieses mittlerweile legendären Solinger Schandflecks die Ampel zur Brühler Straße überquerte. Gegenüber lag das gedrungene graue Gebäude der Eissporthalle. Die winterliche Atmosphäre ließ die Umgebung noch trister erscheinen, als sie ohnehin schon war.

Das Haus, in dem Michaela Paas gelebt hatte, lag in der Nähe des Grabens mit den Bahngleisen, den die Brühler Straße als Brücke überquerte.

Die Klingelschilder waren aufgeklebte Zettel. Sie zeigten vier Parteien. »Paas«, stand ganz oben. Die untere Etage hatte Erdgeschosswohnungen auf Höhe der Straße. Links und rechts des Eingangs lagen je zwei gardinenlose dunkle Fenster.

Ich drückte alle Klingeln. Niemand öffnete.

Dass es Namensschilder gab, hieß nicht, dass dort auch jemand wohnte. Ich versuchte, durch die Scheiben der unteren Wohnungen zu sehen, aber außer ein paar schemenhaften Umrissen von Möbeln war nichts zu erkennen.

Zurück zum Wagen.

Noch immer kein Anruf von Wonne.

Ich durchquerte die Innenstadt in Richtung Norden und folgte dann den Hinweisschildern.

Kurz vor Vohwinkel erschien rechts eine lang gestreckte helle Fassade. Darüber ein Schieferdach mit einer Kette von Gaubenfenstern. Über dem Eingang stand in schwarzen Buchstaben »Deutsches Klingenmuseum«.

Soweit ich wusste, handelte es sich bei dem Gebäude um ein ehemaliges Kloster. Anfang der Neunziger war das Museum hier eingezogen, um die Spielarten des Industrieerzeugnisses zu präsentieren, für das die Stadt berühmt war: Klingen. Messer. Schwerter.

Als ich mich der Eingangstür näherte, ging sie von selbst nach außen auf. Eine hohe, moderne Halle mit weißen Wänden und spiegelnden Bodenfliesen erwartete mich. Eine Dame, die hinter einem Tresen saß, lächelte mich freundlich an. Hier vorne befand sich neben der Kasse auch der Museumsshop, das für solche Einrichtungen typische Anhängsel zur Mitfinanzierung des Museums. Meine Schritte hallten, als ich mich dem Tresen näherte und um eine Eintrittskarte bat.

Schon von hier konnte ich die ersten Vitrinen mit glänzenden Klingen darin erkennen.

»Möchten Sie Ihren Mantel zur Garderobe bringen?«, fragte mich die Angestellte.

Warum nicht?, dachte ich und nickte. Warm genug war es ja. Sie gab mir eine Münze. Als ich staunend feststellte, dass es sich um ein altes Zweimarkstück handelte, klärte sie mich darüber auf, dass die Schließfächer in der Garderobe aus der Zeit vor dem Euro stammten und auch nicht umgestellt worden waren. Wollte man dort etwas verstauen – eine Tasche oder eben einen Mantel –, bekam man zwei Mark in die Hand gedrückt. Holte man seine Sachen heraus, gab man die Münze wieder vorne ab. Die gute alte D-Mark war zum Spielgeld geworden.

Als ich von der Garderobe zurückkam, fragte ich die Dame nach dem Ingelri-Schwert. Ich erntete einen verschmitzten Blick durch zwei runde Brillengläser.

»Wenn das so weitergeht, können wir eine eigene Ausstellung damit aufmachen«, sagte sie und deutete in den Gang, der vom Kassenbereich nach hinten führte. »Heute ist mal nicht so viel los. Die Vitrine ist ganz am Ende. Sie laufen direkt darauf zu.«

Ich näherte mich dem Glaskasten, der vor einem Fenster stand. Man sah das Schwert tatsächlich schon von Weitem. Ob es so aufmerksamkeitsstark am Sackgassenende des Ganges aufgestellt worden war, weil es wegen des Mordfalls viele zusätzliche Besucher anlockte? Die Platzierung suggerierte jedenfalls, dass man es mit einem ganz besonderen Ausstellungsstück zu tun hatte.

Die Vitrine – hochkant, sodass das Schwert senkrecht gezeigt werden konnte – strahlte Würde aus. Fast wie ein Altar in einer Kirche.

Die Waffe war mit dünnen Metallstreben vor rötlichem Hintergrund fixiert. Die Klinge wirkte altertümlich, schartig, der Griff war kompakt, mit einem halbrunden Knauf. Zu Füßen der Stahlspitze lag auf dem Boden der Vitrine ein Textblatt mit einer Erläuterung.

Das Schwert, das ich hier vor mir sah, war über tausend Jahre alt. Es stammte aus Franken. Und wenn ich das Gelesene richtig verstand, war das Wort »Ingelri« eine Art mittelalterliche Markenbezeichnung, ein Werkstattname.

Für mich hatte die Waffe, so wie sie aussah, das Zeug, als Requisit für einen Mittelalterfilm oder Ritterspiele zu dienen. Kein Wunder, dass man sie als Modell zur Herstellung von Repliken verwendete.

Ich lief eine Weile nachdenklich in den Gängen des Museums herum, betrachtete im Vorbeigehen Klingen, Schwerter und Messer der unterschiedlichsten Art und lernte, wie die einzelnen Teile eines Schwertes hießen. Das Metallteil, das die Klinge vom Griff trennte, nannte man zum Beispiel »Parierstange«. Am unteren Bereich des Griffes gab es eine Stelle, an der die Waffe beim Kampf frei von Vibrationen war, und am dicken Teil der Klinge gleich unterhalb des Heftes einen sogenannten »Gleichgewichtspunkt«, der wahrscheinlich für das Führen der Waffe eine Rolle spielte.

Die verschiedenen Vitrinen machten mich neugierig, und ich blieb vor einem besonders edel aussehenden Schwertexemplar stehen, das sich als Richtwaffe der Stadt Düsseldorf entpuppte. Damit waren früher tatsächlich Menschen geköpft worden. Zum Beispiel ein gewisser Nikolaus Gülich, im Jahre 1686. Ich starrte die harte, glänzende Klinge an.

Wenn dieses Ding erzählen könnte, dachte ich. Was würde es berichten? Welche Gedanken hatten wohl die armen Schweine gehabt, die zum Richtplatz kamen und sich diesem Schwert gegenübersahen? Wie funktionierte das überhaupt mit dem Köpfen? War es möglich, einem Menschen mit nur einem einzigen Hieb den Kopf abzuschlagen? Oder … Ich konnte mich nicht dagegen wehren, dass auf einmal ganz furchtbare Bilder vor meinem geistigen Auge auftauchten. Der Henker holt aus, schlägt auf den Hals des vor ihm liegenden Opfers, eine Blutfontäne spritzt heraus. Die Menge schreit auf, der Geköpfte will auch schreien, röchelt aber nur, und der Henker muss ein zweites Mal ausholen …

Ich erschrak, als mich ein Brummen in die Gegenwart zurückholte. In meiner Tasche vibrierte es, und dann hallte elektronische Musik durch das Museum.

»Wonne ruft an«, stand auf dem Display meines Handys. Mein Herz machte einen Sprung.

»Hallo«, meldete ich mich flüsternd. Es waren gerade keine anderen Besucher in der Nähe, aber man hörte Stimmen weit durch die Gänge.

»Remi?«, fragte Wonne.

»Ja, hallo.«

»Warum sprichst du so leise?«

»Moment …« Ich lief den Gang zurück, an den Kassen vorbei und zur Garderobe. Endlich stand ich vor den Schließfächern. Dieser Raum lag etwas abseits. Ich stellte mich an die Fensterbank und blickte hinaus in die graue Winterlandschaft. Es schneite immer noch.

»Remi, ich habe nicht viel Zeit.«

»Ja, das weiß ich«, sagte ich beschwichtigend und schalt mich innerlich gleichzeitig einen Idioten. Gar nichts wusste ich. Es gab keinen ersichtlichen Grund, warum Wonne so komisch war. Und ich hatte das Recht, eine Erklärung zu verlangen. »Sag mir einfach nur, was los ist«, fügte ich hinzu.

»Ich habe gleich einen Termin.«

»Nein. Ich meine, was mit uns los ist«, beharrte ich.

»Was soll los sein?«

»Was los sein soll? Heute Morgen hast du kaum bemerkt, dass ich da bin.«

Und du hast dir Webseiten von Brautläden angesehen, dachte

ich. Aber hatte das etwas mit ihrem Verhalten zu tun? Auf einmal kam ich auf eine völlig wahnwitzige Idee. Vielleicht erwartete Wonne, dass ich ihr einen Heiratsantrag machte. Vielleicht war sie einfach nur enttäuscht, dass es mit unserer Beziehung nicht weiterging. Vielleicht …

»Du willst wissen, was los ist?«, rief Wonne, und ihre Stimme hatte auf einmal einen Unterton, der mir völlig neu war. Es lag eine Spur von Hysterie darin – eine Hysterie, die ein Gespräch in einen Streit umkippen lassen konnte.

»Ich habe gesehen, welche Webseite du auf dem Laptop hattest.« Meiner Meinung nach sprach ich sehr, sehr ruhig.

Doch Wonne klang immer hysterischer. »Spionierst du mir etwa nach?«

»Nein«, sagte ich. »Ich frage mich nur, was los ist.«

Kaum waren die Worte in den Weiten des digitalen Telefonnetzes verhallt, wurde mir klar, dass ich in der Falle saß. Es war schon zu spät für logische Argumente.

»Nun komm mir nicht so«, rief Wonne, und jetzt klang sie richtig giftig. »Du hast deinen Job, und ich habe meinen Job. Frage ich dich etwa, wo du gerade bist?«

»Nein, aber du kannst das gern tun. Ich bin in Solingen im Klingenmuseum. Ich habe einen Auftrag, für den ich hier recherchiere.«

Sie lachte auf, und es klang irgendwie bitter, gerade so, als glaubte sie mir nicht. »Klingenmuseum? Das hört sich ja fast so an, als wolltest du den Mordfall mit dem Ingelri-Schwert lösen.«

Meine Güte, sogar Wonne wusste von der Geschichte, die an mir fast völlig vorbeigegangen war. Aber sie war nun mal Journalistin und las mehr Zeitung als ich.

»So ist es auch«, sagte ich.

»Und wie kommst du dazu?«

»Wenn dich das wirklich interessiert, kann ich es dir sagen. Aber nicht jetzt am Telefon. Wonne, ich habe das Gefühl, es geht um was ganz anderes. Ich …«

»Wie gesagt, Remi, ich habe auch wenig Zeit.«

Verdammt noch mal, es lag nicht an der Zeit, dass ich ihr am

Telefon keinen Vortrag über meinen neuen Job halten wollte. Ich wollte was ganz anderes.

»Sag mir, wo wir uns treffen können«, beharrte ich. »Heute noch. Und nicht erst heute Abend. So schnell wie möglich. Bitte.«

»Du bringst mir alles durcheinander, Remi. Aber gut. Ich habe gleich einen Termin mit einem Informanten für eine neue Geschichte, an der ich arbeite. Danach können wir uns kurz treffen. Sagen wir in zwei Stunden.«

»In Ordnung. Wo?«

»In Wuppertal. Im Katzengold.«

»Das ist ja ganz bei mir in der Nähe. Bist du nicht in Bergisch Gladbach?« Blöde Frage, dachte ich. Sei doch froh, dass es so einfach für dich ist.

»Du hast Sorgen«, sagte Wonne. »Wir sehen uns dann da. Aber komm nicht zu früh. Ich will in Ruhe mit meinem Informanten reden. Bis dann.«

6

Wir werden Urlaub machen, dachte ich.

Ich werde den Fall lösen, das Geld von Anja bekommen, und dann machen wir uns eine schöne Zeit – weit weg von diesem Wintermist. Dort, wo die Sonne scheint. Wir werden eine Zeit lang nur miteinander verbringen.

Und wenn sie das gar nicht will? Wo sie doch ihre Arbeit hat? Womöglich Termine?

Warum erzählte sie mir eigentlich nicht, woran sie gerade arbeitete? Wenn ich mich recht entsann, hatte sie das doch sonst immer getan?

Oder hatte sie es *nicht* getan, und mir war das gar nicht aufgefallen? Hatte ich immer erst dann von ihren Artikeln erfahren, wenn sie bereits erschienen waren?

Die Jahre, die ich mit Wonne zusammen war, schienen nur so dahingerast zu sein. Wir hatten Spaß, redeten über dies und das, wenn wir uns alle paar Tage oder wenigstens am Wochenende sahen. Jeder ließ dem anderen die Zeit, die er für seine Arbeit brauchte. Ich hatte bisher nie den Eindruck gehabt, dass es ein Problem war, dem anderen diese Zeit zu gönnen.

Wonne schrieb Artikel über die verschiedensten Themen für eine ganze Reihe unterschiedlicher Zeitschriften. Manchmal auch für die Kundenmagazine irgendwelcher Firmen. Es war heutzutage nicht leicht, als freie Journalistin über die Runden zu kommen. So viel hatte ich verstanden. Also marschierte sie auch mal im Auftrag eines Energieversorgers zur Familie Schmitz in Düsseldorf, die gerade eine neue Gasheizung bekommen hatte, und interviewte Papa, Mama und die Kinder. Sie lockte aus ihnen heraus, wie glücklich sie darüber waren, dass der alte Öltank endlich nicht mehr im Keller stand, dass Papa nun Platz für einen Hobbykeller hatte und so weiter und so fort.

Einmal war Wonne von einem bergischen Tourismusverband

auf eine Ballonfahrt im Bergischen Land geschickt worden. Mit Begleitung!

Leider hatte ich nicht daran teilnehmen können, weil ich just an diesem Tag mal wieder eine Observation hatte durchführen müssen – bei einem Bauarbeiter, der sich auffallend oft krankmeldete und den ich dabei beobachten konnte, wie er an einem dieser Tage seinem Cousin in einer Kneipe bedienen half. Offiziell hatte er es am Rücken, aber das hinderte ihn nicht daran, schwere Tabletts mit Biergläsern durch die Gegend zu schleppen.

Eigentlich war ich ganz froh, dass ich die Ballonfahrt verpasst hatte. Große Höhen flößten mir Respekt ein. Wonne war auch überhaupt nicht böse gewesen. Wir hatten uns am Abend gemeinsam die Fotos angesehen. Drei Monate später hatte ich stolz ihren Artikel gelesen. Und das war alles.

Es dauerte eine gute halbe Stunde, bis ich mich, begleitet von diesen Gedanken, durch den beginnenden Feierabendverkehr über Vohwinkel nach Elberfeld gequält hatte.

Post hing aus dem Briefkasten. Zwei Rechnungen und ein Werbeblatt für einen neuen Pizzaservice – in Hochglanz und mit einem Bild, auf dem eine Blondine die Zähne fletschte und in etwas hineinbiss, das wie eine Prosciutto funghi aussah.

Ich schmiss meinen Mantel auf mein altes Sofa, setzte mich an den Schreibtisch in meinem kleinen Büroraum und ging die Rechnungen durch. Telefon und Autoreparatur. Insgesamt gut achthundert Euro.

Ich schaltete den Computer ein, dem ich immer etwas Zeit geben musste, bis er zu sich kam und nicht bei jeder Mausbewegung statt des Cursors das Rädchen laufen ließ, das einen zum Warten zwang. In der Zwischenzeit ging ich in die Küche, um mir einen Kaffee zu machen. Dabei fiel mir auf, dass ich lange nichts gegessen hatte. Ich legte ein Stück Gouda auf eine ungeröstete Scheibe Toast. Kauend und mit der dampfenden Kaffeetasse in der Hand kehrte ich ins Büro zurück und sah auf die Uhr.

Noch eine gute Stunde, bis ich Wonne treffen würde.

Ich wagte im Internet einen Blick auf mein Konto. Es zeigte ein Guthaben von vierhundertsechsundachtzig Euro vierundzwanzig.

Du hättest Anja einen Vorschuss abknöpfen müssen, dachte ich. Wie du es mit jedem Kunden tust. Warum sollte Anja eine Extrawurst bekommen?

Ich nahm mir vor, sie daran zu erinnern.

Wieder sah ich auf die Uhr. Sechs Minuten waren vergangen.

Okay, Mails checken.

Natürlich, dachte ich, gute Idee. Ich musste dieser komischen Sache mit den anonymen Mails nachgehen.

Die Nachrichten rauschten rein – darunter auch die beiden mit den Rätseln. Und dem Videolink.

Ich klickte zweimal drauf, der Browser öffnete sich.

Fehlanzeige.

Der Link führte wieder ins Nichts.

Aber ich hatte das Video gesehen. Das hatte ich mir doch nicht eingebildet!

Ich rief Manni an. Mein alter Kumpel kannte sich mit Computern aus und war sogar vorbestraft, weil er mal illegal irgendwas runtergeladen und im großen Stil verkauft hatte. Zwischendurch hatte er richtig viel Geld verdient, aber dann war alles den Bach runtergegangen. Ich hoffte, dass er noch in seinem Haus in Mettmann wohnte, wo ich ihn das letzte Mal getroffen hatte.

»Manfred Hecking Computer Support«, sagte Mannis Stimme.

»Hallo Manni, hier ist Remi …«

Aufbrausende Musik unterbrach mich. Die Stimme war vom Band gekommen.

»Leider sind alle unsere Plätze belegt«, quatschte Manni weiter. »Der nächste freie Mitarbeiter ist gleich für Sie da. Bitte legen Sie nicht auf.«

Wieder toste die Musik, die für den Moment in den Hintergrund getreten war. Und dann wiederholte sich das Ganze mindestens sechs Mal.

Ich schaltete auf laut und legte den Hörer neben die Tastatur. Wartend glotzte ich auf den Bildschirm und rechnete mein momentanes Defizit aus: Es waren genau dreihundertsiebzehn Euro und neunundachtzig Cent.

Rechts unten auf dem Computerbildschirm sah ich, dass ich immer noch fast eine Stunde Zeit hatte, bis ich Wonne sehen konnte. Darunter stand das Datum, das leider eine zwei vorne zeigte. In einer guten Woche war also der Erste – und dann war die Miete fällig. Die musste ich noch auf das Defizit draufhauen.

Wenn das Begleichen der Rechnungen klappen sollte und ich zwischendurch noch was anderes essen wollte als die Reste, die ich in der Küche hatte, musste Anja einen Vorschuss von tausend Euro lockermachen. Mindestens.

Es trug nicht gerade zu meiner Laune bei, dass Manni diese finanziellen Überlegungen mit seiner blöden Warteschleife untermalte.

»Manfred Hecking Computer Support …« Aufbrandende Musik. *»Leider sind alle unsere Plätze belegt. Der nächste freie Mitarbeiter ist gleich für Sie da. Bitte legen Sie nicht auf.«* Aufbrandende Musik. *»Manfred Hecking Computer Support …«*

»Verdammter Mist!«, schrie ich in mein leeres Büro. »Du hast keine Mitarbeiter, du Blödmann. Weder freie noch gefangene. Du hast auch keine Plätze. Geh endlich ran, du blödes Arschloch!«

Mein Geschrei schien bis nach Mettmann gedrungen zu sein. Plötzlich brach das Gedudel ab, es tutete ein paarmal, und Manni meldete sich: »Ja, hallo?«

Er klang müde, als sei es jetzt nicht halb fünf am Nachmittag, sondern halb fünf Uhr morgens.

»Manni, hier ist Remi. Hab ich dich geweckt?«

Mann gähnte lautstark in den Hörer. Ich hörte ein Rascheln. Im Hintergrund sagte jemand etwas. Es war eine Frauenstimme.

»Mensch, du störst«, sagte Manni.

»Dann übergib mich doch an einen freien Mitarbeiter, wenn du keine Zeit hast, du Computer-Tycoon.«

Wieder murmelte die Frau etwas. Was Manni antwortete, klang stark gedämpft. Wahrscheinlich hielt er den Hörer zu.

»Manni?«, rief ich. »Bist du noch da? Rede mit mir.«

»Ja, ja, ich bin noch da«, kam es nun wieder ganz klar. Jetzt hallte seine Stimme. Sicher war er im Bad. Im Hintergrund hörte ich ein lautstarkes Plätschern. Wahrscheinlich pinkelte er.

»Kann ich mit dir reden? Ich brauche deine Hilfe.«

»Findest du mal wieder den Einschaltknopf von deinem Computer nicht?«

Ich beschloss, gleich zum Punkt zu kommen. Wenn die Frau im Hintergrund verlangte, dass Manni das Gespräch beendete, würde er es sicher tun. Ich erklärte ihm also die Sache mit der verschwundenen Webseite.

»Mir geht's auch darum rauszufinden«, fügte ich hinzu, »ob das Video irgendwo abgespeichert ist. Ich habe es ja mit meinem Handy gesehen.«

Er räusperte sich. Dann hörte ich ein anderes Geräusch. Ein Gluckern. Als ob Manni trinken würde. Ich lag wohl richtig, denn gleich darauf drang ein ohrenbetäubendes Rülpsen an mein Ohr.

»Bist du sicher, dass du nicht besoffen warst? Ich meine, als du angeblich den Film angesehen hast.«

»Ich habe ihn gesehen«, erwiderte ich streng. »Ganz wirklich. Und ohne was getrunken zu haben. Ich bekam das Video als Link in einer Mail. Ich habe von demselben Absender schon mal eine Mail erhalten, aber ohne Film. Und als ich dann später das Video noch mal ansehen wollte, war da nichts mehr. Der Link ging ins Leere. Fehlermeldung.«

Er seufzte, etwas klirrte. Er stellte wohl die Flasche ab. Ich ging davon aus, dass er Wasser getrunken hatte. So ein Nachdurst konnte höllisch sein.

»Also, pass auf, Schrotti. Hör mir genau zu.«

Auch das noch. In der Schule hatten sie mich schon Schrotti genannt. Rott – Schrott. Lag ja nahe. Ich hatte es gehasst. Aber die Zeiten am Wilhelm-Dörpfeld-Gymnasium waren seit gut drei Jahrzehnten vorbei. Doch ich beschwerte mich nicht. Ich ließ Manni weiterreden.

»Zunächst mal«, sagte er, »kann man URLs zeitlich begrenzen. Ich kann also als Programmierer genau festlegen, wann, wie lange oder wie oft eine Website zu sehen sein soll, *capito*?«

»Eine URL – das ist die Adresse der Webseite. Richtig?«

»Richtig.«

»Ich verstehe. Und du meinst, das hat der geheimnisvolle Unbekannte getan?«

»Na sicher, du Hirni. Hast du doch selbst erlebt. Einmal gesehen, dann nicht mehr anguckbar. Du verstehen?«

»Ja, ja, schon klar«, sagte ich beleidigt. Nur weil ich weniger von Computern verstand als Manni, war das ja kein Grund, mich wie einen Idioten zu behandeln.

»Und was das Video betrifft«, erläuterte er weiter, »ist es im Grunde so wie bei Leihfilmen.«

»Leihfilme? Aus der Videothek?«

»Ja, aber in diesem Fall eine virtuelle Videothek. Im Internet. Da haben die Dateien einen Zeitstempel, der besagt, wie lange sie zu gebrauchen sind. Oder denk doch mal an Testversionen von Software. Das funktioniert nach demselben Prinzip. Du kannst sie nur für eine bestimmte Zeit nutzen. Oder soundso oft. Und danach – futsch. Bei dir war's eben genau einmal möglich. Der Absender hat das so programmiert.«

»Hm. Der Film ist also nicht irgendwo hängen geblieben? Ich dachte, so ein Computer behält das … zumindest bis man ihn ausmacht.«

Hatte ich das Handy eigentlich zwischendurch ausgeschaltet? Nein, hatte ich nicht. Und da musste doch noch …

»Vergiss es«, sagte Manni. »Wahrscheinlich wurde das Video gestreamt. Dann kommt es unter Umständen gar nicht erst auf dein Endgerät. Ich nehme mal an, der Absender hatte es von vorneherein darauf angelegt, dass du ihn nicht zurückverfolgen kannst. Und bei dem Aufwand, den er betreibt, hat er auch dafür gesorgt, dass es funktioniert.«

»Kann man denn gar nichts machen?«

»Schick mir mal die Mail weiter. Ich schau mir den Header an, vielleicht kriege ich noch irgendwas raus.«

»Okay, danke. Wie lange brauchst du dafür?«

»Zwei Minuten.«

Jetzt hörte ich Schritte. Die Frau im Hintergrund sagte etwas.

Manni antwortete wieder mit zugehaltenem Telefon, er klang ein bisschen verärgert. Aha, dachte ich, er erklärt der Frau, dass er keine Zeit für sie hat. Guter Manni. Tasten klackerten.

»Und?«, fragte er. »Wo ist die Mail?«

»Äh, hier bei mir – wieso?«

»Ich dachte, du schickst sie mir.«

»Jetzt gleich?«

Nun galt die Verärgerung mir. »Na sicher.«

»Moment, ich leg den Hörer hin …«

Kurz bevor ich das Telefon vom Ohr nahm, vernahm ich bei Manni ein Kreischen. Es war die Frau. Mir wurde klar, dass sie lachte. Etwa über mich?

Ich riss den Hörer wieder ans Ohr und konnte deutlich hören, wie Manni – gedämpft, aber sehr verständlich – sagte: »Und dieser Schlappschwanz nennt sich Detektiv. Keinen Schimmer von gar nichts. Bleib liegen, ich bin gleich bei dir. Kannst ja schon mal die nächste Lümmeltüte aus der Verpackung holen.«

Ich öffnete eine neue Mail, schrieb Mannis Adresse in die Empfängerzeile, schob die Nachricht mit dem Video-Link hinein und klickte auf »Senden«.

»Sie ist rausgegangen«, meldete ich.

»Sekunde … Alles klar, sie ist da.«

Wieder Tastenklackern. Ich wartete geduldig.

»Wie ich gedacht habe. Hast du dir die URL eigentlich mal angesehen?«

Ich sah in die Mail. Die Webadresse war ein einziger Buchstabensalat. »Ja, wieso?«

»Sie endet auf ›to‹. Das heißt, das Ding kommt aus Tonga in Polynesien. Nicht zurückzuverfolgen. Was natürlich nicht heißt, dass sie nicht jemand aus Deutschland geschickt haben kann. Aber du hast keine Chance rauszukriegen, wer das war.«

Klar, dachte ich. So was hört man ja immer wieder. Der Absender sagte mir natürlich auch nichts. Er nannte sich »dpggwaDa«, und seine Mail-Adresse lautete »dpggwaDa@rzl5r-6.com«. Aber nur bei der zweiten Mail. Die erste kam von einem gewissen »tr6qssdr«, der die Adresse »tr6qssdr@jjjhhh-pill.com« unterhielt.

Wirklich findig, diese Leute.

»Viel Vergnügen«, sagte ich resigniert.

»Was?«

»Ich meine, mit dem Mädel, das du da bei dir hast.«

»Vergnügen? Das ist meine Schwester. Sie ist zu Besuch.«

»Also auch noch Inzest.«

Wieder ein kreischendes Lachen im Hintergrund. Sie hatte alles mitgehört. Manni hatte wohl auf laut gestellt – wahrscheinlich, weil er beide Hände für den Computer brauchte.

»Noch was«, sagte er.

»Ja?«

»Ich würde das alles nicht auf die leichte Schulter nehmen. Der Typ hat dich heimlich gefilmt. Damit bezweckt der doch was. Sei vorsichtig.«

Ja, sicher bezweckte er etwas damit.

»Jemand, der so einen Aufwand betreibt …«, fuhr Manni fort, ohne den Satz zu beenden. »Komische Sache.«

Ja, Manni, dachte ich, du hast recht. Jetzt bist du der Blitzmerker.

»Ich muss rauskriegen, ob das was mit meinem aktuellen Fall zu tun hat«, sagte ich.

»Aktueller Fall?«

»Ja. Obwohl es dafür keinen Hinweis gibt.«

Nein, das konnte auch gar nicht sein. Ich hatte doch die erste Mail bereits erhalten, als der Plan, mich zu engagieren, noch ausschließlich in Anjas Kopf existierte. Hacker konnten vieles. Gedanken lesen allerdings nicht. Vielleicht kam das noch.

»Wie kann ich der Sache auf den Grund gehen, wenn ich keine Chance habe, herauszufinden, woher die Videos kommen?«

»Ich würde mich mal drum kümmern, ob mich jemand verfolgt oder so.«

»Danke, Manni. Du bist eine große Hilfe.«

»Ich meine das ernst.«

»Ich auch.« Damit verabschiedete ich mich und legte auf. Dann ging ich an meinen Wäscheschrank, nahm einen Stapel

Unterhosen heraus, langte mit dem ganzen Arm in das Fach und holte meine Neun-Millimeter-Beretta hervor. Ich steckte sie in das Hüftholster, das ich mir vor Kurzem extra dafür zugelegt hatte und das man in den kalten Monaten nicht bemerkte. Man trug ja Mantel.

Dann sah ich noch mal auf die Uhr. Es war immer noch zu früh für das Treffen mit Wonne. Trotzdem verließ ich das Haus.

In der Friedrich-Ebert-Straße kaufte ich mir ein Sandwich und einen Kaffee und blickte traurig in meine Geldbörse, in der sich nun nur noch ein wenig Kleingeld und ein Zehn-Euro-Schein befanden. Ich verzehrte das Brötchen am Stehtisch. Während ich das Treiben auf der Straße betrachtete und an meinem Kaffee nippte, sah ich immer wieder auf die Uhr.

Würde Wonne sauer sein, wenn ich deutlich zu früh ins Katzengold käme? Und wie würde sie reagieren, wenn ich sie warten ließe? Hatte ich, um jeglichen Ärger zu vermeiden, auf die Sekunde genau durch die Tür zu treten?

Als das Sandwich bis auf ein paar Krümel auf dem Teller verschwunden und die Tasse leer war, wurde ich noch unruhiger. Immer noch fast eine halbe Stunde Zeit.

Der Drang, mich zu bewegen, etwas zu tun, wurde immer stärker. Ich ging hinaus auf die Straße in Richtung Laurentiusplatz, der mich im Sommer ein wenig an Italien erinnerte. Jetzt war hier alles ebenso grau in grau wie überall in der Stadt. Wenigstens hatte es zu schneien aufgehört. Ein kalter Wind blies mir durchs Haar, und ich überlegte, ob ich es den vielen anderen Männern, die die fünfzig überschritten hatten, gleichtun und mir eine Mütze oder einen Hut anschaffen sollte. Zum Glück hatte mich das Schicksal bisher vor einer Glatze bewahrt. Irgendwo hatte ich mal gelesen, der Haarausfall im Alter sei genetisch bedingt. Bei uns lag er aber anscheinend nicht in der Familie. Ich trug noch nicht mal eine Brille.

Kalt am Kopf war es trotzdem.

Trotz des Winters hatte die Metzgerei Kaufmann ihre rote Markise aufgespannt. Die Farbe schrie einen inmitten des Großstadtgraus regelrecht an. Ich bog in die Untergrünewalder Straße ein, spazierte an den klassizistischen Fassaden der Elberfelder »Kleinen Altstadt« vorbei. Hinten, an der nächsten Querstraße, ragten kahle Äste in den Himmel. Dort lag das Katzengold, dessen Mauern im Sommer von grünen Blättern bedeckt waren, sodass man an den Außentischen mitten in der Stadt etwas Natur erleben konnte. Jetzt war das ein ferner Traum. Dabei war der Mai nur noch wenige Wochen entfernt.

Ohne noch einmal auf die Uhr zu schauen, betrat ich das Lokal. Wonne saß etwas abseits an einem der hinteren Tische im Dämmerlicht.

Sie war nicht allein. Ihr gegenüber saß ein Mann, der mir auf den ersten Blick wie ein Penner vorkam. Er trug eine farblich zwischen Ocker und Braun angesiedelte Kunstlederjacke. Seine vorgestreckten Knie bedeckte eine Jeans, die nicht aus Designergründen helle Flecken aufwies, sondern weil sie fadenscheinig war. Seine Füße steckten in No-Name-Sneakers.

Als ich näher kam, wandte er sich mir zu, schien sich aber nicht weiter für mich zu interessieren und blickte wieder Wonne an, der er wohl gerade etwas erzählte. Sie bemerkte mich überhaupt nicht, aber der kurze Moment, den er mir in die Augen gesehen hatte, reichte, um mir klarzumachen, dass ich den Mann kannte. Ich kam nur nicht drauf, woher.

Während ich weiter auf den Tisch zuging, kam ein Teil von mir ins Grübeln. Dieses markante, breite Kinn. Die seltsam hellen, fischartigen Augen. Tiefe Furchen im Gesicht, Stoppelbart.

Ich stand am Tisch, jetzt sah auch Wonne auf. Nicht fröhlich, eher genervt. Vor sich hatte sie einen Spiralblock mit Notizen, zwischen ihren Fingern steckte ein Stift.

»Du bist zu früh, Remi. Wir sind noch nicht fertig.«

»Störe ich?«, fragte ich.

Die Kälte, mit der sie mich begrüßt hatte, stand vor mir wie eine Wand. Ich wollte ihr das aber nicht zeigen – schon gar nicht vor diesem Typen, von dem ich immer noch nicht wusste, wer er war. Nur eines war mir klar: Mit ihm hatte es mal ein Problem gegeben.

Ich biss die Zähne zusammen, beugte mich vor und hielt dem Penner die rechte Hand hin. »Rott«, sagte ich.

Der Mann nahm sie nicht, sondern öffnete den Mund zu einem breiten Grinsen, wobei sich die Bartstoppeln wie ein Dickicht auseinanderzubiegen schienen und gelbliche Zähne freilegten.

»Ich weiß«, sagte er. »Wir kennen uns. Wir sind sogar per Du. Weißt du nicht mehr?«

»Ich würde gern mit meiner Freundin einen Moment allein reden«, sagte ich, während ich in meinem Gedächtnis immer noch danach forschte, wer der Kerl war. »Es dauert nur zwei Minuten.«

»Remi, hast du sie noch alle?«, rief Wonne.

Ich legte dem Penner die Hand auf die Schulter und spürte die glatte, kalte Oberfläche seiner Jacke. Er zuckte zusammen, und ich war darauf gefasst, dass er Ärger machen würde, aber dann schob er sich von seinem Stuhl.

»Volkmar, bleib«, sagte Wonne. »Mein Freund spinnt. Remi, wie wär's, wenn *du* warten würdest? Danach haben wir alle Zeit der Welt.«

Ich sah den Typen an, der Volkmar hieß. »Ich brauche nicht alle Zeit der Welt«, sagte ich. Ein Stück Erinnerung rastete ein. Volkmar … Der Nachname fing mit L an. Aber der entscheidende Groschen wollte immer noch nicht fallen. »Also los«, sagte ich zu ihm.

Er runzelte die Stirn und mahlte mit seinen mächtigen Kiefern auf irgendetwas herum. Mir wurde bewusst, dass er einen ekelhaften Geruch verströmte – nicht sehr stark, aber deutlich auszumachen. Es war ein Mief nach ungewaschenen Klamotten, Qualm und Frittenbude.

Eine Sekunde lang war in seinem Blick ein Ausdruck, wie ihn ein geprügelter Hund haben mochte, der resigniert aufgibt und sich seinem strengen Herrn fügt. Er wandte sich ab und trottete hinaus. Durchs Fenster sah ich, wie er ein Päckchen Tabak aus der Tasche nahm und anfing, sich eine Zigarette zu drehen.

Ich ließ mich auf dem Platz nieder, auf dem er gesessen hatte. Der Stuhl war noch warm von seinem Hintern.

Wonne funkelte mich wütend an. Sie hielt mit beiden Händen den Stift und drehte ihn nervös hin und her.

»Wer ist das?«, fragte ich.

»Ich denke, du kennst ihn.«

»Das hat er gesagt.«

»Ich glaube aber auch, dass du ihn kennst.«

Die Bedienung kam. Ich erklärte, dass ich nichts haben wollte. Wonne verlangte die Rechnung.

»Ich bezahle zusammen«, sagte sie.

»Du lädst den Penner zum Kaffee ein?«, fragte ich. »Was ist denn nun los?«

Ich sah zum Fenster. Der Mann stand da und rauchte. Er drehte uns den Rücken zu, die freie Hand in die Tasche seiner Jacke gestemmt. Es war deutlich zu sehen, dass er fror.

»Nichts ist los, Remi. Ich mache meinen Job.«

»Und was ist dein Job?«

Sie seufzte. »Ich schreibe Artikel, schon vergessen? Das ist mein Beruf.«

»Und dein neuer Auftraggeber ist eine Obdachlosenzeitschrift?«

Die Bedienung legte die Rechnung hin. Wonne holte Geld aus ihrer Tasche. Ihre Hände zitterten.

Sie sah mich an. In ihren Augen glitzerte etwas.

»Mensch, Remi, du bist so ein Arschloch, weißt du das?«

Mein Gott, was hatte ich denn gesagt? Etwas in mir flammte auf, und dann fühlte es sich an, als hätte ich ein glühendes Schwert in mir. Ein Schwert? So wie bei Michaela Paas?

»Wonne, es tut mir leid. Aber irgendwas ist doch los. Was ist passiert? Willst du … nicht mehr mit mir zusammen sein?«

»Ach, lass mich doch in Ruhe.«

»Erklär's mir«, sagte ich. »Bitte.«

Sie holte tief Luft. »Ich habe einen Auftrag von einer großen Frauenzeitschrift. *Sehr* groß. Ich soll einen Artikel schreiben über Leute, die im Gefängnis gesessen haben. Und das nicht wegen irgendwelcher kleiner Delikte, sondern wegen richtig dicker Dinger. Mord. Mindestens Totschlag. Und was ich hier mache: Ich interviewe einen Exknacki.«

Jetzt fiel der Groschen, dass es nur so schepperte.

Volkmar …

»Und der da draußen ist Volkmar …« Ich suchte nach dem Nachnamen, kramte in meiner Erinnerung. Volkmar Liebert. Jetzt hatte ich es.

»Volkmar Liebert«, sagte Wonne. »Genau.«

Liebert! Natürlich.

Liebert war ein ehemaliger Polizist. Er war nicht mehr im Dienst, weil er ein Kapitalverbrechen begangen hatte, indem er seine Frau erschoss. Wie lange war das her? Ich rechnete nach. Es mussten fünf Jahre sein.

Wenn ich mich richtig erinnerte, war Liebert den typischen Problemen eines Kripobeamten zum Opfer gefallen. Massenhaft Überstunden. Psychische Belastung. Ärger in der Ehe. Eines Tages hatte er selbst die Kollegen gerufen. Sie fanden Lieberts Frau im gemeinsamen Haus, erschossen mit Lieberts Dienstwaffe. Es hatte daraufhin noch eine spektakuläre Flucht gegeben, aber schließlich hatten sie ihn gefasst. In einer Wohnung, die jemandem aus der Familie seiner Frau gehörte. Ich war sogar zufällig bei seiner Verhaftung dabei gewesen.

Vorher hatte ich gelegentlich mit Liebert zu tun gehabt. Er war eigentlich immer einer der Bullen gewesen, mit denen man klarkam.

»Müsste er nicht noch im Knast sein?«, fragte ich. »Wenn ich mich recht erinnere, hat er sechs Jahre bekommen.«

»Wegen guter Führung früher entlassen«, sagte Wonne.

Jetzt war ich derjenige, der seufzte. »Alles klar«, sagte ich. »Ich habe meine Arbeit, du hast deine. Das ist in Ordnung.« Ich zögerte einen Moment, bevor ich weitersprach. »Aber vielleicht sollten wir, wenn wir unsere aktuellen Dinger durchhaben, mal was anderes machen.«

Sie sah auf ihren Notizblock. »Ach, und was?«

Ich versuchte, möglichst enthusiastisch zu klingen. »Urlaub,

Sonne, Meer. Raus aus diesem tristen Kühlschrank.« Sie wollte etwas sagen, und ich wusste, was es war – sie wollte anmerken, dass wir nicht genug Geld hatten. Ich ließ sie gar nicht zu Wort kommen. »Wenn ich meinen derzeitigen Fall löse, verdiene ich genug, dass wir wegfahren können. Und ich denke, dabei sollten wir es erst mal belassen. Schreib du dein Zeug über Liebert, ich löse meinen Fall. Dann scheint die Sonne. Okay?«

Es brachte nichts, hier weiterzureden. Außerdem tat mir Liebert, der immer noch frierend draußen stand, jetzt doch leid. Inzwischen rauchte er nicht mehr, sondern hatte sich herumgedreht und sah durchs Fenster. Ich stand auf.

»Ich melde mich, okay?«, sagte Wonne, sah aber nicht mich an, sondern ihren Block. Immerhin nickte sie.

»Sie können reinkommen«, sagte ich draußen zu Liebert. Der Ausdruck des geprügelten Hundes war immer noch da. »Tut mir leid, aber das war wichtig.«

»Deine Freundin, oder?«

Ich nickte. Klar, wir waren beim Du gewesen.

Ich versuchte, in den verhärmten Zügen den Liebert von damals zu finden, wieder kramte ich in meinen Erinnerungen. Aber es war, als seien einzig und allein seine hellen Augen übrig geblieben von dem einst schlanken, ziemlich drahtigen, sportlichen Mann. Dabei war das doch alles im Grunde gar nicht so lange her.

»Du bist also früher rausgekommen«, sagte ich – eigentlich nur, um irgendetwas zu sagen. Ich konnte ihn nicht einfach so dastehen lassen.

Er sah auf die Straße, nestelte in seiner Jackentasche. »Ja, aber ich weiß nicht, ob das so gut war.«

»Wieso?«

Er hatte wieder den Tabaksbeutel in der Hand, machte ihn aber nicht auf.

»Kannst du dir das nicht denken? Jetzt bin ich frei, aber ich habe keinen Job. Ich war im Staatsdienst, kann aber nicht dorthin zurück. Dabei war ich ein guter Bulle.«

Ja, er war ein guter Bulle. Gewesen. Die Geschichte besaß natürlich große Tragik. Ihm waren die Sicherungen durchgebrannt, klar. Aber konnte man das entschuldigen? Er hatte seine Frau erschossen. Eigenhändig. Und nun hatte er die Folgen zu tragen.

»Sag mal, Rott«, begann er, druckste dann aber herum. »Sag mal … kannst du nicht Hilfe gebrauchen?«

»Was? Wieso?«

»Du bist Detektiv. Ich darf zwar nicht mehr als Bulle arbeiten, aber als Detektiv schon. Dazu braucht man ja im Grunde keine Erlaubnis. Ich könnte dir helfen. Mensch, Rott. Wär das nicht was?« Sein Blick war flehend. Und plötzlich war er mir ganz nahe. Der muffige Geruch auch.

»Liebert … Volkmar …« Ich suchte nach Worten. »Mir geht's finanziell auch nicht so super. Kannst du dir vielleicht denken. Ich bin froh, wenn ich bis zum nächsten Ersten meine paar Kröten für die Miete zusammenkriege.«

Er nickte, wieder wie geprügelt, und fing an, eine neue Zigarette zu drehen. Ich roch den Tabak. Es war noch gar nicht so lange her, da hatte ich mir das Rauchen abgewöhnt. Jetzt hätte ich am liebsten sofort wieder angefangen. Wo nahmen Leute wie Liebert nur das Geld her, um sich Tabak zu kaufen? Hatte er damals eigentlich schon geraucht?

Er drehte schweigend, zündete die Zigarette aber nicht an. Er betrachtete sie einen Moment, dann legte er sie in den Beutel.

»Ich dachte halt nur«, sagte er knapp. »Aber vielleicht denkst du an mich, wenn du doch mal jemanden brauchst.«

In mir regte sich das schlechte Gewissen. Es war einfach da. Keine Ahnung, wieso. Es gab ja keinen Grund dafür. War ich dem Mann was schuldig? Nein. Hatte ich was damit zu tun, dass er seine Frau erschossen hatte? Nein. Hatte ich ihn zu der Haftstrafe verdonnert? Auch nein. Trotzdem strahlte er etwas aus, das mir ins Ohr zu flüstern schien: Tu was für mich! Tu was für mich! Und alles in mir versuchte, dem Wunsch nachzukommen.

Aber was konnte ich tun?

Sollte ich ihm Geld geben?

Nein, das war nicht das Richtige.

»Wie ist denn deine Adresse?«, fragte ich. »Ich meine, falls mal was ist.«

Er sah mich an, als hätte ich ihn beleidigt. Als wäre es jetzt zu spät, nur weil ich nicht gleich auf seine Bitte eingegangen war.

»Die hat deine Wonne«, sagte er nur. Damit wandte er sich ab und ging in das Lokal.

Er nannte sie *Wonne*?

Aufgestauter Ärger suchte sich in mir eine Bahn, um auszubrechen. Am liebsten hätte ich gegen die Mauer geschlagen. Wieso nannte dieser blöde Schwerverbrecher meine Freundin Wonne?

Konnte ich das überhaupt zulassen? Dass sie sich mit einem Verurteilten traf?

Ich wartete ein paar Sekunden, bis die Anspannung vorbei war, atmete tief die kalte Luft ein. Als das immer noch nicht half, zählte ich langsam bis zehn.

Sie ist erwachsen, dachte ich. Und sie will wie eine Erwachsene behandelt werden. Eine Erwachsene, die einfach nur ihren Job macht. Und warum sollte eine Journalistin nicht einen Exknacki interviewen?

Mir wurde bewusst, dass man mich von drinnen sehen konnte. Und Wonne hatte bezahlt. Sie würden also gleich das Katzengold verlassen und woanders hingehen. Wohin? Was machten sie dann?

Auf der gegenüberliegenden Straßenseite kam steil die Ottenbrucher Straße vom Hang herunter. Ich ging ein paar Schritte hinauf. Von weiter oben behielt ich den Eingang des Lokals im Auge. Ich wartete und wartete, wich hin und wieder einem Auto aus, das heruntergefahren kam und sich in dem engen Straßengewirr verlor. Aber sie kamen nicht heraus.

Mittlerweile war es dunkel geworden. Die Straßenlaternen flackerten auf, und ich wartete immer noch.

Ich spürte, dass ich fror. Da beschloss ich, nach Hause zu gehen. Aber ich wäre nicht um alles in der Welt noch mal unten am Katzengold vorbeigegangen. So wandte ich mich die Ottenbrucher hinauf und machte einen Riesenumweg. Ich spazierte den Grünewalder Berg entlang und gelangte von hinten wieder zur Laurentiuskirche, die wie ein riesiger Klotz in der Dunkelheit stand.

Als ich auf den Platz trat, sah ich in den Lichtern der Laternen Schneeflocken tanzen. Ich wischte mir durchs Haar und eilte zu meinem Wagen.

7

Abseits des vorbeirauschenden Verkehrs lag in der Dunkelheit wie vergessen das Haus, in dem Michaela Paas gewohnt hatte. Ich drückte wieder alle Klingeln und wartete.

Ein Rauschen drang von der Bahnlinie aus dem Graben unter der Straße zu mir hoch. Da fuhr gerade ein Zug vorbei. Der Summton kam so leise, dass ich ihn fast nicht gehört hätte. Ich öffnete die Haustür. Vor mir lag ein miefiger, kalter Flur. Rechts erkannte ich einen Schalter an der Wand und legte ihn um. Eine Lichtfunzel an der Decke neben der Treppe warf einen schummrigen Schein. Ich ging nicht sofort hinein, sondern las lieber noch mal die Namen auf den Schildern und prägte sie mir ein.

Als die Tür hinter mir ins Schloss fiel, verstummte der Lärm der Stadt auf einen Schlag. Es war, als wäre ich in einer anderen Welt gelandet. Der muffige Geruch verstärkte sich. Er erinnerte an Schimmel.

Gleich rechts, direkt vor dem Treppenabsatz, befand sich eine Wohnungstür. Da stand ein Name: Keller.

Die Wohnung hatte keine Klingel. Wahrscheinlich, weil sie ebenerdig lag und Ankömmlinge einfach nur um die Ecke gehen mussten, um hineinzukommen. Aber was machten Hausbewohner, die Herrn oder Frau Keller besuchen wollten? Klopfen vielleicht. Oder aber die Haustür öffnen und draußen klingeln. Die Hausverwaltung war sparsam.

Ich klopfte. Nichts.

Also machte ich mich auf den Weg nach oben. Irgendwo würde ich schon auf jemanden stoßen, der Michaela Paas gekannt hatte.

Als ich die zweite Stufe betrat, ging das Licht aus. Es wurde aber nicht vollkommen dunkel, ein matter Schein drang von weiter hinten in den Flur. Ich beugte mich über das Geländer und erkannte hinten eine Tür mit einem milchigen Glasfenster.

Während ich noch überlegte, wo sie hinführen mochte, näherte sich von außen ein schwankender Schatten. Die Tür ging auf, und ein Mann betätigte einen zweiten Lichtschalter. Es wurde wieder hell. Im Flur stand ein dicker Glatzkopf in blauem Overall, der mich mit einer Mischung aus Erstaunen und Aggression ansah.

»Sind Sie der Heizungsmonteur?«, fragte ich angesichts seines Aufzugs.

»Und Sie?«, schrie er. »Sie gehören doch hier überhaupt nicht hin. Haben Sie überall Sturm geklingelt?«

Ich löste langsam meinen Fuß von der Treppe und ging auf ihn zu. Er war mindestens zwei Köpfe kleiner als ich. So eine Art Dirk Bach in aggressiv.

Es gab verschiedene Möglichkeiten, solcher Hauskontrollettis Herr zu werden.

Ich öffnete den Mantel und ließ die eine Seite etwas klaffen, sodass er meine Pistole sehen konnte. Damit das Ganze nicht zu aufgesetzt wirkte, nahm ich gleichzeitig eine Visitenkarte aus der Tasche und reichte sie ihm.

»Detektiv?«, las er stirnrunzelnd ab. »Und das da unten kann man ja gar nicht lesen. Was soll der Scheiß?«

In diesem Moment ging wieder das Licht aus, aber als ob er es erwartet hätte, spreizte er den Arm zur Wand und klatschte auf den Schalter, ohne den Blick von dem Kärtchen zu nehmen.

Es wurde Zeit, noch eins draufzusetzen.

»Ich arbeite für die Staatsanwaltschaft Wuppertal«, behauptete ich. Wie so oft in solchen Fällen traf ich auf ein Gegenüber, dessen Hirn von amerikanischen Fernsehkrimis so verseucht war, dass man mir das einfach so abnahm. In den USA schien es von freien Mitarbeitern, die die Polizei unterstützten und sich überall Zutritt verschaffen konnten, ja nur so zu wimmeln. Warum sollte es in Deutschland nicht auch so sein?

Er hatte seine Lektüre beendet und hielt mir die Karte hin. Ich nahm sie nicht, sondern machte eine gönnerhaft abwehrende Geste. In Gedanken überschlug ich, dass ich jetzt schon zwölf von den Dingern los war. In zwei Wochen. Das machte bei tausend

Stück … etwa achtzig mal zwei Wochen. Das hieß, ich würde noch drei Jahre brauchen, bis sie weg waren.

»Geht's um Frau Paas?«, fragte er.

»Erraten«, sagte ich.

Er nickte beifällig. »Aber die Polizei war schon hier.«

Ich nahm die Karte doch. Es war besser, so wenig Spuren wie möglich zu hinterlassen, wenn man sich der Amtsanmaßung schuldig machte.

»Das ist aber ja schon eine Weile her. Die Erkenntnislage verändert sich.«

Er nickte wieder. Wie ein Wackeldackel. »Kann ich mir vorstellen.«

Sehr gut. Vorstellungskraft war wichtig, wenn man etwas von jemandem wollte. Eigentlich war sie sogar das einzig Wichtige.

»Hören Sie, wie ich erfahren habe …« Ich senkte die Stimme, als würde uns das ganze Haus zuhören, was ja vielleicht sogar das Fall war. »Auf Sie kann man sich doch verlassen, oder?«

»Wie meinen Sie das?« Er brauchte einen Moment, bis er begriffen hatte, dass er gerade sozusagen von höherer Stelle ein Lob einkassiert hatte.

Ich holte einen Zettel und einen Stift heraus. »Aber sagen Sie … vielleicht sollten wir das nicht hier im Hausflur besprechen … Herr …«

»Notdurft.« Er hielt mir die Hand hin. »Wissen Sie ja, aus Ihren Akten.«

Ich versuchte, nicht unwillkürlich aufzulachen. »Ja sicher, Herr Notdurft.«

»Es ist außer uns eh keiner im Haus. Die Wohnungen stehen leer. Frau Paas ist ja tot, und gegenüber wohnt nur noch die Cindy Berger. Aber die ist nicht zu Hause.«

»Cindy Berger?«

Moment, das kam mir bekannt vor. In meiner Jugend hatte es mal ein Schlagerduo gegeben: Cindy und Bert. Cindy hatte später unter dem Namen Cindy Berger auch solo Karriere gemacht.

Aber klar, das war Zufall. Den Namen Berger gab's ja wie

Sand am Meer. Und ich hatte ihn vorhin auf den Klingelknöpfen gelesen. Gleich neben Paas.

»Ja, die Cindy«, sagte ich.

»Die ist sicher bei der Arbeit«, erklärte er.

Ich hätte ganz gern gefragt, was das für eine Arbeit war, aber dann hätte dieser Notdurft vielleicht noch gemerkt, dass ich keine Ahnung von den Akten hatte.

Wieso grinste der Typ auf einmal so seltsam?

Und wieso hatte eigentlich sein Name nicht draußen auf einer der Klingeln gestanden?

»Wohnen Sie schon lange hier?«, fragte ich.

Er kratzte sich am Kopf. »Nö, halbes Jahr oder so. Eigentlich bin ich nur Untermieter – im Hinterhaus.«

»Und Sie kannten Frau Paas?«

»Hab ich doch alles schon erzählt.«

»Dann erzählen Sie es eben noch mal.«

Er hob die Schultern. »Kennen ist zu viel gesagt. Ich hab sie manchmal getroffen, hier im Flur oder so. Im Vorbeigehen.«

»Warum steht Ihr Name auf keiner Klingel?«

»Mein Kumpel hat das Hinterhaus gemietet. Er ist gerade auf Reisen. Die anderen Wohnungen sind fast alle leer.«

»Auf Reisen?«

Er druckste herum. »Auf Reisen. Im Staatshotel. Verstehen Sie?«

Ich verstand. Entweder war der Kumpel bei der Bundeswehr oder im Knast. Ich tippte auf Letzteres und fragte schlicht: »Warum?«

»Ach, der hat mit ein paar Autos gehandelt, die geklaut waren oder so. Sind Sie wirklich von der Staatsanwaltschaft? Das müssten Sie doch wissen.«

»Was ist denn das für ein Hinterhaus?«, fragte ich und ging an ihm vorbei durch die hintere Tür. Ich gelangte auf einen kleinen Hof. In der einen Ecke standen Mülltonnen, in der anderen wucherte Unkraut. In der dritten drängte sich an eine Mauer ein zweistöckiges Häuschen, dessen untere Tür offen stand. Die oberen Fenster waren beleuchtet.

Vor einem davon war ein seltsamer Schatten zu sehen. Etwas Unförmiges war an der Fensterbank angebracht. Es erinnerte mich mit seinem langen, dunklen Rohr an ein Maschinengewehr. Aber das konnte ja nicht sein. Dahinter flackerte ein Fernseher.

»Wollen wir nicht reingehen?«, schlug ich vor. »Hier draußen ist es nicht gerade gemütlich.«

»Mir macht das nichts aus«, sagte Notdurft. »Und ich muss Sie ja nicht in meine Wohnung lassen, oder?«

»Nein, müssen Sie nicht. Dann stehen wir halt ein bisschen im Hof herum. Erzählen Sie mir etwas über Michaela Paas.«

»Und was?«

»Da gibt's doch viele Möglichkeiten. Hatte sie zum Beispiel Freunde? Traf sie sich mit bestimmten Leuten? Hat sie Besuch bekommen? So was kriegt man doch sicher mit als Nachbar.«

»Ich kriege gar nichts mit. Ich wohne im Hinterhaus, wie soll ich da was mitkriegen? Ich weiß gar nichts.«

Ich bezweifelte das, aber gegen sein Mauern konnte ich erst mal nur eines tun: ein neues Thema anschneiden.

»Warum stehen hier eigentlich so viele Wohnungen leer?«, fragte ich.

Er hob die Schultern. »Sind in schlechtem Zustand. Büchmann hat vor, das Haus zu sanieren. Oder abzureißen. Weiß ich nicht so genau.«

»Büchmann? Ist das der Vermieter?«

»Ja. Mich kann er nicht rausekeln. Mein Kumpel hat im Voraus bezahlt.«

Mir kam eine Idee.

Entmietung. Davon hörte man ja immer wieder. Vermieter wandten mitunter die tollsten Methoden an, um die Leute aus den Wohnungen zu vertreiben. Sie schüchterten unliebsame Bewohner zum Beispiel mit Kündigungswellen ein und verwickelten sie in komplizierte juristische Auseinandersetzungen. Oder sie stellten ihnen einfach Gas, Wasser und Strom ab. In manchen Fällen kam es auch zu Drohungen oder handfesten Angriffen. Oder es wurden einfach die Fenster zugemauert und abgewartet.

»Soll das heißen, Herr Büchmann hat die Leute eingeschüchtert, damit sie ausziehen?«

»Er nicht«, sagte Notdurft. »Seine Frau. Bei mir hat sie es nicht so doll versucht. Vielleicht ist das Hinterhaus auch nicht so sehr davon betroffen. Von den Plänen, meine ich. Aber vorne im Haus war sie regelmäßig und hat die Leute bequatscht. Man hat sie bis nach hinten brüllen gehört.«

»Also hatten Frau Paas und Frau Berger auch mit ihr zu tun?«

»Klar, die waren ja die Letzten. Wenn Sie die Frau sehen, legen Sie die Ohren an, das sag ich Ihnen. Ab und zu war aber auch der Mann da. Ich meine Büchmann.«

»Bei Frau Paas?«

»Ja, sicher.«

»Auch andere Männer?«

»Schon. Einmal war hier einer, der mir sagte, dass sie in so einem Club gearbeitet hat. Und jetzt, wo Sie so fragen …«

»Können Sie den Mann beschreiben?«

»Stimmt das denn mit dem Club?« Er grinste. »So richtig hören diese Schlampen doch nie auf. Einmal Nutte, immer Nutte. Ich weiß, wovon ich rede. Da war die Paas anscheinend genau wie ihre Freundin.«

Damit meinte er sicher Anja. Wahrscheinlich hatte er sie mal zusammen gesehen, als sie Michaela besuchte. Aber woher wusste er von *Anjas* Job?

»Sind Sie eigentlich verheiratet?«, fragte ich. »Leben Sie hier allein?«

Sein Grinsen hörte nicht auf. »Warum wollen Sie das wissen? Was hat das mit Frau Paas zu tun?«

»Was damit zu tun hat, entscheide ich … äh, entscheiden wir. Also?«

»Ich lebe allein«, sagte er.

»Das beantwortet meine Frage nicht.«

»Doch, tut es.«

»Und was machen Sie beruflich, Herr Notdurft?«

»Ich orientiere mich gerade neu. Eigentlich war ich mal beim Bau.«

Das hieß, er war ohne Job.

»Also gut. Zurück zu Frau Paas. Was fällt Ihnen noch über sie ein?«

»Was soll mir da einfallen?«

»Zum Beispiel wie der Mann aussah, der Ihnen das mit dem Club verraten hat. Sie sagen, Sie haben mit ihm gesprochen. Und ich habe Sie gefragt, wie er aussah.«

»Ach, lassen Sie mich doch in Ruhe«, rief er plötzlich sehr aggressiv. »Was soll der Müll? Da kommen schon dauernd Bullen an und fragen mir Löcher in den Bauch.«

»Die werden so lange kommen, bis es endlich Erkenntnisse gibt, Herr Notdurft.«

»Ich weiß doch auch nichts. Ich hab keinen Bock mehr auf den Scheiß.« Damit drehte er sich um und stapfte in sein Hinterhaus. Wütend knallte er die Tür hinter sich zu, dass es nur so schepperte, und ich stand allein auf dem kalten Hof.

Ein paar Sekunden wartete ich, dann kehrte ich zurück ins Haus, machte aber kein Licht, sondern tastete mich im Dunkeln an den Treppenaufgang heran.

Ich musste ganz nach oben. Die Holztreppe knirschte bedenklich.

Im Treppenhaus gab es auf jeder Etage ein Fenster, das zum Hinterhof hinausging. Ich sah dort, wo Notdurft wohnte, Licht, aber es war nichts Genaueres zu sehen. Dafür waren die Scheiben zu dreckig.

Oben angekommen, musste ich kurz das kleine Lämpchen benutzen, das ich an meinem Schlüsselbund befestigt hatte. Ich leuchtete auf die beiden Türen. Links Paas, rechts Berger.

Bei Cindy Berger gab es eine Klingel. Ich drückte sie. Das Schrillen war ziemlich laut. Ich hatte den Eindruck, dass man es im ganzen Haus hören konnte. Aber hinter der Wohnungstür tat sich nichts.

Die Dame war tatsächlich nicht zu Hause.

Ich wandte mich Michaela Paas' Tür zu und leuchtete auf das Schloss. Nichts Besonderes. Mit meinem Standard-Einbruchbesteck konnte es klappen.

Es klirrte leise, als ich es aus der Tasche holte.

Jetzt hätte ich gern das große Licht angemacht. Aber das ging nicht. Es wäre vom Hinterhaus aus zu sehen gewesen.

Ich richtete mich auf. Hier oben war das Fenster nach hinten raus nicht ganz so schmutzig wie die in den unteren Stockwerken. Die Sicht auf Notdurfts obere Etage, wo das seltsame gewehrartige Ding stand, war gut. Im Raum dahinter lief immer noch der Fernseher. Der Hinterhausbewohner war nicht im Zimmer.

Gerade wollte ich mich wieder dem Schloss zuwenden, da hörte ich, wie unten die Tür ging. Das Licht im Treppenhaus flammte auf. Es gelang mir, das Einbruchbesteck lautlos verschwinden zu lassen.

»Was soll denn das?«, brüllte Notdurft, der die Treppe heraufgestapft kam. »Was machen Sie noch hier? Ich dachte, Sie wären weg. Und wir wären fertig.«

»So kann man sich irren«, sagte ich.

»Haben Sie einen Hausdurchsuchungsbeschluss? Oder sind Sie vielleicht nur ein gewöhnlicher Einbrecher?«

Mit einer lässigen Bewegung klopfte ich auf die Stelle, an der ich unter dem Mantel die Pistole trug, aber diesmal ließ er sich davon nicht beeindrucken.

»Ach, das ist doch nur ein Spielzeug. Entweder zeigen Sie mir jetzt ein Dokument, das Sie berechtigt, hier rumzuschnüffeln, oder …«

»Oder was?«

Auf einmal hielt Notdurft ein Telefon in der Hand, das ich noch gar nicht gesehen hatte.

»Ich muss nur auf den grünen Knopf drücken. Eins, eins, null ist schon gewählt. Also?«

Flucht nach vorne, dachte ich.

»Herr Notdurft, wir brauchen unbedingt Erkenntnisse, die sich in der Wohnung befinden. Es ist dringend. Die Zeit läuft mir … uns davon. Gefahr im Verzug. Schon mal gehört?«

»Interessiert mich nicht. Weisen Sie sich vernünftig aus, oder ich drücke grün.«

Das Licht an seinem Telefon ging an, was hieß, dass er den Knopf gedrückt hatte.

»Ja, hier Notdurft, Solingen …«, begann er. Im Reflex riss ich ihm das Gerät weg und drückte das Gespräch weg. Sofort ging der kleine Dicke auf mich los. Allein sein Gewicht sorgte schon dafür, dass er einen ähnlichen Effekt erzielte, als hätte mich eine kleine Dampflok gerammt.

Er erwies sich als überraschend wendig. Seine Hand versuchte, an meine Beretta zu kommen. Mit einer entschlossenen Bewegung legte ich ihm meinen Arm von vorne um den Hals und packte seine Arme. Das war nicht gerade ein richtiger Schwitzkasten, aber immerhin. Er begann zu keuchen.

Wir hatten uns so gedreht, dass ich sein Fenster auf der anderen Seite des Hofes in den Blick bekam. Da wurde mir klar, was das für ein Gerät war, das da in dem erleuchteten Umriss stand.

Es war ein Fernrohr.

Und es war auf die Etage gerichtet, in der wir uns befanden.

Jetzt war mir klar, warum ich die Informationen in atomaren Mikroportionen bekommen hatte.

»Du bist ein Spanner«, sagte ich. »Hab ich recht? Du hast massenhaft Geld für ein Hochleistungsfernrohr ausgegeben – um die Frauen in ihren Wohnungen zu beobachten.«

»Quatsch«, rief er gurgelnd. »Ich … schau mir … gern die Sterne an … Hobby von mir. Und das Fernrohr … mein Kumpel …«

»Mitten in der Stadt, im zugebauten Hinterhof? Ist klar. Deine Sterne haben lange Haare und heißen Michaela Paas und Cindy Berger.«

»Mann … das sind … Nutten. Die wollen doch beobachtet werden.«

»Ach, und hast du sie auch dafür bezahlt?« Ich sammelte all meine Kräfte und schleuderte ihn gegen die Wand. Wieder ging das Licht aus. Fluchend drosch ich auf den Schalter ein. »Ja, Michaela Paas war eine Prostituierte. Die Betonung liegt auf *war.* Aber du siehst ja in jeder Frau nichts anderes, oder? Solltest mal zum Psychiater gehen.«

Er stemmte sich nach oben.

»Die Berger zumindest ist immer noch eine, die beiden sind Kolleginnen«, keuchte er. »Ich meine – waren.«

Für einen Moment war ich verwirrt. Ich hatte gedacht, er habe mit der Freundin Anja gemeint. Aber er meinte Cindy. *Sie* war Michaelas Kollegin. Das ließ nur einen Schluss zu …

»Heißt das, Cindy Berger arbeitet in demselben Club, in dem auch Michaela Paas gearbeitet hat?«, fragte ich.

Er wischte sich über die Nase und betrachtete seine Hand. Wahrscheinlich war er mit seinem Zinken gegen die Wand geknallt und hoffte auf Blut, damit er mich verklagen konnte. Es kam aber keins.

»Na sicher.«

Warum hatte Anja mir das nicht gesagt? Das musste ich klären, und zwar schnell.

Noch war ich mit Notdurft aber nicht fertig.

»Was hast du durch dein Hochleistungsteleskop da drüben noch alles gesehen? Ich meine, außer Frauen, die sich in ihrer eigenen Wohnung aufhalten.«

»Nichts. Was ich gesagt habe, stimmt. Manchmal kam Büchmann, der Vermieter. Er hatte was mit Michaela. Sie haben es getrieben. Soweit er noch dazu in der Lage war. Ich konnte nicht viel sehen.« Er hob bedauernd die Achseln. »Man sieht mit so einem Ding eh weniger, als die meisten Leute glauben. Und wie gesagt – es gehört in Wirklichkeit meinem Kumpel.«

Sein Blick wirkte resigniert. Die Welt war aber auch ungerecht. Um es ehrbaren Spannern schwer zu machen, erfand der Mensch Jalousien und Lichtschalter, die man betätigen konnte.

»Hast du keine Angst, dass dir mal einer mit der Polizei kommt?«, fragte ich.

»Was ich mache, ist nicht strafbar.« Notdurft hatte seine Sicherheit wiedergewonnen.

»Wie bitte?«

»Wenn ich mich in meiner eigenen Wohnung oder an einem öffentlichen Platz aufhalte, darf ich andere beobachten, wenn sie mir die Möglichkeit dazu geben. Ich darf nur nicht in andere

Wohnungen eindringen. Und das tue ich nicht. Sollten Sie auch nicht machen. Und jetzt raus hier.«

Wieder hatte er das Telefon in der Hand. Ich war der Rangeleien müde. Dafür, dass das Teleskop angeblich seinem Kumpel gehörte, wusste er über die Rechtslage ziemlich gut Bescheid.

Ich lief die Treppe hinunter. Als ich eine Etage tiefer war, ging das Licht aus. Notdurft klatschte oben gegen die Wand, und es wurde hell.

»Danke«, rief ich nach oben.

8

In der Nacht, wenn dem Besucher nur die Reklame mit dem Schriftzug »Bambi-Bar« entgegenleuchtete, sah der Club geradezu einladend aus.

Trotzdem war ich auch jetzt der Einzige, der auf dem kleinen Parkplatz parkte. Ich nahm den Durchschlupf und folgte den Betonplatten, neben denen es in den Boden eingelassene Lampen gab, die mir heute Morgen gar nicht aufgefallen waren.

Ich wollte gerade klingeln, da ging die Tür von selbst auf. Vermutlich sah man über eine versteckte Videoanlage, wenn jemand kam.

Ein Schwall jazziger Musik drang aus dem Inneren des Hauses. Dann stand auch schon eine Frau in einem unglaublich kurzen und engen Minikleid vor mir, das das untere Zehntel der Oberweite nur knapp bedeckte und untenrum kaum tiefer reichte als ein breiter Gürtel. Es glitzerte und reflektierte die rosafarbene Beleuchtung in tausend kleinen Facetten.

Die Beine der Frau waren nackt und steckten in High Heels. Bevor mein Blick wieder nach oben wandern konnte, stellte sie sich keck in Positur und sagte mit rauchiger Stimme: »Willkommen, Fremder, wir haben nur auf dich gewartet.« Gleich darauf fügte sie mit normaler, höherer Stimme hinzu: »Ach du bist's.«

Erst jetzt erkannte ich Anja. Sie trug eine schwarze Perücke mit Pagenschnitt, was mich an die zwanziger Jahre erinnerte. In der Hand hielt sie eine Zigarettenspitze. Der aufgesteckte Sargnagel war jedoch kalt. Sie bemerkte, dass ich etwas erstaunt dreinblickte.

»Wundert es dich, dass die Zigarette aus ist? Tja, das sind die gesetzlichen Vorgaben. Die gelten selbstverständlich auch für Bordellbetriebe. Vögeln darf man, rauchen nicht. Nun komm schon rein.«

Das Haus wirkte nun auch innen vollkommen anders als heute Morgen. Aus dem Wohnzimmer, in dem ich mit Anja bei ihrem Frühstück gesprochen hatte, leuchtete es rötlich. Ich erkannte drei, vier ähnlich wie Anja aufgemachte puppenartige Gestalten, die auf den Sofas lümmelten. Der Fernseher lief – zu sehen war eine Szene, die in einer Bar zu spielen schien. Auch dort gab es Frauen in Zwanziger-Jahre-Kostümen. Sie rauchten aber wirklich. Dafür vögelten sie gerade nicht.

Ich fragte mich, ob es in nicht allzu ferner Zukunft Rauchvideos geben könnte. So, wie man heute Pornos ansah, um Geschlechtsverkehr in außergewöhnlichen Situationen zu erleben, schaute man dann Menschen beim Rauchen zu. In Kneipen, Bars und Restaurants, in Autos, in der Natur oder auf einem Segelschiff. Weil ja auch das wahrscheinlich bald verboten sein würde. Nicht nur das Rauchen in öffentlichen Gebäuden.

»Können wir uns hier irgendwo ungestört unterhalten?«, fragte ich.

Anja lächelte. »Aber sicher. Das ist schließlich Teil unserer Dienstleistung. Jetzt krieg keinen Schreck«, ergänzte sie mit einem kurzen Seitenblick auf den anscheinend etwas dümmlichen Ausdruck in meinem Gesicht. »Ich weiß schon, was du meinst.«

Sie führte mich in ein Zimmer, das überraschend nüchtern wirkte. Zwei Sofas, ein Tischchen. Man kam sich vor wie im Wartezimmer einer noblen Arztpraxis. Nur die erotischen Zeichnungen von sich windenden Frauenkörpern an den Wänden und der kleine Monitor, auf dem derselbe Film wie im Wohnzimmer lief, passten nicht zu einem Doktor.

»Das ist unser Anbahnungszimmer«, erklärte Anja und setzte sich auf eines der Sofas. Ich nahm ihr gegenüber Platz und bekam eine prächtige Aussicht auf den hellen Slip, den sie unter dem knappen Kleid trug. »Hier können die Kunden ihre Wünsche äußern. Ich berate sie, empfehle das Mädchen, das in Frage kommt und gerade da ist. Wenn man will, kann man sich natürlich auch ins Wohnzimmer zu den Mädels setzen und sich eine aussuchen. Ganz nach Belieben.«

»Dann such ich mir mal Cindy aus«, sagte ich. »Ist sie da?«

Anja runzelte die Stirn. »Bist du als Kunde hier?«

»Ist sie da?«, wiederholte ich.

»Sicher ist sie da. Aber woher kennst du sie? Ich meine …«

»Hol sie bitte her.«

Sie musterte mich streng und legte die Zigarettenspitze auf den kleinen Tisch. Dann presste sie die Beine zusammen. Das bisschen erotische Atmosphäre, das man im Quasi-Wartezimmer noch hatte erahnen können, fiel in sich zusammen. Dafür ging es jetzt in dem Pornofilm zur Sache: Eine Barfrau mit federgeschmücktem Stirnband kniete vor einem Herrn, der die Frackhose runtergelassen hatte. Gut, dass er noch sein Hemd trug, sonst wäre er wahrscheinlich unter der grausamen Kitzelfolter durch den rhythmisch mitwackelnden Kopfschmuck gestorben. Zum Glück war der Ton leise gestellt. Dafür kam allerlei gedämpftes Gestöhne von nebenan.

»Sag mir, was los ist, Remi«, beharrte Anja.

Ich berichtete, was ich herausgefunden hatte. Dass Cindy Berger und Michaela Paas Wohnungsnachbarinnen gewesen waren.

Anja machte große Augen. »Das habe ich nicht gewusst, Remi. Ehrlich nicht. Ich habe Cindy durch Michaela kennengelernt. Aber dass Michaela im selben Haus wohnte, ist mir auch neu.«

Sie stand auf, öffnete die Tür und rief Cindys Namen wie eine Kassenfrau im Supermarkt, die Verstärkung brauchte.

Sekunden später kam ein blondes Wesen im roten Cocktailkleid hereingeschwebt – winzig, mit dünnen Beinchen, dafür mit einer unglaublich dichten Mähne und einem Pony, der das halbe Gesicht verdeckte. Was ich sehen konnte, wirkte blass, kindlich und ungesund. Sogar die Lippen waren hell. Ein graues Auge sah mich an, der halbe Mund verzog sich zu einem Lächeln. Cindy stöckelte heran und machte einen Knicks, als wäre ich Königin Elisabeth. Dann blieb sie mit leicht gekrümmten Knien stehen, die Arme auf dem Rücken und die zu ihrer Gesamtfigur in seltsamem Kontrast stehende gewaltige Oberweite nach vorne gedrückt. Das sollte wohl erotisch oder anmachend auf mich wirken. Für mich sah sie jedoch aus, als hätte sie in die Hose gemacht. Oder als stünde sie kurz davor.

»Setz dich, Cindy«, sagte Anja. »Es geht um was anderes. Das ist mein alter Freund Remi. Wir müssen dich was fragen.«

Während sie sprach, sah sie mich und nicht Cindy an. An ihrem Blick erkannte ich, dass sie sauer war.

Das Mädchen setzte sich. Ihr Lächeln war verschwunden.

»Cindy, warum haben Sie …«, begann ich.

»Du kannst ruhig Du sagen«, unterbrach mich Anja. »Und sprich langsam. Cindy stammt aus der Ukraine.«

»Was?«, rief ich. »Aus der Ukraine? Sag mal, geht's noch? Betreibst du hier Frauenhandel, oder was?«

Cindy war aufgeschreckt und sah ängstlich zu Anja, die ihr aber beruhigend die Hand auf den Arm legte.

»Auch wenn es nicht so aussieht, Remi: Cindy ist sechsundzwanzig Jahre alt. Sie war drei Jahre mit einem Deutschen verheiratet, der sie rübergeholt und extrem mies behandelt hat. Sie hat seinen Nachnamen behalten, als sie sich von ihm getrennt hat. Niemand zwingt sie mehr zu irgendwas. In die Ukraine will sie nicht zurück und zu ihrem Mann auch nicht. Sie verdient hier gutes Geld. Was ist so falsch daran?«

»Vielleicht, dass Nutte in der Heimat nicht gerade ihr Traumjob war?«

»Na und? Hast du vielleicht deinen Traumjob? Außerdem ist sie jung. Was nicht ist, kann noch werden.«

Schlagartig kotzte mich das alles hier übel an. Nicht allein, weil es letztlich doch um eine Art von Menschenhandel ging – auch wenn nicht Anja, sondern Cindys Exmann ihn begangen hatte. Auch dass Anja die Karriere als Prostituierte als glückliche Wendung in Cindys Zwangslage ansah, stieß mir unangenehm auf. Vor allem aber nervte mich, dass wir über Cindy sprachen, als wäre sie gar nicht da.

Ich wollte gerade das Wort an sie richten, da kam mir das Mädchen zuvor. Cindy legte ihre Hand auf mein Knie und sagte mit unverkennbarem russischen Akzent: »Nicht böse sein – lustig sein. Lust haben.« Dabei lag ein Strahlen auf ihrem halb sichtbaren Gesicht, das mich beinah glauben ließ, sie meinte es ernst.

Ich lehnte mich zurück. »Cindy. Ich bin hier wegen Michaela Paas.«

»Warum hast du nichts gesagt?«, fragte Anja.

Cindy sah verwirrt zwischen uns hin und her. »Was gesagt? Michaela?«

Sie sprach den Namen »Mikaela« aus, wobei das K tief in der Kehle kratzte.

Anja gab mir zu verstehen, dass sie Cindy alles ganz in Ruhe erklären wollte. »Michaela ist ja tot«, begann sie.

»Tot.« Cindy nickte.

»Sie wohnte bei dir. In Solingen.«

Cindy nickte wieder.

»Warum hast du mir das nicht gesagt?«

»Warum sagen?«

»Es ist wichtig«, schaltete ich mich ein. »Wir wollen wissen, wer Michaela getötet hat.«

»Du Polizei?«, fragte Cindy.

Ich schüttelte den Kopf. »Detektiv«, sagte ich und deutete auf mich.

Sie wiederholte das Wort.

»Detektiv – und Freund«, ergänzte Anja.

»Und Michaela war die Schwester …«, begann ich, aber Anja wedelte mit der Hand. Ich sollte nicht weitersprechen.

»Sie war auch eine Freundin«, sagte sie.

Ich sah Cindy an. »Ich muss etwas wissen. Du musst mir helfen.«

»Helfen. Du willst wissen«, sagte Cindy.

»Hatte Michaela einen Freund? Oder bekam sie Besuch?«

Cindy schwieg. Anja sagte ein russisches Wort, das sich wie »Busseschini« anhörte, dann wiederholte sie es. »Busseschini? Michaela?«

Cindy dachte einen Moment nach. »Freund. Ingo«, sagte sie dann. »Kommt manchmal.«

»Ingo Büchmann?«, riet ich.

Sie nickte. »Ingo Büchmann.« Es klang wie »Bükmann«.

»Wer ist das?«, fragte Anja.

»Der Vermieter«, erklärte ich. »Sonst noch jemand? Freunde? Eine Freundin? Frauen?«, fragte ich weiter.

Sie nickte wieder. »Ingos Frau – böse. Ich Angst.«

»Gut, Frau Büchmann also auch. Aber sonst? Mehr Frauen?«

»Andere Frau. Zwei Wochen.«

Wieder sagte Anja etwas auf Russisch. Cindy antwortete.

»Mein Russisch ist nicht besonders«, sagte Anja. »Aber sie sagt, soweit sie weiß, hat Michaela keinen Besuch bekommen. Vor zwei Wochen etwa sei aber eine Frau bei ihr gewesen, die zu Michaela wollte. Sie hat wohl bei Cindy geklingelt, weil Michaela nicht da war.«

»Wie hieß die Frau?«, fragte ich Cindy. »Name der Frau.«

Sie hob die Schultern.

»Kann sie sie beschreiben?«, fragte ich Anja.

Offenbar reichte Anjas Russisch dafür nicht. Sie griff unter den Tisch. Dort gab es eine Schublade. Anja holte Papier und einen Stift heraus und schob Cindy beides hin. Die begann daraufhin tatsächlich zu malen. Dazu sagte sie immer wieder ein Wort, das wie »Zumka« klang.

»Es geht um eine Tasche«, sagte Anja und blickte wie ich interessiert auf das, was Cindy malte. »Ich versteh's aber auch nicht wirklich …«

Auf dem Papier war ein Viereck entstanden. Das sollte wohl die Tasche sein.

»Tasche – Frau«, sagte Cindy und zeigte mir, was sie gemalt hatte.

Dann setzte sie Großbuchstaben darauf.

»Radio«, sagte sie – und das war auch das, was sie in Großbuchstaben in das Viereck schrieb: RADIO.

Dann verzierte sie das Ganze mit einer schräg laufenden, wellenförmigen Linie.

»Die Frau war vom Radio?«, fragte ich.

Cindy hob die Schultern und sagte etwas auf Russisch.

»Vielleicht«, übersetzte Anja.

»Sie war also vom Radio«, überlegte ich laut. »Denn sie hatte eine Tasche dabei, auf der das Logo des Radiosenders zu sehen war.«

»Radio«, sagte Cindy wieder und nickte.

Mehr war aus ihr nicht herauszuholen. Wir versuchten noch zu erfahren, ob sie einen von Michaelas Putzkunden kannte, aber sie wusste nichts.

Anja entließ sie, und das Mädchen ging zurück zu den Kolleginnen.

»Ich habe wirklich nichts davon gewusst«, beteuerte Anja. »Ich meine, dass sie und Michaela zusammenwohnten. Ich wusste noch nicht mal, dass sie befreundet waren.«

Ich sah Anja an, aber eigentlich sah ich sie nicht. Ich betrachtete eine im Zwanziger-Jahre-Stil aufgebrezelte Puppe.

»Warum sollte Cindy nicht erfahren, dass Michaela deine Schwester war?«, fragte ich.

Ich versuchte, etwas aus Anjas Gesicht zu lesen, doch es gelang mir nicht. Immerhin hatte ich den Eindruck, dass sie ein kleines bisschen nervös wurde, denn sie nahm ihre kalte Zigarettenspitze und drehte sie zwischen den Fingern.

»Weil ich es nicht will. Geht keinen was an.«

»Ich habe einen Verdacht«, sagte ich.

»Ach ja?« Sie schien erleichtert zu sein, dass ich nicht mehr über die Offenlegung ihres Verwandtschaftsverhältnisses zu Michaela sprechen wollte.

»Es ist banal«, sagte ich. »Da könnte eine Art Entmietung laufen. Der Vermieter – oder vielmehr seine Frau – schüchtert die Mädels ein.«

»Und da bringt sie Michaela mit einem Schwert um? Damit eine Wohnung frei wird? Was will sie denn mit den anderen Mietern machen? Vierteilen?«

»In dem Haus wohnt jetzt nur noch Cindy. Und ein schräger Typ im Hinterhaus. Aber das soll wohl nicht abgerissen werden.« Ich machte eine kurze Pause. »Ich weiß, das klingt alles seltsam …«

Sie lächelte und machte eine abwehrende Handbewegung. »Für den ersten Tag ist das doch schon mal ganz gut.«

»Findest du?«

»Ja. Du musst außerdem auch mal Feierabend machen. Wie wär's mit ein bisschen Entspannung? Hat dir Cindy gefallen? Kriegst einen Sonderpreis.«

»He, ich habe eine Freundin«, rief ich entrüstet.

»Was heißt das schon?«

»Bei mir eine Menge.«

»Aber mit deiner Freundin läuft gerade nicht so viel. Du hast Stress.«

»Woher willst du das bitte so genau wissen?« Meine Stimme klang plötzlich schrill. »Hab ich irgendwas erzählt?«

»Ich sag dir was, Remi. Ein paar Jahre in meinem Job, und du brauchst kein Psychologiestudium mehr. Hellsehen lernst du auch. Ihr Männer seid für unsereins wie ein offenes Buch. Also komm – entspann dich. Mach's dir nett. Die Mädels warten auf dich. Auf mich wirst du sicher nicht anspringen. Wir kennen uns so lange … Das wäre ja fast Inzest.«

Sie lachte, und es klang abstoßend. Gackernd. Gekünstelt. Ich musste hier raus.

Ich wollte gerade aufstehen, da klingelte es an der Tür.

»Ah, wurde auch Zeit. Kundschaft. Wenn du nicht bleiben willst, muss du verschwinden.«

»Ich will *ganz bestimmt nicht* hierbleiben«, beharrte ich.

Anja stand auf und ging voraus. Wir durchquerten das Wohnzimmer, in dem die rötlich angestrahlten Mädchen saßen und ohne großes Interesse der geballten Rudel-Action auf dem Monitor folgten. Dann führte sie mich in eine Art Wintergarten mit Hintertür und entließ mich nach draußen. Es klingelte erneut.

»Mach's gut, Remi«, sagte sie und schloss den Durchgang. Ich ging ums Haus und folgte wieder den beleuchteten Platten auf dem Weg. Von dem neuen Kunden bekam ich nichts mit.

Allerdings sah ich seinen Wagen, der neben meinem Golf stand. Ein rostiger weißer Fiat Panda mit Leverkusener Kennzeichen.

Es waren nicht die Reichsten, die Anjas Bambi-Bar besuchten. Sie und ich hatten etwas gemeinsam.

Man musste nehmen, was man kriegen konnte.

9

Zu Hause hatte ich vor Hunger ein solches Rumoren im Magen, dass ich es kaum aushielt. Ich verfiel in die Angewohnheit alter Zeiten, in denen ich die tolle Köchin Wonne noch nicht gekannt hatte: Ich machte mir eine Tiefkühlpizza in der Mikrowelle, holte eine Flasche Kölsch aus dem Kühlschrank und inspizierte das Fernsehprogramm, indem ich mich vor die Glotze setzte und zappte.

Dienstagabends pamperte Dr. Heilmann mit seinem Ärzteteam im Ersten die Patienten in der Sachsenklinik – einem Krankenhaus, in dem jeder vom Chefarzt persönlich behandelt wurde und natürlich ein Einzelzimmer bekam. Es war eine Welt, in der es keine Krankenkassenkarten, Zuzahlungen oder gar Wartezeiten gab. In Leipzig, so schien es, war die Krise der Gesundheitssysteme noch nicht angekommen.

Ich war mittlerweile über fünfzig Jahre alt. Die Zipperlein nahmen zu. Vor acht Monaten hatte ich eines Tages ohne erkennbaren Anlass entsetzliche Schmerzen in der Schulter bekommen und brauchte eine Kernspintomografie. Es dauerte acht quälend lange Wochen, bis ich sie bekam. Und weitere zwei bis zum ersten Termin beim Physiotherapeuten. Privatdetektiv in Leipzig müsste man sein.

Ich sah den Göttern in Weiß ein bisschen bei der Arbeit zu, trank mein Bier, aß meine Pizza. Ich dachte an Wonne, die sich melden wollte, und konnte der simplen Story der Arztserie mit einem Mal nicht mehr folgen – ein Durcheinander mit einem Obsthändler, der kurz vor der Pleite stand und wegen irgendeiner rätselhaften Entzündung in der Klinik lag, während die Oberschwester einem Fall von Medikamentendiebstahl nachging, hinter dem die pubertierende Tochter eines Arztes steckte. Ich schaltete die Kiste aus, trank den letzten Schluck Bier und ging in meinen Büroraum hinüber.

Im Internet sah ich mir die Webseiten der lokalen Radiosender an und bekam sehr schnell ein Ergebnis.

Radio Bergwelle, kurz: RBW, besaß genau so ein Logo, wie Cindy es gemalt hatte. Mit einer welligen Linie unter dem Namenszug, wie mit einem Filzstift gemalt.

Die Frau, die nach Michaela gefragt hatte, war wohl eine Reporterin des Senders gewesen.

Aber was hatte sie von ihr gewollt? Hatte sie vielleicht einen Beitrag über illegale Entmietungspraktiken machen wollen?

Um diese Zeit würde ich beim Radio keinen mehr erreichen.

Ich surfte weiter. Gab dies und das ein. Sah mir noch mal das Ingelri-Schwert aus dem Klingenmuseum an. Die vielen Links, die die Suchmaschine zum Stichwort auflistete, zeigten mir, dass solche Waffen vor allem in der Fantasy- und Rollenspiel-Szene ziemlich beliebt waren. Man diskutierte verschiedene Formen und Größen, Beschaffenheiten, Metalle, Gewichte und Verzierungen. Fast machte es den Eindruck, die Fangemeinde ginge ständig mit den Dingern spazieren.

Nachdem ich mich ein bisschen informiert hatte, fiel mir noch etwas Neues ein. Ich lieferte der Suchmaschine den Namen Heribert Hückes. War der Witzboldkommissar wirklich so aktiv im Karneval, wie die Dekoration in seinem Büro vermuten ließ? Nicht nur das: Er war anscheinend eine Riesennummer. Wenn er in die Bütt stieg, war er »der Bulle von Berg« – die Karikatur eines Polizisten, der, wie es auf einer Website hieß, »unterhaltsam«, »humorvoll« und »mit einem Augenzwinkern« die echten Freunde und Helfer auf die Schippe nahm.

Wenn ich mehr über die rheinische fünfte Jahreszeit gewusst hätte und nicht so ein Karnevalsignorant wäre, wäre mir das sicher vorher bekannt gewesen.

So erfuhr ich es aus dem Internet. Auch gut.

Nächstes Kapitel. Ingo Büchmann und seine Frau.

Wo wohnten diese Leute?

Ich fand den Namen im Telefonbuch von Solingen-Burg. Die genannte Adresse befand sich so nahe am Fundort von Michaela Paas' Leiche, dass man fast hinspucken konnte.

Sollte ich da einfach hinmarschieren und die Leute mit meinem Verdacht konfrontieren?

»Guten Tag Herr Büchmann, mein Name ist Rott. Wie ich erfahren habe, versuchen Sie seit einiger Zeit, Ihre Mieter in der Brühler Straße in Solingen-Mitte rauszuekeln. Deswegen haben Sie Michaela Paas mit einem Schwert erstochen. Sie oder Ihre Frau. Geben Sie's zu. Leugnen ist zwecklos. Beweisen kann ich es nicht. Besser, Sie gestehen gleich, dann habe ich nicht so viel Arbeit.«

Schöner Schwachsinn.

Es musste was Handfestes her. Und das bekam ich nur über die obskure Journalistin.

Ich wollte gerade den Computer ausschalten und mich wieder ungehemmtem Fernsehgenuss hingeben, da kam mir eine Idee.

Manchmal ist es ja so, dass bestimmte Gedanken, die man eine halbe Stunde vorher hatte und die eigentlich längst im Nirwana verschwunden zu sein schienen, eine neue Assoziation erzeugen, mit der man gar nicht rechnet.

»Der Bulle von Berg« – das war Hückes Karnevalsfigur.

Aber nicht nur er nannte sich so.

Ich tippte die Wörter in das Feld der Suchmaschine und fügte den Namen »Volkmar Liebert« hinzu.

Ich musste ein wenig in den Archiven der regionalen Zeitungen wühlen und nervige bunte Werbung wegdrücken, bevor ich etwas fand. Doch dann hatte ich es: »Der Bulle von Berg« – das war auch Lieberts Spitzname. Aber nicht im Karneval, sondern bei der Kripo.

Das hieß: Er war es gewesen.

In seiner Glanzzeit als Kripoermittler rund um Wuppertal hatte Liebert sich diesen Namen erarbeitet. Zwar nur in Insider-Kreisen, aber bei der Berichterstattung wurde das gelegentlich erwähnt.

Als er nach dem Mord an seiner Frau in den Knast gewandert war, hatte der Spaßvogel Heribert Hückes seine Blödelfigur so genannt – mit Polizeimütze, roter Nase und Handschellen an der rechten Hand, zu denen er, wie er in seinen Vorträgen stets erklärte, den Schlüssel nicht mehr fand. Ein Karnevalspolizist, dem als weiterer Running Gag ab und zu sogar mal aus Versehen die Pistole losging.

Ob Liebert wusste, dass er von einem ehemaligen Kollegen auf diese Weise verarscht wurde?

Ob das Publikum in Hückes' Figur Liebert wiedererkannte? Die Kollegen vermutlich schon.

Liebert war am Ende – beruflich und wahrscheinlich auch psychisch. Musste man auf einem Wrack, das seine Strafe abgebüßt hatte, noch öffentlich herumtrampeln?

Mir kam der Gedanke, dass Hückes' Kunstfigur eine interessante Information für Wonne sein könnte. Das würde dem Artikel über Schicksale ehemaliger Gefängnisinsassen eine besondere Note geben. Welcher Exknacki erlebte schon, dass man sich öffentlich über ihn lustig machte – und das auch noch auf eine Weise, gegen die man schwer angehen konnte?

Ich hatte das Telefon schon in der Hand.

Doch dann fielen mir Wonnes Worte wieder ein.

Ich melde mich, okay?

Okay, dachte ich. Ich lasse dir die Zeit, bis du mit mir reden willst.

Aus Gewohnheit klickte ich auf das Programm zur Mailabfrage. Es gab drei neue Nachrichten für mich. Eine hatte mit Viagra zu tun. Die zweite stammte von meinem Mailanbieter, der mir ständig irgendwelche Virenprogramme verkaufen wollte. Und die dritte hatte einen Betreff, den ich schon kannte: *»Auftrag für Herrn Remigius Rott«*.

Ich las den Inhalt.

»Daheim hat man es nicht. Aber fern von zu Hause ist es schlimmer als Durst. Wer nie sein Haus verlässt, kennt es nicht.«

Darunter gab es wieder einen Link. Ich zögerte, ihn anzuklicken. Ein Gefühl der Bedrohung kroch in mir hoch. Stattdessen starrte ich wie gebannt auf das Rätsel. So leicht es mir gefallen war, die beiden anderen zu lösen, so schwer fiel es mir jetzt, die Antwort für dieses zu finden. Ich kam nicht drauf, grübelte ein bisschen – und dann fiel mir eine alte Redensart ein: Durst ist schlimmer als Heimweh.

Heimweh war die Lösung.

Ich öffnete den Link, und auf der Website ging wieder ein Video auf.

Ich erkannte die Landschaft sofort. Es waren die kahlen Hänge der Gegend rund um Schloss Burg, aufgenommen vom anderen Wupperufer. Der Mensch, der das Video aufgenommen hatte, wackelte mit der Kamera erst ein bisschen hin und her, dann fokussierte er auf der gegenüberliegenden Seite des Flusses die Schneise des in Winterruhe stehenden Sessellifts, die hinauf zur Burg führte. Dort marschierte weit unten eine kleine Figur herum.

Diese Figur war ich.

Es war der Moment, als ich mir angesehen hatte, wo man Michaela Paas gefunden hatte. Ich sah mich gehen, stehen bleiben, telefonieren. Ja, ich hatte mit Wonne gesprochen.

Ich musste die Lautsprecher einschalten! Vielleicht sprach ja jemand auf dem Video, und ich verpasste einen Teil der Botschaft, wenn ich nichts hörte.

Ich setzte die Boxen in Gang, aber da war nur der Wind, der sich an- und abschwellend im Mikro der Kamera fing. Ich starrte auf das Bild, sah mir selbst beim Ermitteln zu und beobachtete die Millionen von Schneeflocken, die aus dem grauen Himmel in das Tal segelten. Außer mir waren sie das Einzige, was sich auf dem Video bewegte.

Ich hatte Leute auf der anderen Wupperseite gesehen. Ich erinnerte mich genau. Aber ich hätte niemanden beschreiben können.

Mir kam eine Idee.

Dass ich da nicht eher drauf gekommen war!

Ich zog mein Handy hervor und aktivierte die eingebaute Kamera. Wenn man das Video schon nicht speichern konnte, so war es doch möglich, es einfach vom Bildschirm abzufilmen.

Ich verlor wertvolle Sekunden, während ich den Knopf für die Videofunktion suchte. Doch einen Moment des Films erwischte ich.

Das Videofenster schloss sich wieder.

Ich versuchte, den Link ein zweites Mal zu aktivieren. Er führte genau wie beim letzten Mal ins Nichts.

Auf meinem Handy waren sechzehn Sekunden Beweis gespeichert.

Immerhin.

10

Telefone sind ein Segen.

Aber manchmal sind sie auch ein Fluch.

Um Punkt neun Uhr am nächsten Morgen rief ich in der Redaktion von Radio Bergwelle an und hatte gleich eine freundliche junge Dame am Telefon, deren Namen ich aber nicht verstand.

»Mein Name ist Rott«, sagte ich. »Ich bin auf der Suche nach einer Mitarbeiterin von Ihnen.«

»Worum geht es denn?« Die Stimme wurde ein wenig misstrauisch, aber nur eine Winzigkeit.

»Die Sache ist ein bisschen kompliziert. Ich bin Privatdetektiv und ermittle in mehreren Fällen von illegaler Entmietung. Also Fälle, in denen die Vermieter versuchen, ihre Mieter aus ihren Häusern rauszubekommen …« Ich erklärte in möglichst wenigen Worten, dass eine Kollegin vom Radio eines der Opfer eventuell aus demselben Grund besucht hatte – und dass ich daran interessiert sei, herauszufinden, was sie wusste.

»Da muss ich in der Redaktion nachfragen. Einen Moment bitte.«

Sie drückte mich in die Warteschleife, Musik erklang. Ich vermutete, dass es sich um das laufende Bergwellen-Programm handelte. Froher Hoffnung, etwas zu erfahren, lauschte ich.

So weit der Segen.

Ein klickendes Geräusch unterbrach das Pop-Getöse. Auf dem Display erschienen die Worte »eingehender Anruf«, und ich erkannte Wonnes Nummer.

Jetzt begann der Fluch.

Wie holte man doch gleich parallel eingehende Anrufe heran?

Man hatte ja so wenig Gelegenheit, das mit einem neuen Telefon zu üben, denn dazu hätte man schließlich die ganze Situation inszenieren müssen: in einer Warteschleife hängen oder wenigstens mit dem einen telefonieren, gleichzeitig übungshalber einen anderen dazu bringen, zur selben Zeit anzurufen. Und das gleich mehrmals hintereinander, denn wenn geübt wird, geht ja bekanntlich auch mal was schief.

Und wenn nicht geübt wird, erst recht.

Ich drückte hektisch die Taste, die mit dem Begriff »makeln« überschrieben war, und hörte nur noch ein regelmäßiges Tuten.

Jetzt war ich aus allen Leitungen rausgeflogen.

Ich suchte Wonnes Nummer im Speicher. Mein Puls begann zu rasen. Ich musste sie erreichen. Ich *musste* einfach. Ich glotzte auf meine Finger, die den Eintrag im Telefonbuch aufriefen. Ich hätte nicht gedacht, dass Daumen zittern konnten.

»Freier?«

Wonne. Wieso hatte sie meine Nummer nicht erkannt? Das hatten wir doch schon mal gehabt. Gestern.

Egal, ich sprach mit ihr, das war das Wichtigste.

»Hallo, guten Morgen.« Eigentlich hätte ich gern noch »mein Schatz« hinzugefügt, aber ich ließ es. »Alles in Ordnung?«, fragte ich stattdessen.

»Was meinst du?«

Was ich meinte? Alles! Mit uns, mit ihr – und notfalls auch erst mal, ob sie gut geschlafen hatte.

»Nur so«, sagte ich.

»Alles in Ordnung. Ja, ja.«

»Gut.«

Eine Pause entstand. Was sollte ich sagen? Was wollte *sie* sagen?

»Du hast gesagt, du wolltest dich wieder melden«, begann ich.

»Ja, genau.«

»Du hast angerufen …«

»Ja, stimmt.«

Wonne wirkte, als sei sie kurz in Gedanken gewesen und fände erst jetzt auf die richtige Spur.

Was hat sie nur?, dachte ich. Beschäftigt sie die Geschichte mit Liebert so sehr? Mir fiel ein, dass es ja vielleicht gar nicht nur Liebert war. Sie wollte einen Artikel über Exknackis schreiben. Plural. Also traf sie vermutlich noch andere. Ging das Thema vielleicht über ihre Kräfte?

Ich betrachtete nachdenklich das Zettelsammelsurium auf meinem Schreibtisch.

Endlich sprach sie. »Könntest du vielleicht heute Abend kommen?«

»Aber natürlich, mein Schatz.« Das war schnell aus mir rausgebrochen.

»Ich könnte uns was kochen«, fuhr sie fort.

Kochen. Genau. Wie in alten Zeiten. Wonne war die beste Köchin der Welt. In dem Sommer, in dem wir uns kennenlernten, hatte sie die tollsten Sachen gekocht. Und sogar morgens zum Frühstück selbst gebackene Brötchen mitgebracht. Und selbst gemachte Marmelade. Ich erinnerte mich noch an den Schreckensschrei, den sie ausgestoßen hatte, als sie meinen Vorrat an Tiefkühlpizzen fand.

»Wann soll ich da sein?«, fragte ich.

Wir verabredeten uns für neunzehn Uhr. Bei ihr.

»Aber sei pünktlich, ja? Dann besprechen wir alles.«

»Das klingt, als wolltest du mir etwas Bestimmtes sagen.«

»Ja. Kann schon sein.«

Die Unruhe, unter der ich seit dem Moment litt, in dem Wonne angerufen hatte, verstärkte sich. Ein ganzes Regal von Gedanken purzelte durch meinen Kopf.

Wollte sie etwa Schluss machen?

Nein, unmöglich. Würde sie mich denn dann zum Essen einladen?

Na sicher, weil sie es mir nicht so schwer machen wollte. Ein Essen zum Abschied …

Blödsinn, dachte ich. Das klingt doch viel eher nach einer richtigen Nachricht, die sie für dich hat. Eine Nachricht, die irgendwas *innerhalb* unserer Beziehung betrifft.

Aber welche sollte das schon sein?

Unvermittelt tauchte wieder das Bild ihres Laptops vor meinem geistigen Auge auf. Die Webseite von dem Brautmodenladen.

War sie enttäuscht, weil sie mehr erwartete? Einen Heiratsantrag? Darüber hatte ich doch schon mal nachgedacht. Und das konnte tatsächlich sein. Was war ich doch für ein Idiot!

Wonne war im Grunde wie alle Frauen. Nach außen hin arbeitete sie an ihrer Selbstständigkeit, war emanzipiert, eine erfolgreiche freie Journalistin. Aber im Innersten ihres Herzens wollte sie gefragt werden, ob man sie heiraten wollte. Sie wollte jemanden, der nicht nur in Tages- oder Wochenendportionen mit ihr zusammen war. Sie wollte, dass der Mann an ihrer Seite Verantwortung übernahm und damit wirklich zu einem Mann an ihrer Seite wurde.

Er sollte sich entscheiden.

Butter bei die Fische.

Hopp oder topp.

Mensch, Rott, sagte meine innere Stimme, das hättest du schon längst merken können. Aber du hast ja nur Augen für deine Jobs und dein Fernsehprogramm.

Umso wichtiger war es, dass ich diesen verdammten Fall löste und an Anjas fünf Riesen kam. Dann war alles drin: Hochzeit, sogar Hochzeitsreise …

»Hallo? Warum sagst du nichts, Remi?«

Wonnes Stimme holte mich aus meinen Gedanken und machte mir schmerzhaft bewusst, dass wir noch lange nicht so weit waren.

»Ich bin noch da«, sagte ich. »Ich hab nur nachgedacht. Bis heute Abend dann. Ich freu mich.«

Als ich den roten Knopf drückte, wurde mir klar, wie dämlich ich geklungen hatte.

Kein Wunder, dachte ich.

Du hast ja auch Angst.

Als ich ein weiteres Mal bei Radio Bergwelle anrief, verstand ich den Namen der Frau schon wieder nicht.

»Tut mir leid«, sagte ich. »Eben ist ein zweiter Anruf bei mir reingekommen, und wir wurden getrennt.«

»Kein Problem«, sagte sie. »Ich habe mich in der Zwischenzeit umgehört. Aber an dem Thema Entmietung arbeitet derzeit niemand in der Redaktion. Sind Sie sicher, dass das stimmt?«

»Ja, das heißt: nicht ganz. In Solingen wohnt eine Frau, die halt mitbekommen hat, dass bei ihr im Haus eine Journalistin von Ihnen war. Sie hat selbst nicht mit ihr gesprochen. Und in dem Haus scheint ein Fall von Entmietung vorzuliegen.«

»Solingen, sagen Sie? Da könnte ich Ihnen eine freie Mitarbeiterin nennen, die vielleicht in Frage kommt. Sie heißt Tanja Rinkelmann. Sie macht ganz verschiedene Themen. So was wie Entmietung passt aber nicht zu ihr.«

»Was würde denn passen?«

»Mehr Kultursachen. Interviews mit Musikern aus der Region. Oder mit Malern. Auch Schriftsteller und so. Sie können sie ja mal anrufen.« Sie diktierte mir ihre Telefonnummer.

Ich bedankte mich und legte auf.

Bei Tanja Rinkelmann meldete sich nur der Anrufbeantworter. »Dies ist die Mailbox von …«, dann folgte die Nummer. Noch nicht mal der Name.

Ich erklärte, wer ich war, dass ich den Kontakt von der Radioredaktion bekommen hatte, und bat um Rückruf.

Dann ging ich runter in die Friedrich-Ebert-Straße und kaufte mir zwei Brötchen. Das dauerte keine fünfzehn Minuten. Als ich meine Wohnungstür aufschloss, hörte ich schon das Telefon klingeln. Ich schmiss die Tüte auf den Schreibtisch, setzte mich im Mantel in den Sessel und schnappte mir den Telefonhörer. Auf dem Display war die Nummer der Journalistin zu lesen. Der AB war bereits angesprungen. Ich drängte mich hinein.

»Hallo, hier Rott … Frau Rinkelmann?«

»Hallo?«, rief eine Frauenstimme. Im Hintergrund quäkte ein Baby.

Ich sagte mein Sprüchlein auf und brachte vor, was ich wusste: Solingen, Entmietung. Ich nannte die Adresse des Hauses, in dem Michaela Paas gewohnt hatte.

»Brühler Straße?« Das Baby schrie jetzt lauter. Frau Rinkelmann hielt den Hörer zu. Die Hintergrundgeräusche wurden diffus. Dann hörte ich sie wieder klarer. »Das sagt mir was, aber im Moment komme ich nicht drauf … Ich kann jetzt auch gar nicht. Ich habe noch einen Termin. Könnten Sie mich abends noch mal anrufen?«

»Es wäre wichtig, Frau Rinkelmann. Eigentlich würde ich mich sowieso lieber mit Ihnen persönlich treffen. Und je früher das geht, desto besser.«

Plötzlich war die Verbindung weg. Das dachte ich jedenfalls. Aber die Journalistin wurschtelte nur undefinierbar im Hintergrund herum. Wahrscheinlich versorgte sie ihr Baby. Während ich wartete, kam mir eine Idee.

»Also, wie gesagt«, rief sie, als sie wieder dran war. »Ich muss gleich weg, und …«

»Könnten wir uns nicht einfach direkt bei Ihrem Termin treffen?«, schlug ich vor.

»Darauf muss ich mich aber noch vorbereiten«, sagte sie zusammenhangslos.

»Aber das macht doch nichts.«

»Ich muss ein Interview führen.«

»Macht auch nichts. Wo soll ich hinkommen?«

»Ich spreche mit Rubina Hell.«

»Wer ist das denn?«

»Kommen Sie nach Altenberg. Heute Nachmittag. Bis dann. Auf Wiederhören.«

»Aber wo genau? Und wann?«

Sie hatte aufgelegt.

Ich drückte die Wahlwiederholung. Der Ruf ging durch, aber es meldete sich wieder der Anrufbeantworter.

Die Frau will nur mit den Leuten sprechen, mit denen sie sprechen will, dachte ich. Sie sucht sich ihre Gesprächspartner gezielt aus und ruft sie dann zurück.

»Hallo, hier Rott noch mal«, sagte ich. »Bitte sagen Sie mir doch noch genau, wo und wann Ihr Termin stattfindet. Danke.« Ich nannte sicherheitshalber meine Handynummer, verabschiedete mich und legte auf.

Dann überprüfte ich, ob mein Mobiltelefon angeschaltet war, und googelte Rubina Hell. Ich erntete an oberster Stelle Links eines großen Internet-Buchhändlers. Die Dame war Fantasy-Autorin. »Der Zwerg von Berg« hieß das bisher einzige Buch, das Rubina Hell geschrieben hatte. Ich las den Werbetext.

Godo ist der Anführer eines Zwergenvolkes, das abseits des Rheins in dessen Hinterland lebt – gegenüber der großen Stadt Colonia. Dort, im Land der Berge, arbeiten die Zwerge in den Erzgruben und sorgen für den Reichtum von König Ktor. Als die Gruben eines Tages erschöpft sind, gibt Ktor den Zwergen die Schuld und will sie bestrafen. Godo schmiedet einen Plan: Er will über den Rhein nach Colonia ziehen und dort mit seinem Volk Zuflucht suchen. Aber bald stellt sich heraus, dass die Zwerge in der großen Stadt nicht gern gesehen sind …

Ich erfuhr, dass das Buch über die Zwerge, die nach Köln ziehen, im September erscheinen sollte. Man konnte es aber schon vorbestellen. Daran hatte ich kein Interesse. Ich klickte im Suchprogramm, wo immer noch »Rubina Hell« eingegeben war, auf »Bilder« und stieß auf ein Foto der Schriftstellerin. Sie hatte sehr hellgraues Haar und war in lange schwarze Gewänder gehüllt. Dann landete ich auf ihrer Webseite.

Nach meinen vielen Erfahrungen als Lehrerin im Kreativen Schreiben und nach dem Erfolg meiner Kurzgeschichten in vielen Internetforen und den netten Kommentaren dazu freue ich mich, dass mein erster Roman nun im September erscheint. Es ist die Geschichte der Zwerge des Bergischen Landes, meiner Heimat, die zum Teil auf Tatsachen beruht.

Tatsachen? Soso.

Ich las den Text noch einmal und merkte, dass etwas mit der Satzkonstruktion nicht stimmte. Es klang nicht so, als würden die Geschichten auf Tatsachen beruhen, sondern die Heimat.

Wie auch immer. Mir war jedenfalls noch kein Zwerg im Bergischen begegnet.

Obwohl ich hier ganz schön rumkam.

11

»Sagt der Polizist zum Autofahrer: ›Würden Sie sich bitte einem Alkoholtest unterziehen?‹ Sagt der Autofahrer: ›Gern, in welcher Kneipe fangen wir denn an?‹«

»Herr Hückes, den hatten wir schon«, rief ich. »Und den mit dem Penner und dem Spiegel auch«, fügte ich vorsorglich hinzu.

Der Kripomann hob die Hände, als wollte er aufgeben und endlich aufhören, seine Kalauer zu erzählen, aber ich hatte die Geste missverstanden. »Den hier kennen Sie bestimmt nicht.«

Ich seufzte.

»Also: Sagt ein Polizist zu einer jungen, hübschen Frau: ›Baden ist hier verboten.‹ Sagt die Frau: ›Und das sagen Sie mir erst jetzt, wo ich mich schon ausgezogen habe?‹ Sagt der Polizist: …«

»Ausziehen ist nicht verboten«, vollendete ich. »Den kenne ich schon.«

Hückes ließ es sich trotzdem nicht nehmen, schallend zu lachen und sogar den Kopf zu schütteln, als könnte er selbst nicht glauben, was für eine Mordsgranate er da losgelassen hatte. Eigentlich hatte ich sie aber ja losgelassen, doch das war dem Kripomann offenbar schnurz.

»Okay, okay«, sagte er, machte noch einmal die beschwichtigende Handbewegung und wischte sich die Lachtränen weg. »Was wollen Sie, Rott? Warum stehlen Sie mir schon wieder meine Zeit?«

Er lehnte sich in Richtung der Wand zurück, die mit den Fotos und Karnevalsorden bedeckt war.

»Ich hätte etwas zum Fall Michaela Paas beizutragen«, sagte ich.

Hückes schaltete um auf ernst. Wieder verblüffte mich die Geschwindigkeit, mit der ihm das gelang. Und ich fragte mich erneut, wer der wahre Hückes war. Der Spaßvogel oder der ernste Ermittler?

Er fuhr sich durch sein rotes Stoppelhaar und sah mich abschätzig an. »Was soll der Quatsch? Wer hat Ihnen erlaubt, sich in diesen Fall einzumischen? Ach ja, ich vergaß, dass Sie berühmt dafür sind, sich nicht daran zu halten.«

»Mag sein«, sagte ich und versuchte ein kumpelhaft-kollegiales Lächeln.

»Nun denn. Was hat diese Missachtung meiner Anweisung ergeben?«

Anweisung? Ich hörte wohl nicht recht. Seit wann gab mir ein Polizist Anweisungen? Aber es war nicht gut, Streit anzufangen. Schließlich wollte ich was von ihm.

»Wie auch immer und warum auch immer«, sagte ich, »ich habe etwas herausgefunden, das Sie interessieren könnte.«

»Da Sie jetzt aber nicht einfach damit rausrücken, wie es sich für einen guten Staatsbürger gehört, vermute ich mal, Sie wollen einen Deal oder so was mit mir machen, oder?«

Ich sah ihn nur an. Ließ ihn weiter seine Schlüsse ziehen. Und er tat mir den Gefallen.

»Was ist es, Rott? Womit kann ich Ihnen weiterhelfen?« Seine Stimme wurde schmeichelnd. »Die Polizei Wuppertal steht Ihnen zu Diensten. Ganz und gar und bis über beide Ohren.«

Das lief ja wie geschmiert. Ich hatte nichts verlangt. Hückes bot mir trotzdem was an. Die Ironie überhörte ich einfach. Einen Moment juckte es mich, ihn als Gegenleistung zu bitten, mit dem Witzeerzählen aufzuhören. Aber das würde den Künstler wahrscheinlich zu tief treffen und mir keinen Vorteil bringen. Es wäre einfach zu gemein.

»Es wäre klasse, wenn ich mal einen Blick auf die Mordwaffe werfen dürfte«, sagte ich.

Hückes schwieg. Und runzelte die Stirn.

»Sagt der Detektiv zum Polizisten: ›Es wäre klasse, wenn ich mal einen Blick auf die Mordwaffe werfen dürfte.‹ Holt der Polizist ein Feuerzeug raus und knipst es an. ›Aber gern‹, sagt er. ›Das Opfer starb an Rauchvergiftung.‹«

Wieder brüllendes Gelächter. Mir wurde schlecht.

»Sie hätten Gagschreiber fürs Fernsehen werden sollen«, meinte ich säuerlich und unter Zusammennahme meiner ganzen Kraft zum Lügen. »Ich wette, die Mario Barths und Oliver Pochers dieser Welt warten nur auf Sie.«

Hückes kriegte sich ein bisschen ein und rief: »Okay, okay, noch einer. Sagt der Chef der Mordkommission zum Ermittler: ›Sie hätten Gagschreiber fürs Fernsehen werden sollen.‹ Fragt der Ermittler: ›Wieso das denn?‹ Antwortet der Chef: ›Die Ermittlungen Ihrer Kollegen sind ein schlechter Witz. Aber Ihre Ermittlungen sind ein guter.‹« Er sah mich beifallheischend an, seine Augen funkelten. »Na?«, rief er. »Na?«

Ich hatte begriffen, was hier lief. Man hatte ja schon auf alle möglichen Arten versucht, mich aus einer Polizeibehörde rauszuschmeißen, aber es mit schlechten und noch dazu improvisierten Witzen zu versuchen, das war neu. Und effektiv. Ich blieb trotzdem sitzen. Unter Qualen.

»Ich habe was dafür anzubieten«, sagte ich. »Wie erwähnt.«

Hückes wischte sich wieder Tränen weg. »Ach nee«, stöhnte er. »Was denn?«

»Das sage ich Ihnen, wenn wir einen Deal haben.«

Er seufzte und wurde ernst. »Deal … Wir machen keine Deals, Rott. Sagen Sie mir lieber, was Sie mit der ganzen Sache zu tun haben.«

Mir war klar, dass ich hier so nicht weiterkam. Und ich hoffte, dass wenigstens dieses Angebot ernst gemeint war.

»In Ordnung«, sagte ich.

»Schön, dass wir uns verstehen.«

»Ja, schön. Also. In dem Haus, in dem Michaela Paas wohnte, leben nur noch zwei weitere Parteien. Ein Herr Notdurft im Hinterhaus und eine Frau Cindy Berger vorne, wo auch Frau Paas gewohnt hat.«

Er sah gelangweilt drein.

Komisch. Den Namen Notdurft fand er nicht lustig. Hauptkommissar Spaßvogel zuckte nicht mal mit der Wimper.

»Und?«

»Die Vermieter heißen Büchmann. Sie versuchen, das Haus leer zu bekommen. Entmietung, verstehen Sie?«

»Ja, verstehe ich. Und was soll uns das helfen?«

»Herr Büchmann hat Frau Paas ziemlich oft besucht. Und das wohl nicht nur, um die Miete einzutreiben.«

»Rott, was wollen Sie mir eigentlich verkaufen?«

»*Herr* Rott, bitte. Frau Büchmann muss ein ziemlicher Drache sein. Und wenn Herr Büchmann oft bei Michaela Paas war, dann könnte es doch sein, dass sie ein Verhältnis hatten, und …«

»Ach, ein Eifersuchtsdrama? Was denn nun, *Herr* Rott? Entmietung oder Eifersucht?«

»Na, beides. Kann das nicht Hand in Hand gehen? Sie versuchen, die Bude leer zu kriegen. Sie schüchtern die Mieter ein. Aber dann hat Büchmann was mit der einen Mieterin, und die Frau wird eifersüchtig.«

»Also geht sie hin und schlägt zwei Fliegen mit einer Klappe, indem sie die Mieterin Schrägstrich Liebhaberin des Ehemannes mit einem Schwert ersticht? Mensch, Rott, Sie haben eine Phantasie …«

Ich biss mir auf die Zunge. Es war zu früh. Ich hätte noch nicht zu Hückes gehen sollen. Ich hätte zuerst etwas finden müssen, was ich den Büchmanns zur Last legen konnte. Beweise. Doch das ging erst nach dem Gespräch mit Frau Rinkelmann. Sonst warnte ich diese Büchmanns nur. Trotzdem war ich nun hier. Ich musste das Beste daraus machen.

»Wo kommt denn dieses Schwert eigentlich her?«, fragte ich. »Könnte es sein, dass Sie an meiner Meinung deshalb so desinteressiert sind, weil Sie bereits selbst eine Verbindung von der Waffe zu den Büchmanns gefunden haben?«

Wieder Stirnrunzeln. Hatte ich einen Nerv getroffen?

»Das werde ich Ihnen kaum auf die Nase binden. Und wo soll es schon herkommen? Aus einer Schmiede natürlich. Die soll's gerade in Solingen zuhauf geben.«

»Also gut«, sagte ich und stand auf. »Ich dachte, es wäre vielleicht eine Hilfe für Sie, wenn ich Ihnen sage, was ich weiß.« Ich bemühte mich nach Kräften, den Enttäuschten zu spielen. »Sonst arbeite ich ja eigentlich ganz gut mit der Polizei zusammen. Auch wenn Sie anscheinend was anderes gehört haben. Die Leute merken sich ja leider Gottes immer nur das Negative. Wenigstens habe ich meiner Pflicht Genüge getan. Sie wissen jetzt, was ich mit dem Fall zu tun habe. Ich versuche herauszufinden, ob die Büchmanns illegale Maßnahmen anwenden, um ihre Mieter loszuwerden.«

Hückes seufzte. »Also gut, Rott.«

»*Herr* Rott, bitte.«

»Herr Rott. Setzen Sie sich wieder hin.«

»Ach, haben Sie jetzt doch was für mich?« Ich ließ mich auf dem Stuhl nieder.

»Ich kann Ihnen das Schwert nicht zeigen«, sagte Hückes. »Aber was ich habe, ist ein Bild. Das können Sie von mir aus sogar mitnehmen.«

Er griff in eine Schublade und legte ein Foto auf den Tisch – ziemlich groß, etwa DIN A4. Es hatte eine gute Auflösung. Es zeigte das Schwert, das auf einem dunklen Untergrund lag. Und zwar zweimal. Eine Fotomontage machte es möglich, dass man beide Seiten sah.

»Die Bilder kenne ich doch«, sagte ich. »Sie waren in der Zeitung.«

»Ach – nun komme ich Ihnen entgegen, und es ist dem Herrn Detektiv auch wieder nicht recht. Ich kann das Foto gern wieder einpacken.«

»Ist ja schon gut.« Es war natürlich besser, dieses Bild zu haben. Alles war größer, viel genauer und in Farbe abgebildet. Man konnte die winzigsten Unreinheiten auf der Klinge erkennen. Kleine Schmutzpartikel.

»Wir haben das Bild an die Presse weitergegeben, weil wir dachten, es könnte uns jemand sagen, wo es herkommt. Hinweise aus der Bevölkerung, Sie wissen schon. Aber Fehlanzeige. Es ist jedenfalls keine professionell hergestellte Waffe. Mehr etwas von einem Hobbyschmied.« Er deutete auf eine Stelle an der Klinge, die ziemlich weit oben, fast am Griff lag. »Hier hat die Waffe einen Einschlagstempel, den wir noch analysieren. Leider gibt's da viele Möglichkeiten. Solingen ist ja nun mal eine Klingenstadt – und da kommen, wie gesagt, eine Menge Schmiedebetriebe in Frage. Der Stempel ist übrigens auch nicht sehr sauber gemacht. Laienhaft. Es ist schwer zu erkennen, was er darstellen soll. Einen Buchstaben oder ein Symbol.«

Er legte ein zweites Foto auf den Tisch – genauso groß wie das erste, allerdings zeigte es wie unter einer Hochleistungslupe den Stempel. Ein paar in das Metall eingegrabene Furchen, die zum Teil Rundungen bildeten und durcheinanderliefen. Auf den ersten Blick kam es mir so vor, als habe jemand versucht, mehrere Buchstaben übereinanderzusetzen, sodass sie sich jetzt optisch gegenseitig behinderten und man gar nichts mehr erkennen konnte. Aber vielleicht war es auch ein anspruchsvolles Symbol, das der Hobbyschmied besonders schön hatte hinbekommen wollen, das dann aber aus dem Ruder gelaufen und misslungen war. Eine Blume. Oder ein Kristall.

»Sie wissen also nicht, was das Symbol bedeutet?«, fragte ich. »Und Sie haben nicht herausfinden können, wem das Schwert gehört?«

»Sie haben gesehen, was Sie sehen wollten. Und Sie haben uns gesagt, was Sie sagen wollten«, erwiderte Hückes. »Ich denke, das reicht jetzt. Auf Wiedersehen.«

Was mache ich nun mit Frau Rinkelmann?, dachte ich draußen auf dem Parkplatz. Sie hatte sich nicht mehr bei mir gemeldet.

Noch mal anrufen.

Wieder war nur der AB dran.

Da kam mir eine Idee.

Ich musste auf dem kleinen Display meines Handys ein wenig im Internet herumwühlen, doch dann fand ich, wonach ich suchte.

Ich stierte auf die winzig dargestellte Website, merkte mir die darauf angegebene Nummer, aktivierte die Telefontastatur und tippte die Ziffern auf die Glasfläche. Im Nullkommanichts meldete sich eine Frauenstimme.

»Bergischer Fantasy-Verlag«, flötete sie.

»Hier ist Rott von der Zeitschrift ›Land und Leben im Bergischen‹. Spreche ich mit der Presseabteilung?«

»Einen Moment bitte.«

Ein elektronisches Signal ertönte, dann sprach jemand. Langsam und betulich. Die Stimme las aus einem Buch vor.

»Nein«, rief Godo und hob sein Schwert. »Hier wirst du nicht durchkommen. Wir werden alle zusammenstehen und dich besiegen, hörst du?«

Der Drache schnaubte erst fürchterlich, doch dann zeigte sich, dass er die Zwerge nicht angriff, sondern sie auslachte. Bei Drachen klang das eben wie ein Schnauben.

»Damit willst du mich besiegen, kleiner Mann? Mit dieser Nadelspitze von Schwert? Dass ich nicht lache.« Und er schnaubte weiter.

Godo spürte, wie ihm die Wut ins Gesicht stieg. Nicht aufgeben, dachte er. Wenn wir aufgeben, sind wir verloren. Wir müssen Colonia erreichen, und das noch vor Sonnenuntergang. Dabei liegt noch die Flussüberquerung vor uns – und die wird das Schwierigste an der ganzen Reise sein.

Ein seltsames Geräusch riss Godo aus seinen Gedanken. Und dann geschah etwas völlig Unerwartetes …

Ich würde nie erfahren, was dieses Unerwartete war – außer ich las das Buch von Rubina Hell, aus dem hier offenbar gelesen wurde. Die Stimme der Vorleserin klang alt und ein bisschen kratzig, wie die einer Märchentante. Ich mutmaßte, dass es die Autorin persönlich war, die ihren künftigen Bestseller zum Besten gab.

»Meyer, Presseabteilung«, meldete sich eine weitere Frauenstimme.

Arbeiteten in Verlagen eigentlich nur Frauen?

»Ja, hallo, hier Rott. Ich rufe an wegen des Interviews mit Rubina Hell.«

»Welches Interview?«

»Heute, in Altenberg. Könnten Sie mir noch mal sagen, wann der Termin ist?«

Ich hörte Papier rascheln. »Moment mal … das ist doch Interview für Radio Bergwelle, oder nicht?«

»Genau.«

»Aber das macht eine Frau …«

»Rinkelmann«, sagte ich schnell. »Ja, ja, ist schon klar. Ich bin nur der Fotograf. Ich kann Frau Rinkelmann leider gerade nicht erreichen und habe die Uhrzeit verschwitzt, deshalb …«

»Sie machen Fotos für das Interview?«

»Ja sicher, wieso nicht?«

»Im Radio? Wozu das denn?«

Ja, dachte ich. Wozu das denn? Verdammter Mist. Zum Glück fiel mir was ein.

»Es ist für die Website. Wenn ein Interview gemacht wird, illustrieren wir das ganz gern entsprechend.«

»Ich kann Ihnen offizielle Fotos von Frau Hell schicken. Allerdings erst nächste Woche. Das Shooting für das neue Buch findet morgen statt.«

»Nein, nein«, rief ich hastig. »Ich muss auf dem Bild die Interviewerin und die Interviewte zeigen.«

»Unmöglich. Frau Hell ist sehr heikel mit ihren Fotos. Ich glaube, sie ist darauf nicht vorbereitet.«

Jetzt hatte ich das Rumgeeiere satt. Ich nahm das Telefon in die linke Hand und ließ mit der rechten den Motor an. »Hallo?«, schrie ich der Windschutzscheibe zu und gab im Leerlauf Gas. »Ich verstehe Sie so schlecht. Ich glaube, die Verbindung bricht zusammen. Ich kläre das dann schon mit Frau Hell. Können Sie mir den Termin sagen? Bitte.«

»Vor dem Domladen«, schrie die Pressetante in den Hörer. »Um drei.«

»Danke«, schrie ich zurück und kappte die Verbindung.

Na bitte, dachte ich, geht doch.

Ich hatte noch mehr als drei Stunden Zeit.

Was konnte ich tun? Nach Solingen fahren und mit diesem Büchmann reden? Nein, erst Beweise sammeln.

Beweise, Beweise, Beweise.

Das war das A und O.

Um dann eine Verbindung zwischen Büchmann und dem Schwert herzustellen.

Tief in meinem Inneren sagte mir eine Stimme, dass die Polizei diese Verbindung längst gefunden hätte, wenn es sie gäbe.

Hückes war zwar ein etwas eigenwilliger Typ, aber das hieß ja noch lange nicht, dass die Polizei beschränkt war.

Allerdings hatte er meine Frage im Grunde nicht beantwortet. Ich hatte letztlich keine Ahnung, auf welchem Stand die Ermittlungen waren. Mit seinen blöden Witzen lenkte er immer nur ab, anstatt was zu sagen.

Mich streifte die Erinnerung an den unbekannten Videofilmer. Ich stellte den Motor wieder ab und sah mich um. Dort, auf der gegenüberliegenden Straßenseite, hatte er gestanden und mich gefilmt. War er jetzt auch wieder irgendwo und beobachtete mich? Ich konnte niemanden erkennen, der gerade beim Filmen war. Oder der sich anderweitig auffällig verhielt.

Der Typ war ja auch nicht blöd. Er hatte mit seinen Softwaremethoden sicher herausgefunden, dass ich die Videos gesehen hatte. Also wusste er, dass ich wachsam war. Aber so furchtbar wachsam war ich gar nicht. Man konnte ja auch nicht alles gleichzeitig im Auge behalten.

Du brauchst einen Helfer, dachte ich. Wie in alten Zeiten, als dir Jutta geholfen hat.

Meistens hatte sie sich ja aufgedrängt, oft sogar im falschen Moment – aber wenn ich ehrlich war, wäre ohne sie so mancher Fall ungelöst geblieben.

Jutta kannte tausend Leute. Und Jutta war reich. Sie hatte so viel Geld, dass ihr die Haltung des Verkrampften fehlte, die mir gelegentlich das Leben schwer machte und dafür sorgte, dass ich den Wald vor lauter Bäumen nicht sah. Jutta ging relaxt an die Dinge heran. Obwohl ich mir manchmal gewünscht hätte, dass sie mir, statt beim Ermitteln zu helfen, ein bisschen was von ihrem Geld abgab. Damit ich die nächste Miete bezahlen konnte zum Beispiel.

Aber das tat sie nie.

Wieder griff ich zum Handy. Was haben wir eigentlich früher ohne diese Dinger gemacht?, fragte ich mich, während ich Juttas Nummer aus dem Speicher holte. Früher wurde man nicht von irgendwelchen Idioten heimlich gefilmt. Man wurde nicht mit E-Mails terrorisiert. Und vor allem rannte man nicht ständig irgendwelchen Billigtarifen hinterher oder hatte dauernd das Gefühl, zu viel für irgendwas zu bezahlen. Und – besonders wichtig: Es konnte einen nicht jeder Nervsack ständig erreichen.

Ich hatte die Nummer gefunden, drückte darauf – und es geschah nichts.

Zuerst jedenfalls.

Dann kam die Mitteilung: *»Die gewählte Nummer ist unbekannt.«*

Ich glotzte auf das Display. Sah, dass da »Jutta« stand. Die Nummer war in den letzten dreißig Telefonaten, die mein Handy speicherte, mehrmals aufgeführt. Ich hatte ja noch vor vier Tagen mit ihr telefoniert.

Unter derselben Nummer.

Ich versuchte es noch einmal.

Kein Anschluss.

Tief im Inneren alarmierte mich das.

Was war da los?

Als ich auf dem Handy anrief, führte das auch zu nichts. Immerhin bekam ich nicht gesagt, dass die Nummer nicht vergeben war. Das Gerät war einfach nur ausgeschaltet.

12

Jutta wohnte nicht im Tal von Elberfeld, sondern auf dem Brill – oberhalb des berühmten Wuppertaler Villenviertels, wo die noch berühmtere Dichterin Else Lasker-Schüler aufgewachsen war.

Ich trieb meinen Golf die Sadowastraße hinauf, vorbei an den noblen Fassaden, von denen ich mich jedes Mal, wenn ich hier vorbeikam, abschätzig betrachtet fühlte. Als führten die Häuser ein für uns Menschen unhörbares Gespräch: *Was will denn dieser Typ wieder hier? – Der besucht nur seine Tante. – Na gut. Braver Junge, das darf er.*

Ich war bei Jutta aufgewachsen, nachdem meine Eltern bei einem Autounfall im Bergischen Land ums Leben gekommen waren. Damals war ich fünfzehn, sie war fünfundzwanzig. Sie arbeitete als einfache Sekretärin in einer Werbeagentur, ich besuchte das Gymnasium. Man schrieb das Jahr 1977. In ihrer Freizeit führte Jutta ein Leben wie die Hippies Ende der Sechziger. Sie hatte schon als Teenager auf eigene Faust den Trip nach Amerika gewagt und Woodstock miterlebt, allerlei Erfahrungen mit und ohne Drogen gemacht, und wenn das Wochenende anbrach, ging bei ihr zu Hause dermaßen die Post ab, dass ich als Heranwachsender am liebsten die Flucht ergriffen hätte.

Als ich später studierte und vorübergehend in Köln wohnte, änderte sich Juttas Leben fundamental. Sie lernte einen reichen, deutlich älteren Industriellen kennen und heiratete ihn. Schon bald danach hatte er ins Gras gebissen, und Jutta war bestens versorgt zurückgeblieben.

Ich näherte mich der kleinen Gartenpforte zwischen den Natursteinen, ging hindurch und nahm mir die Stufen der Treppe zum Hauseingang vor. Ich hatte sie x-mal gezählt. Es waren genau vierundfünfzig. Unter dem Mantel schwitzend, stand ich schließlich vor der modernen, mit Metallstreben verzierten Haustür aus Milchglas. Ich klingelte. Vergeblich.

Soviel ich wusste, war Jutta vor zwei Wochen von einer ihrer

Reisen zurückgekehrt. Irgendwas mit Bahamas, Karibik, Seychellen oder so.

Neben der Tür klebte an der mit Schiefer verkleideten Wand ein kleines Blatt Papier. Die Buchstaben G, E und W waren mit dickem Bleistift aufgemalt. Darunter gab es einen Pfeil nach rechts. Er deutete auf die Tür in der Mauer, die in den Garten führte. Normalerweise war sie geschlossen. Jetzt stand sie aber einen kleinen Spalt offen. Ich öffnete sie und betrat Juttas Garten, hinter dem sich zu Füßen des Brills Wuppertal erstreckte. Aus dem nahen Gartenhäuschen drangen Stimmen.

Zugegeben, »Gartenhäuschen« war eine starke Untertreibung. Jutta nannte das Holzgebäude zwar so, seit ich es vor einem Jahr in einem ekelhaft heißen Sommer mit ihren Arbeitern zusammen aufgebaut hatte. Doch es war wohl mehr eine kleine Villa. Es gab darin einen Raum, der ungefähr halb so groß wie meine gesamte Wohnung war, und es besaß sogar einen gemauerten Kamin. Die Eingangstür war verglast. Hinter der Scheibe sah ich, während ich auf das Häuschen zustapfte, Menschen, die sich bewegten.

Ich kniff die Augen zusammen. Da stand ein runder Tisch, an dem acht Personen saßen, Papier und Stift vor sich. Ein Mann, der mir den Rücken zuwandte, sodass ich nur einen grauen Wuschelkopf sah, schien gerade so etwas wie einen Vortrag zu halten. Neben ihm saß Jutta, was ich aber nur an der lila Haarsträhne erkannte, die sie seit ein paar Wochen in ihrem schulterlangen aschblonden Haar trug. Im Hintergrund flackerte gemütlich ein Feuer im Kamin. Eins der Fenster neben dem Eingang war gekippt. Das war auch der Grund, warum ich so gut verstehen konnte, was drinnen gesagt wurde.

»Wir haben Statistiken, die besagen, dass die wirkliche Welt von jungen Menschen unter zwölf Jahren heute kaum mehr wahrgenommen wird. Das ist praktisch eine ganze Generation, die nicht mehr lernt, die Dinge so zu sehen, zu fühlen, zu schmecken und zu hören, wie sie sind. Diese Kinder lernen die wirkliche Welt als eine Ausnahme kennen. Das Virtuelle ist für sie das Reale, Normale. Es simuliert die Realität zwar nur. Aber die Jugend, die in dieser Simulation heranwächst, empfindet das genau umgekehrt. Sie lebt also in einer permanenten Simulation und ist dadurch Fremdbestimmung und Beeinflussung vollkommen ausgeliefert.«

»Darf ich da mal einhaken?«, bat eine Frau, die seitlich saß und einen grob gestrickten bräunlichen Pullover trug, bei dessen Anblick es mich am ganzen Körper juckte. Sie nahm ihre Brille ab und wischte sich über das glänzende Gesicht.

»Ja, Martina, bitte«, sagte Jutta, die anscheinend so was wie die Vorsitzende dieser Versammlung war.

Martina blickte auf ein Blatt mit handschriftlichen Notizen. »Reicht es denn, auf die Missstände aufmerksam zu machen? Reicht es denn, wenn wir nur etwas darüber veröffentlichen? Müssen wir nicht zu ganz anderen Maßnahmen greifen?«

»Und überhaupt«, schaltete sich ein anderer Mann ein. Er trug ein kurzärmeliges T-Shirt mit den Buchstaben »GEW« auf der Brust, die ich schon am Eingang gesehen hatte. »*Wo* wollt Ihr unsere Ergebnisse und Forderungen denn überhaupt veröffentlichen? Wir können doch nur die Medien nutzen, die wir eigentlich verurteilen, wenn wir die erreichen wollen, die wir erreichen müssen. Vielleicht sollten wir das erst mal klären, bevor wir uns überlegen, was wir im Einzelnen machen wollen. Ich denke, für uns alle ist klar, was wir sagen wollen. Aber auf welchem Wege wir es mitteilen, das ist die große Frage. Lasst uns also erst mal eine Kommunikationsstruktur entwickeln. Ein *eigenes* Medium. Damit hätten wir zwei Fliegen mit einer Klappe geschlagen. Denn letztlich ist es ja ein Medium, das wir bekämpfen. Wenn wir es durch ein anderes ersetzen und damit unsere Ideen verbreiten, haben wir alles erreicht, was wir erreichen wollen.«

»Moment mal«, rief der Wuschelkopf. »Das finde ich nicht. Ich denke, wir brauchen erst mal ein Programm. Erst das Was, dann das Wie.«

»Und was ist mit meinem Einwand?«, meldete sich Martina zurück. »Veröffentlichen reicht doch nicht. Wir brauchen auch ein pädagogisches Konzept.«

»Alles der Reihe nach«, rief Jutta. »Wir haben eine Tagesordnung, schon vergessen? Und die gehen wir durch. Wer dann noch was sagen will, kann das gern tun. Wir haben ja noch den Punkt ›Verschiedenes‹. Also …«

Ich näherte mich weiter der Scheibe. Martina hob den Kopf und sah mich erschrocken an. Von drinnen musste meine Gestalt vor dem grauen Himmel bedrohlich erscheinen. Ich lächelte und klopfte höflich an das Glas. Jetzt fuhren alle herum.

»Wer ist das denn?«, rief der Wuschelkopf genervt.

»Remi, was machst du denn hier?«, rief Jutta. Wie so oft, wenn etwas geschah, mit dem sie nicht gerechnet hatte, reagierte sie entrüstet. Sie hatte dann was von einem Teenager, dem die ganze Welt, die er gerade zu erkunden begann, »peinlich« war. Als ob sich das Universum nach ihr zu richten habe.

»Will er unserer Bewegung beitreten?«, fragte Martina. »Wir könnten ja durchaus noch ein paar Mitglieder gebrauchen.« Sie hatte ihren Schrecken überwunden und sah mich jetzt freundlich an.

Jutta war aufgestanden und öffnete die Tür. Heißer Mief drang nach draußen.

»Du warst telefonisch nicht zu erreichen«, sagte ich. »Es tut mir leid, dass ich störe. Dein Handy ist ausgeschaltet.«

»Handy?«, rief einer aus der Gruppe, und sofort begann großes Getuschel. »Sie hat ein Handy, habt ihr das gehört?«

Jutta sah mich streng an. Die Bräune vom Urlaub war noch deutlich zu sehen. »Ich besitze kein Handy«, sagte sie zu mir, aber das war wohl weniger an mich als an ihre Versammlungsgenossen gerichtet. »Ich habe kein Handy«, wiederholte sie laut.

Als hätte sie auf einen Knopf gedrückt, kam von den anderen ein Echo: »Ich – habe – kein Handy«, riefen alle zusammen im Chor.

»Ich habe keinen Computer«, sagte Jutta.

Und alle antworteten: »Ich – habe – keinen Computer.«

Es erinnerte mich an die Wechselgesänge von Mönchen oder Gottesdienstbesuchern.

»Ich – verurteile – die virtuelle – Welt«, sagte Jutta. Wieder wurde der Satz von allen nachgesprochen, und dann rief Jutta laut: »Ich – lebe – analog.«

Und alle riefen ebenfalls laut: »Ich lebe analog.«

Ich wartete darauf, dass sich die Gruppe bekreuzigte, was aber ausblieb. Trotzdem rutschte mir etwas heraus.

»Amen«, sagte ich.

Fünf Minuten später standen wir in Juttas Haus in der Küche. Sie hatte sich mit dem Hinweis abgesetzt, die kleine Unterbrechung sei eine gute Gelegenheit, um den Kopf freizubekommen und einen Kaffee zu machen.

»Was treibt ihr denn da nur?«, fragte ich, während Jutta unter dem Wasserhahn eine Thermoskanne ausspülte.

»Das ist die Gründungssitzung der GEW.«

»Aha. Und was ist das? Ein Energieversorgungsunternehmen? Klingt irgendwie so.«

Sie stellte die Kanne hin.

»Quatsch. Es ist die ›Gesellschaft zur Entdigitalisierung der Welt‹.«

»Soso«, erwiderte ich.

»Du brauchst gar nicht darüber zu spotten«, sagte sie.

»Ich spotte ja gar nicht.«

»Doch, tust du. Ich sehe es an deinem Blick. Noch sind wir vielleicht seltsame Außenseiter. Aber das wird sich bald ändern. Ist dir mal aufgefallen, wie abhängig sich die Menschheit von digitalen Medien macht?«

Ich dachte an meine Kämpfe mit meinen Handys und Computern. Oh ja, das war mir aufgefallen.

»Es geht aber nicht nur darum, dass unser gesamtes Leben von Computern bestimmt wird«, sagte sie.

»Nicht?«

»Computer und das, was sie simulieren, bestimmen fast alles, was wir sehen, hören, lesen. Vielleicht sogar bald, was wir schmecken. Benno hat gerade eine Statistik zitiert. Kinder und Jugendliche verbringen nahezu neunzig Prozent ihrer bewussten Zeit am Tag damit, auf etwas zu schauen oder etwas wahrzunehmen, das digital erzeugt wurde. Bilder, Filme, Musik, Texte. Auch die E-Books nehmen zu. Also sogar wenn man ein Buch oder eine Zeitung liest, betrachtet man etwas Digitales. Damit bleiben höchstens zehn Prozent der Zeit, um eine echte Landschaft zu sehen, einen auf natürliche Weise erzeugten Klang zu hören, Vogelgezwitscher wahrzunehmen oder einen echten Sonnenuntergang zu bewundern. Das Echte geht verloren, Remi. Die Welt verschwindet aus dem Bewusstsein. Und die Menschen programmieren sich so um, dass sie diesen Verlust gar nicht bemerken.«

Darüber hatte ich noch nie nachgedacht. Ich beobachtete, wie der Kaffee in die Kanne zu tröpfeln begann.

»Stimmt eigentlich«, sagte ich. »So, wie du das sagst, klingt es ziemlich erschreckend …«

»Es *ist* erschreckend. Und genau dagegen will unsere Gesellschaft etwas unternehmen. Noch ist es nicht zu spät.«

Sie wandte sich wieder der Kaffeemaschine zu und trommelte nervös auf die Arbeitsfläche. »Kannst du mal Tassen aus dem Schrank nehmen? Und ein Tablett?«

»Aber glaubt ihr wirklich, das bringt was?«, fragte ich. Ich erinnerte mich an die Beiträge, die ich mit angehört hatte. »Der Einwand, den der eine Herr eben brachte, ist ja nicht von der Hand zu weisen. Ihr werdet eure Idee über das Internet verbreiten müssen, damit ihr jemanden erreicht. Aber das wäre ja paradox … wo ihr das Internet ja ablehnt.«

»Daran siehst du, wie weit das alles schon fortgeschritten ist«, sagte Jutta. »Genau dieses Faktum ist der beste Beweis dafür, dass es unsere Gesellschaft geben muss. Auf die digitale Revolution muss die Revolution der Entdigitalisierung folgen. Die Rückbesinnung auf Handgemachtes. Auf Dinge aus natürlichen, wirklichen, analogen Materialien. Musik von akustischen Instrumenten, die man live hört. Bücher, die auf Papier gedruckt sind. Oder sogar handgeschrieben.«

»Wie im Mittelalter?«

»Höre ich da wieder Ironie?«

»Wieso wieder?«

»Es war nicht alles schlecht, was es im Mittelalter gab. Und mit der Hand auf Papier zu schreiben, ist eine ganz andere Erfahrung, als eine Tastatur zu traktieren, das kann ich dir sagen.«

Mir fiel ein, dass ich aus einem bestimmten Grund hier war. Wenn ich jetzt in eine Diskussion verfiel, brachte mich das keinen Schritt weiter. Eine Sache wollte ich aber doch noch wissen.

»Warum setzt ihr euch eigentlich bei Minusgraden in das Gartenhäuschen?«, fragte ich. »Wär's hier drin nicht viel angenehmer?«

»Das geht nicht. Meine Heizung wird digital gesteuert. Teilweise sogar über das Internet.«

Ich erinnerte mich. Jutta konnte, wenn sie Reisen machte, mit dem Handy die heimische Raumtemperatur in Wuppertal einstellen. Sie war in der Lage, die Bilder der Videokameras einzusehen und den Einbrechern bei der Arbeit zuzuschauen, wenn ihr danach war. Und wenn die Verbindung funktionierte.

»Benno meinte, es sei nicht mit unserer Idee vereinbar, uns in einem Raum zu treffen, dessen Temperatur digital gesteuert wird. Er hat eine Hütte im Bergischen Land vorgeschlagen, aber es wäre zu aufwendig gewesen, dort mit Fahrrädern hinzufahren. Ich hätte ja einen Oldtimer, aber der ist gerade nicht angemeldet, und …«

»Fahrräder?«, rief ich fassungslos. »Wer zwingt euch, im Winter mit Fahrrädern durchs Bergische zu fahren?«

Sie schüttelte den Kopf. Der Kaffee war durch. Sie nahm die Kanne aus der Maschine und füllte ihn um. »Du hast es immer noch nicht begriffen, Remi. Autos sind heute auch Computer. Moderne Autos zumindest. Und Busse allemal. Die modernen Fahrzeuge sammeln sogar Daten.«

Der Wuschelkopf, der, wie ich nun wusste, Benno hieß, sah von der Gartenseite her herein. »Wir wollen weitermachen, Jutta. Ist der Kaffee fertig?«

»Sekunde«, sagte sie, und der Wuschelkopf verschwand.

»Ihr trinkt Kaffee, der mit Wasser zubereitet wurde, das mit digitalen Mitteln geklärt, aufbereitet und erhitzt wurde?«, fasste ich zusammen und versuchte, entsetzt zu klingen. Dann fügte ich so ernst wie möglich hinzu: »Ich glaube nicht, dass ich einer Gesellschaft beitreten kann, die ihre Ideale auf so billige Weise verrät.«

Jutta, die mich eben noch der Ironie bezichtigt hatte, übersah selbige in diesem Fall komplett. »Wir müssen Kompromisse machen«, sagte sie, »sonst geht es nicht. Vor allem am Anfang.«

Sie stellte die Kanne auf das Tablett. Dann wandte sie sich um und blickte mich an, als sähe sie mich zum ersten Mal.

»Was willst du eigentlich hier?«, fragte sie.

Ich fasste meinen neuen Fall zusammen, berichtete von den Fotos, die ich von Hückes erhalten hatte, und während ich so erzählte, wurde mir klar, dass Jutta mir gar nicht helfen konnte. Sie war mit der Gründung ihres seltsamen Vereins beschäftigt. Im Fall, dass sie mir an die Hand ging, würden wir auf Erzeugnisse aus der digitalen Welt aber nicht verzichten können.

»Wie geht's eigentlich Wonne?«, fragte sie.

»Äh … gut. Sie hat zu arbeiten.«

Der Themenwechsel irritierte mich. Jutta mochte Wonne nicht besonders. Meine männliche Blindheit hatte mich bis heute daran gehindert zu erkennen, woran das lag. Vielleicht würde ich ja noch drauf kommen. Wahrscheinlich hatte es was mit Eifersucht zu tun.

Sie nickte. »Interessant, dein Fall. Wo sind denn die Fotos? Hast du sie dabei?«

»Jutta, kommst du?«

Diesmal hatte Wuschel Martina als Verstärkung mitgebracht.

»Ich muss noch in meine Yoga-Gruppe«, sagte sie. »Und ich habe nur noch eine Dreiviertelstunde Zeit.«

»Sofort«, sagte Jutta.

Die beiden zogen sich zurück, ohne einen Fuß in den Raum gesetzt zu haben. Wahrscheinlich war das Haus verseuchtes Gebiet. Wegen der Digitalheizung. Gab es hier eigentlich noch einen Fernseher? Hatte sie ihr Riesending, das so groß war wie eine Hauswand, etwa weggegeben? Ohne an mich zu denken?

»Die Fotos habe ich im Auto vergessen«, sagte ich. »Ich bringe sie dir gleich. Wir telefonieren dann. Das heißt … wie soll das gehen? Du hast doch gar kein Telefon mehr.«

»Wie gesagt. Wir müssen alle Kompromisse machen. Wirf mir die Fotos in den Briefkasten.«

Ich ging zurück zum Golf, holte die Bilder und erklomm noch einmal die vierundfünfzig Stufen.

Der Wegweiser zum Gründungstreffen der GEW hing nicht mehr da. Und die Tür in der Gartenmauer war geschlossen.

13

Es war vierzehn Uhr dreißig, als ich auf den Parkplatz »Rösberg« am Rande der Altenberger Klosteranlage fuhr. Der Schnee war in feinen Regen übergegangen. Pfützen bedeckten die platt gestampfte Erde.

Nicht nur Solingen-Burg, auch Altenberg war ein Schauplatz meiner Liebesgeschichte mit Wonne. Es war wie ein Fluch, dass mich dieser Fall an diese Orte führte.

Ich folgte der Abzweigung zurück zur Hauptstraße und lief hinüber zur Bushaltestelle, hinter der mitten in einem kleinen Waldstück vor Kurzem noch ein Spielplatz gelegen hatte – verwunschen und vergessen. Hier hatten Wonne und ich damals die Leiche einer Frau entdeckt. Bevor das passierte, hatten wir einen herrlichen Tag verlebt.

Mir kamen Bilder in den Sinn von Wonne, die ihre Schuhe auszog und ihre Füße im kühlen Wasser der Dhünn badete. Von der Atmosphäre im schattigen, sommerlichen Wald.

Jetzt war hier alles abgeholzt. Die Reste der Bäume versanken im Matsch. Der Platz war kaum wiederzuerkennen.

Ich wandte mich der Klosteranlage zu. Der Altenberger Dom, dessen hochgezogenes Portal sonst so stolz und beeindruckend wirkte, kam mir unter dem grauen Himmel klein und gedrungen vor. Ich sah auf die Uhr.

Seit meiner Ankunft waren gerade mal acht Minuten vergangen. Ich war viel zu früh dran. Und allein mit meinen Erinnerungen an den Tag, an dem ich Wonne kennengelernt hatte.

Mutterseelenallein.

Es würde auch nicht helfen, in den Dom hineinzugehen und eine Weile zwischen den Besuchern herumzuspazieren. Mit der Beretta wäre ich mir in der Kirche deplatziert vorgekommen.

Die Kälte kroch mir unter den Mantel. Ich trieb mich auf dem Vorplatz herum und beobachtete unerschrockene Wanderer, die – den Rucksack auf dem Rücken, mit dicken Jacken bekleidet, Regenmützen auf dem Kopf – sonst wo herkamen. Es gab ja gar kein schlechtes Wetter, nur schlechte Kleidung. Wahrscheinlich wären diese Herrschaften sogar noch im Weltraum gewandert, wenn man sie gelassen hätte.

Ein Rentnerpaar näherte sich auf Fahrrädern. Sie trugen Regenjackenpartnerlook. Und Partnerlook bei den Drahteseln. Er saß auf der Herren-, sie auf der Damenversion.

Nach weiteren Minuten, die sich wie Stunden hinzogen, tat sich etwas. Eine dunkelhaarige Frau in einem ockerfarbenen Mantel näherte sich. Ihre Absätze klapperten auf dem Pflaster. Sie trug eine große Tasche mit dem Logo von Radio Bergwelle, genau so eine, wie Cindy sie aufgemalt hatte. Als sie auf dem Vorplatz angekommen war, blickte sie sich hektisch um. Mich ignorierte sie. Sie suchte Rubina Hell. Da aber keine Person in der Nähe war, die der Autorin ähnlich sah, postierte sie sich vor dem Domladen. Dann sah sie auf die Uhr. Ich hätte ihr sagen können, dass sie zwölf Minuten zu früh war. Was das Timing genau richtig machte, damit ich mein Interview bekam.

Ich ging auf sie zu. »Frau Rinkelmann? Mein Name ist Rott.«

Hektisch begann sie in ihren Manteltaschen zu suchen, hatte gleich darauf ein Papiertaschentuch in der Hand und ließ einen so gewaltigen Nieser in meine Richtung los, dass ich erschrocken zwei Schritte zurück machte.

»'tschuldigung«, ächzte sie und putzte sich lautstark die Nase. »Mich hat's voll erwischt.«

»Kein Wunder, bei dem Wetter«, sagte ich mitfühlend. »Eigentlich stellt man sich den April ja auch anders vor.«

Sie schniefte noch mal kurz und steckte das Taschentuch wieder ein. »Und dazu noch der ewige Stress. Apropos. Ich habe nicht viel Zeit. Jeden Moment wird Rubina Hell hier auftauchen.«

»Ja, ja, der Zwerg von Berg«, sagte ich. »Ist mir bekannt. Machen wir's kurz. Mir geht es um Folgendes: Ich ermittle …«

Fast hätte ich gesagt, dass ich den Mordfall von Michaela Paas untersuchte, aber Frau Rinkelmann glaubte ja, es ginge um Entmietung.

»Sie haben sich vor zwei Wochen nach einer Frau namens Michaela Paas erkundigt«, fing ich noch mal an. »In der Brühler Straße in Solingen.« Ich nannte die Hausnummer. »Eine Nachbarin hat mir das gesagt. Ich weiß nicht, ob Sie sie erreicht haben. Aber ich weiß, dass der Hausbesitzer rabiat mit den Bewohnern umgeht, weil er das Haus sanieren oder abreißen will. Waren Sie deshalb dort? Haben Sie mit Frau Paas gesprochen?«

Während ich sprach, hatten sich ihre dunklen Augenbrauen nach oben bewegt, jetzt krümmten sie sich in deutlicher Skepsis.

»Das sagt mir nichts … Ich weiß überhaupt nicht, wovon Sie reden.«

»Soll das heißen, Sie kennen Michaela Paas überhaupt nicht? Und Sie waren nicht in Solingen?«

Sie zog eine Grimasse. Der nächste Niesanfall stand bevor. »Doch, aber …« Sie schnäuzte sich, bevor er zum Ausbruch kam. »Das war nicht der Grund.«

Ihre Augen waren von der Erkältung glasig. Jetzt bemerkte ich auch die geröteten Wangen. Wahrscheinlich wäre es für die Frau das Beste, wenn sie sich zu Hause ins Bett legte und auskurierte.

»Warum fragen Sie Frau Paas eigentlich nicht selbst?«, fragte sie schniefend.

»Sie haben doch sicher von der Toten in Solingen gehört? Die mit einem Schwert ermordet wurde? Zu Füßen des Sessellifts in Burg?«

»Ja schon, aber …«

»Diese Tote war Michaela Paas. Sie wurde umgebracht, und bisher weiß niemand, wer es getan hat.«

»Oh. Und Sie versuchen, das herauszufinden? Sollte man das nicht der Polizei überlassen?«

»Ich handle im Interesse einer … sagen wir mal … beteiligten Person.«

»Gut. Verstehe. Aber ich kann Ihnen da nicht weiterhelfen. Ich weiß nicht, was sie von mir wollte.« Sie sah auf die Uhr, dann blickte sie sich um.

»Ihre Interviewpartnerin ist noch nicht da«, sagte ich. »Wir haben Zeit. Sie können mir erzählen, was Sie wissen.«

»Aber ich weiß doch gar nichts.«

»Michaela Paas wollte mit Ihnen reden. Aber Sie haben sie nicht angetroffen und wissen daher nicht, worüber. Habe ich das richtig verstanden? Sollte es um einen Radiobeitrag gehen?«

»Ich bin erst seit kurzer Zeit beim Radio. Davor war ich freie Mitarbeiterin bei verschiedenen Zeitungen. Und für eine davon habe ich vor längerer Zeit mal einen großen Artikel über Prostituierte im Bergischen Land geschrieben – eine Reportage. Das war zu der Zeit, als die rot-grüne Bundesregierung Prostitution zu einem gesetzmäßigen Job erklärt hat. Damit die Frauen aus der Illegalität herauskommen. Es zeigt sich allerdings, dass man mit dieser Gesetzesänderung nur den Bordellbesitzern in die Hände gespielt hat, die die Frauen immer noch ausbeuten. Wussten Sie eigentlich, dass es mittlerweile einen groß angelegten Sextourismus gibt?«

Frau Rinkelmann schien ihren Schnupfen vergessen zu haben. Und ihre Nervosität wegen des Interviews auch. Anscheinend traf das Thema bei ihr einen Nerv und lag ihr viel mehr, als einen Beitrag über eine Fantasy-Autorin zu machen, die über Zwerge im Bergischen Land schrieb.

»Sextourismus?«, sagte ich. »Ja sicher. Man kennt das ja von Thailand und so.«

Ich kannte sogar jemanden, der mal aus erotischen Gründen nach Bangkok geflogen war. Manni. Aber das verschwieg ich lieber.

»Thailand«, sagte sie. »Klar, das denkt man. Aber da hat sich einiges geändert, Herr Rott. Heute heißt das Ziel der Sextouristen Deutschland. Man kann von Amerika, Japan und vielen anderen Ländern aus organisierte Sex-Reisen buchen. Nach Hamburg, München, Köln, Düsseldorf oder Berlin. Das Programm besteht dann darin, die verschiedenen Bordelle der jeweiligen Stadt zu besuchen.«

»Sie haben also Michaela Paas im Zuge Ihrer damaligen Recherchen kennengelernt«, führte ich das Gespräch auf das zurück, was ich wissen wollte.

»Messerscharf erraten. Sie kennen ihre Vergangenheit.«

»Allerdings. Aber sie hat damit aufgehört. Eine Freundin von ihr sagte mir, sie habe alles darangesetzt, eine neue Existenz ohne Prostitution zu führen. Soviel ich weiß, hatte sie verschiedene Putzstellen.«

»Das wiederum ist mir neu. Sekunde …« Erneut kam das Papiertaschentuch zum Einsatz. Es war dasselbe wie eben.

»Ob es in dem Domladen Papiertaschentücher zu kaufen gibt?«, rätselte ich.

»Ich hab hier irgendwo noch welche«, näselte sie und begann, in der Tasche mit dem Radiologo zu wühlen.

Auf der kleinen Allee, die vom Dom zur Hauptstraße führte, näherte sich ein Wagen. Die Reifen trommelten geräuschvoll auf dem Pflaster. Am Steuer saß ein junger Mann mit schwarz umrandeter Brille. Auf dem Beifahrersitz erkannte ich ein rundes Gesicht mit großen Augen. Der Wagen war ein sauber glänzender Mercedes höherer Klasse. Wie in einem Understatement rollte er leise aus. Dann entstieg ihm erst der junge Mann. Seine untere Gesichtshälfte wurde von einem Dreitagebart bedeckt. Das dunkle Haar hatte er mit Gel nach hinten gekämmt. Irgendwie erinnerte er mich an eine Mischung aus dem bayerischen Freiherrn, der mal in Merkels Kabinett gewesen war, und dem Chefredakteur einer großen deutschen Boulevardzeitung, die – ihrem Namen nach zu urteilen – keine Texte enthielt und folglich für Analphabeten bestimmt war, die jedoch enttäuscht wurden, denn sie wurden dann ja doch gezwungen, Sätze zu lesen. Auch wenn diese höchstens sieben Wörter enthielten.

Er umrundete den Wagen auf der Kühlerseite und öffnete Rubina Hell die Tür. Sie war vom Kinn bis zu den Sohlen in einen schwarzen Mantel gekleidet. Ihren Hinterkopf bedeckte eine Kapuze. Das weiße Gesicht, umgeben von sehr hellen Haaren, schien zu schweben.

Frau Rinkelmann hatte ihre Nase gereinigt und wollte auf Rubina Hell zustürmen, aber ich hielt sie zurück.

»Warten Sie bitte noch«, sagte ich. »Sagen Sie mir, was Sie bei Michaela Paas wollten.«

»Sie hat mich angerufen und wollte mit mir sprechen. Ich

weiß aber nicht, worüber. Es klang fast ein bisschen wie ein Skandal, den sie der Presse verraten wollte. Aber ich habe nichts Genaueres erfahren. Sie war ja nicht zu Hause. Und dann hat sie sich nicht mehr gemeldet.«

»Könnte es sein, dass sie noch andere Journalisten kontaktiert hat?«

»Theoretisch ja. Aber ich glaube es nicht. Zu mir hatte sie wegen der damaligen Geschichte Vertrauen.«

»Und Sie wissen nicht im Geringsten, um was es ging?«

»Absolut keine Ahnung.«

»Und wieso nicht Entmietung?«

»Ja, wieso nicht Entmietung? Könnte sein. Könnte auch nicht sein. Wie gesagt – ich weiß es nicht.«

Rubina Hell und ihr Begleiter blickten in den Himmel, der seit fünf Minuten mal nichts herunterschickte – weder Schnee noch Regen. Extra für die Ankunft der Schriftstellerin.

»Hoffen wir, dass es morgen besser wird«, sagte der junge Mann. »Notfalls arbeiten wir mit Scheinwerfern. Oder wir gehen doch ins Studio.«

»Ich will unbedingt, dass wir die Fotos hier machen«, sagte Rubina Hell, und ich erkannte die kratzige Stimme von der Aufnahme in der Telefonwartschleife des Verlages wieder. Auf manche mochte dieser Sound erotisch wirken. Für mich klang es nur nach Kettenraucherin. »Es ist wichtig. Und nicht diskutabel.«

Der Mann blieb vor der Autorin stehen und beugte seinen Oberkörper ein wenig vor. Einen Moment lang schien es, als wollte er der Frau, die schätzungsweise dreißig Jahre älter war als er, einen Heiratsantrag machen. Ich merkte mir die Haltung, die er einnahm, für mein nächstes Gespräch mit Wonne.

Die beiden beachteten uns immer noch nicht, obwohl Frau Rinkelmann und ich höchstens fünf Schritte von ihnen entfernt standen. Jetzt umfasste der Mann mit seinen Händen ihre Schultern. »Rubinalein, du weißt doch – ich tue alles, was du willst. Mach dir keine Sorgen. Es wird alles gut.«

Mehrere Atemzüge lang sahen sich die beiden tief in die

Augen. Dann sagte Rubina Hell: »Ich weiß, Heiko. Und dafür danke ich dir.«

Mit einer Hand griff sie in ihren Mantel und holte eine Zigarette heraus, die sie mit einer einzigen Bewegung anzündete. Wie auf Kommando drehten sich die beiden zu uns um, als hätten sie längst bemerkt, dass da noch jemand stand, und nur den richtigen Zeitpunkt abgepasst. Der Mann, der mit Vornamen Heiko hieß, ließ sein Gebiss sehen.

»Na, wen haben wir denn da?« Er marschierte auf Frau Rinkelmann zu. »Leider haben wir nicht viel Zeit«, sagte er. »Ist Ihr Gerätchen aufnahmebereit?«

Frau Rinkelmann hatte ein neues Taschentuch gefunden, putzte sich noch mal lautstark die Nase und holte ihr Aufnahmegerät heraus – dazu das Mikro mit einem großen Schaumstoffüberzug.

»Ich gebe Ihnen besser nicht die Hand«, sagte Rubina Hell und pustete Frau Rinkelmann den Rauch ihrer Zigarette entgegen. »Eine Erkältung ist das Letzte, was ich mir jetzt erlauben kann.«

»Wir haben morgen nämlich einen großen Fototermin«, erklärte Heiko und wandte sich mir zu. »Und Sie sind …«

»Ach, ich bin schon wieder weg«, meinte ich.

»Na, dann bis zum nächsten Mal, Herr Schonwiederweg«, rief Heiko fröhlich. Der war ja fast noch witziger als Heribert Hückes.

»Ich melde mich, falls ich noch eine Frage habe«, sagte ich zu der Journalistin.

Frau Rinkelmann nickte, und Heiko fragte ungeduldig: »Können wir anfangen?«

Rubina Hell beachtete mich gar nicht.

Auf dem Weg zum Auto klingelte mein Handy.

»Ich weiß, woher das Schwert stammt«, sagte Jutta.

»Wie bitte?« Vor Überraschung blieb ich stehen. Ich hatte gerade die Brücke über die Dhünn erreicht. »Wie hast du das denn rausgekriegt? Du wirst doch nicht etwa einen Computer benutzt haben?«

»Ich gebe zu, ich habe. Aber ich wollte dir ja helfen.«

»Apropos Hilfe. Wie wäre es, wenn du mir fünftausend Euro leihen würdest?«

»Wie bitte?«

»So viel kriege ich, wenn ich den Fall löse.« Auch auf die Gefahr hin, dass der deutsche Geheimdienst im Auftrag des Finanzamts mithörte, fügte ich hinzu: »Steuerfrei.«

»Prima. Also arbeite und kassiere das Geld. Dann hast du es ja. Du brauchst mich nicht, Remi. Ich meine, du brauchst mein Geld nicht. Bei deinen Ermittlungen brauchst du mich allerdings schon.«

»Oder vielleicht wenigstens so viel, dass ich meine Miete bezahlen kann«, fügte ich hinzu. Meine Stimme wurde bettelnd.

»Kommen wir mal zum Thema zurück. Ich sage dir, woher das Schwert stammt, okay? Das wird dir helfen. Und ratzfatz hast du deine fünftausend. Also ...«

Ich zerrte einen Zettel und einen Stift heraus und schrieb, am Steingeländer über dem Fluss stehend, die Information auf.

»Du kennst doch die Müngstener Brücke«, begann sie.

»Soll das jetzt ein Vortrag über die Sehenswürdigkeiten des Bergischen Landes werden?«

»Nein, nur eine Ortsbeschreibung. Wenn man zur Brücke geht, also in den sogenannten Brückenpark, den sie vor ein paar Jahren angelegt haben, kommt man an einem alten Kotten vorbei. Er liegt auf der linken Seite. Dort ist eine Schmiede. Sie gehört einem gewissen Herrn Bauer-Brandes. Er ist Kunstschmied. Er hält in seiner Schmiede auch Veranstaltungen ab. Deshalb heißt der Betrieb ›Eventschmiede‹. Hast du das? Ich gebe dir die Kontaktdaten.« Sie diktierte Telefonnummer, genaue Anschrift und sogar die URL der Website.

»Und du glaubst, dass in der Schmiede das Schwert entstanden ist, mit dem Michaela Paas ermordet wurde?«

»Ich glaube nicht, ich weiß es.«

»Wer hat dir das gesagt?«

»Ich habe so meine Verbindungen. Mehr sage ich dazu nicht.«

»Dieser Herr Bauer-Brandes hat also ...«

»Nein, hat er nicht.«

»Aber eben hast du doch gesagt …«

»Die Geschichte geht noch weiter. Hör zu. Bauer-Brandes veranstaltet Workshops für Hobbyschmiede. Man kann an einem Wochenende lernen, wie so was geht. Und aus einem dieser Kurse stammt das Schwert. Wer es allerdings genau geschmiedet hat, weiß ich nicht.«

»Hast du mit dem Schmied gesprochen?«

»Ich denke, ein bisschen Arbeit kann ich dir auch noch überlassen.«

»Aber jetzt sag mir doch mal, wie du …«

»Vergiss es. Und jetzt will ich nicht weitertelefonieren. Wir haben uns analoge Genügsamkeit auferlegt, wie du ja weißt.« Sie holte tief Luft. »Es muss ein neues Zeitalter anbrechen, Remi. Ich – lebe – analog.«

Ja, und demnächst übermittelst du mir Adressen, die ich für meine Ermittlungen brauche, mit dem Dosentelefon. Oder mit Rauchzeichen, dachte ich.

»Von wo aus rufst du eigentlich an? Ich denke, du hast kein Telefon mehr?«

Ich konnte nichts mehr sagen. Jutta hatte ohne weiteren Kommentar die Verbindung gekappt. Wahrscheinlich war sie zu einem Nachbarn gegangen. Ich hatte mittlerweile die Fußgängerunterführung erreicht, die die Hauptstraße nahe der Klosteranlage unterquerte. Hinten, auf der anderen Seite des Parkplatzes, war die weiße Fassade des Hotelrestaurants Wißkirchen zu sehen.

Ja, Jutta hatte ihre Beziehungen. Sie kannte Gott und die Welt. Aber es konnte doch nicht sein, dass sie durch reines Herumfragen bei ein paar Bekannten eine Information über eine Mordwaffe bekam – was mir einen unerwarteten Vorsprung vor der Polizei verschaffte.

Einen Vorsprung, der mich in Teufels Küche bringen konnte. Wenn die Vorgeschichte des Schwertes stimmte, wäre es meine Pflicht, sofort zu Hückes zu gehen und ihm das zu sagen, sobald ich die Bestätigung hatte.

Ich erreichte den Parkplatz, umrundete die Pfützen und stand schließlich am Auto.

Meine Güte, du wirst wirklich alt, dachte ich.

Früher hättest du dich einen Dreck darum geschert. Du hättest einfach weitergemacht.

Denk an die fünf Mille.

Nutz einfach das, was Jutta dir gesagt hat. Und mach weiter. Nach dir die Sintflut.

Vielleicht war ja das der Grund, warum Wonne so unterkühlt war? Weil ich meine Power verloren hatte. Weil es nicht mehr aufregend war, mit mir zusammen zu sein.

Mir fiel wieder der Tag ein, an dem ich Wonne kennengelernt hatte. Damals auf der Rallye. Kurz bevor wir hier angekommen waren, um irgendwelche Aufgaben aus Juttas Rallyeprogramm zu lösen, hatte mir Wonne verraten, dass sie es spannend und aufregend fand, mit einem Privatdetektiv zusammen zu sein. Kaum hatte sie erfahren, was ich beruflich machte, hatte sie sich an mich rangeschmissen und – natürlich – Erfolg damit gehabt.

Diese Zeiten mussten wiederkommen! Ich musste den Arsch hochkriegen und meinen Fall lösen – nicht nur wegen des Geldes, sondern auch wegen Wonne. Ich wollte ihr heute Abend erzählen können, dass ich es geschafft hatte. Und ihr dabei am besten auch gleich das Geld auf den Tisch zählen.

Ich holte den Zettel hervor, stieg in den Wagen und fuhr die Altenberger Serpentinen hinauf zur A 1.

Mein Ziel war die Müngstener Brücke.

14

Ein riesiger Bogen aus Stahlverstrebungen. Darüber eine gerade Linie. Links und rechts zwei aus kreuz und quer verlaufenden stählernen Verstrebungen geprägte Stützen.

Das ist die Müngstener Brücke, die sich wie ein Tor über die Wupper spannt.

Der Bogen schrie geradezu danach, in einem riskanten Manöver von einem Sportflugzeug durchflogen zu werden. Angeblich kursierte im Internet ein Foto von dem Moment, in dem einem Doppeldeckerpiloten im Jahre 1928 genau das gelungen war. Allerdings gibt es auch Stimmen, die behaupten, dass es sich dabei um eine Fotomontage handelt.

Das Bauwerk hält aber andere Rekorde: Nach wie vor ist es die höchste Eisenbahnbrücke Deutschlands, die mit ihren gut hundert Metern Fallschirmspringer anlockt – und Selbstmörder, die angeblich von weit her kommen, um ihr Leben in dieser romantischen Umgebung zu beenden.

Im Sommer, wenn die Massen auf die Liegewiesen im Brückenpark an der Wupper drängen, wenn es Familien zum weiter hinten gelegenen Minigolfplatz oder über den Wanderweg am Fluss entlang bis nach Solingen-Burg zieht, hat man auf dem Parkplatz am Ende der Sackgasse, wo ein Tor die Weiterfahrt unmöglich macht, keine Chance.

Jetzt war das Tal verlassen.

Ich bog in die schmale Teerstraße ein, die den Fluss entlangführte und schließlich ein gutes Stück vor der Brücke endete, die wie eine schwarze Tuschzeichnung vor dem Himmel stand. Unterhalb des Bauwerks erhob sich ein modernes Gebäude, das in seiner Architektur wahrscheinlich die Stahl- und Eisentradition dieser Gegend symbolisieren sollte, das aber ein Restaurant war: Haus Müngsten – ein Block mit einer Oberfläche wie rostiges Metall. Als hätte ein Riese einen Stahlwürfel in das Tal geworfen. Und noch näher, direkt am Parkplatz, stand das gedrungene Backsteinhäuschen mit schrägem, jetzt vor Nässe glänzendem Dach.

Die Schmiede.

Schon bevor man das Gebäude erreichte, kam man an allerlei künstlerischen Metallgegenständen vorbei: abstrakte Figuren aus Stahl, groß wie Menschen, darunter eine gelb gestrichene Sonnenblume, die vor dem winterlichen Hintergrund leuchtete.

Ich las ein Schild. Das Haus hieß traditionell »Schaltkotten«. Die Geschichte des alten Werkstattgebäudes, so erfuhr ich, ging bis ins 16. Jahrhundert zurück.

Aus der Schmiede drangen Geräusche. Es war jedoch kein Hämmern, wie ich erwartet hatte, sondern ein markerschütterndes Kreischen, das eher an eine Säge, eine Flex oder ein Schleifgerät erinnerte. Hinter Schaukästen mit bunten Fotos und weiteren Arbeitsproben, Teilen von Zäunen und metallenen Gestalten wie zum Beispiel einem wie im Sprung hochgereckten Hai mit spitzen Zähnen im aufgerissenen Maul, entdeckte ich eine graue Metalltür und eine Klingel. Daneben stand auf einem Schild: *»Unbefugten ist das Betreten der Werkstatt verboten«.*

Ich drückte auf den Knopf. Während ich wartete, dass jemand öffnete, las ich die Informationen, die an der Wand angebracht waren. Es gab sogar ein Fach mit Prospekten zum Mitnehmen.

Die Eventschmiede war nicht nur ein Handwerksbetrieb. Man konnte auf speziellen Veranstaltungen auch etwas über die Geschichte der Schmiedekunst lernen. Es gab feste Öffnungszeiten, natürlich hauptsächlich im Sommer und zu Weihnachten, wenn alles verzweifelt nach Geschenken suchte. Ein winterlich verunglückter April passte nicht so richtig dazu.

Das kreischende Werkzeuggeräusch dadrin hörte nicht auf. Ich klingelte ein zweites Mal und spielte schon mit dem Gedanken, die Telefonnummer zu wählen, die im Prospekt angegeben war, da öffnete sich plötzlich mit einem Quietschen die graue Tür. Ein großer Mann mit kantigem Gesicht erschien. Er wischte sich die Hände an einem Lappen sauber.

»Sind Sie Herr Bauer-Brandes?«, fragte ich.

Er nickte. »Wollen Sie die Schmiede besichtigen? Heute geht's leider nicht, aber Sie können einen Termin vereinbaren.«

Im Hintergrund sah ich, dass die Werkstatt aus einem einzigen Raum bestand, der weit nach hinten reichte und mit einer gewaltigen Menge an Gegenständen vollgestellt war. Da standen ähnliche Figuren wie hier draußen, aber auch Regale mit Werkzeug, an den Wänden hingen Bilder in allen möglichen Größen, es gab Stehtische, Holzbänke und natürlich fertige und halb fertige Werkstücke, die hier und da lehnten und standen. Ein anderer, jüngerer Mann war mit einem langen, glänzenden Metallteil beschäftigt, von dem ich nicht erkennen konnte, was es war. Er erzeugte die kreischenden Geräusche. Immer wenn er sich mit einem Elektrogerät dem Metall näherte, stob ein Funkenregen auf.

Ich hatte meine Visitenkarte gezückt und hielt sie Bauer-Brandes hin.

»Es geht um was anderes«, schrie ich gegen den Lärm an.

»Privatdetektiv?«, fragte er. Ich erntete den ungläubigen Blick, den ich schon kannte. Wahrscheinlich dachten viele, es gäbe Privatdetektive nur im Fernsehen. Entweder in Krimiserien oder in sogenannten Doku-Soaps wie »Lenßen und Partner« oder »Die Trovatos«. Kaum jemand rechnete damit, selbst mal einem gegenüberzustehen.

Immerhin machte sich Herr Bauer-Brandes nicht über das verunglückte Design der Visitenkarte lustig.

»Na, dann kommen Sie mal rein«, sagte er. »Klingt ja interessant.«

Er legte den Lappen weg, und wir setzten uns inmitten des faszinierenden Sammelsuriums auf eine mächtige Holzbank, die an einem Tisch stand. Bauer-Brandes gab dem Mann weiter hinten ein Zeichen. Es wurde etwas ruhiger.

Jetzt erkannte ich in einer anderen Ecke der Werkstatt eine Schmiede, wie man sie aus alten Filmen oder Comics kannte. Zum Beispiel von Asterix und dem gallischen Dorfschmied Automatix. Ein Kamin, ein Amboss, an der Wand gigantische Hämmer in verschiedenen Größen – so gewaltig, dass man wohl

Bodybuilder sein musste, um sie überhaupt bewegen zu können. Bauer-Brandes hatte ganz klar die körperlichen Anlagen dazu.

»Sie kommen doch sicher wegen dem Schwert?«, fragte er rundheraus.

»Woher wissen Sie das?«

»Na ja – die Polizei war hier und wollte Informationen über ein Schwert, das in meiner Schmiede entstanden ist. Und nun kommt ein Detektiv, da wird der Grund wohl derselbe sein.«

Die Kripo weiß also von Bauer-Brandes, dachte ich. Dann wissen sie doch, woher das Schwert stammt. Wieder einmal hatte Hückes mich verladen. Und ich hatte mir eingebildet, durch Juttas Information einen Vorsprung herausgeholt zu haben.

So ein Mist.

»Wieso ermitteln Sie in dem Fall?«, fragte Bauer-Brandes. »Beschäftigt die Polizei Detektive?«

Ich schüttelte den Kopf. »Ich vertrete die Interessen einer Angehörigen des Opfers«, behauptete ich. Es stimmte ja auch. »So was kommt manchmal vor, um …«

Ja, warum eigentlich? Was ich jetzt sagte, musste offiziell und überzeugend klingen. Ich konnte ja nicht einfach behaupten, dass ich den Fall allein und an der Polizei vorbei lösen wollte. Es gab so drei, vier Methoden, meine Arbeit abgrundtief seriös aussehen zu lassen. Heute nahm ich Methode Nummer drei. Stichwort: Zeugen.

»Sehen Sie, Herr Bauer-Brandes, es geht darum, bestimmte Verdachtsmomente auszuschließen. Schon im Vorfeld Beweise zu sammeln und Zeugen zu finden.«

Er wirkte immer noch skeptisch. »Und warum? Das tut die Polizei doch auch. Und sicherlich mit wesentlich besseren Methoden.«

Okay, dachte ich. Der Mann weiß Bescheid. Vermutlich guckt er keine amerikanischen Krimiserien. Also weiter mit Methode zwei. Stichwort: Anwalt.

»Wenn die Polizei einen Verdächtigen hat«, erklärte ich, »beauftragt dieser Verdächtige einen Anwalt. Der Anwalt wiederum sucht sich einen Privatdetektiv, der nach Entlastungsindizien Ausschau hält.«

Er fixierte mich. »Die Polizei hat jemanden festgenommen?«

Verdammt – ich war hier, um Fragen zu *stellen*. Nicht, um ausgefragt zu werden.

Nun schlug die Stunde einer glatten Lüge.

Ich nickte. »So ist es«, sagte ich dann.

»Aber Sie haben eben eine Angehörige des Opfers erwähnt. Das ist doch was ganz anderes. Um wen geht es denn nun?«

»Es kann sich ja überschneiden, oder nicht? Leider kann ich Ihnen den Namen des Verdächtigen nicht sagen, aber …«

»Ist es dieser Büchmann?«

»Büchmann?« Jetzt sah ich sicher ziemlich verdattert aus. Ich hatte nicht erwartet, dass dieser Name hier fiel. »Was hat Herr Büchmann damit zu tun?«, fragte ich scheinheilig.

Der Schmied lehnte sich zurück und sah mich abschätzend an. »Wenn Sie für den Anwalt eines Verdächtigen arbeiten, hat dieser Anwalt doch mit Sicherheit Einblick in die Ermittlungsakten. Und sollte wissen, dass Büchmann …«

»Büchmann aus Solingen-Burg«, sagte ich, bevor sich das Blatt des Frage-und-Antwort-Spiels wieder wendete. »Ich weiß, dass er mit dem Fall zu tun hat. Aber mit der Schmiede? Wie kommen Sie ausgerechnet auf ihn?«

Bauer-Brandes sah mich an, als wüsste er immer noch nicht, was er von mir halten sollte.

»Sagen Sie mal, sind Sie wirklich Detektiv? Nicht eher ein Journalist oder so was, der sich hier einschleicht und Informationen sammeln will, an die er normalerweise nicht rankommt?«

»Sie haben doch meine Visitenkarte gesehen«, erklärte ich und legte noch eine Schippe drauf: Ich holte meine Lizenz heraus.

Eigentlich gibt es für Detektive gar keine Lizenzen. Man braucht keine Erlaubnis, um sich Detektiv nennen zu dürfen. Aber es gibt einen Berufsverband. Und einen Mitgliederausweis.

»Sie würden mir einen großen Gefallen tun, wenn Sie mir verraten würden, was Büchmann mit der Schmiede zu tun hat. Ich könnte deshalb natürlich auch Herrn Dr. Reichwein anrufen.

Oder sein Büro. Ich müsste ihn also stören. Aber ich könnte es auf diese Weise rauskriegen.«

»Wer ist Dr. Reichwein?«

»Der Anwalt. Er wird sicher *sehr* ungehalten sein, denn er hat schließlich eine Menge zu tun. Wie wir alle. Wir können die Sache aber auch kurz machen.«

»Also gut. Es ist ja ohnehin kein Geheimnis.« Der Schmied beugte sich vor. »Herr Büchmann hat vor einigen Jahren hier bei mir einen Schmiedekurs besucht. Ich kann mich an ihn persönlich nicht mehr genau erinnern, aber an das Schwert, von dem mir die Polizei ja auch Fotos zeigte. So was vergesse ich nicht, glauben Sie mir.«

»Das heißt, die Polizei weiß, dass Büchmann bei Ihnen das Schwert …«

»… geschmiedet hat? Was für eine Frage! Natürlich. Das habe ich doch gerade gesagt.«

Der Vorsprung schmolz endgültig dahin. Welcher Neuigkeit würde ich nun als Letzter in der Nahrungskette der Ermittler auf die Spur kommen? Dass Büchmann schon verhaftet worden war? Vielleicht hätte ich heute Morgen mal die Zeitung lesen sollen.

Egal. Ich machte weiter.

»Wann war denn die Polizei bei Ihnen?«, fragte ich.

»Wieso ist das von Interesse?«

»Sagen Sie es mir einfach. Bitte.«

»Vor fünf Tagen oder so …«

Ich unterdrückte ein Seufzen. So lange war das her?

Bauer-Brandes durfte meine Enttäuschung nicht bemerken. Offenbar gelang es mir aber nicht, sie zu verstecken.

»Ist irgendwas?«, fragte er.

Ich winkte ab. »Nein, alles in Ordnung.«

Dabei war gar nichts in Ordnung. Hückes hatte mich verarscht. Schon die ganze Zeit. Natürlich sagte er mir nicht, was die Polizei rausgefunden hatte. Und Jutta? Woher hatte sie von dem Schmied erfahren? Wahrscheinlich von irgendjemandem bei der Kripo. Vielleicht sogar vom Polizeipräsidenten persönlich.

Ich hätte ganz anders an den Fall rangehen sollen. Wo war mein alter Elan geblieben?

Hätte, wäre, sollte, müsste.

Du bist eben ein alter Sack geworden, Rott. Ohne Power und ohne Einfälle.

Eine Seite in mir versuchte sich zu verteidigen. Die Sache mit Wonne macht mir zu schaffen, sagte sie lautstark.

Und die Sache mit Anja? Da stimmt doch was nicht, dachte ich. Ich habe mich von den fünf Mille zu sehr blenden lassen. Irgendwo in der Geschichte ist der Wurm drin. Aber wo?

»Kann ich Ihnen sonst noch irgendwie weiterhelfen?«, fragte Bauer-Brandes.

»Hat die Polizei Sie noch zu anderen Dingen befragt?«

Er rieb sich nachdenklich das Kinn. »Nein. Es ging nur darum, wo das Schwert herkam. Ich hatte allerdings den Eindruck, dass dieser Büchmann für die Beamten ein alter Bekannter war. Als hätten sie den Namen schon auf dem Schirm gehabt.«

Na klar, dachte ich. Hast du ernsthaft geglaubt, die würden nicht auf das Naheliegendste kommen, Rott?

»Die ermordete Michaela Paas wohnte in einem Haus, das Büchmann gehört«, sagte ich – nicht, um Bauer-Brandes zu informieren, sondern mehr, um meine Kompetenz doch noch irgendwie unter Beweis zu stellen. Der Schmied war allerdings nicht besonders beeindruckt, sondern nickte nur. Na gut, so hatte ich sie wenigstens mir selbst gegenüber unter Beweis gestellt.

Toll, was du alles rausgefunden hast, Rott. Erste Sahne.

Zeit, sich zu verabschieden und noch mal mit Jutta zu sprechen.

Ich verabschiedete mich.

Draußen auf dem Parkplatz wählte ich ihre Nummer.

Und wurde daran erinnert, dass Jutta in der digitalen Welt nicht mehr vorhanden war.

15

Langsam versank das Bergische Land in der heraufziehenden Dämmerung. Als ich den Müngstener Brückenweg verließ, musste ich das Licht einschalten. Ich nahm die Strecke am Volksgarten vorbei, um dann auf der L 407 nach Unterburg zu kommen. Bei Dorperhof wurde es plötzlich noch dunkler, und in den Scheinwerfern tanzten wieder kleine weiße Flocken, die ein Gewirr aus Schatten auf die Straße warfen.

Man hätte glauben können, es sei Dezember.

Zu Füßen von Schloss Burg hatte sich der Stadtteil bis auf die andere Seite der Wupper ausgedehnt. Links und rechts der von der Seilbahnstation kommenden Hasencleverstraße befand sich so etwas wie ein eigenes kleines Viertel mit einem ordentlich aufgereihten Gemisch aus Miets- und Einfamilienhäusern und einer Grundschule. Eine freie Kiesfläche hinter der zentralen Bushaltestelle war als Parkplatz vorgesehen. Ich stellte meinen Golf direkt neben einen Altkleidercontainer. Dann stieg ich aus und suchte Büchmanns Adresse.

Es war ein gesichtsloser Block mit drei Etagen. Das dunkle Dach sah aus, als würde es das Haus langsam erdrücken. Die quadratischen Fenster wirkten wie hohle Löcher. Nirgends brannte Licht. Und bis auf das feine Wispern der Schneeflocken, die auf die Erde trafen, war es totenstill. Die Straßenlaternen hatten sich noch nicht eingeschaltet. Das lag sicher daran, dass der Sonnenuntergang noch etwa eine Stunde in der Zukunft lag. Die Stadtverwaltung ging davon aus, dass es noch hell war. Immerhin waren weit hinten in dem Schneegestöber die Lichter des Schlosses auf dem Hügel zu erahnen.

Neben dem Haus überquerte ich einen Parkplatz, auf dem drei Fahrzeuge vor sich hin dämmerten. Als ich mich der Eingangstür näherte, sprang ein Bewegungsmelder an und beleuchtete die Klingelschilder. Büchmanns wohnten in der unteren Etage. Ich drückte auf den Knopf, hörte aber drinnen kein Klingelgeräusch.

Dafür begann ein Hund zu bellen. Ich zählte innerlich bis dreißig und klingelte noch einmal. Nur der Hund schien sich zu freuen, dass da jemand vor der Tür stand. Niemand öffnete.

Langsam schlenderte ich zum Wagen zurück und suchte mir einen Stellplatz, von dem aus ich den Eingang des Hauses im Auge behalten konnte. Als ich den Motor ausstellte, hörte ich den Hund durch die geschlossene Scheibe hindurch immer noch. Unwillkürlich sah ich auf die Uhr. Es dauerte geschlagene zwanzig Minuten, bis das Tier dadrin einigermaßen zur Ruhe kam. Danach ließ es hin und wieder ein dumpfes »Wuff« hören, war sonst aber still. Ab und zu vernahm ich ein fernes Rauschen, vermischt mit einem Quietschen – der Verkehr auf der Hauptstraße.

Ich verfiel in dösige Wartehaltung, die man nur beherrschte, wenn man Detektiverfahrung hatte.

Es war ein langer Lernprozess, bis man in der Lage war, richtig zu warten. Eigentlich konnte das heute ja niemand mehr. Andauernd musste sich etwas bewegen, musste die Zeit mit Ereignissen gefüllt werden. Vielleicht war es eine Frage des Alters, die Dinge einfach auf sich zukommen zu lassen. Zum Beispiel den Moment, in dem die Straßenbeleuchtung flackernd ansprang und dem schmutzig weißen Haus eine gelbliche Farbe verlieh. Oder die Ankunft vereinzelter Wagen, die von der Wupper her in die Hasencleverstraße einbogen. Einmal kam auch ein Bus, der ein Stück in Richtung Hauptstraße hielt, dann weiter zu der Haltestelle an der Schule fuhr und dort anscheinend wendete. Im Rückspiegel sah ich Leute aussteigen, aber niemand näherte sich dem Haus.

Zwischendurch kam ich auf die Idee, Büchmanns anzurufen. Vielleicht weigerten sie sich ja einfach nur, die Haustür zu öffnen. Die Chancen, dass sie zu Hause waren, standen dennoch schlecht, denn es war davon auszugehen, dass sie nicht in kompletter Dunkelheit in ihrer Wohnung herumtapsten. Ich versuchte es trotzdem.

Das Ergebnis war, dass in dem Moment, in dem das Rufzeichen einsetzte, der Hund wieder bellte.

Etwas Rotes blinkte auf meinem Handy-Display. Der Akku war so gut wie leer. Ich schaltete das Telefon aus und dachte weiter über die Büchmanns nach.

Warum wohnten die eigentlich hier in einer Wohnung und nicht allein in einem Haus? Wo sie doch mitten in Solingen eins besaßen?

Viele Leute haben von Hausbesitzern falsche Vorstellungen – vor allem arme Schlucker, wie ich einer war. Wir glauben gern, sie würden alle im Geld schwimmen. Dabei konnten die Büchmanns das Haus ja auch geerbt haben und bekamen es nicht verkauft, heruntergekommen, wie es war. Und in der alten Hütte leben wollten sie nicht. Sie mussten also renovieren oder neu bauen, um Gewinn zu machen. Wobei ich wieder bei der Theorie war, dass sie versuchten, ihre Mieter loszuwerden.

Außerdem gab es ja auch Leute, die gar nicht in den eigenen vier Wänden wohnen wollten. Weil sie zum Beispiel keine Lust hatten, sich um einen Garten zu kümmern.

Seit dem Beginn meiner Überwachung war etwa eine Stunde vergangen, als ich in meiner Dösigkeit einen Bus halten und abfahren hörte. Leute kamen angelaufen, die offenbar ausgestiegen waren. Ein Mann und eine Frau. Die Frau war unglaublich dick und bewegte sich schwankend. Sie war nicht besonders groß, aber der Mann an ihrer Seite war noch kleiner als sie. Eigentlich war er eher ein Männlein, das wegen der Kapuze seiner dunklen Regenjacke in dem kurzen Moment, in dem ich ihn im Kegel der Straßenlampe erkennen konnte, wie ein Wichtel aussah. Graues Haar lugte über seiner Stirn daraus hervor. Sein Kinn zierte ein ebenfalls grauer Bart. Das Glas seiner Brille blitzte kurz auf. Dann waren die beiden wieder Schatten und bogen zu dem schmutzig gelben Haus ab.

Im Licht des Bewegungsmelders sah ich, wie der Mann nach dem Schlüssel suchte, was eine Weile dauerte. Die Frau schien ungeduldig zu sein. Als die Haustür offen war, drückte sie ihn von hinten in das Haus, als könnte der Mann nicht selbst gehen.

Der Hund bellte wieder, und kurz darauf ging in der unteren Etage das Licht an. Endlich, dachte ich.

Keine zehn Sekunden später stand ich an der Haustür und klingelte. Der Hund hatte sich in der Zwischenzeit nicht eingekriegt, aber nun kam eine keifende Stimme dazu. »Hagen, hör auf damit! Komm jetzt! Hagen!«, rief sie.

Das musste die Frau sein. Und Hagen war wohl der Name des Hundes. Büchmann hieß ja mit Vornamen Ingo.

Der Türöffner summte. Als ich eintrat, stand die dicke Frau vor der Wohnung und sah mich feindselig an. Hagen war irgendwas Glatthaariges mit breitem Kastenmaul und bellte wie verrückt. Jedes Mal leuchteten seine Zähne auf. Zum Glück hielt die Frau den Hund am Halsband fest.

»Guten Abend …«, begann ich, kam aber nicht weit, denn ohne den geringsten Übergang mittels einer auch noch so kleinen Höflichkeitsbezeugung brüllte die Frau mich an: »Sag mal, haste was an den Schlappen oder was? Hier einfach aufzutauchen und Hagen wuschig zu machen. Ich geb dir gleich einfach Klingeln. Mann, Mann, Mann. Mach bloß, dass du wegkommst, sonst zieh ich dir gleich mal ein paar Synapsen aus der Denke.«

Hilfe!, schrie es in mir.

»Äh, ich glaube, Sie verwechseln mich«, startete ich einen zweiten Versuch.

»Was bist du denn für ein Trommelfell, hör mal? Kannst du uns nicht in Ruhe lassen? Geh doch zu den Zombies, wo du hingehörst. Du hast ja was an der Schüssel, aber so was von …«

Zwei Dinge fielen mir auf, während sie verbal auf mich eindrosch. Erstens bemerkte ich den unverkennbaren Ruhrpottakzent. Man kannte von den Menschen dieser Gegend ja das Talent, am laufenden Band Beschimpfungen zu kreieren, aber in dieser Spontanität war es mir lange nicht mehr begegnet. Zweitens wurde der Hund still. Frauchens keifende Stimme wirkte auf ihn wohl beruhigend.

Im Hintergrund sagte jemand etwas. Es war wohl Herr Büchmann, aber ich konnte ihn nicht verstehen. Er klang heiser, überlastet, vielleicht auch resigniert.

»Halt du jetzt mal den Tellerrand«, schrie sie nach hinten. »Du bist dran, wenn ich mit dem Wackeldackel hier fertig bin.«

Ich hatte meine Furcht vor dem Hund überwunden, war auf die Wohnungstür zugegangen und versuchte nun, Frau Büchmann daran zu hindern, sie zu schließen. Das veranlasste sie dazu, den Kopf wieder zu mir zu drehen, und es gab ein kleines Gerangel.

»Ich geb dir gleich hier reinkommen, du Popelnase! Wär ja noch schöner!«

Die Tür knallte zu. Der Hall ihrer Keifstimme irrte noch sekundenlang durch das Treppenhaus, bevor sie sich verlor. Dann hörte ich ein klägliches Winseln. Frau Büchmann schien irgendwo weiter hinten in der Wohnung weiterzuschimpfen. Dazwischen tönte immer mal wieder die alte Stimme ihres Mannes.

Ich ließ mir das nicht bieten und drückte auf die Klingel. Der Hund legte wieder los. Die Tür ging auf.

»Hast du eigentlich was auf den Ohren?«, schrie Frau Büchmann mir entgegen. Aus der Wohnung näherten sich tapsende Schritte, die immer schneller wurden. Dann flitzte Hagen um die Ecke, diesmal ohne festgehalten zu werden. Er bellte in doppelter Lautstärke los und knurrte mich zähnefletschend an. Der Ausdruck in seinen Augen war derselbe wie bei Frauchen.

Unbändiger Hass.

Die Sorte von Hass, die man nicht mehr mit Frustration oder Enttäuschung erklären konnte.

Innerhalb eines Atemzuges fand ich mich an der Haustür wieder, rettete mich nach draußen. Der Hund schnappte nach mir. Kurz bevor das kalte Geräusch der zusammenklappenden Zähne zu hören war, entkam ich und lehnte mich von außen gegen die Haustür. Aus meinen Armen schien alle Kraft verschwunden zu sein, aber ich drückte Hagen das Türblatt entgegen, und es gelang mir, sie zu schließen.

Hinter dem geriffelten Glas sprang völlig außer sich die Hundesilhouette herum. Auf einen Befehl von Frauchen lief der Schatten in die Wohnung zurück.

Ich eierte mit zitternden Knien zum Auto. Als ich endlich im Golf saß, fühlte ich mich, als hätte ich Schüttelfrost.

Es dauerte eine Weile, bis ich einen klaren Gedanken fassen konnte.

Wusste die Frau, wer ich war? Wusste sie, was ich wollte?

Hatte sie mich mit jemandem verwechselt?

Oder wurden alle Besucher von Büchmanns auf diese brutale Weise empfangen beziehungsweise ferngehalten?

Die Polizei musste doch auch mit dem Ehepaar gesprochen haben. Wie war das den Beamten gelungen? Ich stellte mir gerade Hückes vor, der versuchte, Hagen mit einem netten Polizistenwitz in Schach zu halten. Oder das Frauchen.

Undenkbar.

Was nun?

Ich musste auf jeden Fall mit einem von den beiden sprechen.

In die Wohnung einbrechen? Den Hund betäuben? Dieses furchtbare Geschöpf von Frau niederstrecken?

Nach und nach ging ich alle möglichen Szenarios durch. Da ging auf einmal wieder der Bewegungsmelder an, und eine gedrungene Figur erschien in dem Licht. Es war Büchmann. Wie eben in Regenjacke. Diesmal hatte er aber auch einen Schirm dabei. Sorgfältig spannte er ihn auf und spazierte auf der Straße in Richtung Seilbahn.

Ich war ziemlich perplex. Noch immer wollten meine Beine nicht so recht, aber ich musste hinterher. Mühsam kämpfte ich mich aus dem Auto und lief los.

»Herr Büchmann«, rief ich. »Hallo Herr Büchmann.«

Erst dachte ich, er wäre schwerhörig, doch dann blieb er stehen und sah sich um. Als er mich entdeckte, lächelte er, und wieder hatte ich das Gefühl, verwechselt zu werden. Oder waren diese Leute einfach nur verrückt?

Frau Büchmann auf die aggressive, ihr Mann auf die freundlich-dämliche Weise?

»Junger Mann«, sagte er, als ich näher gekommen war. »Sie waren gerade bei uns, oder?«

»Allerdings.« Schwer atmend blieb ich stehen. Die zwanzig Meter hatten mich nicht angestrengt. Es war immer noch der Schock von vorhin. Vorsichtshalber sah ich mich um. Vielleicht folgte uns ja Hagens Frauchen samt Hund. Aber die Straße war leer. Hinter einem Fenster im Nachbarhaus flackerte ein Fernseher. Kein Wunder. Es war schon nach acht. Die zwei Stunden, in denen der Durchschnittsbürger auf den flimmernden Hausaltar starrte, hatten begonnen. Nachrichten, Film, Tagesthemen. Schlafen.

»Keine Sorge«, sagte Büchmann. »Sie kommt nicht. Die nächsten zwei Stunden habe ich für mich.«

»Wissen Sie eigentlich, wer ich bin?«, fragte ich.

Er zuckte mit den Schultern, was seinen Schirm, den er leicht nach hinten gekippt hatte, damit er mich von unten ansehen konnte, ein wenig anhob.

»Sie sind einer von den Beamten, die herausfinden wollen, wer Michaela umgebracht hat, nehme ich an. Oder sind Sie doch Journalist? Mir ist das egal. Kommen Sie, wir können unterwegs weiterreden.«

Ich ließ es dabei bewenden. Ich war froh, dass ich mich nicht ständig rechtfertigen musste.

»Wohin gehen wir denn?«, fragte ich.

»Ich habe da so ein kleines Rückzugsgebiet. Da kann ich für mich sein.«

Was auch immer das heißen mochte. Aber ich verstand. Ich hätte auch keine Sekunde länger als nötig in einer Wohnung mit der Frau verbringen wollen.

»Sie haben das Schwert geschmiedet, mit dem Michaela Paas umkam«, sagte ich.

»Na sicher«, erwiderte er lapidar.

»Haben Sie sie umgebracht?«

Er lachte, als hätte ich einen Scherz gemacht. »Was? Nein. Meine Frau und ich waren an dem Tag gar nicht hier, sondern bei meiner Schwägerin in Bottrop. Ist doch alles längst nachgeprüft. Und warum auch? Hier geht's lang, Herr …«

Ich sagte meinen Namen nicht. Er fragte nicht weiter.

Kurz bevor die Hasencleverstraße auf die Hauptstraße stieß, bogen wir in eine Einfahrt ein und näherten uns einem Backsteingebäude.

»Meine Frau hat eine Zwillingsschwester«, sagte Büchmann. Ich versuchte, mir das auszumalen, aber mein Geist weigerte sich.

»Die Schwägerin in Bottrop?«

»Genau. Sie ist nicht verheiratet und freut sich immer, wenn wir sie besuchen. Früher haben wir mehr zu dritt unternommen. Als wir verlobt waren – das war eine lustige Zeit. Meine Frau und meine Schwägerin haben sich oft einen Scherz erlaubt, indem sich die eine für die andere ausgab. Kann man sich sicher vorstellen, dass das spaßig war …«

Mein Gott, dachte ich entsetzt. Zwei von der Sorte.

Ich sah ihn an und fragte mich, ob Notdurft gelogen hatte, als er behauptete, Büchmann hätte mit Michaela Paas ein Verhältnis gehabt. War das möglich? Was hatte sie mit diesem Männchen gewollt? Hatte sie doch wieder ihr altes Geschäft betrieben? Oder Notdurft hatte gesponnen.

»Um auf das Schwert zurückzukommen«, sagte er. »Es befand sich gar nicht mehr in meinem Besitz, als das mit Michaela passierte. Ist doch alles geklärt. Alles nachgeprüft. So, hier sind wir.«

Wir waren einer langen Einfahrt gefolgt, die uns von den Wohnhäusern weggeführt hatte, und standen nun vor einer massiven Holztür in der Backsteinwand. Rechts gab es ein vergittertes, unbeleuchtetes Fenster. Büchmann kramte genauso umständlich wie zu Hause einen Schlüssel heraus.

»Was heißt das, es befand sich gar nicht mehr in Ihrem Besitz?«, fragte ich.

Er unterbrach seine Nestelei, sah mich an und deutete auf die Mauer. »Ich hatte es hier aufbewahrt. Aber es ist gestohlen worden.«

»Wann? Von wem?«

»Das weiß ich nicht. Ich habe es erst gar nicht gemerkt. Ich habe dadrin so viele Sachen.«

»Was für Sachen?«

»Allerlei Verschiedenes. Also, jedenfalls habe ich eines Tages gesehen, dass das Fenster kaputt ist.«

»Dieses hier?« Ich deutete auf das Gitter.

»Nein, hinten gibt's noch eins. Es war kaputt, aber ich habe erst mal immer noch nichts gemerkt, weil ja gar nichts gestohlen wurde. Dachte ich. Irgendwann merkte ich, dass das Schwert weg war. Aber das weiß die Polizei ja schon, und wenn Sie wollen, können Sie es auch in der Zeitung schreiben. Wir, also meine Frau und ich, sind jedenfalls unschuldig.«

Er wollte hineingehen, aber ich hielt ihn an der Schulter zurück. Bei der Berührung zuckte Büchmann zusammen, und ich kam auf den Gedanken, dass ihn seine Frau vielleicht schlug. Gewalt von Frauen gegen Männer in der Ehe sollte es ja geben. Ich hatte mal in der Zeitung gelesen, dass so etwas ein Tabu war, nicht zuletzt, weil den Männern niemand so richtig glaubte. Sicher redeten sie auch nicht gern darüber.

»Ich habe noch ein paar Fragen«, sagte ich sanft. »Es dauert nicht lange. Wenn Sie wollen, können wir hineingehen. Hier draußen ist es etwas ungemütlich.«

»Fragen Sie bitte lieber hier.«

»Okay. Sie haben das Schwert geschmiedet, in dem Kurs bei Herrn Bauer-Brandes. Ich würde gern wissen … ich meine, ist dafür nicht eine Menge Kraft nötig?«

»Na ja«, druckste er herum, »das meiste hat Herr Bauer-Brandes gemacht. Mir ging es nicht so sehr darum, so ein Schwert selbst herzustellen, sondern bei der Entstehung dabei zu sein, zu wissen, wie es gemacht wird. Und es zu besitzen.«

»Warum? Was fasziniert Sie so daran?«

Er hob den Kopf und sah mich mit einem seltsamen Blick an. Sein Gesichtsausdruck bekam etwas Verklärtes. »Ich wollte einen Ersatz, bis Gram gefunden wird.«

»Gram? Was ist das denn?«

»Siegfrieds Schwert. Es heißt Gram. Richard Wagner hat es in seinen Opern allerdings ›Notung‹ genannt.«

»Sie meinen das Schwert aus der Sage? Wie hießen die noch, die Leute, um die es da ging …«

»Nibelungen«, sagte Büchmann.

»Richtig. Sagten Sie übrigens gerade ›bis das echte Schwert

gefunden wird‹? Wieso gefunden? Ich meine, das ist doch nur eine Sage.«

»Das Schwert gibt es wirklich. Es ist irgendwo im Bergischen Land versteckt«, sagte Büchmann ruhig, als wäre das selbstverständlich.

»Im Bergischen Land? Das Nibelungenschwert?« Der plötzliche Themenwechsel verwirrte mich. Ich versuchte zusammenzuklauben, was ich über diese mittelalterliche Sage wusste. Als Kind hatte ich ein Buch besessen, in dem die Geschichte stand. Aber das war lange her. Während ich nachdachte, lächelte Büchmann, und ich sah darin eine gute Portion Spott.

»Sie haben offensichtlich keine Ahnung. Der Zug der Nibelungen durch das Bergische Land ist ein historisches Ereignis, das in alten Quellen minutiös festgehalten wurde.« Er seufzte. »Es ist verrückt, dass viele das nicht glauben wollen. Dabei ist es bewiesen.«

Verrückt, dachte ich. Ja, das ist das richtige Wort.

Langsam kam Struktur in meine Erinnerungen. Wenn mich nicht alles täuschte, kam das Bergische Land in der Nibelungensage nicht vor. Die Geschichte spielte am Rhein in der Gegend von Xanten und Worms, an der Donau, in Ungarn und sogar in Island. Ich bekam die Handlung gerade nicht mehr zusammen, aber ich hatte auch keine Lust, mit einem Verrückten darüber zu diskutieren. Und ich war inzwischen sicher, dass Büchmann ebenso durchgeknallt war wie seine Frau. Die Frage war nur, wer da wen in den Wahnsinn getrieben hatte.

Es war Zeit, in die Welt der Fakten zurückzukehren. »Wie gut kannten Sie Michaela Paas?«, fragte ich.

»Ich mochte sie sehr«, gab er unumwunden zu.

»Wie sehr?«

»Meine Frau war eifersüchtig auf sie. So sehr also schon. Ich kenne auch ihre Vergangenheit, und ich weiß, was ihre Freundin Frau Berger beruflich macht. Aber es ging mir nicht darum, wenn Sie verstehen, was ich meine.«

»Ich verstehe«, sagte ich. »Aber worum ging es dann?«

»Ich konnte mich mit Michaela einfach gut unterhalten. Sie

hat mein Interesse an der wahren Geschichte der Nibelungen geteilt. Wir hatten wunderbare Abende zusammen. Darf ich jetzt bitte hineingehen? Ich muss um zehn wieder zurück sein, sonst wird meine Frau böse. Außerdem ist mir kalt.«

»Das wollen wir auf gar keinen Fall riskieren«, sagte ich wie ein Pfleger, der sich mit einem Patienten im Irrenhaus unterhält. »Ich meine, dass Ihre Frau böse wird oder dass Sie sich erkälten. Gehen Sie nur. Aber sind Sie sicher, dass Sie mir Ihren Ort hier nicht zeigen wollen? Die Nibelungensage interessiert mich auch sehr. Und ich wäre bereit zu lernen.«

»Später vielleicht«, sagte er und klang dabei sehr bestimmt.

Er hatte während unseres Gesprächs den Schlüssel in das Loch gesteckt. Jetzt drehte er ihn und öffnete die Tür, die in den Angeln quietschte. Drinnen war nicht das Geringste zu erkennen. Er ging hinein, ohne Licht zu machen, und schloss hinter sich ab. Weg war er.

Ich blieb noch eine Weile stehen. Drinnen erklang laute Musik. Klassik. Großes Orchester. Schmetternde Trompeten, dramatische Streicher. Durch Wonne hatte ich ein wenig Einblick in diese Musikrichtung bekommen, und ich glaubte, dass es Wagner war, was Büchmann dadrin hörte.

Richard Wagner war ja der Komponist, der die Nibelungensage auf die Opernbühne gebracht hatte. Es passte, dass Büchmann gerade diese Musik hörte.

Nachdenklich ging ich zum Wagen zurück.

Die Polizei hatte Büchmann befragt. Er und seine Frau waren demnach unschuldig. Das Alibi hatte die Kripo garantiert überprüft.

Der Dieb, der das Schwert gestohlen hatte, war interessanterweise wirklich nur auf das Schwert aus gewesen. Also – das war zumindest meine Theorie – hatte er es gestohlen, um Michaela Paas damit zu ermorden. Kannte man den Dieb, kannte man den Mörder.

Oder hatten die Büchmanns den Einbruch nur als Ausrede benutzt? Als Schutzbehauptung, wie es im Polizeijargon hieß? War das Alibi mit Büchmanns Schwägerin irgendwie inszeniert?

Unwahrscheinlich, dass die Polizei darauf hereinfiel. Ich vertraute Hückes' Ermittlungsfähigkeiten und glaubte einfach mal, dass es echt war.

Womit ich wieder am Anfang stand.

Es wurde nichts mit der Lösung des Falles heute Abend.

Immer noch grübelnd stieg ich ins Auto und schlug den Weg nach Wuppertal ein. Nach und nach tauchte der Keim eines Gedankens in meinen Hirnwindungen auf. Er wuchs und wuchs, wurde aber nicht so deutlich, dass ich ihn fassen konnte.

Etwas sehr Wichtiges hatte ich übersehen.

Aber was?

Ich zockelte die Landstraße hinauf in Richtung Sonnborn und kam nach Elberfeld. Am Kasinokreisel war mir, als hätte ich Wonne noch etwas fragen wollen. Genau, da war doch was mit Wonne!

Als ich geparkt hatte, zog ich nachdenklich mein Handy heraus. Es war nicht eingeschaltet. Klar, ich hatte es ja selbst ausgemacht, weil der Akku fast leer gewesen war.

Oben in meinem Büro blinkte der Anrufbeantworter.

Eine Nachricht. Okay, die konnte ich noch schnell abhören.

Kaum dass ich auf den Knopf gedrückt hatte, überkam mich das Gefühl, von einem Eimer voll kochend heißem Wasser übergossen zu werden.

Wonne!

»Du bist so ein Arschloch, Rott«, rief sie aus dem Lautsprecher des AB. Mehr hatte sie der Maschine nicht anvertraut.

Oh nein, dachte ich. Die Einladung zum Essen.

Verdammter Mist.

16

Es war kurz nach halb zehn.

Viel zu spät.

Wonne hatte mich um sieben erwartet.

Hektisch suchte ich in dem Kabelgewühl der unterschiedlichsten Netzanschlüsse, die seitlich des Schreibtischs herumlagen, das Handy-Kabel. Ich schloss es an und fuhr das Telefon hoch.

Sie hatte zweimal versucht, mich mobil zu erreichen. Der dritte Anruf war dann der auf dem Festnetz gewesen.

Instinktiv drückte ich auf Rückwahl. Der Ruf ging durch … und Wonnes AB ging an. Ich legte auf.

Vielleicht hatte sie mir eine Mail geschrieben? Zumindest konnte ich ihr eine schreiben. Mir fehlte die Geduld, den Computer hochzufahren. So öffnete ich das Mailprogramm des Handys. Ein paar Nachrichten rauschten ein. Keine von Wonne.

Eine nannte einen bekannten Betreff: *»Auftrag für Herrn Remigius Rott«*.

Verdammt noch mal, ging das schon wieder los?

»Man kann sie schließen, dann muss man sie pflegen. Zwei gehören mindestens zu ihr. In der Nacht werden es weniger.«

Was war die Lösung? Freundschaft? Aber wieso werden es in der Nacht weniger? Hatte man denn in der Nacht weniger Freunde? Wieso das?

Wenn man die Nacht aber nicht wörtlich nahm, sondern als eine Zeit ansah, in der es einem schlecht ging …

Unter der Nachricht war ein Link.

Wieder mal.

Bevor ich mir bewusst machen konnte, dass ich den Computer anschalten sollte, um das Video mit der Handykamera filmen zu können, hatte ich schon auf den Touchscreen gedrückt. Das schwarze Rechteck kam. Diesmal zeigte das Video nicht mich, sondern eine Straße. Autoverkehr. Vereinzelte Schneeflocken. Die Aufnahme musste vor recht kurzer Zeit entstanden sein.

Der Videofilmer bewegte sich. Überquerte in einem günstigen Moment die Fahrbahn und steuerte ein Haus an, das ich kannte.

Das Bild nahm eine Haustür ins Visier.

Nein, dachte ich.

Das darf nicht sein.

Der Blick der Kamera tastete sich die Klingelknöpfe und die Briefkästen entlang. Fixierte einen Namen.

Y. Freier.

Wer auch immer das Video gedreht hatte – er hatte dazu vor dem Haus gestanden, in dem Wonne wohnte. Vor ihrer Klingel.

Mit dieser Aufnahme gefror das Bild. Dann wurde das Videofenster wieder schwarz.

Keine drei Minuten später saß ich im Auto.

Das leere Handy mitzunehmen war sinnlos. Ich hatte es zu Hause an der Steckdose gelassen.

Ich raste los. Die Beretta drückte schmerzhaft gegen meine Hüfte, während ich fuhr.

Ich parkte gegenüber Wonnes Haus, direkt am Gelände eines Autohändlers. Hinter den Scheiben sahen mich die Neuwagen an – prächtig beleuchtet und so stark glänzend, als hätte man sie mit Speck eingeschmiert. Selbst die Reifen schienen lackiert zu sein. Man schien von dem Winterwetter hier draußen in eine Parallelwelt voller Wunder zu schauen.

Nach einem kurzen Sprint war ich auf der anderen Straßenseite und erreichte die Haustür, die ich vor einer knappen Dreiviertelstunde auf dem Video gesehen hatte. In dem Film hatte Tageslicht geherrscht. Jetzt war es stockdunkel. Ich klingelte. Bei Wonne rührte sich nichts. Ich probierte es bei der Nachbarin, Frau Lützenhagen, die einen Wohnungsschlüssel hatte. Sie war eine alleinstehende ältere Dame mit einer dicken Brille, die nur noch das Haus verließ, um zum nahen Supermarkt zu gehen. Ansonsten verbrachte sie ihre Zeit mit Fernsehen und Blumengießen. Wenn Wonne, was gelegentlich vorkam, mehrere Tage unterwegs war, kümmerte sie sich um die Topfpflanzen und leerte den Briefkasten.

Frau Lützenhagen war nicht zu Hause. Jedenfalls öffnete sie genauso wenig wie Wonne.

Ich probierte andere Klingeln. Endlich summte es, und ich kam rein. Als ich die Treppe hinaufrannte, trat eine dunkelhaarige Frau aus einer Wohnungstür.

»Hallo?«, fragte sie. Offenbar hatte sie jemand anders erwartet. Vielleicht ihren Ehemann, der von der Schicht oder aus der Kneipe zurückkam. Ich las den Namen an der Wohnungstür. »Yildiz«, stand da.

Ich bremste meinen Lauf. »Keine Angst«, sagte ich schwer atmend. »Ich heiße Rott. Ich bin der Freund von Wonne.«

Die Frau hob die Augenbrauen. »Wonne?«

»Ich meine Yvonne Freier. Frau Freier. Von oben.«

»Oben …«, wiederholte die Frau.

»Sie ist nicht da, aber Frau Lützenhagen hat einen Schlüssel.«

»Frau Lüssenhagen nicht da«, sagte Frau Yildiz mit türkischem Akzent. »Zu Sohn gefahren. Stuttgart.«

»Verstehe.«

Ich rannte weiter die Treppe hinauf und klopfte an Wonnes Wohnungstür. Immer noch nichts. Es kam mir vor, als würde durch die Ritze unter der Tür ein verlockender Duft in meine Nase kriechen. Es roch nach dem, was sie extra für uns gekocht hatte, damit wir uns aussprechen konnten. Das Essen, zu dem ich nicht erschienen war. Was hatte sie wohl gemacht? Ihre grenzenlos geniale Pasta? Oder Hähnchenbrust mit Zitrone und was weiß ich noch allem? Einen ihrer phantastischen Salate, die so viel Arbeit machten, mit all der Schnibbelei?

Obwohl ich wusste, dass es vergeblich war, klopfte ich noch einmal. Und dann nebenan bei Frau Lützenhagen. Was natürlich ebenfalls sinnlos war.

Du solltest nachsehen, ob ihr Auto da ist, dachte ich.

Wenn ihr kleiner Fiat an seinem Platz steht, ist sie zu Hause.

Dann ist ihr in der Wohnung etwas passiert.

Das Video konnte doch nur eine Warnung gewesen sein. Eine Drohung.

Ich rannte hinunter und versuchte, dabei möglichst wenig

Lärm zu machen. Um die Tür zu blockieren, legte ich einen Kuli in den Türrahmen. Dann lief ich nach hinten auf den kleinen Parkplatz.

Wonnes Wagen, die rote glänzende Fiat-Knutschkugel, war nicht da.

Sie war also weg. Ich schnaufte erleichtert. Vielleicht hatte der Unbekannte sie gar nicht angetroffen.

Aber wo war sie? Bei einer Freundin?

Ich kehrte ins einigermaßen warme Treppenhaus zurück, steckte den Kuli wieder ein, suchte mir eine dunkle Ecke seitlich des Treppenaufgangs und setzte mich hin.

Ich würde hier warten, bis sie auftauchte.

Egal, wie lang es dauerte.

Nach einer halben Stunde wurde das Sitzen auf den Steinen so unbequem, dass ich mich fühlte wie in einem Gefängnis der spanischen Inquisition.

Ein Königreich für ein Kissen oder eine Wolldecke.

Ich streckte mich auf den Fliesen aus und musste feststellen, dass es hier nicht so warm war, wie ich gedacht hatte. Die Kälte kroch über den Rücken in meinen Körper, obwohl ich einen Mantel trug.

Das Beste wäre, an etwas anderes zu denken. Ich schloss die Augen. Da wurde mir bewusst, dass ich Hunger hatte. Die Gerüche aus Wonnes Wohnung schienen sich zu mir herunterzuschleichen und meine Nase zu umschmeicheln. In meinem Magen begann es zu grummeln und zu brennen.

Auf der Verlängerung der Bergisch Gladbacher in Richtung Köln gab es einen McDonald's.

Es wäre ein Leichtes, die Tür erneut mit dem Kuli zu blockieren. Wenn ich zurückkam, würde ich wieder in den Flur gelangen. Nur eben mit einer Hamburgertüte.

Aber was, wenn in der Zwischenzeit Herr Yildiz nach Hause kam, die Blockierung bemerkte und den Kuli wegnahm?

Dann musste ich eben noch mal klingeln.

Oder mich zum Warten ins Auto setzen.

Aber vielleicht war Wonne dann ja auch wieder da.

Nein, dachte ich. Du bleibst schön hier sitzen. Wenn sie zurückkommt, soll sie sehen, dass du auf sie gewartet hast. Dass du es ernst meinst. Du musst retten, was zu retten ist.

Aber das Video?

Wonne war vielleicht in Gefahr.

Konnte ich damit zur Polizei gehen? War das Filmchen ein Beweis dafür, dass jemand Wonne auflauerte? Nur weil jemand ihre Haustür filmte?

Selbst wenn sie mir glaubten, würde ich das Video niemandem zeigen können. Die Links funktionierten kein zweites Mal.

Warte. Sie wird kommen. Irgendwann. Warte.

Aus einer Wohnung oben drangen die typischen Geräusche eines eingeschalteten Fernsehers. Filmmusik. Dialoge. Werbung.

Mein Magen kam mir wieder ins Bewusstsein. Bilder von leckeren Big Macs, Happy Meals, krossen Fritten und gefüllten Colabechern, die einem die Strohhalme entgegenstreckten. Verführerisch.

Als ich zum dritten Mal meine Position veränderte und mein Hüftknochen so sehr schmerzte, dass ich überhaupt nicht mehr wusste, wie ich sitzen sollte, stand ich auf. Ein paar Schritte zu gehen, war wohltuend. Ich setzte mich wieder, erhob mich erneut. Es half nichts. Ich blockierte die Tür mit dem Stift und war im Nullkommanichts unterwegs in Richtung des großen gelben M.

In dem Hamburgerrestaurant war wenig Betrieb. Ich war der Einzige am McDrive-Schalter. Trotzdem sah ich immer wieder nervös auf die Uhr, während im Inneren der bunten Hütte meine Fressalien zusammengepackt wurden.

Als ich wieder vor Wonnes Haus parkte, waren genau neunzehn Minuten vergangen.

Ich verkniff mir, gleich im Auto über die verführerisch duftende Tüte herzufallen. Stattdessen nahm ich sie, stieg aus und lief hinüber. Der Stift klemmte noch zwischen Türrahmen und Tür. Ich checkte den hinteren Parkplatz. Die Stelle, wo normalerweise Wonnes Wagen stand, war immer noch leer. Alles klar. Das Warten konnte weitergehen. Aber wenigstens mit Verpflegung.

Ich hatte mich gerade herumgedreht, um den Rückmarsch zur Haustür anzutreten, da bog ein Wagen von der Straße auf die Parkfläche ein. Zwei kleine Scheinwerfer blendeten mich. Ich ging ein Stück zur Seite. Das Auto hielt vor mir an, der Motor erstarb, und die Lichter erloschen. Die Türen gingen auf. Ich erkannte die typische runde Form von Wonnes Fiat.

»Ach nee«, rief die Gestalt, die auf der Fahrerseite ausgestiegen war. »Kommst du auch schon?«

Sie sprach mit einer Stimme, die ich noch nie an ihr gehört hatte. Sie ging mir durch Mark und Bein. Wonne war abgrundtief sauer.

Und sie war nicht allein. Auf der anderen Seite stieg auch jemand aus. Eine Freundin, dachte ich, natürlich. Sie war sicher mit einer Freundin unterwegs.

Doch dann erkannte ich das faltige Gesicht von Liebert.

»Ich sehe, du hast dir mal eben ein paar Hamburger geholt, was? Und ich steh mir in der Küche die Beine in den Leib. Hast es ja nicht mal nötig gehabt, dich zu melden.«

Sie war neben dem Auto stehen geblieben. Die Situation war schon schlimm genug, aber jetzt geschah etwas noch Schrecklicheres: Plötzlich überlagerte sich Wonnes Bild mit dem von Frau Büchmann. Ich versuchte, die Assoziation aus dem Kopf zu bekommen, aber es gelang mir nicht.

»Schönen Abend noch, Remi«, sagte Wonne und wollte wieder ins Auto steigen, wohl um den Wagen zu parken.

Die Tüte immer noch in der Hand, hechtete ich auf sie zu. »Wonne, es tut mir leid«, rief ich. »Ich war mitten in einem Fall, und ich habe es einfach vergessen. Der Akku von meinem Handy war leer … Dann konnte ich dich nicht erreichen, also habe ich hier auf dich gewartet. Ich wusste ja nicht, wo du warst.«

»Gewartet? Du lügst auch noch? Das Zeug da ist doch noch warm. Es dampft ja noch. Du bist gerade erst gekommen.«

Wonne knallte die Autotür zu, startete den Motor, fuhr den Fiat auf ihren Stellplatz und stieg aus. Ohne mich anzusehen, marschierte sie an mir vorbei. Liebert war nicht mehr zu sehen.

»Wonne, ich kann dir alles erklären«, sagte ich und lief ihr nach. Vor der Haustür suchte sie ihren Schlüssel und bemerkte den Stift. »Schau: Den habe ich da hingetan, damit ich hinterher wieder reinkomme«, rief ich. Mein Herz schlug wild in der Hoffnung, dass sie jetzt alles verstehen würde.

Aber sie kickte nur das Hindernis weg und ging ins Haus.

»Pass auf dich auf«, rief ich ihr hinterher, weil mir wieder klar geworden war, warum ich überhaupt hier war. Sie kümmerte sich nicht darum.

Hinter mir ertönten Schritte.

Verdammt. Liebert war immer noch da.

»Ärger?«, fragte er.

Ich drehte mich um. Da stand er, mit einem Lächeln auf den Lippen, das ich nicht einordnen konnte. Es wirkte spöttisch.

In dem Moment sah ich rot. Ich warf meinen McDonald's-Einkauf nach ihm. Er wich der Tüte lässig aus. Die Cola schäumte über den Asphalt.

Die Wut übermannte mich. Ich schmiss mich auf ihn. Liebert tänzelte noch etwas vom Ausweichen, ich bekam ihn zu fassen, und wir gingen gemeinsam zu Boden.

»Was hast du mit ihr gemacht, du Arschloch?«, schrie ich in sein Ohr und packte ihn noch fester.

Trotz seines heruntergekommenen Äußeren verfügte Liebert über eine erstaunliche Kraft. Er wand sich geschickt aus meinem Griff und hatte nun im Gegenzug mich am Wickel. Mit einer einzigen Bewegung riss er meinen Arm nach hinten. Ich lag wehrlos auf dem Bauch. Liebert drückte mich mit seinem Gewicht nach unten. Drei Zentimeter vor meiner Nase begann die Colapfütze.

»Sie hat sich maßlos aufgeregt, als du nicht kamst, du Idiot«, zischte er. »Dann hat sie entschieden, nicht mehr zu warten, sondern zu arbeiten, und hat mir eine Mail geschrieben. Sie wollte noch mehr Leute kennenlernen, die im Gefängnis saßen. Ich war gerade am Rechner, habe die Mail gelesen und sie angerufen. Ein Kumpel, den ich im Knast kennengelernt habe, wohnt in Overath. Er arbeitet als Nachtpförtner in einer Fabrik. Wir sind hingefahren und wollten mit ihm reden. Er hat aber gerade Urlaub. Es wurde nichts daraus. Sie hat nur ihren Job gemacht, verstehst du?«

Liebert hatte nach der ersten Aufregung ganz normal und sachlich gesprochen. Und was er gesagt hatte, leuchtete auch ein. Trotzdem schrie ich ihn wütend an: »Du lügst, du hast sie gevögelt!«

Sein Griff wurde härter. »Du weißt, dass das nicht stimmt.«

Mir blieb nichts anderes übrig, als tief durchzuatmen. Und das beruhigte mich. Meine Wut schmolz. Liebert schien es auch zu merken.

»Alles wieder okay?«, fragte er völlig aggressionslos.

»Kann man nicht behaupten«, ächzte ich. »Aber ich glaube dir.«

Er ließ mich los. Mein Arm fühlte sich an, als sei er mit Lava gefüllt. Mühsam rappelte ich mich auf. Als ich stand, war Liebert ein Stück zur Seite gegangen und drehte sich eine Zigarette.

»Hast du dir das mit dem Job noch mal überlegt?«, fragte er, als wäre überhaupt nichts passiert. »Du hast doch einen Fall am Laufen, sagst du. Und du und Wonne, ihr redet die ganze Zeit davon, dass ihr so viel arbeiten müsst.«

»Ich kann keinen zweiten Mann bezahlen«, sagte ich, während ich meinen Arm rieb. Eigentlich war das nicht ganz richtig. Immerhin winkten rund fünftausend Euro. Und noch eigentlicher hätte ich sogar jemanden gebrauchen können. Aber ich hatte zu Liebert kein Vertrauen.

»Wirft das, was du machst, wirklich so wenig ab?«, fragte er und steckte sich die Zigarette an.

»Was habe ich denn eben gesagt?« Meine Wut flackerte wieder auf. Das lag daran, dass er jetzt auf Verständnis machte. Wie eine Mischung aus Psychologe und Sozialarbeiter. Es gelang mir dennoch, mich zu zügeln.

»Ich will mit dir keinen Stress haben, nur weil Wonne einen Artikel über mich schreibt«, sagte er.

»Wer will schon Stress?«

»Aber ich bin sicher, dass ich dir helfen könnte.«

»Du weißt doch gar nicht, worum es geht.«

»Sicher weiß ich das. Du bist an dem Fall mit dem Ingelri-Schwert dran. Wonne hat mir davon erzählt.«

»Und wenn schon.«

»Da ermittelt Hückes«, sagte er.

»Ja, da ermittelt Hückes«, bestätigte ich genervt.

»Du siehst, ich habe noch Kontakte zur Polizei. Und ich kann dir nützen. Überleg's dir. Muss ja nicht jetzt sofort sein. Beruhig dich erst mal. Und sieh zu, dass du das mit Wonne wieder einrenkst. Sie ist es wert.«

Er zog einen Schlüssel aus seiner Jackentasche und öffnete die Fahrertür eines alten rostigen Corsa, der direkt unter der Straßenlaterne stand.

»Mach's gut«, sagte er, stieg ein und fuhr weg.

Ich blickte hinauf zu den Fenstern von Wonnes Wohnung. Kein Licht. Ihr Arbeitszimmer ging nach hinten raus. Wahrscheinlich war sie dort.

Ein paar Minuten rang ich mit dem Wunsch, bei ihr zu klingeln. Dann ließ ich es bleiben und fuhr nach Hause.

Dort nahm ich das Telefon und wählte ihre Nummer.

Der Anrufbeantworter lief.

»Wir müssen reden«, sagte ich. »Völlig egal, was passiert ist.« Ich schilderte, was los war. Dass ich anonyme Mails bekam. Dass darin Videos zu sehen waren. Und dass das letzte Video Wonnes Haustür zeigte.

Ich war noch nicht ganz fertig, da waren die sechzig Sekunden, die Wonne für eine Nachricht reserviert hatte, vorbei. Ich drückte auf Wahlwiederholung.

»Ruf mich an«, sagte ich. »Bitte. Melde dich. Ich mache mir ernsthaft Sorgen.« Ich zögerte. »Es hat was mit dem Fall zu tun«, ergänzte ich dann. »Wie gesagt. Irgendjemand ist hinter mir her. Hinter dir.«

Hinter uns, dachte ich und legte auf.

17

Zwerge wanderten zwischen schneebedeckten Bergen hindurch. Sie erinnerten mich an die wettergegerbten Gestalten, die man aus Filmen wie »Der Herr der Ringe« kennt. Doch auf einmal verwandelten sie sich in die lustigen Gesellen im Disney-Zeichentrickfilm »Schneewittchen«, die mit einem fröhlichen Lied auf den Lippen zur Arbeit marschierten.

Ich hatte das Gefühl, dass mich jemand anstarrte. Es war Rubina Hell. Ihr riesenhaftes Gesicht, umrahmt von den hellgrauen Haaren, wachte über das Bergische Land wie ein Göttervater, der sich seine Welt im Spielzeugformat ansieht. Dann nahm sie mich mit ihrem Blick ins Visier.

Ich wachte auf und erkannte die Einrichtung meines Schlafzimmers, die ungewohnt hell glänzte. Auf der Chromleiste meiner Bettkante spiegelte sich etwas. Und endlich kam ich darauf, was es war.

Draußen vor dem Fenster dehnte sich der helle Himmel. Er war immer noch grau, aber er leuchtete so stark, als würde jeden Moment die Sonne durchbrechen.

Mühsam erhob ich mich und umrundete die Bierflaschen, die auf dem Teppich herumlagen. Ich hatte sie gestern Abend noch geleert. An Schlaf war nicht zu denken gewesen. Ich hatte dringend nach einer Idee gesucht, wie ich die Sache mit Wonne wieder geradebiegen konnte, aber mir war nichts eingefallen. Sie verweigerte sich mir. Ich kam nicht an sie heran. Ich musste warten, bis sie auf mich zukam. Aber wann würde das geschehen?

War es aus?

Es war aus.

War es wirklich aus?

Ja, es war aus!

Nein, vielleicht war es ja doch nicht aus.

Die Gedanken in mir begannen sich im Kreis zu drehen. Auf dem Weg ins Bad hörte ich es in meinem Kopf im selben

Rhythmus bumpern. Aus, nicht aus, aus, wirklich aus, aus, nicht aus …

Ich ging, um ein wenig Bewegung zu bekommen, hinüber in mein Büro, von wo ich eine nette Aussicht über Wuppertal hatte. Eine feine Schneeschicht lag auf den Dächern und in den Rinnsteinen. Ich ging eine Weile in dem Raum umher. Dann war ich endlich so weit, mich an meinen Schreibtisch zu setzen und eine Telefonnummer zu wählen. Neben mir stand eine Tasse schwarzer Kaffee. Doch kurz bevor ich die Tasten drückte, zögerte ich. Ich wollte Anja nicht aus dem Schlaf reißen. Es war halb zehn. Selbst wenn sie nach dem Nachtbetrieb noch irgendwelchen Papierkram zu erledigen gehabt hatte, schlief sie jetzt vielleicht schon.

Also Hückes. Nach dem dritten Klingeln nahm er ab.

»Das Schwert stammt aus der Werkstatt eines Schmieds namens Bauer-Brandes«, sagte ich, bevor er einen Witz erzählen konnte. »Ein gewisser Ingo Büchmann aus Unterburg hat es mit Hilfe dieses Schmieds angefertigt. Aber er kommt als Täter nicht in Betracht, weil er ein Alibi hat. Es gibt auch nicht wirklich ein Motiv. Allerdings könnte seine Frau eins haben. Eifersucht. Büchmann hat sich hin und wieder mit Michaela Paas getroffen. Büchmann gibt zudem an, das Schwert sei zum Zeitpunkt des Mordes gar nicht mehr in seinem Besitz gewesen. Man habe es ihm gestohlen. Wer der Dieb war, ist unbekannt. Kriegen wir den Dieb, kriegen wir den Mörder.« Ich atmete tief durch. »Ist das so weit richtig?«, fragte ich dann.

»Kriegt ein Polizist einen Anruf«, sagte Hückes. Er klang irgendwie … kleinlaut, der Tonfall wollte nicht recht zu einem Witz passen. »Am Apparat ist ein Detektiv und hat alles rausgekriegt …«

»Dann gibt es nichts hinzuzufügen?«, fragte ich. »Keine Spur von dem Dieb?«

»Nein«, sagte Hückes. »Bis jetzt nicht.«

»Wirklich nicht?«

»Wirklich nicht. Wenn Sie auf eine Spur stoßen, sagen Sie Bescheid. Bis dahin.«

Es klang wie ein Abschied. Und fühlte sich an, als würde etwas einrasten. Wie etwas, das lange Zeit getrennt war und zusammengehört. Irgendwie hatte der Moment was Sentimentales.

Privatdetektiv Rott nach zwei Tagen Ermittlung auf gleicher Höhe mit den Bullen? Alles war wieder möglich. Die Karten wurden neu gemischt.

Ich verabschiedete mich und legte auf.

Dann frühstückte ich gemütlich zu Ende. Ich musste Kraft tanken. Denn Kraft würde ich brauchen.

»Dir haben sie ja wohl wirklich ins Gehirn geschissen«, schrie mich Frau Büchmann an, kaum dass sie die Tür geöffnet hatte. »Deine Kabel sind wohl völlig durchgebrannt, dass du dich traust, hier noch mal aufzutauchen. Mach, dass du wegkommst, sonst mach ich 'nen Zombie aus dir.«

Dasselbe Gekeife. Aber etwas war anders.

Hagen war nicht da.

»Ich wollte eigentlich nur …«

Bevor ich »Ihren Mann sprechen« ergänzen konnte, hatte sie mir schon die Tür vor der Nase zugeknallt.

Ich verließ das Haus und spazierte auf der leeren Hasencleverstraße in Richtung Sessellift. Die Sonne verbarg sich immer noch hinter der Wolkendecke, aber sie war so hell, dass eine Sonnenbrille nützlich gewesen wäre. Trotzdem fröstelte ich und stellte den Kragen meines Mantels auf. Ich hatte meinen Schal heute Morgen nicht finden können. Dabei hatte ich mir vorgenommen, endlich diese modische Schlaufe zu üben, die man jetzt vor allem in Intellektuellenkreisen trug. Man legte den Schal einmal zusammengefaltet um den Hals und steckte die beiden Enden durch die so auf der anderen Seite entstandene Schlaufe. Besonders modisch war das in Verbindung mit einem Sakko.

Warum war das jetzt gerade modern? Ich hatte eine Erklärung: Das Ganze war wie ein Strick, an dem man sich prima erhängen konnte. Vielleicht protestierten die Intellektuellen damit gegen schlechte Bezahlung und drohten als verschworene Gemeinschaft wortlos mit Massenselbstmord.

Als ich die Abzweigung der Hasencleverstraße erreicht hatte, sah ich auf der anderen Seite der Wupper, zu Füßen des Schlosses und fast genau an der Stelle, wo Michaela Paas gefunden worden war, einen gedrungenen Mann mit einem Hund an der Leine. Er bewegte sich nach rechts, also von den Häusern weg, in Richtung des schmalen Wanderwegs, der da drüben am Fluss entlangführte.

Es war Büchmann.

Ich machte auf dem Absatz kehrt, ging wieder ein Stück in die Hasencleverstraße hinein und sah mich kurz um. Niemand bemerkte, wie ich in die Einfahrt einbog, die zu dem Backsteinhaus führte. Diesmal war es an der Stelle, wo ich mich gestern von Büchmann verabschiedet hatte, wunderbar hell, und ich konnte das Schloss inspizieren.

Ich hatte keine Chance, da reinzukommen. Auch nicht mit meinem Einbruchbesteck. Der Einbrecher, der angeblich das Schwert gestohlen hatte, hatte die richtige Entscheidung getroffen, als er es hintenrum versuchte.

Also lief ich ebenfalls auf die Rückseite, wo es einen schmalen Grasstreifen zwischen der Wupper und der Gebäudemauer gab. Ich blickte auf die andere Seite des Flusses und ging hinter einigen Büschen in Deckung. Keine vierzig Meter entfernt marschierte Büchmann mit Hagen vorbei. Ich wartete, bis sie ein gutes Stück weitergegangen waren.

Als ich, immer noch geduckt, zum Haus blickte, sah ich den Sims des Fensters, das der Einbrecher wohl genommen hatte.

Was sollte ich tun?

Es einwerfen, um hineinzukommen?

Oder lieber in Ruhe mit Büchmann reden, damit er mir alles noch mal genau erklärte? Zum Beispiel, ob es einen Verdacht gab, wer der Einbrecher gewesen sein könnte?

Ich richtete mich auf – und machte vor Überraschung große Augen.

Die Fensterscheibe war schon kaputt. Eingeworfen. Hatte Büchmann den Schaden nach dem Einbruch denn nicht reparieren lassen? Oder hatte es schon wieder jemand versucht?

Ich prüfte, ob Büchmann auf der anderen Wupperseite wirklich weitergegangen war und ob mich sonst jemand beobachtete. Auszuschließen war das nicht, zumal auf dem Hang gegenüber die Gebäude des Schlosses zu sehen waren. Dort gab es sicher ein paar Ausflügler, die das hellere Wetter ausnutzten.

Da gab es nur eins: Ich musste mich beeilen.

Ich kletterte auf den Sims. Das Loch war so groß, dass ich bequem hineinkam. Drinnen landete ich auf Teppichboden. Es war dämmrig. Das Fenster war die einzige Lichtquelle.

Es standen irgendwelche hohen Dinge im Weg. Vorsichtig tastete ich mich an der nackten Steinwand entlang und erreichte einen Lichtschalter. Ich drückte, und eine Neonröhre ging an. Ich befand mich in einem engen Gang wie hinter einer Bühne. Vor mir erhoben sich zu meiner Linken aufrecht stehende Sperrholzplatten mit Farbresten darauf – gestützt von unten angenagelten Balken. Ich quetschte mich rechts an ihnen vorbei und musste dabei über Anhäufungen von Kabeln steigen. Zwischen Mauer und Platten konnte ich mich durch eine Lücke quetschen, wobei das Sperrholz gefährlich zu schwanken begann.

Ich trat in einen großen Raum, der wie ein Wohnzimmer eingerichtet war – geschmückt mit lauter Dingen, die zu der Kopie des Ingelri-Schwertes passten: Helme, weitere Schwerter, eine Ritterrüstung, Fahnen, ein Speer. Mittendrin gab es ein weiches Sofa, davor eine Stereoanlage. Ich zählte fünf Boxen, die um das Sofa herum platziert waren. In einem kleinen Regal drängten sich CDs. Büchmann hörte Wagner in Dolby Surround.

Als ich mich umdrehte, erkannte ich die Vorderseiten der Sperrholzplatten, hinter denen ich entlanggegangen war.

Es waren riesige Gemälde, die an Bühnendekorationen erinnerten. Drei Szenen waren darauf abgebildet: Links sah man einen jungen, muskulösen Mann mit blondem Haar, der barfuß und nur mit einem Lendenschurz aus Fell bekleidet mitten im Wald vor einer Feuerstelle stand und den grünen Baumwipfeln ein glänzendes Schwert entgegenreckte. Zu seinen Füßen floss ein blauer Bach. Hätte er das Schwert nicht gehabt, und hätte der Wald nicht so europäisch ausgesehen, dann hätte man ihn für Tarzan halten können.

Die mittlere Illustration zeigte einen mächtigen Fluss mit einem riesigen, von dräuenden Wolken ins Dramatische gewendeten Himmel. Auf den Wellen des Stromes setzte gerade eine Ritterschar auf einem flachen Floß über – mit Helmen, Waffen, Pferden.

Ganz rechts schließlich tobte eine Schlacht inmitten alter Mauern. Ich erkannte zum Teil dieselben Ritter wie auf dem Floß. Einige kamen um, weil andere ihnen ihre Schwerter in die Körper bohrten.

Ich ging näher an die Bilder heran. Sie waren mit Ölfarbe gemalt.

An einer anderen Wand stapelten sich Bücher auf einem Regalbrett. Soweit ich das auf die Schnelle sehen konnte, behandelten sie nur ein einziges Thema: die Nibelungensage. Eins davon war eine Jugendausgabe der berühmten Sagen in der Fassung von Gustav Schwab. Mein Herz machte einen Sprung. Genau dieses Buch hatte ich auch besessen. Es hatte mich zu einer Zeit beschäftigt, als meine Eltern noch lebten.

Ich hielt die Nase daran und atmete plötzlich den Geruch meiner Kindheit. Eine schwer zu beschreibende Mischung aus Leim, Holz und Druckerschwärze. Mir war es damals ergangen wie vielen anderen lesefreudigen Kindern. Schon der Duft eines neuen Buches, das man zum Geburtstag oder zu Weihnachten geschenkt bekam, sorgte für Vorfreude auf die Abenteuer, die man beim Lesen erlebte. Und auch wenn das Buch jahrzehntealt war, verlor es diesen Geruch nie.

Mit nostalgischen Gefühlen blätterte ich in dem Buch. Es half mir bei meinen Erinnerungen an die Nibelungensage auf die Sprünge. Jetzt kam ich wieder drauf, worum es da ging.

Siegfried hatte als junger Mann ein besonders gutes Schwert geschmiedet und damit einen Drachen bekämpft. Durch ein Bad im Blut des Tieres wurde er so gut wie unbesiegbar. Seine Haut konnte von nun an jedem Angriff standhalten. Nur eine

Stelle an seiner Schulter, auf der beim Baden zufällig ein Blatt gelegen hatte, blieb ungeschützt.

Später heiratete Siegfried die Königstochter Kriemhild und wurde König in Xanten – mit Kriemhild als Königin an seiner Seite. Doch irgendwie geriet er in ein Ränkespiel, bei dem es um eine andere Frau ging – Brünhild. Was es damit genau auf sich hatte, wusste ich nicht mehr, aber alles endete damit, dass ein gewisser Hagen von Tronje den eigentlich unbesiegbaren Siegfried im Auftrag von Kriemhilds Bruder Gunther ermordete. Dadurch gelangte Gunther an den legendären Nibelungenschatz, den Siegfried einst aus dem Hort des Drachen mitgebracht hatte.

Damit war die Geschichte aber noch nicht zu Ende.

Die verwitwete Kriemhild heiratete daraufhin den Hunnenkönig Etzel. Sie folgte ihm an seinen Hof – insgeheim aber sann sie auf Rache. So lud sie Gunther, Hagen und deren Gefolgsmänner unter dem Vorwand, mit ihnen ein großes Fest feiern zu wollen, an Etzels Hof ein, wo sie mit der Hilfe einiger Getreuer einen gewaltigen Massenmord inszenierte, bei dem Gunthers gesamter Hofstaat unterging und alle starben – inklusive Etzel und Kriemhild selbst, die so aber immerhin ihre Rache hatte. Bis heute weiß kein Mensch, was aus dem Nibelungenschatz geworden ist. Hin und wieder liest man in der Zeitung von Leuten, die nach ihm suchen, weil sie glauben, dass die Nibelungensage auf wahren Begebenheiten beruht. Es heißt, Hagen habe ihn vor der großen Schlacht an Etzels Hof in den Rhein geworfen.

Die drei Bilder waren den verschiedenen Etappen dieser Geschichte leicht zuzuordnen.

Das erste Bild zeigte Siegfried, wie er gerade das Schwert schmiedete. Auf dem zweiten sah man die Nibelungen bei ihrer Rheinüberquerung auf dem Weg zu Kriemhild. Das dritte Bild schließlich war das letzte Kapitel. Die große Schlacht an Etzels Hof. Der Untergang der Nibelungen.

Büchmann hatte sich seine eigene kleine Mittelalterwelt gebaut, seinen ganz persönlichen Ort, an dem er sich in die Nibelungenwelt hineinträumen konnte. Und das mit ziemlichem Aufwand, aber der Mensch braucht ja schließlich ein Hobby.

Mir fiel ein, dass Büchmann Siegfrieds Schwert erwähnt hatte. Das Schwert Gram. Er hatte behauptet, man könne es finden. Und zwar im Bergischen Land.

Klar. Wenn es schon Hobbyarchäologen gab, die allen Ernstes nach dem Schatz der Nibelungen suchten, warum dann nicht auch welche, die es auf Siegfrieds Schwert abgesehen hatten?

Mitten in meine Überlegungen hinein ging auf einen Schlag das Licht aus. Ich stand im absoluten Dunkel. Das blasse Tageslicht, das durch das Fenster hinter den Monstergemälden fiel, reichte nicht aus, um den Raum zu erhellen. Und meine Augen mussten sich erst an die Dunkelheit gewöhnen.

Ich ging einen Schritt, stieß aber irgendwo an und kam ins Straucheln. Von irgendwoher kam ein klirrendes Geräusch. Ich erstarrte.

Du bist bescheuert, dachte ich.

Gehst hier einfach rein, obwohl es doch möglich sein kann, dass du hier nicht allein bist. Wenn du durch das Fenster steigen kannst, können andere das auch.

Ich tastete nach meiner Pistole. Doch der Mantel war zugeknöpft, und ich kam nicht so leicht heran.

Es war sowieso zu spät. Schnelle Schritte näherten sich, eine Hand griff mir um den Hals und warf mich nach vorne. Ich landete auf dem Teppich. Meine Handgelenke schmerzten, weil ich versucht hatte, mich mit ihnen abzustützen.

Der Angreifer stemmte etwas Hartes zwischen meine Schulterblätter. Wahrscheinlich war es sein Fuß.

Ein paar Sekunden lang lag ich nur so da.

Über mir hörte ich ihn schwer atmen.

Ich versuchte, mich zu rühren, doch da stach mir etwas ins Genick.

Etwas Spitzes, Eiskaltes.

Ich erstarrte. Inmitten des Geschnaufes wurde mir auf einmal klar, dass ich mich möglicherweise gerade in genau in derselben Situation befand wie Michaela Paas kurz vor ihrer Ermordung.

Das spitze, kalte Ding, das mich bedrohte, war ein Schwert aus dem Sammelsurium hier im Lager.

»Wer … sind … Sie?«, fragte ich, so gut es ging, denn mein Mund lag direkt auf der Teppichoberfläche, von der ein fieser Gestank nach Staub und Schimmel ausging.

Zur Antwort erhielt ich nur einen festeren Stich mit der Waffe.

»Büchmann?«, mutmaßte ich, obwohl ich genau wusste, dass es Büchmann nicht sein konnte, denn der war ja mit dem Hund spazieren. Er würde mich bei seiner Rückkehr heute Abend oder wann auch immer hier vorfinden. Als Leiche.

Ein zweiter Mord, den man nun wirklich Büchmann in die Schuhe schieben konnte. Obwohl er bisher nicht verdächtigt wurde, denn für den ersten Mord hatte er ja ein Alibi.

Seltsam, welche Gedanken einem durch den Kopf gehen, kurz bevor man stirbt, dachte ich. Man hält sich an dem fest, was einem innere Sicherheit gibt. An dem, was man sein Leben lang gemacht hat. Oder zumindest sehr lange. In meinem Fall war es das Lösen von Kriminalfällen.

Eigentlich, dachte ich, sollte ich lieber an Wonne denken. Vielleicht bringt mir das ja sogar Glück.

Ich versuchte es und wartete auf den entscheidenden Stoß mit dem Schwert, während ich ihr Bild vor meinem inneren Auge heraufbeschwor.

Etwas rasselte, und der Druck der Waffe in meinem Nacken verschwand.

Ein Schlüssel drehte sich im Schloss. Die Vordertür ging mit dem Quietschen auf, das ich schon von gestern kannte.

Licht fiel seitlich von mir in den Raum, und dann flackerte die elektrische Beleuchtung auf.

Es kollerte, als der Unbekannte das Schwert fallen ließ. Ich hörte flüchtende Schritte nach hinten. Die Sperrholzwände mit den Gemälden wackelten. Der Angreifer stieg dahinter wahrscheinlich gerade aus dem Fenster.

Es gelang mir, mich auf den Rücken zu drehen, und ich sah in Büchmanns staunendes Gesicht.

»Was machen Sie denn hier?«, fragte er.

Ohne mich mit einer Antwort aufzuhalten, sprang ich auf,

so schnell ich konnte, und rannte an ihm vorbei durch die Vordertür. Dann um die Ecke – nach hinten. Da war niemand. Ich folgte der hinteren Mauer. Links neben mir rauschte der Fluss. Irgendwo raschelte etwas.

Weiter. Ich gelangte an die Rückseiten von Einfamilienhäusern hinter Zäunen. Dann stand ich plötzlich an der Flussseite des Parkplatzes, wo mein Golf stand.

Ich sah mich um. Lauschte.

Nichts.

18

Büchmann war in vielerlei Hinsicht das absolute Gegenteil seiner Frau. Vor allem in dem Sinne, dass er noch nicht mal dann aufbrausend reagierte, wenn ein Fremder in sein Heiligtum eingedrungen war. Er hielt mich wohl tatsächlich für einen Polizisten. Und so glaubte er mir auch die kleine Lüge, die ich ihm nach meiner Rückkehr auftischte.

»Ich war bei Ihrer Frau und wollte Sie sprechen«, sagte ich. »Sie waren aber mit dem Hund unterwegs. Ich dachte, ich würde Sie vielleicht hier antreffen. Ich hatte vor zu warten und entdeckte, dass das Fenster auf der Rückseite zerbrochen war.«

»Also ein neuer Einbruch«, sagte Büchmann traurig.

Nachdem er das zerbrochene Fenster besichtigt hatte, setzten wir uns auf die Sofas. Davor gab es ein Tischchen mit einer kleinen Kiste darauf. Büchmann öffnete sie. Es lagen sauber geschichtete Zigarillos darin. Er nahm einen, holte ein Feuerzeug aus der Tasche und zündete ihn an. Dann bot er mir auch einen an.

»Nein, danke. Man hat also erneut bei Ihnen eingebrochen. Ich stieg durchs Fenster, um nachzusehen, ob der Einbrecher noch da war, aber er überwältigte mich und bedrohte mich mit dem Ding da.«

Ich zeigte auf die Waffe, die Büchmann wieder an ihren Platz an der Wand gebracht hatte. Es war ebenfalls ein Schwert, allerdings kleiner als die Mordwaffe im Fall Paas.

»Ja, Sie haben recht, das ist wirklich ein ›Ding‹ – eine ganz billige Kopie, die ich mal in Wuppertal auf dem Flohmarkt gekauft habe.«

»Wo ist eigentlich Hagen?«, fragte ich und sah mich nach dem Hund um.

»Bei meiner Frau. Ich umgebe mich lieber mit dem echten Hagen. Ich meine den aus der Sage.« Er deutete auf die großen Gemälde, die nur eine Armlänge von uns entfernt standen, und erklärte: »Ich habe einen Neffen, der als Bühnenbildner arbeitet. Eigentlich wollte er Kunstmaler werden, aber jetzt hat er eine gute Anstellung an der Oper in Düsseldorf. Er hat die Bilder gemalt.«

»Gut getroffen«, sagte ich. »Siegfried mit dem Schwert. Die Überfahrt der Nibelungen über den Rhein. Das große Finale in Etzels Burg. Aber wir sollten zum Thema zurückkehren. Ich bin hier, weil ich herausfinden will, wer das Schwert …«

»Das ist nicht Etzels Burg«, unterbrach mich Büchmann. Er griff neben sich und holte von irgendwo einen Aschenbecher hervor. Der Zigarillo verbreitete einen unerträglichen Gestank, der mit dem Geruch korrespondierte, den ich noch von dem Teppichboden in der Nase hatte.

»Ist ja auch egal. Es geht darum, dass …«

Er schüttelte den Kopf und lächelte, als müsste er auf einen Schlag die Dummheit der gesamten Menschheit verkraften. »Das ist überhaupt nicht egal. Ich glaube, dass es sogar der Schlüssel zu Michaelas Mörder ist. Ich hab's schon Ihren Kollegen gesagt, aber die glauben mir ja nicht.«

»Moment«, sagte ich und hob die Hand. »Sie meinen, der Tod von Michaela Paas hat etwas mit der Nibelungensage zu tun?«

»Ich weiß ja, dass viele glauben, die Nibelungensage spiele in Xanten, Worms, an der Donau, irgendwo in Osteuropa, in Ungarn oder so.«

»Und Michaela Paas glaubte das nicht?«, fragte ich, um beim Thema zu bleiben.

»Natürlich nicht. Ich habe ihr alles genau erklärt. Und sie hat es verstanden.«

»Was erklärt?«

»Die viel wahrscheinlicheren Theorien.«

»Theorien für was?«

Er streifte die Asche des Zigarillos ab. »Das Nibelungenlied ist eine Dichtung. Aus dem Mittelalter.«

»Haben Sie nicht gesagt, es sei wahr?«

»Ja, weil das Nibelungenlied eben nicht die wahre Geschichte enthält. Das Nibelungenlied ist eine Dichtung, die freie Veränderung eines viel älteren historischen Berichts, der aus Norwegen stammt. Dieser Bericht heißt ›Thidrekssaga‹. Das Wort ›Saga‹ hat in diesem Fall nichts mit unserem Wort ›Sage‹ zu tun. Eine Saga erzählt ein wahres, historisches Ereignis der nordischen Völker. Es gibt zum Beispiel auch eine Saga über die Entdeckung Amerikas.«

»Über Kolumbus?«

»Nein, natürlich über die Fahrten der Wikinger nach Island und Neufundland. Nicht Kolumbus, sondern sie waren doch die wirklichen Entdecker Amerikas. Jahrhunderte früher. Das weiß mittlerweile eigentlich jeder.«

»Diese Thid…«

»Thidrekssaga.«

»Also, diese Thidrekssaga behandelt das Nibelungenlied. Das Märchen von Siegfried, Hagen und so weiter …«

»Es ist kein Märchen«, sagte Büchmann geduldig. »Es sind historische Ereignisse, die da erzählt werden. Sie sind später im Nibelungenlied nur dichterisch verfremdet worden. Vergessen Sie das Nibelungenlied. Gehen wir von der älteren Quelle aus. Sie wurde im Norden niedergeschrieben, aber sie beschreibt unsere Gegend hier. Und das sehr genau. Siegfried hat es wirklich gegeben. Er hat bei einem Schmied gelernt, wie man Stahl auf eine neue, viel bessere Weise verarbeitet. Wie man Waffen schmiedet, die alles bis dahin Gekannte in den Schatten stellen. Das war wohl auch das Geheimnis seiner Unbesiegbarkeit.«

»Aber die stammte doch von dem Drachenblut? Hat es den Drachen denn nicht wirklich gegeben?«

»Siegfried hat wahrscheinlich sein Wissen gegen einen Feind verteidigt, der sich aufgrund seiner Zugehörigkeit zu irgendeiner alten Volksgruppe mit Drachensymbolen schmückte. Daraus ist dann in der Dichtung der Drache selbst geworden. Natürlich gab es keinen echten Drachen.«

»Okay, alles klar. Das ist also eher symbolisch zu verstehen.«

»Nur im Nibelungenlied gab es einen Drachen. In der Thidrekssaga steht alles genauer.«

»Aber könnten wir das dann vielleicht abkürzen? Was hat das

Ganze mit Michaela Paas' Tod zu tun? Sie hat sich diese Theorien angehört. Und weiter?«

Büchmann stand auf und ging zu dem Bücherregal, dem ich vorhin Schwabs Sagen entnommen hatte. Jetzt griff er zu einem anderen Band. »Dieses Buch erklärt alles«, sagte er und hielt mir einen zerlesenen Wälzer hin. Der Titel lautete: »Die Nibelungen zogen nordwärts«, geschrieben von Heinz Ritter-Schaumburg. »Wenn Sie so wollen, ist das eine Interpretation der Thidrekssaga. Sehr detailliert. Eine äußerst genaue Darstellung, wo die Nibelungen lebten, wo die Geschichte wirklich spielt und wo die beschriebenen Ereignisse tatsächlich stattfanden.«

Er setzte sich wieder, während ich unschlüssig das Buch anstarrte.

»Es war nämlich so: Die Nibelungen kamen aus der Eifel. Sie überquerten den Rhein auf dem Weg zu Kriemhild in der Nähe von Leverkusen. Damals war das die einzige Stelle am gesamten Rhein, wo man auf genau die Weise hinüberkam, wie sie in den alten Schriften beschrieben wird. Der zweite Fluss, an den sie kamen, war nicht die Donau, sondern die Dhünn, die im Mittelalter ›Dune‹ hieß. An dem Namen sehen Sie schon, dass da eine Verwechslung stattgefunden hat. Die Dhünn war früher wesentlich mächtiger als heute. Nach der Rheinüberquerung machten die Nibelungen Rast in der Burg bei Altenberg, von der heute nur noch wenige Reste oberhalb des Klosters zu finden sind, die aber eine riesige Anlage gewesen sein muss. Dann zogen sie über Dortmund weiter nach Soest, wo sie ihren Untergang erlebten. In Soest gab es eine Burg, in der zu der Zeit der Hofstaat eines Königs residierte. Es hat archäologische Ausgrabungen gegeben, die das bestätigen. Das Einzige, was noch fehlt, ist ein Hinweis auf den Schatz. Und darauf, wo Siegfrieds Schwert geblieben ist.«

»Der Nibelungenschatz? Der im Rhein liegen soll?«

»Man weiß es nicht genau. Meiner Meinung nach besteht der Schatz ja auch gar nicht in einem Haufen von Gold oder so etwas, sondern ist eine Technik.«

»Sie meinen, ein technisches Gerät?«

»Nein, ich meine, er ist Wissen. Wie ich schon sagte.« Seine Augen begannen zu glänzen, und es lag tatsächlich so etwas wie ein irrer Blick darin, mit dem er mich zu hypnotisieren zu versuchen schien. »Denken Sie an Siegfrieds Fähigkeiten, Stahl zu schmieden. *Das* meine ich mit Technik und Wissen.«

»Herr Büchmann …«

»Besserer Stahl bedeutet bessere Waffen. Das ist wertvolles Wissen. Immens wertvoll in der damaligen Zeit. Siegfried stammte nicht aus Xanten, sondern aus einem nördlichen Gebirge, wahrscheinlich aus dem Harz. Von dort hat er die Kunst, diesen neuen, härteren Stahl zu schmieden, hierher mitgebracht. Er ist ins Rheinland gezogen, um sie anzuwenden. Wenn Sie so wollen, hat er die heimische Stahlproduktion begründet. Dass wir hier in der Region, später dann im Ruhrgebiet, den besten Stahl produzieren, geht auf ihn zurück. Verstehen Sie? Und einer der Orte, wo man schon sehr früh damit begonnen hat, war Müngsten. Heute stehen da nur noch ein paar Häuser und natürlich die berühmte Brücke, doch früher gab es an derselben Stelle einen sehr alten Industrieort, dessen Geschichte bis ins Mittelalter zurückreicht. Dort hat man auch Schwerter produziert. Und einer der Betriebe gehörte den Vorfahren einer Familie, deren Name für uns zum Synonym für die Stahlherstellung geworden ist. Da schließt sich doch der Kreis.«

»Mag ja sein, aber …«

»Ich meine natürlich den Namen Krupp. Das können Sie nachlesen. Es steht in jedem Reiseführer über Müngsten.«

Ich seufzte. »Herr Büchmann, das sind sehr interessante Details zur Geschichte des Bergischen Landes, aber kommen wir bitte zum Thema zurück. Wer könnte hier eingebrochen haben?«

»Keine Ahnung.«

»Fangen wir doch mal so an: Wer wusste überhaupt von dem Schwert?«

Zum Glück machte er nicht mit seinen Ausführungen weiter, obwohl er mir ja noch die Antwort auf die Frage schuldete, was das Ganze mit Michaela Paas zu tun hatte.

Er nahm den Zigarillo, den er bei seinem Gang zum Regal in den Aschenbecher gelegt hatte, und zog daran.

»Ja, wer wusste von dem Schwert?«, überlegte er laut. »Alle Leute, die damals in dem Kurs waren. Sie verstehen jetzt übrigens sicher viel besser, warum ich ausgerechnet bei Herrn Bauer-Brandes so einen Kurs machen wollte, oder? Seine Schmiede in Müngsten befindet sich auf uraltem, geschichtsträchtigem Boden. Vielleicht hat ja Siegfried selbst dort an der Wupper geschmiedet.«

Die Leute, die in dem Kurs waren, dachte ich. Das ist eine sehr gute Idee. Danach konnte ich Bauer-Brandes fragen.

»Und wie ist nun die Verbindung zu Michaela Paas?«

»Ich glaube, Michaela hat irgendwie erfahren, dass jemand mehr über die Ereignisse um die Nibelungen herausgefunden hat. Vielleicht irre ich mich ja, was den Nibelungenschatz betrifft, und es gibt wirklich einen Schatz im engeren Sinne. Sie glauben nicht, wer schon alles danach gesucht hat. Wer einen guten Hinweis darauf findet, würde sicher ein Verbrechen begehen …«

»Wo könnte sie davon erfahren haben?«

»Auf einer ihrer Putzstellen zum Beispiel.«

In Ordnung, dachte ich. Ich musste sowieso herausfinden, bei wem Michaela gearbeitet hatte. Wenn ich dabei auf eine Person stieß, die auch in dem Schmiedekurs bei Bauer-Brandes gewesen war, ergab das eine Spur. Und wenn diese Person dann auch noch so nibelungenverrückt war wie Büchmann …

»Sie glauben also«, fasste ich zusammen, »dass Michaela Paas ermordet wurde, weil sie etwas über den Nibelungenschatz wusste?«

»Ganz genau«, sagte Büchmann. »Das ist für mich die einzige Erklärung.«

Ich ließ ihn in dem Glauben, eine Verwicklung in eine Nibelungenverschwörung sei die einzige mögliche Erklärung für den Tod von Michaela Paas.

Zeit, sich zu verabschieden.

»Danke, Herr Büchmann«, sagte ich. »Sie haben mir sehr

geholfen.« Ich stand auf. »Vergessen Sie nicht, das Fenster reparieren zu lassen«, fügte ich hinzu.

Es war eine Erlösung, aus dem Zigarillomief in die klare Luft hinauszutreten. Der kleine Rückmarsch zum Wagen tat mir gut.

Ich setzte mich ins Auto, holte mein Handy heraus und rief Bauer-Brandes an.

Im Hintergrund kreischte diesmal nichts. Ich erklärte dem Schmied, worum es ging.

»Einen Moment«, sagte er. »Da muss ich erst in den Unterlagen nachsehen.«

Ich wartete und betrachtete dabei den Altkleidercontainer am Rande des Parkplatzes. Da fiel mir ein, dass ich mich ja ganz in der Nähe des Hauses befand, in dem die Büchmanns wohnten, und Gefahr lief, dass diese Walküre von Ehefrau auftauchte. Aber es war niemand zu sehen.

Walküre war gar kein schlechter Vergleich. War Brünhild aus der Nibelungensage nicht auch eine gewesen? Ein Geisterwesen aus der Gefolgschaft des germanischen Göttervaters Wotan ... Natürlich nur, wenn man die Geschichte als reines Märchen ansah, und nicht, wie Büchmann, als historische Tatsache.

»Herr Rott?«, meldete sich Bauer-Brandes zurück.

»Haben Sie die Namen?«

»Ja. Der Kurs damals war relativ klein. Es hat nur drei Teilnehmer gegeben. Ingo Büchmann, Georg Bender und Reinhild Kallenbach.«

Ich schrieb die beiden neuen Namen auf. Interessant – auch eine Frau lernte schmieden. Und Reinhild klang sogar irgendwie nibelungisch.

»Haben Sie die Adressen?«

»Sogar die Telefonnummern. Ich weiß natürlich nicht, ob sie heute noch gültig sind. Das ist ja alles ein paar Jahre her.«

»Geben Sie sie mir bitte trotzdem.«

Ich schrieb sie auf, bedankte mich und legte auf.

Dann öffnete ich den Internetbrowser des Handys und recherchierte ein bisschen.

Über zwanzigtausend Ergebnisse erntete man, wenn man in die Suchmaschine, die wie das sächsische Wort für »Kugel« hieß, den Begriff »Nibelungenschatz« eingab.

Sämtliche Schatzsucher gingen natürlich davon aus, dass das Nibelungenlied keine erfundene Geschichte war, sondern auf historischen Tatsachen basierte. Sonst wäre die Suche ja auch sinnlos gewesen. Die meisten begründeten das aber nicht mit der Thidrekssaga, sondern verglichen das Ganze mit dem Fund der sagenhaften Stadt Troja, die man auch lange als Erfindung des antiken Dichters Homer betrachtet hatte – bis dann Heinrich Schliemann nach langen Privatforschungen Troja tatsächlich entdeckte. Womit klar war, dass es auch den Trojanischen Krieg gegeben hatte und die Dichtungen von Homer gar keine Dichtungen waren. Da Schliemann zudem kein Fachmann im strengen Sinne, sondern ein Autodidakt auf dem Gebiet der Archäologie gewesen war, hielt sich jeder Nibelungenschatz-Sucher für berechtigt, die Kritiken von Profi-Wissenschaftlern in Grund und Boden zu stampfen. Und sich als ein kleiner Schliemann zu fühlen. Trotzdem hatte noch keiner den Schatz gefunden.

Ich fand eine Seite, auf der die gängigsten Theorien über den Verbleib des »Nibelungengoldes«, wie man den Schatz auch nannte, zusammengefasst waren. Infrage kamen verschiedene Orte bei Worms und in der Nähe von Bonn. Kein Wunder, dachte ich. Dort gibt es ja auch den sogenannten »Drachenfels«.

Manche hatten aufgrund der Beschreibungen im Nibelungenlied versucht zu schätzen, was das Gold wert war. An einer Stelle im Netz hieß es, im Nibelungenlied sei von hundert Lastkarren voll Gold und Edelsteinen die Rede. Der Wert betrage somit vierhundertdreißig Millionen Euro.

Wenn man das mal genau bedachte, hatte Büchmann mit seiner Theorie vom wertvollen Wissen vielleicht doch irgendwie recht. Die Vorstellung, dass das Nibelungengold ein so gewaltiger Schatz im üblichen Sinne war, konnte doch nur ein Märchen sein. Wie hätte man im frühen Mittelalter diese Massen an Edelmetall und Steinen überhaupt transportieren können, ohne

Diebe anzuziehen? Wie riesig mussten die Armeen sein, die so eine Ladung bewachten? Hätte man das technisch überhaupt hingekriegt? Und wer hätte ruhig mit angesehen, wie das alles im Rhein versenkt wurde?

Da klang die Idee, dass der Schatz in Wirklichkeit eine wertvolle Technologie der Waffenherstellung war, viel plausibler. Das Nibelungenlied – ein mittelalterlicher Wirtschaftsspionagethriller.

Ich kehrte auf den Boden der heutigen Realitäten zurück. Meine Detektivarbeit wartete auf mich.

Als Erstes wählte ich die Nummer von Georg Bender. Er wohnte in Düsseldorf. Eine Frauenstimme meldete sich.

»Frau Bender? Mein Name ist Rott. Könnte ich bitte Herrn Georg Bender sprechen?«

»Oh, das geht leider nicht.« Sie zögerte einen Moment. »Mein Vater ist vor einem Jahr verstorben.«

»Das tut mir leid.«

»Worum geht es denn?«

»Wir hatten uns in der Schmiede von Herrn Bauer-Brandes kennengelernt«, log ich, »und ich wollte ihn etwas wegen damals fragen.«

»Bauer-Brandes?«

»Ja, das ist lange her. Ihr Vater, Herr Bender, hat damals einen Kurs über Schmiedekunst besucht.«

»Ah, ich verstehe – ja, das hat ihn immer interessiert. Er hat viele Bücher darüber gelesen.«

»Aber wenn er verstorben ist … Es tut mir leid, auf Wiederhören.«

Ich legte auf.

Nun der nächste Kandidat. Beziehungsweise die Kandidat*in.* Reinhild Kallenbach.

Es tutete einmal, dann wurde abgehoben, und ich hörte eine Frauenstimme. Sie kam mir bekannt vor. Und was sie sagte, auch.

»Nein«, rief Godo und hob sein Schwert. »Hier wirst du nicht durchkommen. Wir werden alle zusammenstehen und dich besiegen, hörst du?«

Der Drache schnaubte erst fürchterlich, doch dann zeigte sich, dass er die Zwerge nicht angriff, sondern sie auslachte. Bei Drachen klang das eben wie ein Schnauben.

»Damit willst du mich besiegen, kleiner Mann? Mit dieser Nadelspitze von Schwert? Dass ich nicht lache.« Und er schnaubte weiter.

Godo spürte, wie ihm die Wut ins Gesicht stieg. Nicht aufgeben, dachte er. Wenn wir aufgeben, sind wir verloren. Wir müssen Colonia erreichen, und das noch vor Sonnenuntergang. Dabei liegt noch die Flussüberquerung vor uns – und die wird das Schwierigste der ganzen Reise sein.

Ein seltsames Geräusch riss Godo aus seinen Gedanken. Und dann geschah etwas völlig Unerwartetes …

Wieder musste ich darauf verzichten zu erfahren, was das Unerwartete war, das nun geschah.

»Bergischer Fantasy-Verlag«, flötete die bekannte Stimme dazwischen.

Wie hatte ich mich beim letzten Mal vorgestellt? Ich wusste es nicht mehr.

»Hier ist Rott«, sagte ich.

»Herr Rott … Hatten wir nicht gestern schon mal telefoniert? Sie sind von der Zeitschrift ›Land und Leben im Bergischen‹, stimmt's?«

Nett, dass sie mir auf die Sprünge half. In dem Verlag musste wenig los sein, wenn sie sich an jeden Anrufer erinnerte.

»Was kann ich heute für Sie tun?«

»Das kommt mir jetzt komisch vor«, sagte ich. »Ich wollte Reinhild Kallenbach erreichen und bin bei Ihnen gelandet.«

»Ja, sie hat seit einiger Zeit eine Weiterschaltung. Sie möchte privat nicht gestört werden.«

Ich stutzte. Sollte das etwa heißen …

»Nicht gestört werden«, wiederholte ich einfach.

»Na ja, wenn man so viel schreibt … Und das neue Buch wird ja ein Riesenrenner, da kann man schon davon ausgehen, dass sich viele Fans direkt an sie wenden. Sie hat das nicht so gern, wissen Sie? Und viele kennen sie ja noch unter ihrem normalen Namen, obwohl sich das Pseudonym sicher bald durchsetzen wird, wenn sie erst mal auf der Bestsellerliste steht. Dann wird niemand mehr von Reinhild Kallenbach sprechen, sondern nur noch von …«

»… Rubina Hell«, ergänzte ich und wunderte mich. Es wusste doch jeder, wer sie war, denn sie zeigte auf ihrer Website ihr Gesicht. Wozu dann das Pseudonym? Klar: Weil der Name Rubina Hell sexyer klang als Reinhild Kallenbach. Und warum dieses Getue mit der Abschottung von den Fans? Das war vielleicht so eine Art Spiel. Wahrscheinlich gehörte es zum Erfolg irgendwie dazu und hatte schon mit den Kurzgeschichten begonnen, die sie auf ihrer Internetseite erwähnt hatte.

»Bitte tun Sie uns einen Gefallen und erwähnen Sie ihren richtigen Namen nirgends«, sagte sie. »Das heißt, veröffentlichen Sie ihn nicht. Frau Hell möchte ihn sozusagen tilgen.«

»Natürlich nicht. Ich werde den Namen Reinhild Kallenbach nicht schreiben.« Weil ich ja gar nichts schrieb.

»Und falls Sie die Adresse von Frau Hell wollen – die kann ich Ihnen nicht geben. Sie ist geheim.«

»Das verstehe ich«, sagte ich mit einem weiteren Gedanken an das Spiel und blickte voller Befriedigung auf meine Notizen. »Das verstehe ich nur zu gut. Herzlichen Dank noch mal.«

»Bitte sehr – und noch einen schönen Tag.«

19

Reinhild Kallenbach alias Rubina Hell wohnte laut Bauer-Brandes' Angabe in Haan – genauer gesagt in Haan-Gruiten.

Viele Menschen im Bergischen Land bringen diesen Ortsnamen mit einem kleinen, von der Düssel durchflossenen Örtchen am Rande des legendären Neandertals in Verbindung – geprägt von schmucken Fachwerkhäusern, einer hübschen Kirche mittendrin und informativen Täfelchen an den Gebäuden, die über die jeweilige Geschichte des Bauwerks informieren. Romantik pur wie in einem Freiluftmuseum – perfekt geschaffen für schöne Sonntagsausflüge, Hochzeiten und andere Anlässe, bei denen malerische Szenerien gefragt waren. Damit sich der moderne Autoverkehr nicht durch die kostbare Bausubstanz drängelte, gab es abseits des Dörfchens einen Busparkplatz, von dem aus die Schaulustigen zu Fuß die Gässchen durchstreifen konnten.

In diesem touristischen Kleinod des Bergischen Landes wohnte die Autorin aber nicht.

Ihre Adresse befand sich im südlichen Teil von Gruiten – einer Gegend mit normaler rheinisch-bergischer Vorstadt-Atmosphäre, die nichts von der Postkartenidylle des berühmteren Ortsteils ahnen ließ.

An der nächsten Bäckerei, an der ich auf meinem Weg zu der Erfolgsschriftstellerin vorbeikam, besorgte ich mir drei belegte Brötchen. Zwei davon aß ich unterwegs. Auf der Gräfrather Straße bemerkte ich nach einem Blick auf das Armaturenbrett, dass auch mein Golf Nahrung brauchte, und tankte für zehn Euro. Finanziell wurde es jetzt wirklich eng. Ich musste Anja dringend um einen Vorschuss bitten.

In Gruiten bog ich von der Bahnstraße in die Breite Straße ein, behielt die Hausnummern im Auge und stoppte vor einigen aneinandergebauten Mietshäusern mit hellen Fassaden.

»Kallenbach«, stand auf einer der Klingeln. Ich drückte sie.

Fast hatte ich es erwartet.

Wie oft hatte ich in den letzten Tagen vergeblich auf Klingeln gedrückt? Ich fügte der Strichliste in Gedanken eine Markierung hinzu und ging zurück zum Wagen, um das dritte Brötchen zu verdrücken.

Der schwarze Mercedes, mit dem Frau Hell gestern auf den Vorplatz des Altenberger Doms gerollt war, stand vor dem Haus. Ein Anlass, abzuwarten.

Ich zügelte meine Ungeduld und übte an dem dritten Brötchen, was Wonne mir immer versucht hatte beizubringen. Langsam essen. Den Geschmack der verschiedenen Zutaten auseinanderdividieren und so die Geschmacksknospen im Mund trainieren. Im Fall des Brötchens hieß das, die Zutaten des Teigs sensorisch in ihre Bestandteile zu zerlegen. Mehl und Salz, die Sesamkörner ... Dann den Belag: Schinken, Mayonnaise ... Da war auch noch was Raues, Salziges mit glitschiger Unterseite ...

Gurken? Geschnittene Paprika?

Leider hatte ich großen Hunger, und das Brötchen schwand dahin, bevor ich es herausfinden konnte. Ich blieb sitzen und schmeckte den Zutaten nach.

Ich hatte kurz die Augen geschlossen, und als ich sie wieder öffnete, stiegen Rubina Hell und ihr Begleiter namens Heiko in den Mercedes.

Von plötzlicher Hektik gepackt, knüllte ich die leere Brötchentüte zusammen und warf sie in den Beifahrerfußraum. Dann ließ ich den Motor an und folgte ihnen.

Der Mercedes hatte sicher mindestens doppelt so viel PS wie mein Golf, aber der dichte Verkehr auf der Autobahn war auf meiner Seite. Heiko nahm die A 46 in Richtung Düsseldorf, bog dann auf die A 3 nach Süden und wechselte in Leverkusen auf die A 1 ins Bergische. Dort war die Bahn frei. Der Mercedes gab Gas und bretterte los. Ich konnte gerade noch erkennen, dass er weit hinten vor der Abfahrt Burscheid schon wieder abbremste.

Da wurde mir klar, wo die beiden wahrscheinlich hinwollten. Als es durch Blecher ging und wir die Serpentinen hinunterkurvten, erhärtete sich der Verdacht immer mehr.

Das Ziel war Altenberg.

Der hübsche Heiko hatte es gestern selbst gesagt. Sie hatten an der ehemaligen Klosteranlage etwas vor. Etwas, für das man schönes Wetter brauchte, wenn ich mich recht erinnerte.

Die beiden fuhren wieder direkt auf das Gelände. Ich ließ meinen Golf auch diesmal auf dem Parkplatz »Rösberg« stehen und ging zu Fuß hinüber zum Dom.

Dort hatte sich die Szenerie im Vergleich zu gestern stark verändert.

Seitlich des Platzes stand jetzt ein weißes eckiges Zelt. Kabel verliefen über dem Pflaster. Ein junger Mann mit Vollbart und Strickmütze lief in gebeugter Haltung herum und blickte dabei unablässig in den Sucher einer Videokamera.

Im Hintergrund parkte ein Transporter. Leuchtend gelbe Buchstaben schrien die Firmenbezeichnung »Cinema Equipment« in die Gegend.

Rubina Hell, wie gestern schwarz gewandet, und der schöne Heiko mit Jackett und Galgenstrickschal standen am Zelteingang. Heiko sprach beschwichtigend auf die Autorin ein, die ein verunsichertes Gesicht machte. Ein kleiner Trupp Schaulustiger, einige mit Rucksack, andere mit Schirmen, stand vor dem Domladen und sah zu ihnen hinüber.

»Fernsehen«, sagte einer, als ich mich näherte. »Das ist bestimmt RTL.«

»Nee, der WDR«, widersprach eine Frau. »RTL ist doch orange.«

»Das ist das ZDF«, korrigierte der Erste.

Ich hielt mich nicht mit Mutmaßungen auf, sondern nahm eine Visitenkarte in die Hand und ging zu dem Zelt, wo die beiden immer noch vor dem Eingang standen.

»Frau Hell?«, sagte ich. »Oder möchten Sie lieber mit Kallenbach angesprochen werden?«

Sie sah mich irritiert an. Jetzt, aus der Nähe, erkannte ich, dass sie blass war, ihr Blick wirkte seltsam unbeteiligt, wie erloschen. Als würde sie noch schlafen.

Heiko reagierte, als hätte ich ihm eine verpasst. »Wer sind *Sie* denn? Was soll das? Wir können hier kein Publikum gebrauchen.«

Ich konnte kurz in das Zeltinnere blicken. Dort gab es eine Garderobe mit beleuchtetem Schminktisch und einem Rollbügel mit verschiedenen Kleidern. Eine junge Frau wartete hinter einem Friseurstuhl.

»Rott«, sagte ich. »Ich bin Ermittler in einem Mordfall. Ich muss mit Ihnen sprechen, Frau Hell. Es dauert nicht lang.«

Heiko machte große Augen. Rubina Hell schwieg immer noch. Sie sah mich nicht an und zeigte auch keine Reaktion – war weder belustigt noch erschrocken. Ich registrierte jetzt deutlich eine Alkoholfahne. Das konnte eine Erklärung sein.

»Du gehst bitte hinein.« Heiko schob Rubina Hell durch den Zelteingang wie eine Seniorin im Altersheim, die sich auf dem Weg zum Mittagessen verlaufen hat. »Ich regle das.«

Rede ich also erst mit dem schönen Heiko, dachte ich.

Doch Heiko wollte nicht reden.

Er hob die Hand, fokussierte einen Punkt hinter mir, und auf einmal stand neben uns ein großer Glatzkopf mit breiten Schultern und Muskeln, die sich unter einer schwarzen Lederjacke spannten.

»Hier haben wir schon den ersten Verrückten«, erklärte Heiko. »Ich wusste, dass die auftauchen würden.«

Der Glatzkopf machte eine Bewegung auf mich zu.

»Moment mal«, rief ich, bevor er mich anfassen konnte. »Ganz ruhig, ja?« Ich zückte die Visitenkarte und hielt sie Heiko unter die Nase. »Können Sie lesen?«, zischte ich. »Dann mal los.«

Er sah sich stirnrunzelnd das Kärtchen an. »Was ist das denn für ein Schrott?«, lästerte er. »Die Karte ist ja völlig verdruckt.«

»Sicher erinnern Sie sich an mich«, fuhr ich unbeirrt fort. »Ich war gestern schon mal hier.«

Ich streckte den Rücken durch und bot direkt meine schönste Legende auf: »Ich arbeite für die Staatsanwaltschaft Wuppertal.«

Irgendwie stimmte das ja sogar. Wenn ich den Mörder von Michaela Paas fand, kam das dieser Behörde sehr zugute.

Heiko langte hinter sich und machte das Zelt zu. Der Glatzkopf hatte wohl begriffen, dass es hier doch nichts für ihn zu tun gab, und verzog sich.

»Also gut, Herr Rott«, sagte Heiko. »Aber das ist jetzt gerade ganz ungünstig. Wir produzieren Fotos und ein Werbevideo für Frau Hells neues Buch.«

»Der Zwerg von Berg.«

Seine Miene verwandelte sich. Eben war er noch der besorgte Manager, jetzt ein Autoverkäufer. Der Wechsel war in etwa null Komma zwei Sekunden vollzogen.

»Ach, Sie wissen davon?«

»Ja«, sagte ich. »Und ich würde zu gern wissen, was Godo bei dem Kampf mit dem Drachen aus seinen Gedanken gerissen hat. Die Spannung ist ja kaum zu ertragen.«

Toll, dass solche Verkäufertypen Ironie noch nicht mal dann bemerkten, wenn sie ihnen in den Hintern biss. Jetzt lachte er sogar.

»Sie werden es erfahren«, rief er fröhlich – als läge in seiner Antwort die Rettung der Menschheit oder mindestens des Euro. »Sobald das Buch erschienen ist, werden Sie es herausfinden. Ist das nicht toll? Ich mache Ihnen einen Vorschlag. Lassen Sie Frau Hell erst mal in Ruhe. Ich werde Ihnen als einem der Ersten eine Ausgabe schicken. Persönlich! Mit Widmung! Von Frau Hell! Was halten Sie davon?«

Da ich ein missmutiges Gesicht machte, ging ihm auf, dass an seiner Strategie irgendwas nicht richtig wirkte.

»Ach, entschuldigen Sie«, fügte er hinzu. »Ich habe mich noch gar nicht vorgestellt. Heiko Severing. Ich bin der Agent von Frau Hell. Ich entwickle die gesamte Marketingkampagne.«

»Nichts«, sagte ich und wunderte mich einen Moment, dass es den Typen nicht im Geringsten interessierte, warum ein Mordermittler eigentlich mit der Schreiberin sprechen wollte.

Seine Züge entglitten ihm. »Was?«

»Ich halte *nichts* von dem Deal«, sagte ich, schob mich an ihm vorbei und betrat das Zelt.

Die junge Frau hatte der Autorin mittlerweile einen dunklen Umhang umgelegt, mit einer Klammer ihr graues Haar zurückgesteckt und war damit beschäftigt, ihr Gesicht mit irgendeinem Puderzeugs einzupinseln. Seitlich stand auf einem Styroporkopf eine blonde Perücke. Die Verwandlung hatte begonnen. Aber in was? Märchentante?

»Lassen Sie sich nicht stören«, sagte ich zu der Visagistin und stellte mich Rubina Hell noch einmal vor.

Severing war mir ins Zelt gefolgt. Ich drehte mich zu ihm. »Es dauert genau zwei Minuten, okay? Dann sind Sie mich los.«

Und Ihr Buch können Sie behalten, hätte ich gern hinzugefügt, mich interessiert einen Dreck, was mit dem Zwerg passiert. Aber ich wollte den Mann ja nicht verärgern.

»Sind Sie wirklich Detektiv?«, fragte Rubina Hell mit geschlossenen Augen, denn immer noch wurde auf ihrem Gesicht herumgewischt. Sie klang müde und sprach, als hätte ihre Zunge ein Zentnergewicht. Ihre Stimme schien noch ein Stück weiter in die Tiefe gerutscht zu sein. »Früher wollte ich immer Krimis schreiben«, fügte sie hinzu. Es lag fast so etwas wie Wehmut darin.

»Sagt Ihnen der Name Michaela Paas etwas?«

»Du musst mit dem Herrn nicht reden, Rubina«, versuchte Severing schon wieder Einfluss zu nehmen. »Wir können das auch alles später machen. Die Videosession wird anstrengend genug.«

»Schon mal von ihr gehört?«, wiederholte ich.

Severing gab der Visagistin ein Zeichen. Sie nickte und ging hinaus.

»Also?«, drängte ich, als sie weg war.

»Wer soll das sein?«, Rubina Hell sprach so langsam, als würde sie jedes Wort einzeln von einer Tafel ablesen.

Ich klärte sie auf. Ich fasste auch in groben Zügen zusammen, was ich über das Schwert und Büchmann wusste. Dann schob ich die Information nach, dass sie zusammen mit Büchmann in dem Kurs bei Bauer-Brandes gewesen war. Rubina Hell hörte sich das alles mit geschlossenen Augen an.

»Sie glauben, dass Rubina etwas mit einem *Mord* zu tun hat?«, rief Heiko Severing. So langsam war bei ihm der Groschen gefallen, dabei hatte ich das doch gleich am Anfang gesagt. Manche Leute hörten einfach nicht zu. »Das ist ja wohl die Höhe. Wir versuchen hier, eine Kampagne über ein wirklich bedeutendes Buch zu starten. Ein literarisches Meisterwerk, dessen Veröffentlichung gut vorbereitet werden muss. Und da kommen Sie mit so was?«

»Ich sammle nur Informationen«, entgegnete ich. »Und das nicht von Ihnen. Daher hätte ich gern gewusst, was Frau Hell dazu zu sagen hat. Ist das zu viel verlangt?« Ich wandte mich wieder dem Schminktisch zu. »Frau Hell? Hallo Frau Hell!«

Rubina Hell bewegte sich. Der Friseurumgang raschelte. Sie schlug die Augen auf.

Der Zelteingang wurde geöffnet, und der bemützte Mensch mit der Kamera sah herein. »Wir sollten jetzt«, sagte er. »Könnte sein, dass es mit dem hellen Tageslicht gleich vorbei ist.«

»Eine Sekunde«, rief Severing und schob ihn hinaus. Dann wandte er sich an mich: »Wenn diese Sache durchsickert und an die Presse, geschweige denn ins Internet kommt, mache ich Sie persönlich haftbar. Wir können keine Verwicklung in einen Mordfall gebrauchen.«

»Michaela Paas konnte das auch nicht«, sagte ich. »Also, Frau Hell, Ihre Antwort bitte. Sie kennen doch zumindest Herrn Büchmann, oder?«

Sie blickte geradeaus und nickte ihrem Spiegelbild zu. »Ja«, sagte sie leise.

»Waren Sie mal in seinem privaten Lager? Ich meine diesen Raum, in dem er seine Musik hört? Haben Sie ihn nach dem Schmiedekurs noch mal getroffen?«

Sie nickte wieder. »Ich … habe mit ihm gesprochen, als ich für meinen Roman recherchierte. Er hat interessante Ideen über die Rolle des Bergischen Landes in berühmten Sagen …«

»Und Michaela Paas? Kannten Sie die auch?«

»Nicht dass ich wüsste. Nein.«

»Aber Sie haben doch sicher von dem Mordfall in der Zeitung gelesen? Und von dem Schwert? Was haben Sie sich dabei gedacht?«

»Was soll sie sich schon gedacht haben?«, rief Severing. »Dass ein Mord geschehen ist, weiter nichts. Was hat sie damit zu tun? Zu dieser Zeit war Frau Hell übrigens verreist.«

»Sie haben ihren Terminplan aber exzellent gut im Kopf«, stellte ich fest. »Ich könnte nicht auf Anhieb sagen, wo ich an dem Tag war, als Michaela Paas starb.«

»Es ist mein Beruf, Termine im Kopf zu haben. Außerdem erinnere ich mich daran, dass wir von der Reise zurückkamen, am nächsten Tag die Zeitung aufschlugen und darüber lasen. Da war die Sache aber schon ein paar Tage her.«

»Das soll also heißen, Sie haben für den Mord ein Alibi? Ich meine, Sie beide?«

»Wir brauchen doch überhaupt kein Alibi«, rief er. »Das ist ja wohl das Allerletzte. Noch ein Wort, und ich verklage Sie wegen Verleumdung. Und jetzt gehen Sie. Wenn Sie was gegen uns vorzubringen haben, kommen Sie mit Beweisen wieder.«

»Das klingt ja fast wie der Beginn einer wunderbaren Zusammenarbeit.«

»Sehen Sie es, wie Sie wollen.«

Ich verließ das Zelt. Draußen stand die Visagistin und rauchte eine Zigarette. Severing kam mit ins Freie.

»Herr Severing«, sagte ich. »Können Sie mir nicht doch sagen, was Godo aus seinen Gedanken reißt?«

Er lächelte schief. »Niemand weiß es. Niemand außer der Autorin, mir und den Verlagsleuten. Es ist geheim. Und es soll geheim bleiben. Bis das Buch erscheint. Verstehen Sie? So was nennt man Marketing.«

Ich verstand. Langsam schlenderte ich hinüber zu dem Grüppchen Schaulustiger am Domladen und beobachtete, wie Severing zum Auto ging und etwas aus dem Kofferraum holte. Er kam zu uns rüber und verteilte Werbekarten. Sie zeigten das Cover des Buches. Abgebildet war ein monströses Gebirge mit dem Schatten einer Burg, daneben die Umrisse eines Drachens. Die Leute nahmen die Karten eher widerstrebend entgegen, aber Severing wurde alle los, die er mitgebracht hatte.

Da fielen ganze Länder in Finanzkrisen oder Bürgerkriege.

Internetnutzer wurden bespitzelt, Politiker geschmiert, Steuergelder verschwendet. Plastikmüll überzog den Ozean wie eine gewaltige Wasserpflanze. Täglich starben Tierarten aus. Die Klimakatastrophe war nicht mehr abzuwenden.

Aber die Welt fragte sich: Was riss Godo aus seinen Gedanken?

Jedenfalls sollte sich die Welt das fragen, wenn es nach Heiko Severing ging.

20

Wonne hatte sich nicht gemeldet.

Wieder kamen mir die Bilder der Szene heute Nacht in den Sinn. Ihr wütender Abgang.

Ich hätte darauf bestehen sollen, bei ihr zu bleiben.

Was mir der anonyme Videofilmer gezeigt hatte, war doch eine Drohung gewesen, oder nicht?

Wieder fragte ich mich, ob die Mails etwas mit meinem aktuellen Fall zu tun haben konnten. Ich kam jedoch zu demselben Schluss wie schon bei meinem Telefonat mit Manni: Das war schlicht unmöglich. Die erste Nachricht war ja bei mir eingetroffen, bevor mich Anja überhaupt kontaktiert hatte.

Ich rief bei Wonne an. Sie war nicht da oder ging nicht ran.

Aber es waren keine zwanzig Minuten zu ihrer Wohnung.

Als ich auf die Hauptstraße bog, sah ich, dass der bemützte Typ beim Fotoshooting mit Rubina Hell recht gehabt hatte. Der Himmel war jetzt bedeckt und das Licht getrübt.

Auf der graden Strecke zwischen Altenberg und dem Zentrum von Odenthal gab ich Gas. Kurz vor dem Ortseingang drosselte ich brav das Tempo wegen des Starenkastens. In Bergisch Gladbach verlor ich ein paar Minuten, weil ich nicht durch die Innenstadt fuhr, sondern über die Alte Wipperfürther Straße eine Abkürzung zur Mülheimer suchte. Ich gelangte über ein schmales Sträßchen, das unter der S-Bahnlinie hindurchführte, zu Wonnes Adresse. Dort fuhr ich hinter das Haus auf den Parkplatz.

Wonnes Fiat stand nicht da.

Ich ließ den Golf ungeduldig an Ort und Stelle in der Einfahrt stehen, stieg aus und lief zur Wohnungstür. Klingelte.

Nichts.

Das Handy. Ich wählte ihre Nummer. Als der Ruf durchging, war mir einen Moment lang, als würde ich irgendwo in dem Mietshaus vor mir das Telefon klingeln hören. Doch dann donnerte auf der Hauptstraße hinter mir ein Lkw vorbei und umgab mich mit einer Lärmwolke, die die Luft erzittern ließ. Mitten in dem Getöse meldete sich Wonnes Anrufbeantworter.

Unschlüssig, was ich tun sollte, und wie gelähmt von einer Mischung aus Ungeduld, Tatendrang und Planlosigkeit ging ich die Straße auf und ab. Bis mich Gehupe aus meinen Gedanken holte.

Ich war hundert Meter weitergewandert und drehte mich um. Wieder erklang das Hupen. Es kam von Wonnes Wohnblock, vom Parkplatz hinter dem Haus. War sie zurückgekommen, und ich hatte sie nicht gesehen? Ich lief zurück.

An der Stelle, wo die Zufahrt, die hinter das Haus führte, den Parkplatz erreichte, stand ein dicker schwarzer Wagen. Einen kurzen Moment lang dachte ich, Heiko Severing und Rubina Hell wären hergekommen.

Aber woher wussten sie, dass ich hier bin? Woher wussten sie, wo Wonne wohnte? Was hatten sie überhaupt hier zu suchen? Dann realisierte ich, dass ich mich irrte.

Der Wagen hatte ein GL-Kennzeichen, und ihm entstieg eine ältere Dame, die trotz der winterlichen Dämmerung eine Sonnenbrille trug. »Welcher Idiot stellt sich denn da mitten in den Weg?«, rief sie. Dann bemerkte sie mich. »Wissen Sie, wem der Golf gehört?«

Eine dunkle Leere machte sich in mir breit. Während ich zu meinem Wagen ging, sah ich mich nach dem Fiat um. Es konnte ja sein, dass Wonne doch schon zurückgekehrt war …

Die Frau tippte sich an den Kopf, setzte sich wieder in ihr Auto und sah mir durch ihre starre, wie tot wirkende Sonnenbrille zu, wie ich auf dem Platz wendete. Dann zog sie ein Stück vor, und ich konnte hinausfahren.

Diesmal war die Bambi-Bar offensichtlich besser besucht. Vier Wagen standen da.

Nach dem üblichen Gang durch die Hecke kam ich an die beleuchtete Eingangstür und klingelte.

Diesmal war es nicht Anja, die mir öffnete. Die Frau war

deutlich jünger, höchstens zwanzig. Sie sah aus, als wollte sie an einer Miss-Bikini-Wahl teilnehmen. Zitronengelbe Fetzchen bedeckten ihren Körper an den Stellen, wo es unbedingt sein musste. An den Füßen trug sie High Heels, mit denen man an jedem Strand sofort ein Fall für die Chirurgie geworden wäre. Im Hintergrund lief lateinamerikanische Musik. Wahrscheinlich hatten sie heute Brasilienabend oder so was. Durch die Tür musste ihr eisige Kälte entgegenschlagen, aber sie schien nicht zu frieren.

Sie wollte ihr Begrüßungssprüchlein aufsagen, aber ich ließ sie gar nicht zu Wort kommen. Während der Autofahrt hatte sich meine Ohnmacht in Frust verwandelt. Und Ungeduld.

»Spar dir die Sprüche«, sagte ich. »Ist Anja da? Beziehungsweise Cindy?«

Sie grinste. »Wen willst du denn nun? Anja oder Cindy?«

»Ich bin kein Kunde.« Ich drängelte mich an ihr vorbei. »Ich arbeite für Anja.«

»Ein männlicher Kollege? Ist ja interessant. Momentchen.« Sie bedeutete mir zu warten.

»Ich setze mich solange in den Empfangsraum, wenn's recht ist. Ich kenn mich aus.«

Sie stöckelte davon. Ich ging in das Zimmer, in dem ich schon beim letzten Mal mit Anja gesessen hatte, und schloss die Tür, konnte aber immer noch dumpf die Musik mit ihren aufpeitschenden Rhythmen und quäkenden Trompeten hören. Die Unruhe in mir grummelte. Am liebsten hätte ich irgendwas in die Hand genommen und an der Wand zerschlagen, aber ich beherrschte mich, indem ich in dem Zimmer rastlos auf und ab ging. Irgendwann bemerkte ich den Fernseher, auf dem stumm ein Porno lief, der anscheinend in Brasilien spielte. Die beteiligten Damen trugen allesamt Samba-Kostüme wie beim Karneval in Rio.

Mit einem Ruck zog ich den Stecker raus.

Zwei Sekunden später rauschte Anja herein. Natürlich hatte sie sich ebenfalls dem Thema angepasst – mit einer dunkelbraunen Perücke und einer geradezu grotesk bauschigen Haarfülle, die ihr auf den nackten Rücken hinabhing, das Ganze angereichert mit Federschmuck und Glitzerzeugs. Auf ihre Brüste hatte sie silberne Sterne geklebt, von denen ausgehend sich eine Spur aus Flitter über den Oberkörper und die Oberschenkel zog. Etwas Dunkles zwischen ihren Beinen ließ mich rätseln, ob es Stoff oder Behaarung war. Ich erkannte darin einen Tanga.

Sobald sie die Tür geschlossen hatte, verwandelte sie sich in jemanden, der gerade schwer geschafft von der Arbeit kam, wo er mindestens zehn Stunden lang Steine hatte schleppen müssen. Sie warf sich in den Sessel, lehnte sich nach hinten und rollte ihre bis über die Ellbogen reichenden Handschuhe herunter.

»Die jucken bestialisch«, sagte sie. »Sind neu. Ich hätte sie wohl erst mal waschen sollen.« Sie sah mich an. »Was gibt's? Ich habe überhaupt keine Zeit. In Düsseldorf ist irgend so eine Chemikermesse, die Hälfte von denen war gestern schon da … Was ist denn mit dem Fernseher los? Ist der kaputt?« Von irgendwoher nahm sie eine gläserne Wasserflasche, schraubte sie auf und trank einen Schluck.

»Ich hab ihm den Saft abgedreht«, sagte ich. »Wir müssen was besprechen. Zwei Dinge.«

Sie setzte die Flasche ab.

»Und die wären?«

»Geld. Und Cindy.«

»Was meinst du mit Geld?«

Mich streifte eine Alkoholfahne. In der Flasche war wohl gar kein Wasser. »Wodka« hieß aber ja auf Deutsch angeblich »Wässerchen«.

»Hast du den Fall denn gelöst? Weißt du, wer meine Schwester getötet hat? Da bin ich ja gespannt.«

»Es ist so, Anja«, begann ich. »Wenn ich einen Fall annehme, verlange ich normalerweise einen Vorschuss. Ich habe Kosten, muss rumfahren, tanken und so weiter. Außerdem ist bald meine Miete fällig, und auf meinem Konto sieht's ziemlich mau aus. Ich kriege ernsthafte Schwierigkeiten, wenn ich kein Geld auftreibe.«

»Wir haben uns auf ein Erfolgshonorar geeinigt, Remi.«

»Ich weiß, aber …«

»Lass mich ausreden. Du wirst ein Riesenhonorar kriegen, wenn du die Sache aufklärst. Aber erst dann.«

»Schon, aber ich …«

»Ausreden lassen, hab ich gesagt. Also: In Bezug auf das Honorar lasse ich nicht mit mir handeln. Und ich gehe grundsätzlich nicht in Vorleistung. Oder hast du was rausgekriegt? Ich meine, gibt's ein Zwischenergebnis?«

Trotz ihres Nuttenfummels spielte sie die toughe Geschäftsfrau. Die sie ja natürlich auch war.

»Spuck's aus«, sagte sie. »Wie gesagt: Ich habe einen Haufen Gäste da drüben.«

»Wie viele sind es denn?«

»Im Moment nur vier. Aber es haben sich noch welche angesagt. Und es werden bestimmt noch ein paar spontan herfinden. Das wird eine lange Nacht.«

»Die Chemiker?«

»Nicht nur die. Auch die Leute, die die Stände auf der Messe aufbauen. Die arbeiten ja offiziell rund um die Uhr. Jedenfalls sagen sie das ihren Ehefrauen. Schweif nicht ab. Wie sieht's aus?«

Also gut. Ich bemühte mich, meine Ermittlungen wie einen exzellenten Zwischenerfolg aussehen zu lassen. Vor allem die Entdeckung, dass es eine Verbindung zwischen dem Schwert, Büchmann und Rubina Hell gab, inszenierte ich wie ein detektivisches Meisterstück. Leider wiegelte Anja gleich ab.

»Glaubst du nicht, dass das ein Zufall ist? Die Frau schreibt Fantasy-Romane. Und Wagneropern und diese Geschichten von den Nibelungen und so, das ist ja reinste Fantasy. Da ist nicht weiter verwunderlich, dass sie Büchmann für ihre Recherchen ausgefragt hat. Warum hätte sie Michaela töten sollen?«

»Seit wann kennst du dich mit Opern aus?«, fragte ich – eigentlich nur, um einen Grund zu finden, ihr in irgendeiner Form zu widersprechen.

Sie seufzte. »Ich war mit einem Lehrer verheiratet, schon vergessen? Ich gebe zu, es war nur eine sehr kurze Episode, denn er fand sehr schnell heraus, was ich beruflich gemacht hatte, und das führte dazu, dass er sich an das Treueversprechen, das er mir gegeben hatte, nicht gebunden fühlte. Aber wie auch immer: Er hatte ein Opernabo und nahm mich immer mit. Einmal fuhren wir sogar nach Bayreuth. Er war nämlich Mitglied im Richard-Wagner-Verband. Ich habe eine Menge gesehen. ›Parsifal‹, ›Tannhäuser‹, natürlich den ›Ring des Nibelungen‹ und was weiß ich noch alles. Wenn diese Opern nur nicht so lang wären …« Als ob allein der Gedanke daran sie heute noch quälen würde, nahm sie noch einen Schluck aus der Flasche.

»Ich glaube nicht, dass es ein Zufall ist«, stellte ich klar, »ich meine, die Recherchen sind vielleicht naheliegend, aber nicht, dass ausgerechnet Rubina Hell im selben Schmiedekurs wie Büchmann war. Immerhin wurde dort die Tatwaffe geschmiedet. Und schließlich gibt's ja auch noch die Sache mit der Journalistin, die bei Michaela war.«

»Bring Beweise. Dann reden wir weiter.« Sie stand auf. »So, ich muss jetzt.«

»Anja, das kannst du nicht machen.«

Ich musste ein sehr bittendes Gesicht gemacht haben. »Mensch, Remi, du bist echt nervig.«

»Wie gesagt. Es ist normal, dass ich Vorschuss kriege.«

»Und wie viel willst du?«

»Tausend. Hier und jetzt.«

»Kommt nicht in Frage.«

»Das Geld liegt in deinem Safe. Du musst es nur holen.«

»Ich brauche aber auch etwas zur Überbrückung. Ich habe ja selbst Unkosten.«

»Was willst du denn überbrücken? Du hast das Haus voller Gäste. Und ich wette, die zahlen bar. Was soll das überhaupt? Eigentlich könntest du mir das Geld ebenso gut sofort komplett auszahlen.«

»Damit du keinen Grund mehr hast, den Fall zu lösen?«

»Anja«, rief ich, »wofür hältst du mich? Natürlich arbeite ich weiter an dem Fall. Ich habe es dir zugesagt. Glaubst du, ich haue mit dem Geld einfach ab?«

»Ich will, dass du die Sache aufklärst. Und nur dann gibt's Geld. Kannst du mir garantieren, dass dir das gelingt?«

Nein, das konnte ich natürlich nicht. Und ich konnte erst recht nicht garantieren, dass es mir vor der Polizei gelang.

»Trotzdem würdest du mir mit dem Geld aus der Klemme helfen«, sagte ich etwas leiser. »Sieh es als ein Darlehen an, das du mit dem Honorar verrechnen kannst, wenn ich den Fall gelöst habe. Sollte ich keinen Erfolg haben, gebe ich es dir zurück.«

»Sagen wir hundert.«

»Das ist ein Witz. Was soll ich mit hundert Euro? Ich brauche alles in allem tausend, aber sagen wir achthundert.«

Die Tür ging auf, und die junge Frau im gelben Bikini erschien. »Rot«, sagte sie nur.

»Ich komme gleich«, sagte Anja.

»Tiefrot«, erwiderte die Frau eindringlicher.

Anja nickte ihr zu, und sie verschwand.

»Remi, ich habe auch Verpflichtungen. Und Schulden. Du kriegst fünfhundert, mein letztes Angebot. Ich habe keine Zeit mehr für lange Verhandlungen.«

»Was heißt denn Rot?«, fragte ich.

»Es heißt, dass wir Nachschub brauchen.«

»Getränke?«

Sie grinste. »Nein, Vaginas. Ist so ein Geheimcode von uns hier im Haus. Jedenfalls muss ich jetzt selbst wieder ran. Dreh dich mal um.«

Sie wartete. »Mach schon!«

Als ich wieder hinsehen durfte, hatte sie Geld in der Hand. Offenbar hatte sie es aus einem Versteck geholt. Sie zählte mir in Fünfzigern auf den Tisch, was wir vereinbart hatten. Dann griff sie in eine Schublade, diesmal war es eine dicke Tube. Anja schraubte routiniert den Deckel ab, drückte einen Strang auf den Zeigefinger und griff sich damit in den Tanga. Der Finger kam sauber wieder heraus.

»Alles klar«, sagte sie. »Und du gehst jetzt besser.«

»Moment«, rief ich. »Du hast Punkt zwei vergessen. Cindy.«

»Was ist mit ihr?«

»Ich habe einen Plan. Dafür brauche ich sie.«

Sie schüttelte den Kopf. »Sie arbeitet. Was soll das überhaupt? Ich denke, du hast eine Freundin?«

»Ich habe gesagt, ich habe einen Plan. Es hat was mit dem Fall zu tun.«

»Aber du hast doch gerade mitbekommen, dass wir alle im Einsatz sind.«

»Dann buche ich sie eben.«

»Hast du nicht gehört, was Lili gesagt hat? Rot, Remi, tiefrot! Ich brauche alles, was Titten hat und vögeln kann.«

»Redest du so auch mit deinen Kunden da draußen?«

»Ihr Männer seid doch alle gleich. Also schön. Hast du Sonderwünsche?«

»Wie meinst du das?«

»Ohne Sonderwünsche macht es hundert die Stunde.«

»Anja, hör mir doch zu. Es hat nichts mit …«

»Es ist mir egal, womit es was zu tun hat, solange sie damit einverstanden ist. Und solange du bezahlst. Also, noch mal: Hast du Sonderwünsche?«

»Ich nehme Cindy mit, weil …«

»Sie verlässt das Haus? Dann ist alles klar.« Sie streckte die Hand aus und nahm mein Geld, das immer noch auf dem Tisch lag.

»Was soll das denn jetzt?«

»Außer Haus ist etwas teurer. Fünfhundert Euro für den ganzen Abend. Und das ist der Freundschaftspreis, mein Lieber.«

»Und was ist mit Spesen?«, fuhr ich auf. »Wie ich schon gesagt habe: Es hat was mit dem Fall zu tun.«

»Du meinst, weil Cindy eine Zeugin ist? Weil Michaela neben ihr gewohnt hat? Du kannst gern zehn Minuten hier mit ihr reden. Dafür musst du sie nicht einmal buchen.«

»Ich muss sie aber mitnehmen«, beharrte ich.

»Und das macht fünfhundert Euro. Wofür, kannst du mir ja später erklären.« Das Geld blieb, wo es war. Sie schwang die Hüften, vielleicht wollte sie sich damit ein bisschen in Stimmung bringen oder das, was sie in sich untergebracht hatte, verteilen. Dann ging sie.

Nach einer Viertelstunde kam Cindy herein. Ihr Bikini war nicht gelb, sondern lila. Sie stellte sich in Positur, indem sie ein Bein vorschob und die Hand in die Hüfte stemmte, und lächelte mich an, wobei sie ihre Zähne zeigte und sich mit der Zunge über die Unterlippe fuhr.

»Was?«, fragte sie.

Ich stand auf. »Wir fahren nach Solingen.«

Sofort fiel die verführerische Geste, mit der sie sich inszeniert hatte, in sich zusammen.

»Weg?«

»Wir fahren zu dir nach Hause. Zieh dir was an. Draußen ist es kalt.«

21

»Du willst nicht?«, fragte Cindy zum dritten Mal, seit wir losgefahren waren.

»Ganz recht«, erklärte ich, ebenfalls zum dritten Mal.

Sie starrte in die heraufziehende Dunkelheit. Aus dem Augenwinkel sah es aus, als hätte sich eine junge Bärin in meinem Auto niedergelassen. Nachdem ich ihr gesagt hatte, sie solle sich anziehen, war sie mit einem dicken Pelzmantel zurückgekommen, der ihr aber nur bis knapp über den Hintern reichte. Mit nackten Füßen in High Heels war sie zu meinem Golf gestöckelt und eingestiegen. Ihre Beine hatten, soweit ich das erkennen konnte, nicht die geringste Spur von Gänsehaut gezeigt. Wie machten diese Mädels das nur?

»Was willst du dann?«, fragte sie.

»Wenn wir da sind, erkläre ich es dir.«

Wir erreichten die Solinger Innenstadt. Ich fand einen Parkplatz gleich um die Ecke von Cindys Adresse, in der Rathausstraße. Als ich den Wagen in die Lücke bugsiert hatte, stellte ich den Motor ab. Cindy wollte aussteigen, aber ich legte meine Hand auf ihr nacktes Bein, um sie daran zu hindern. Sie reagierte nicht auf die Berührung, blieb aber sitzen.

»Du willst?«, fragte sie. »Hier?« Sie öffnete den Pelz und gab ihren Körper frei.

»Du verstehst mich falsch«, sagte ich.

»Aber du … bezahlen.«

Eine Sekunde lang dachte ich, sie wollte Geld von mir, dann fiel mir ein, dass sie meinte, ich hätte doch dafür bezahlt.

»Nicht ich bin der Kunde«, sagte ich. »Es ist jemand anders.«

Dann erklärte ich ihr in möglichst einfachen Worten, was ich mir überlegt hatte.

Sie sollte ganz normal in ihre Wohnung gehen, als sei sie von der Arbeit nach Hause gekommen. Sie sollte Licht machen und dafür sorgen, dass Notdurft sie sehen konnte. Sie sollte dem Spanner, während er sie beobachtete, eine schöne Show bieten. Natürlich durfte es nicht so aussehen, als wüsste sie, dass sie gesehen wird. Während der Show würde ich unbemerkt Michaela Paas' Wohnung durchsuchen.

Sollte ich nicht rechtzeitig zurück sein, musste Cindy zu Stufe zwei übergehen und in nicht zu aufdringlicher, aber durchaus verführerischer Bekleidung zu Notdurft rübergehen und ihn um irgendwas bitten. Sie konnte zum Beispiel den Klassiker nehmen: Etwas zum Kochen fehlte, es war nicht eingekauft – Mehl, ein Ei, eine Zwiebel oder sonst was. Cindy sollte Notdurft in seiner Wohnung beschäftigen. Sie konnte alles machen, was dazu nötig und wozu sie bereit war. Wichtig war nur, dass Notdurft nicht an sein Fernrohr ging und mich sah.

Ein ganz schöner Aufwand, nur um in eine Wohnung zu kommen.

Und ein fast noch größerer Aufwand, Cindy das alles zu erklären.

»Also, noch mal das Wesentliche«, sagte ich, während wir von der Rathausstraße aus über die Brühler Straße liefen. »Er muss sich voll und ganz mit dir beschäftigen. Er darf mich auf keinen Fall sehen, verstehst du?«

»Verstehe«, sagte Cindy und fügte etwas auf Russisch hinzu, in dem das Wort »Idiot« vorkam. Ich hatte keine Ahnung, ob sie damit mich meinte oder ob sie zum Ausdruck bringen wollte, dass sie doch keine Idiotin war. Vielleicht kritisierte sie ja auch meinen Plan, indem sie anmerkte, Notdurft sei kein Idiot und würde darauf nicht reinfallen.

»War Notdurft eigentlich schon mal bei euch im Club?«, fragte ich und blieb stehen. Wir hatten die Stelle erreicht, wo die Brühler Straße die Bahnlinie überquerte.

»Was?«, fragte Cindy.

»War er, Notdurft«, ich deutete in die Richtung, in der das Haus lag, »schon mal in der Bambi-Bar?«

Sie schüttelte den Kopf. »Notdurft nix Bambi-Bar. Nichts bezahlen.« Jetzt deutete sie ebenfalls in die Richtung, in der sie wohnte. »Auch hier. Nichts bezahlen.«

Der Typ hatte die Frauen also zu Hause angebaggert – und wahrscheinlich war es beim Baggern nicht geblieben. Mir kam der Gedanke, ob nicht vielleicht er ein Motiv gehabt haben könnte, Michaela Paas zu töten. Vielleicht, weil sie ihn nicht rangelassen hatte?

Aber wieso dann der Aufwand mit dem Schwert? So einer hätte die Frau doch eher in ihrer eigenen Wohnung umgebracht. Oder dort, wo er es mit ihr treiben wollte. Aber es sollte ja Leute geben, die hatten Spaß an Spielchen mit Waffen. Und daran, besondere Orte aufzusuchen. Auch Orte, an denen man beobachtet werden konnte. Zum Beispiel zu Füßen eines Berges mit einem Schloss obendrauf.

Die Phantasie geht mit dir durch, Rott, sagte meine innere Stimme. Immer langsam, immer der Reihe nach.

Wir gingen weiter und erreichten das Haus. Cindy holte aus dem Mantel ihren Schlüssel.

»Kein Licht anmachen«, flüsterte ich, als wir drin waren. Dabei gab es gar keinen Grund, leise zu sein. Wir gingen im Dunkeln bis ganz nach oben. Dort begleitete ich Cindy in ihre Wohnung. Sie wurde schwach von einem etwas weiter entfernten Lichtschein erhellt. Er kam aus Notdurfts Refugium auf der anderen Seite des Hofes.

Ich blieb im hinteren Bereich des Raumes stehen und kniff die Augen zusammen. Drüben lief ein Fernseher, dessen Bild ich nicht erkennen konnte. Notdurft saß im Halbschatten davor, eine Flasche Bier in der Hand.

Ich ging in den nächsten Raum. Es war das Schlafzimmer. Ein breites Bett, Drucke von historischen Gebäuden an den Wänden. Kleine gerahmte Fotos. Familienporträts. Wahrscheinlich Cindys Angehörige.

Hier konnte Notdurft ganz wunderbar hereinschauen, wenn er wollte. Er brauchte sich bloß vom Fernseher wegzudrehen, schon hatte er das ganze Schlafzimmer im Blick – vor allem den Bereich vor dem Bett. Und wenn er das Fernrohr benutzte, dessen Umrisse ich im Dunkeln erkennen konnte, hatte er eine so gute Sicht, als stünde er selbst hier drüben.

Ich gab Cindy ein Zeichen und ging zurück in den kleinen Flur.

Die Show konnte beginnen.

Cindy machte im Wohnzimmer das Licht an und ging durch ihre Wohnung. Dabei streifte sie den Pelzmantel ab und legte ihn auf eine kleine Couch, die in der Ecke stand.

Ich fragte mich, ob das schon ausreichte, um seine Aufmerksamkeit vom Fernsehen abzulenken. Cindy hatte die Tür zu ihrem Wohnzimmer angelehnt. Ich konnte das Licht als schmalen Streifen erkennen, über den hin und wieder ihr Schatten glitt. Sie schaltete das Radio ein. Popmusik erklang. Die Kühlschranktür klappte. Offenbar holte sie sich was zu trinken.

Endlich kam sie zu mir in den Flur.

»Hat mich gesehen«, sagte sie. »Steht da und guckt.«

»Alles klar. Du weißt, was du zu tun hast.«

Ich verließ ihre Wohnung, ging zu der von Michaela, holte das Etui mit meinem Einbruchbesteck heraus und legte es geöffnet neben mich auf den Fußboden. Nach zehn Minuten war die Tür auf. Ich wollte gerade in die Wohnung gehen, da kam Cindy.

»Gehe jetzt rüber«, sagte sie und verschwand im dunklen Treppenhaus.

Ich zählte innerlich bis sechzig. Dann ging ich hinein.

Cindys und Michaelas Wohnungen hatten dieselbe Anordnung, allerdings spiegelbildlich. Ich durchquerte den kleinen Flur, ging ins Wohnzimmer und sah durch das Fenster nach drüben. Cindy stand neben Notdurft und ließ gerade das Top ihres Bikinis fallen. Er starrte sie an wie ein Schwachsinniger. Wahrscheinlich konnte er es nicht fassen, dass sein beim Spannen lange gehegter Wunsch aus heiterem Himmel in Erfüllung ging. Cindy griff sich gekonnt an ihre kleinen Brüste und lächelte dem Typen zu, der sich ungläubig über die Stirn wischte. Im Hintergrund flimmerte immer noch der Fernseher.

Für eine Sekunde blickte sie zu mir herüber. Sie wusste, dass ich sie beobachtete. Wenn Notdurft schlauer gewesen wäre, hätte er in diesem Moment erkennen können, dass ihm eine

Falle gestellt worden war, aber so schlau war er nun mal nicht. Sie nahm ihn an der Hand, und er ließ sich brav in den hinteren Bereich des Raumes führen. Dann gerieten sie außer Sicht. Kurz darauf ging unten in einem anderen Zimmer Licht an. Dort war das Fenster von Vorhängen verdeckt.

Perfekt. Notdurft war beschäftigt. Und das hoffentlich lange. Jetzt brauchte ich Licht. Ich ging zur Tür und drückte auf den Schalter.

Auch Michaela Paas' Räume besaßen Vorhänge. Notdurfts Spannversuche hatten etwas Verzweifeltes an sich. Welche Frau präsentierte sich schon abends vor ungeschützten Fenstern, wenn auf der anderen Seite ein Nachbar wohnte, dessen Vorlieben man kannte?

Ich zog sie zu, obwohl mich das natürlich kaum schützte. Wenn Notdurft in die oberen Räume kam oder nach getaner Verrichtung mit Cindy hinaussah, würde er sehen, dass jemand in Michaela Paas' Wohnung war.

So schnell es ging, machte ich mir ein Bild.

Die Wände waren blasslila gestrichen und mit Airbrushs geschmückt. Sie zeigten nackte Frauenkörper in dramatischen Posen. In einer Ecke gab es einen Fernseher, auf der anderen Seite eine Sitzecke. Billige Möbel. Eine kleine Schrankwand mit Blumenvasen hinter den Glastüren. Zwei, drei Zeitschriften auf dem Sofa. Eine Lampe in der Ecke, deren Schirm mit Stoff umwickelt war. Wenn man sie einschaltete, gab das wahrscheinlich romantisch farbiges Licht.

Ich öffnete die Schubladen an der Schrankwand und arbeitete mich durch allerlei nichtssagenden Krimskrams. In der unteren Lade fand ich einen Zeichenblock, dazu ein paar Buntstifte. Als ich den Block aufklappte, rutschten mir ein paar bemalte Blätter entgegen. Sie wirkten wie Kinderzeichnungen und zeigten in hügeligen Wellen dargestellte Landschaften, einen blau ausgemalten Fluss, dazu ein aus einzelnen Kästchen zusammengesetztes Gebäude, das man mit gutem Willen als Schloss bezeichnen konnte.

Hatte Michaela Paas das gemalt? Oder hatte sie Kinderbesuch gehabt?

Darunter lagen ausgeschnittene Seiten aus Zeitschriften. Keine Texte, nur Bilder. Manchmal waren noch Teile der Überschriften zu sehen, doch Michaela Paas war es anscheinend um das gegangen, was auf den Fotos dargestellt war. Und das passte genau zu den Zeichnungen: Ein Foto zeigte eine blaue, von grünem Wald umgebene Wasserfläche, die ich als Stausee identifizierte. Ein anderes war der Blick von irgendeiner Anhöhe auf bewaldete Hügel, die zum Horizont hin immer dunstiger und durchscheinender wurden und sich langsam in der Ferne verloren.

Dann ein Bild von Schloss Burg. Dargestellt wie in einem Reiseführer. Die aufragenden Türme und Dächer wie von einem Hubschrauber aus aufgenommen. Das Motiv auf diesem Foto brachte mich auf den Gedanken, dass vielleicht auch die anderen Fotos, die hinter den Zeichnungen in dem Block gelegen hatten, das Bergische Land darstellten.

Ich legte alles zurück und nahm mir das Schlafzimmer vor. Es war fast so etwas wie ein Double des Wohnzimmers. Wände in gleicher Farbe, ähnliche Bilder. In der Ecke ein kleiner Computertisch mit einem PC. Nicht gerade das neueste Modell. Neben dem Bett ein einfaches Telefon. Ich holte die letzte gewählte Telefonnummer aus dem Speicher und schrieb sie auf.

Dann schaltete ich den Computer ein. Während er hochfuhr, nutzte ich die Zeit, um meine Durchsuchung fortzusetzen.

Im Schlafzimmer gab es einen einfachen weißen Kleiderschrank. Hosen, Sweatshirts, Pullover, Fächer mit Unterwäsche und Strümpfen.

Was suchte ich überhaupt?

Keine Ahnung. Alles und nichts. Wenn ich es gefunden hatte, würde ich es wissen.

Etwas machte mich stutzig an dieser Wohnung.

Es fehlte etwas.

Etwas, das man in jeder anderen bewohnten Wohnung finden konnte.

Etwas, das für Häuslichkeit stand – und dafür, dass hier wirklich jemand gelebt hatte. Wohn- und Schlafzimmer wirkten auf mich kahl und irgendwie steril. Mir war klar, dass es das nicht so ganz traf, denn Spuren von Michaela Paas gab es ja – es gab ihre Kleidung, es gab den Computer, es gab Fotos.

Der PC wollte nicht hochfahren. Auf dem schwarzen Bildschirm erschienen irgendwelche Meldungen in Systemschrift. Soweit ich die Angaben verstand, fand das Gerät die Festplatte nicht. Hatte jemand den Datenspeicher gestohlen? Oder hatte die Polizei ihn beschlagnahmt?

Also weiter.

Auch die Küche war aufgeräumt und ordentlich, das Bad ebenso – doch hier fand ich deutlichere Spuren der ehemaligen Bewohnerin. Zahnbürste, Föhn, Schminksachen, eine Packung Tampons, Parfüm.

Neben dem Waschbecken stand auf einem kleinen Schemel ein Korb mit einem Sammelsurium typisch weiblicher Besitztümer, deren Funktion man als Mann nicht so leicht durchblickte. Sie hatten ebenfalls etwas mit Schminken, mit Schmuck oder Körperpflege zu tun. Ich wühlte nachdenklich darin herum und fand ein bunt gemustertes Mäppchen, das an die Behältnisse erinnerte, in denen man früher in der Schule sein Schreibzeug aufbewahrte. Ich öffnete den Reißverschluss. Noch mehr Schminksachen. Ich wollte das Ding gerade wieder schließen, da fiel mir auf, dass aus einem Seitenfach einige zusammengefaltete lila Zettel ragten. Ich zog sie heraus.

Es waren sechs Fünfhundert-Euro-Scheine.

Ich betrachtete sie eine Weile nachdenklich. Dann steckte ich sie ein.

Ob es noch mehr Geldverstecke in der Wohnung gab?

Ich durchsuchte im Bad und in der Küche alles, was ich durchsuchen konnte. Ich sah unter die Schränke und hinter Wasserleitungen. Nichts.

Ich ging zurück ins Schlafzimmer.

Ein kurzer Blick, was drüben bei Notdurft vorging.

Hinter dem Vorhang in der unteren Etage bewegten sich Schatten. Ich sah auf die Uhr. Seit ich Licht gemacht hatte, waren elf Minuten vergangen.

Es hatte keinen Sinn, sich weiter mit dem Computer abzugeben. Sein Innenleben war weg. Ich zog an dem Tischchen eine Schublade auf und stieß auf ein Headset, das man an den Computer anschließen konnte. Das Kabel war ordentlich zusammengerollt.

Ich legte mich auf den Boden, betrachtete das Tischchen und die schwarze Kiste des Rechners aus anderer Perspektive. Auf dem Gehäuse, in dem höchstens zwei Zentimeter hohen Zwischenraum zwischen PC und Tischunterseite, lag ein Blatt Papier. Es war eine Liste von sechs Adressen mit Telefonnummern – in etwas unbeholfenen Druckbuchstaben geschrieben. Nur eine davon war in Solingen. Die anderen in den Orten drum herum. Remscheid, Leichlingen, Wuppertal, Hilden.

Die Namen sagten mir nichts. Allerdings fiel mir etwas auf. Die unterste Adresse gehörte keiner Privatperson, sondern einer Firma. Sie hieß KD-Computertechnik und befand sich in Leichlingen. Ihre Telefonnummer war dieselbe, die Michaela Paas zuletzt angerufen hatte. Ich untersuchte den Computer. Auf der hinteren Seite klebte ein Logo, das die Buchstaben »KD« zeigte.

Ich schaltete sicherheitshalber das Licht aus. Eine Weile stand ich in der Dunkelheit und dachte nach.

Die Adressen konnten Putzstellen sein. Und warum sollte Michaela Paas nicht auch in einer Computerfirma geputzt haben?

Sicher wurde sie hier und da, vielleicht sogar in den meisten Fällen, in bar bezahlt. Daher das Geld.

Wahrscheinlich war Michaela Paas ein sehr misstrauischer Mensch. Daher das Versteck.

Und das Geld, das bei Anja deponiert war?

Hatte sie das auch durch Putzen verdient?

So viel?

Es musste noch etwas anderes geben.

Wer eine Putzfrau beschäftigt, bezahlt sie außerdem kaum mit glatten Fünfhundertern.

Hatte Michaela Paas einen weiteren Job gehabt?

Ich dachte an das Headset. An Telefonsex, an eine Tätigkeit für ein Callcenter von zu Hause aus.

Sie besaß aber keine Webcam. Oder hatte die Polizei sie mitgenommen?

Ich war so in Gedanken versunken, dass ich die Schritte, die draußen durchs Treppenhaus trampelten, viel zu spät mitbekam.

Drüben bei Notdurft war der untere Raum dunkel. Oben flackerte immer noch der Fernseher. Ich erstarrte, lauschte. Dann schlich ich in den Flur der Wohnung und stellte mich an die Wohnungstür. Da rannte jemand. Es waren zwei Leute. Etwas rasselte metallisch, ein Schrei war zu hören. Ein Mann rief etwas. Notdurft. Etwas knallte, und dann brüllte Cindy ein paar Wörter auf Russisch und schrie.

Ich riss die Tür auf. Licht aus dem Treppenhaus flutete mir entgegen. Notdurft trug Feinrippunterhose und Unterhemd. Er hatte mir den Rücken zugedreht und drückte Cindy gegen ihre Wohnungstür. Wieder schrie sie etwas auf Russisch.

»Lass das. Dich hört eh keiner. Jetzt mach schon auf!«

Sein massiger Körper verdeckte sie, aber sie schien sich verzweifelt zu wehren. Mitten in dem Gerangel gelang es Notdurft, die rechte Hand zu heben, doch bevor er zuschlagen konnte, hatte ich endlich meine Beretta herausgefummelt und stieß ihm den Lauf in den Rücken.

»Keine Bewegung«, raunte ich. Er wollte im Reflex um sich schlagen, doch er bekam von Cindy einen Stoß von vorne verpasst und ging ächzend in die Knie. Cindy machte ein paar Schritte zur Seite, ohne ihn aus den Augen zu lassen. Sie trug immer noch ihre High Heels, und ich stellte mir gerade vor, wie es war, damit einen Tritt in die Weichteile zu kassieren.

»Leg dich auf den Bauch, Notdurft«, rief ich und drückte den Lauf fester in seinen massigen Rücken. »Los, los!«

Er hatte sich das Unterhemd so in die Unterhose gestopft, dass sich um seinen ohnehin schon dicken Wanst ein Wulst gebildet hatte. Die Füße steckten in Socken und Pantoffeln mit Karomuster.

»Wehrlose Frauen bedrängen kannst du ja gut«, sagte ich, während er meiner Aufforderung nachkam.

Er drehte den Kopf zur Seite. »Ich – bedrängt? Sie ist rübergekommen und hat es selbst gewollt. Frag sie doch.«

»Ach, dann hat sie also rein aus Spaß so rumgeschrien?«

»Die macht doch nur Show … die wollen das doch.«

Ich ließ ihn einfach liegen. Dann liefen Cindy und ich die Treppe hinunter. Es war saukalt. Sie hatte ihren Mantel nicht dabei. Und überhaupt – was machten wir hier? Wieso ging sie nicht in ihre Wohnung?

»Geh wieder rauf«, sagte ich, aber gleichzeitig wurde mir klar, dass das keine gute Lösung war. Da wartete schließlich Notdurft auf sie. Und sonst war niemand im Haus.

Ich zog meinen Mantel aus und gab ihn ihr. Er war so groß, dass er sie ganz und gar einhüllte.

»Dein Job ist erledigt«, erklärte ich. »Und ich fahre jetzt nach Hause. Soll ich dich zu Anja zurückbringen?«

Sie sah mich an und schüttelte den Kopf.

»Nix nach Hause«, sagte sie bestimmt.

»Ich meine ja auch: Willst du in die Bar zurück?«

Ich erntete wieder Kopfschütteln. »Du bezahlt. Ganze Nacht.«

»Aber du bist fertig, verstehst du? Schluss, aus.«

Sie schüttelte immer noch beharrlich den Kopf.

Mir war klar, was los war. Sie wollte nicht in die Bar, weil sie ja nicht mehr arbeiten musste. Die ganze Nacht war bezahlt. Aber sie hatte auch keine Lust, in ihrer Wohnung zu sein. Dort liefe sie Gefahr, dass ihr der Idiot die Tür einschlug.

Sie nahm meinen Arm. »Gehe mit dir.«

Ich drängte sie sanft zurück. »Pass auf. Wir gehen jetzt zusammen da hinauf. Notdurft wird inzwischen sicher wieder in seine eigene Wohnung gegangen sein. Du bist hier zu Hause. Ich gehe erst, wenn du die Tür hinter dir abgeschlossen hast, okay?«

Obwohl es mir vorkam, als hätte ich so langsam wie mit einem Kind geredet, schien sie mich nicht verstanden zu haben.

»Mit dir«, wiederholte sie. Ihre Hand hielt mich wieder fest, und auf einmal sah sie aus wie ein verlorenes Kätzchen, das man unmöglich allein zurücklassen konnte.

»Ich … mit dir …«

Konnte ich sie einfach so mit nach Hause nehmen?

Wieso eigentlich nicht? Wenn sie sich dort sicherer fühlte. Und morgen war wieder ein neuer Tag. Dann würde ich sie nach Hause bringen. Oder zu Anja. Wahrscheinlich war es eh besser, wenn sie sich eine neue Wohnung suchte. Sicher konnte ihr Anja dabei helfen. Oder Jutta. Alles kein Problem.

»Ich fahre nach Wuppertal«, stellte ich klar, damit es auch wirklich keine Missverständnisse gab. »Zu mir nach Hause.« Ich deutete auf mich. »Verstehst du?«

Sie nickte. »Ich weiß«, sagte sie.

Dann gingen wir gemeinsam zum Auto.

Auf der Fahrt nach Wuppertal bekam ich nach und nach aus ihr heraus, wie die Sache bei Notdurft abgelaufen war.

Sie hatte sich erst wie besprochen am Fenster gezeigt und war dann zu ihm hinübergegangen. Es war leicht gewesen, ihn um den Finger zu wickeln.

»Aber dann«, fügte sie hinzu. »Kein Mann.«

Ich verstand erst nicht. »Kein Mann? Was soll das heißen?«

Mich streifte eine seltsame Vision: Notdurft ließ die Hosen runter, und es zeigte sich, dass er eigentlich eine Frau war.

»Kein *Mann*«, wiederholte Cindy.

Schließlich verstand ich.

»Du meinst, er konnte nicht.«

Sie nickte. »Kein Job. Wurde böse. Mich schlagen.«

Sie blickte auf die Straße, die im Licht der Scheinwerfer auf uns zuraste.

»Ganze Nacht«, sagte sie.

22

Zu Hause öffnete ich den Briefkasten. Ich fand Werbung, meine Telefonrechnung und einen Brief. Ein Umschlag aus Ökopapier. Der Absender war das Ordnungsamt in Remscheid.

Cindy folgte mir auf ihren Stöckelschuhen die Treppe hinauf. Oben legte sie meinen Mantel ab und zog die hohen Schuhe aus. Jetzt sah sie aus, als wollte sie an den Strand gehen. Ich lief mit ihr durch die Wohnung und drehte überall die Heizungen auf. Dabei schmiedete ich einen Plan.

Sie konnte in meinem Bett schlafen. Ich würde mich aufs Sofa im Wohnzimmer legen. Aber sie brauchte was zum Anziehen. Als wir nach dem Büro, dem Wohnzimmer, der Küche und dem Bad im Schlafzimmer angekommen waren, öffnete ich meinen Schrank. Wenn sie eine von meinen Jeans anzog, würde sie ihr wahrscheinlich bis unter die Achseln reichen.

Aber ein Sweatshirt konnte gehen. Als Kleid.

»Such dir was zum Anziehen aus«, sagte ich. »Ich muss jetzt noch arbeiten. Wenn du willst, kannst du fernsehen. Im Wohnzimmer. Verstehst du?«

»Da«, antwortete sie. Ich wusste, dass das auf Russisch »Ja« heißt.

Im Büro legte ich die Post auf den Tisch. Dann brachte ich meine Pistole in der Schreibtischschublade unter. Der Anrufbeantworter blinkte.

Eine Nachricht.

Von Wonne.

Mein Finger zitterte, als ich die Abhörtaste drückte.

»Hallo Remi.« Sie klang ernst.

Es ist aus, dachte ich. Der Abgang auf der Straße ist das letzte Kapitel gewesen. Schluss, vorbei.

»Es tut mir leid, wie ich mich benommen habe. Ich muss dir was erklären.«

Ja. Sicher tut es dir leid, dachte ich.

Trotzdem.

Aus, aus, aus.

»Lass uns reden, ja?«, sagte sie. »Ruf mich bitte an.«

Ich griff zum Hörer, drückte ihre Kurzwahltaste. Der Ruf ging durch, der Anrufbeantworter an.

»Ich bin da«, sagte ich einfach. »Ich habe deinen Anruf abgehört. Bitte melde dich.«

Etwas verstopfte mir den Hals. Als ich aufgelegt hatte, musste ich mich räuspern.

»Hunger?«, fragte eine Stimme hinter mir.

Cindy hatte einen Pulli und eine schwarze Jeans gefunden. Beides passte.

Einen Moment lang blieb mir das Herz stehen. Sie war wohl auf die Tasche mit den Klamotten von Wonne gestoßen, die unten in meinem Schrank lag. Sie hatte sie irgendwann mal mitgebracht und hiergelassen.

»Hunger?«, fragte Cindy noch einmal.

»Ja«, sagte ich nur, dann war sie wieder weg.

Ich ließ den Computer hochfahren. Während er die Programme lud und dabei vor sich hin schmurgelte, nahm ich mir den Brief aus Remscheid vor.

Die Oberbürgermeisterin hatte mir geschrieben. Oh, dachte ich, die kenne ich aber gar nicht persönlich.

Im Betreff stand: *»Anhörung wegen Verkehrsordnungswidrigkeit«*.

Was hatte ich getan?

Zu schnell gefahren? Falsch geparkt?

Vor zwei Wochen war ich im Zuge meiner Ehepartnerüberwachung in Remscheid gewesen. Ich hatte dort auch das Auto abgestellt, aber ordentlich einen Parkschein gezogen.

Ich überflog das Schreiben.

Mir wurde vorgeworfen, in einer Zone geparkt zu haben, die man nur mit einer grünen Feinstaubplakette befahren durfte.

Moment mal, dachte ich. So ein Ding klebt doch aber bei meinem Golf an der Scheibe. Robby, der Automechaniker meines Vertrauens, hatte sie höchstselbst dort angebracht. Und ich hatte dafür bezahlt. Das musste ein Irrtum sein.

Mein Blick fiel auf die Rubrik »Bemerkungen«.

Da stand: *»Feinstaubplakette – Kennzeichen nicht sichtbar.«*

Klar, man musste das Autokennzeichen handschriftlich auf die Plakette schreiben. Robby hatte das mit Filzstift gemacht – so, wie ich es schon bei vielen anderen Autos gesehen hatte. Mir war zwar mal aufgefallen, dass die Sonne den Stift nach und nach ausbleichte. Aber dafür konnte ich ja nichts. Und ich hatte ein Auto, das die Plakette mit Berechtigung trug. Sie war zudem untrennbar mit der Scheibe verbunden, konnte also nicht entfernt werden. Genauso wenig wie das TÜV-Zeichen. Und das hatte ja auch kein Kennzeichen.

Nun sollte ich, nur weil das Kennzeichen verblasst war, mehr als sechzig Euro bezahlen – und bekam auch noch einen Punkt in Flensburg!

Ich musste das Schreiben zweimal lesen, bevor ich es wirklich verstand.

Natürlich kam der Brief gar nicht von der Oberbürgermeisterin. Das stand nur in der Kopfzeile des Schreibens – wahrscheinlich, damit man den Wisch nicht gleich wegschmiss. Die Unterzeichnerin war eine Frau Soundso von irgendeinem Fachdienst. Ich hatte außerdem das Recht, mich zu der Sache zu äußern. Fünf Zeilen waren dafür vorgesehen.

Was sollte ich denn da reinschreiben?

»Ich kann nichts für die Sonne.«

»Ich konnte nicht ahnen, dass mein Automechaniker einen Filzstift verwendet hat, der keinen Ausbleichschutz besitzt.«

»Ich schlage vor, die Verwendung von ausbleichgeschützten Stiften zur Vorschrift zu machen.«

Oder – und das war sicher der beste Vorschlag: *»Schaffen Sie die überflüssige Pflicht, das Kennzeichen lesbar auf der Plakette zu führen, einfach ab!«*

Aber dann verdiente die Stadt Remscheid ja kein Geld. Obwohl in diesem Zusammenhang das Wort »verdienen« blanker Hohn war.

Und man erwartete auch keine Vorschläge von mir, da war ich ziemlich sicher.

Ich legte den Brief weg. Das hatte Zeit.

Nun ließ ich die Mails reinrauschen.

Da war er wieder – der große Unbekannte. Ich hätte damit rechnen können. Er hatte über den Tag gleich vier Nachrichten geschickt – jede mit dem Betreff *»Auftrag für Herrn Remigius Rott«*.

Jede enthielt ein Rätsel.

»Man braucht ihn. Man muss ihn erproben. Verkleinert kann man ihn kühlen.«

»Wer sie hat, macht Augen, Nase und Ohren auf. Wer glaubt, alles zu wissen, hat sie nicht und bleibt für immer dumm.«

»Ameisen und Bienen haben ihn. Ein Blümchen trägt ihn stolz in seinem Namen. Ihr braucht ihn, um Preise zu erlangen.«

»Sie kommt wie der Blitz. Sie lässt dich kaum mehr los. Nichts Neues entsteht ohne sie. Aber nicht jede ist gut.«

Diesmal war kein Link zu einem Video dabei, in keiner der Mails. Es beruhigte mich fast ein bisschen.

Der Reihe nach löste ich die Rätsel. So schwer war es ja nicht. Und nachdem ich die Mails alle wieder geschlossen hatte und in meinem Posteingang viermal untereinander dieselbe Betreffzeile las, überlegte ich, ob es vielleicht etwas Bewegung in die Sache bringen würde, wenn ich den Auftrag annahm. Darauf war ich noch gar nicht gekommen: dass der Unbekannte eine Reaktion von mir erwartete.

So klickte ich auf Antwort. Ein Nachrichtenfenster öffnete sich, und ich schrieb von allen Rätseln, die ich bisher bekommen hatte, die Lösungen hin.

Die Zeit
Das Glück
Das Heimweh
Die Freundschaft

Der Mut
Die Neugier
Der Fleiß
Die Idee

Beim Mut hatte ich etwas länger darüber nachdenken müssen, wie man ihn verkleinern konnte. Dann war mir die Redensart »das Mütchen kühlen« eingefallen.

Darunter tippte ich noch keck: *»Richtig?«*

Dann klickte ich auf »Senden«.

Cindy hatte nebenan Musik angemacht. Erst dachte ich, es sei das Radio, aber dann redete jemand. Ein Werbespot begann. Es war der Fernseher.

Sie kam herein. »Essen fertig«, sagte sie.

Kurz darauf saßen wir im Wohnzimmer und sahen, was sie ausgesucht hatte: irgendein Promi-Topmodell-Kram auf Pro Sieben. Ich hatte das noch nie gesehen, aber ich verstand, dass die eigentliche Folge »Germany's Next Topmodel« unter Anleitung der berühmtesten Frau des Bergischen Landes direkt davor gelaufen war und dass man nun in einer Art Nachfolgesendung mit irgendwelchen Fragereien und Backstage-Aufnahmen versuchte, das Ganze bis Mitternacht auszuwalzen – natürlich immer wieder unterbrochen von einer Megaportion Kosmetikwerbung.

Beim Glotzen schaufelten wir Spiralnudeln in uns hinein – veredelt mit einer Soße, die Cindy aus verschiedenen in den Tiefen meiner Küche gefundenen Zutaten zubereitet hatte. Dazu trank ich Bier. Insgesamt sechs Flaschen, wie ich später in der Nacht zählte.

Cindy war ziemlich ausdauernd. Sie starrte wie weggetreten und mit einer offenen Chipstüte auf dem Schoß, die sich in einem der Schränke hinter Tellern gefunden hatte, auf das Spätprogramm.

Da ich ja auf dem Sofa schlafen wollte und mein Bett daher besetzt war, recherchierte ich noch ein wenig im Internet über die Computerfirma KD in Leichlingen. Sie bot auf ihrer Webseite die üblichen Dienstleistungen Webhosting, Seitengestaltung und Rundumlösungen an.

Gegen halb zwei gelang es mir, Cindy dazu zu bringen, mein Schlafzimmer aufzusuchen. Ich bezog ihr das Bett neu und bastelte meinen Bezug auf eine Wolldecke, die ich demonstrativ zu den Sofakissen auf die Couch legte. Sie verabschiedete mich mit einem seltsamen Blick, als könne sie es nicht fassen, dass ein männliches Wesen darauf verzichtete, das Bett mit ihr zu teilen. Um ganz sicherzugehen, dass es keine Missverständnisse gab, zeigte ich ihr auf dem Computer ein Foto, das ich vor zwei Monaten mit dem Handy gemacht hatte – eigentlich nur, um die Selbstauslöserfunktion auszuprobieren. Zu sehen waren Wonne und ich. Cindy nickte verständnisvoll und zog sich zurück.

Ich schlief und träumte seltsame Dinge, wobei auch diesmal wieder der Zwerg Godo eine Rolle spielte, der in meinem Traum in einem düsteren Haus in Solingen hauste.

Als ich aufwachte, war es Viertel vor neun. Ich zitterte vor Kälte und machte, dass ich unter die heiße Dusche kam.

Die Tür zum Schlafzimmer war geschlossen. Cindy war es sicher gewohnt, lange zu schlafen.

Als ich aus dem Bad kam, nahm ich den Bettbezug, in dem ich geschlafen hatte, von der Wolldecke und legte sie zusammen.

Da schrillte die Türklingel.

23

Noch ein wenig im Tran, verzichtete ich darauf, die Gegensprechanlage zu benutzen, und drückte einfach den Öffner.

Post, dachte ich. Zeitung. Oder Müllabfuhr.

Das heißt, eigentlich dachte ich gar nicht besonders viel, denn wenn ich es getan hätte, dann wäre ich schnell darauf gekommen, dass für diese Dinge die falsche Zeit oder sogar der falsche Tag war.

Jemand kam im Treppenhaus nach oben gelaufen. Ich erkannte den Schritt.

Wonne bog um die Ecke. In der Hand trug sie einen Korb. Wie Rotkäppchen. Ein markanter Duft nach Gebäck wehte mir entgegen. Ein Glas ragte heraus. Wonnes selbst gemachte Marmelade.

»Bin ich froh, dass du da bist«, sagte sie, und sie lächelte. Mir ging das Herz auf. Wie lange war es her, dass sie mich angelächelt hatte? Sie gab mir einen innigen Kuss.

»Du hast doch hoffentlich noch nicht gefrühstückt?«, fragte sie, als der schöne Moment vorbei war, und drängte sich in die Wohnung. »Meine Güte, wie sieht's denn hier aus?« Sie deutete auf die leeren Bierflaschen und ging in die Küche. Dort stand noch das schmutzige Geschirr vom Abendessen. »Hast du 'ne Party gefeiert?«

Ich wollte sprechen, aber mir steckte etwas im Hals fest, daher räusperte ich mich. »Äh – nein. Ich hatte … Besuch, das heißt, ich …«

»War Manni da? Habt ihr einen Männerabend verbracht? Na ja, muss ja auch mal sein.«

Ihre fröhliche Unbeschwertheit warf mich aus der Bahn. Sie hatte doch eigentlich irgendwas auf dem Herzen gehabt. Auf dem Anrufbeantworter hatte sie so ernst geklungen …

Sie stellte auf dem schmalen freien Platz auf dem Tisch ihren Korb ab.

»Mach mal Kaffee«, bat sie mich. »Dann können wir frühstücken und über alles reden. Ich muss dir nämlich was sagen.«

»Das heißt, es ist nicht aus?«, entfuhr es mir.

Sie sah mich an, als hätte ich etwas unglaublich Dämliches gesagt.

»Aus? Wie kommst du denn darauf? Hast du den Eindruck gehabt, dass es aus ist? Du, das tut mir leid, wenn du das so aufgefasst hast, aber …« Sie runzelte kurz die Stirn. Für einen Moment verdüsterte sich ihre Miene, doch dann war der Augenblick vorbei. »Na ja, wir reden gleich darüber, okay?«

»Ja, ja«, sagte ich schnell und griff ins Regal zur Kaffeedose. Ich war so aufgeregt, dass sie mir aus der Hand rutschte und aufging. Das braune Pulver verstreute sich auf dem Boden. Dabei hätte ich sowieso erst mal Wasser in die Maschine füllen sollen. Egal, jetzt musste ich halt den Handfeger holen …

»Wer ist das denn?«, fragte Wonne plötzlich sehr leise.

»Morgen.« Cindy stand in der Tür und lächelte uns beide an.

Wonne starrte sie an wie ein Insekt.

»Ach, das ist …«, setzte ich zu einer Erklärung an. Doch Wonne würgte mich ab.

»Warum trägt die meine Klamotten?« Ihre Stimme hatte plötzlich jegliche Lieblichkeit verloren.

»Weil …« Vergeblich versuchte ich, den Tatbestand, dass sie im Bikini zu mir gekommen war, in plausible und unverfängliche Worte zu fassen.

Wonne drehte sich zu mir um. »Wer ist das?«, schrie sie. »Kannst du mir bitte mal antworten?«

»Bitte schrei nicht. Das ist …«

»Lenk nicht ab. Wer – ist – das?«

»Sie heißt Cindy …«

»So? Und sie hat hier geschlafen? Und trägt meine Sachen?«

Ich versuchte, Wonne zu beruhigen, indem ich sie an den Schultern festhielt, aber sie machte sich los.

»Fass mich nicht an«, schrie sie.

Cindy ging einen Schritt zurück, hinaus in den Flur, und beobachtete ängstlich das Geschehen.

»Du weißt doch, dass ich einen Fall für Anja löse«, setzte ich noch einmal zu einer Erklärung an. »Ihr gehört die Bambi-Bar in Leichlingen, und Cindy ist eine Mitarbeiterin. Heute Nacht …«

»Du hast hier also mit einer Nutte übernachtet«, schloss Wonne messerscharf.

Ich konnte nichts mehr sagen, denn sie begann, vollkommen hysterisch mit beiden Fäusten auf meine Brust zu trommeln.

»Hältst du es denn nicht mal eine Woche aus?«, schrie sie. »Scheißkerl. Also wirklich. Verdammter Scheißkerl.« Sie machte sich los, stand da mit gesenktem Kopf, das Gesicht gerötet. Tränen liefen ihr über die Wangen.

»Wonne, es ist nicht, wie du …«

»Sie war doch die Nacht über hier, oder nicht? Und sie trägt meine Klamotten. Hast du sie nackt am Straßenrand gefunden, oder was?«

Sie stürmte hinaus und schubste dabei Cindy zur Seite. Ich lief hinterher.

»Wonne, ich habe ihr doch nur geholfen. Es ging nicht anders …«

Sie rannte aus der Wohnung und schmiss die Tür ins Schloss, dass die Mauern wackelten. Im Treppenhaus hörte ich nur noch ihre schnellen Schritte, die nach und nach verhallten.

Als ich in die Küche zurückkehrte, stand der Korb da wie ein Mahnmal.

All die herrlichen Sachen hatte sie von Bergisch Gladbach hierhergebracht – nur um festzustellen, dass eine andere Frau in meiner Wohnung war.

Ich stand da, innerlich bebend.

Cindys Gesicht war schneeweiß geworden. Sie drängte sich an die Wand im Flur. Ich ballte meine Faust und schlug auf den Tisch. Die Marmeladengläser in dem Korb klirrten. Cindy zuckte zusammen, als hätte der Schlag ihr gegolten.

Es hatte keinen Zweck, ihr Vorwürfe zu machen. Sie konnte nichts dafür. Ich durfte ihr keine Angst einjagen. Ruhe bewahren, dachte ich. Reiß dich zusammen, Rott. Ich zitterte, ging ein paar Schritte durch die Wohnung. Dann ließ ich mich auf die Couch im Wohnzimmer fallen. Als ich mich einigermaßen beruhigt hatte, ging ich ins Büro. Dort saß Cindy nachdenklich am Schreibtisch. Sie hatte sich zu Wonnes Jeans die High Heels angezogen. Als sie mich sah, stand sie auf.

»Ich gehe«, sagte sie. »Danke für Hilfe.«

Sie hatte keinen Mantel. Noch nicht mal Socken. Ich konnte sie so nicht auf die Straße lassen. Selbst wenn sie im Laufschritt zum Bahnhof ging und in den nächsten Bus oder Zug nach Solingen stieg, würde sie sich den Tod geholt haben, bis sie zu Hause ankam.

Sie brauchte Geld. Sie musste sich was kaufen.

Mir kam eine Idee.

»Warte«, sagte ich und stand auf.

Die sechs Fünfhunderter befanden sich noch in meinem Mantel. Halbe-halbe, dachte ich. Das war fair.

So gab ich Cindy drei und machte ihr klar, dass sie sich einen Mantel, Socken und Schuhe kaufen sollte. Es gab ja genug Geschäfte in der Nähe. Und sie sollte vielleicht notfalls ein, zwei Nächte in einem Hotel bleiben.

Als hätte die Übergabe der Scheine einen Damm gebrochen, fiel sie mir um den Hals und drückte mir einen Kuss auf die Wange. Dann lief sie wie ein fröhlicher Teenager die Treppe hinunter und war weg.

24

Um Viertel nach elf stieg ich in der Leichlinger Innenstadt aus dem Golf. Vor gut einer Stunde hatte ich endlich jemanden bei der Firma KD-Computertechnik erreicht. Einen Mann, der sich mit dem Namen Dürscheid vorstellte und mit langsamer, tiefer Stimme sprach. Ich hatte nicht den Eindruck, dass ich ihm mit der Lüge von der Staatsanwaltschaft kommen konnte. Deswegen gab ich mich gleich als Privatdetektiv zu erkennen.

»Und worum geht es genau?«, wollte er wissen.

»Das würde ich Ihnen gern persönlich erklären.«

Er gab mir einen Termin für zehn Uhr dreißig. »Vorher bin ich bei einem Kunden. Meine Frau wäre zwar noch da. Sie arbeitet auch in der Firma. Aber Sie wollen doch lieber mit dem Chef sprechen, oder nicht?«

Ja, das wollte ich.

Ich hatte am Belkaw-Gebäude geparkt und freute mich darüber, dass man den Parkuhren hier sämtliche Geldstücke bis hinunter zur Fünf-Cent-Münze anvertrauen konnte. Für fünf Cent waren drei Minuten Parken drin. Mein Kleingeld gab immerhin gut eine Stunde her.

Da ich zu früh war, spazierte ich noch ein wenig herum.

Ich war ganz in der Nähe der Wupper, auf der Straße »Im Brückenfeld«.

Nachdem Cindy gegangen war, hatte ich den unwiderstehlichen Drang verspürt, mich in die Arbeit zu stürzen. Nun streifte mich der Gedanke, wie sinnlos das alles war. Selbst wenn es mir gelingen sollte, das Geld aus Anjas Safe zu verdienen – ich würde es garantiert nicht mit Wonne in einem Urlaub ausgeben, so viel war sicher. Aus der Nummer vorhin kam ich nicht mehr raus. Das glaubte ich zumindest.

Ich fragte mich, was sie mir hatte sagen wollen.

Vielleicht, dass sie ihren Job gemacht und jetzt etwas mehr Zeit für uns hatte? Dass ihre Geschichte über Exknackis, also über

Liebert, fertig war? Vielleicht hatte sie ja sogar ein besonderes Lob erhalten oder ein außergewöhnlich hohes Honorar. Oder es war ihr gelungen, die Story an gleich mehrere Zeitschriften zu verkaufen.

Ich war bis zu meinem Telefonat mit Dürscheid die Liste durchgegangen, die ich in Michaela Paas' Wohnung gefunden hatte, und hatte einige Leute erreicht. Nicht immer hatten Namen dabeigestanden. Niemand gab zu, Michaela Paas als Putzfrau beschäftigt zu haben. Ich konnte mir denken, warum: Man hatte sie schwarz bezahlt. Zwei erklärten sogar, ihren Namen niemals gehört zu haben. Dass ich trotzdem sicher gewesen war, mit ihren Arbeitgebern zu sprechen, lag daran, dass die anderen behaupteten, sie habe sich bei ihnen vorgestellt, sie hätten ihre Dienste dann aber doch nicht in Anspruch genommen.

Ich spazierte über das rötliche Pflaster, vorbei an einem Döner-Imbiss und einer Pizzeria mit Lieferservice. Ein Schild erklärte, dass man einen Fahrer suchte. Gegenüber gab es einen Buchladen und einen namens »Kinderkiste«. Ich bestaunte die aktuellen Bestseller und Spielzeug, bis es kurz nach halb war.

Die Firma befand sich über den beiden Läden. Eine Dame mit langem, zu einem Pferdeschwanz gebundenem schwarzen Haar empfing mich und führte mich in einen Raum, der wohl normalerweise für Konferenzen verwendet wurde. Stoffbezogene Stühle waren um eine kreisförmige Tischfläche aufgestellt. In der Ecke stand ein Flipchart mit bereitliegenden Filzstiften. Dahinter gab es auf einem Beistelltisch eine Kaffeemaschine. Ein schräges Fenster gestattete den Blick in den weißlichen Himmel.

»Mein Mann kommt gleich«, sagte sie. »Darf ich Ihnen etwas anbieten? Einen Kaffee? Ein Wasser?«

Mein Magen war immer noch der steinige Klumpen, zu dem er sich verformt hatte, nachdem Wonne gegangen war. Daher lehnte ich ab. Sie ließ mich allein, und ich betrachtete die Filzschreiber auf der Leiste vor dem Flipchart. Ob sie geeignet waren, um eine Feinstaubplakette ordnungsgemäß zu beschriften? Oder ob man irgendwo extra hergestellte Stifte kaufen musste, die für

Feinstaubplaketten geeignet waren, weil sie nicht ausbleichten? Der Beamte, der sich die Regelung mit dem Autokennzeichen ausgedacht hatte, war sicher an einer solchen Firma beteiligt. Oder sie gehörte ihm sogar.

Die Tür ging auf, und ein grauhaariger Mann kam herein. Er trug einen Vollbart, auf der Nase saß eine randlose Brille. »Herr Rott«, sagte er mit der tiefen Stimme, die ich schon vom Telefon her kannte. »Habe ich das richtig verstanden?«

Ich nickte. Er gab mir die Hand und setzte sich. Unter seinem blauen Pullover mit V-Ausschnitt saß ein grauer Schlips im ordentlich gebügelten weißen Hemdkragen. Auch seine Augen, mit denen er mich musterte, waren grau.

»Worum geht's? Sie sind Detektiv?«

Ich nickte. »Ich ermittle in einem Fall, in den eine Ihrer Kundinnen verwickelt ist. Sie ist unter mysteriösen Umständen ums Leben gekommen. Und nun arbeite ich alle Kontakte ab. Reine Routinesache.«

»Ich verstehe. Aber ich muss sagen, das ist eine eigenartige Information. Über so etwas werde ich ja normalerweise nicht unterrichtet. Ich meine, wenn eine Kundin verstirbt …«

»Michaela Paas. Sie wohnte in Solingen.«

»Einen Moment.«

Er verließ den Raum und sprach nebenan mit jemandem – offenbar mit seiner Frau. Dann kam er zurück und setzte sich auf denselben Platz.

»Was wollen Sie denn nun genau wissen? Und außerdem … Sie sind ja nicht von der Polizei, oder?«

»Da haben Sie recht.« Ich holte eine Visitenkarte heraus. Er musterte sie kurz, sagte aber zum Glück nichts zu der Druckpanne, und so redete ich weiter. »Von dem Fall sind aber noch andere Leute betroffen. Ich kann das nicht in Gänze ausführen. Es geht um … versicherungstechnische Dinge.«

»Versicherungstechnische Dinge? Was meinen Sie damit?«

»Das hat nichts mit Ihnen oder Ihrer Firma zu tun«, wiegelte ich ab. »Ich möchte nur gern erfahren, welche Dienste Frau Paas bei Ihnen in Anspruch genommen hat.«

»Der Name sagt mir nichts. Ich habe meine Frau gebeten – ah, da kommt sie schon.«

Die Frau mit dem Pferdeschwanz machte ein Gesicht, als wäre ich kein Privatermittler, sondern ein Beamter vom Finanzamt, der gleich eine Bombe platzen lassen würde.

»Hier sind die Akten«, sagte sie und legte einen Ordner auf den Tisch. »Aber es gibt keine Unterlagen.«

Dürscheid blätterte in den Papieren. »Stimmt. Das ist der Ordner mit den Kunden P bis R. Eine Frau Paas haben wir nicht.« Er sah mich an. »Wie kommen Sie überhaupt darauf, dass sie etwas mit uns zu tun hat?«

»Sie besaß einen Computer mit Ihrem Logo. Außerdem ist Ihre Telefonnummer diejenige, die sie zuletzt gewählt hat. Übrigens war sie auch als Putzfrau tätig. Könnte es sein, dass sie bei Ihnen gearbeitet hat?«

»Unmöglich«, sagte Dürscheid. »Vollkommen unmöglich.«

»Was jetzt? Kundin oder Putzfrau?«

»Beides.«

Seine Frau verließ kopfschüttelnd den Raum. Die Akte hatte sie dagelassen.

»Es ist keineswegs unmöglich, Herr Dürscheid«, beharrte ich. »Weil es wahr ist. Mindestens eines von beiden. Und deswegen nehme ich Ihnen ehrlich gesagt nicht ab, dass Ihnen der Name nichts sagt.«

»Ich kann leider nicht mehr tun, als hier in meine Akte zu schauen.«

»Sicher können Sie das. Sie können zum Beispiel nachdenken. Mich wundert, dass die Polizei noch nicht bei Ihnen war. Normalerweise überprüft die Kripo nämlich die Telefonlisten von Mordopfern.«

»Mordopfer? Sie meinen, diese Frau …«

»Paas.«

»Frau Paas wurde ermordet?«

Es war mir zu blöd, auf den Schwertmord hinzuweisen, über den ja in allen Zeitungen berichtet worden war. Dürscheid verschwieg mir etwas, das war sonnenklar.

»Die Polizei war nicht hier«, sagte er. »Das garantiere ich Ihnen. Und mit meiner Frau hat auch niemand gesprochen. Das hätte sie mir gesagt.«

»Also noch mal: Frau Paas hatte einen Computer, der bei Ihnen gekauft wurde«, sagte ich. »Sie besaß außerdem ein Headset.«

»Und wenn schon. Was hat das mit uns zu tun? Es könnte ja auch ein gebrauchter Rechner über Umwege an sie weiterverkauft worden sein.«

»Und wieso hat sie dann mit Ihnen telefoniert? Worum ging es in dem Gespräch?«

»Keine Ahnung. Vielleicht hatte sie es nur vor, weil mit dem Computer was nicht in Ordnung war. Ja, so wird es gewesen sein. Sie hatte ein Problem und kontaktierte einfach die Firma, die ihn an den ersten Besitzer geliefert hatte. Sie hat bei uns angerufen, und das war's. Vermutlich hat meine Frau ihr erklärt, dass wir für gebrauchte Rechner keine Gewährleistung mehr übernehmen.«

»Holen Sie bitte Ihre Frau her. Ich will sie das selbst fragen.«

»Wenn ich Sie damit loswerde, gern«, sagte Dürscheid. »Mir wird das nämlich langsam ein bisschen zu bunt mit Ihnen.«

Eine halbe Minute später hatte er seine Frau hergebracht, die immer noch dreinschaute, als stünde sie vor dem Weltgericht.

»Sag dem Herrn, dass dir der Name Michaela Paas nichts sagt«, verlangte er von ihr.

Sie nickte, dass ihr Pferdeschwanz wippte. »Ich habe mich sowieso schon gewundert. Ich dachte mir, dass wir den Namen in den Unterlagen nicht finden würden.«

»Und Sie schreiben nicht zufällig anonyme Mails mit versteckten Links und Rätseln an Leute wie mich?«, fragte ich.

»Wie bitte?«, rief Dürscheid. »Was meinen Sie denn damit?«

»Nur so«, sagte ich und stand auf. »Ich gebe Ihnen einen Rat. Denken Sie bitte gut nach, ob Sie den Namen Michaela Paas nicht doch kennen. Und überlegen Sie sich, was Sie über die Verstorbene wissen.«

»Wollen Sie uns etwa drohen?«, fragte Dürscheid.

»Ich möchte Ihnen nur sagen, dass die Polizei Sie kontaktieren wird. Und spätestens dann sollten Sie eine Antwort parat haben.

Und wenn Sie mich dann auch gleich anrufen würden, wäre ich Ihnen dankbar.«

Ich deutete auf die Karte, die einsam auf dem grauen Tisch lag, und ging.

Als ich unten war, knurrte mein Magen. Die Sache mit Wonne steckte zwar noch wie ein glühendes Messer in mir, aber ein Brötchen und ein Kaffee wären trotzdem nicht schlecht. Gab es hier in der Nähe eine Bäckerei?

Ich war auf der Suche bis an die Straße gegangen, die den kleinen Platz begrenzte, da klingelte mein Handy. Eine unbekannte Nummer.

»Dürscheid hier«, sagte eine Frauenstimme.

»Ach, das ging aber schnell.«

»Hören Sie, Herr Rott, ich habe sehr wenig Zeit. Mein Mann ist weggegangen, kommt aber gleich zurück.«

»Ich höre«, sagte ich.

»Ich habe Frau Paas gekannt. Als Putzfrau. Sie arbeitete aber nicht in unserer Firma, sondern bei meiner Mutter.«

»Und weiter?«

»Eines Tages fragte sie mich, wie sie an einen Computer kommen könnte. Ich habe ihr dann einfach ein älteres Modell von uns geschenkt. Das heißt, es war mehr so ein Deal. Meine Mutter hat sehr wenig Geld, ich war auch gerade nicht flüssig, und da war der Computer so eine Art Bezahlung. Ich habe meinem Mann nichts davon gesagt. Er mag meine Mutter nicht besonders und … ach, das würde zu weit führen.«

»Hat die Polizei bei Ihnen angerufen?«

»Ja, aber ich habe das meinem Mann verschwiegen. Jedenfalls habe ich Frau Paas den Computer hingestellt und ihr auch das Headset besorgt. Sie hat mit dem Gerät vor allem Computerspiele gespielt. Das dachte ich zumindest.«

»Was heißt das, das *dachten* Sie?« Ich kannte mich mit diesem Game-Kram nicht so gut aus, aber ich hatte schon davon gehört, dass man Headsets einsetzte, um über das Internet mit anderen Spielern zu kommunizieren.

»Was ich Ihnen jetzt sage, habe ich der Polizei verschwiegen«, erklärte sie. »Ich wollte unsere Firma nicht in die Sache reinziehen, und ich wollte vor allem nicht, dass die Schwarzarbeit bei meiner Mutter herauskommt. Sagen Sie es also nicht weiter – bitte. Und lassen Sie uns dann in Ruhe.«

Ich war während des Gesprächs in Richtung meines Wagens zurückgegangen, ohne darüber nachzudenken. Jetzt stand ich an einer Rasenfläche, die sich bis zur Wupper hinzog.

»Also gut«, sagte ich und ging noch ein paar Schritte, bis der Fluss in Sicht kam. Auf der träge dahinfließenden glasigen Oberfläche dümpelten Enten. Ich lehnte mich an eine der Bänke und sah, dass ein Stück weiter hinten ein geschwungener Spazierweg abzweigte und sich zwischen Büschen, Sträuchern und Bäumen verlor. Weiden neigten sich über den Fluss. »Was ist es denn, was Sie mir sagen wollen?«

»Eines Tages fragte mich Frau Paas, wie man Daten in einer Cloud speichert.«

»Eine Cloud?«

»Sie wissen schon – ein Datenspeicher, der nicht im Rechner selbst, sondern im Internet existiert. So was machen Leute, die von überall her von verschiedenen Geräten auf ihre Daten zugreifen wollen. Damit kann man auch Daten sichern. Sollte der Rechner oder die Festplatte gestohlen werden, hat man die Daten immer noch in der Cloud.«

»Sie wollen also sagen, dass Michaela Paas Daten im Internet versteckt hat?«

»Ganz genau.«

»Und was für Daten waren das?«

»Ich weiß es nicht. Ich habe ihr am Telefon nur sehr genau erklärt, wie sie das machen muss.«

»Wahrscheinlich waren es Textdateien«, überlegte ich laut. »Vielleicht hat sie was geschrieben.«

»Also, das glaube ich nun wieder nicht.«

»Wieso?«

»Wissen Sie es denn nicht?«

»Was?«

»Dass Frau Paas nicht schreiben konnte. Lesen auch nicht. Oder kaum. Sie war Analphabetin.«

Wow, dachte ich. Das war eine Erkenntnis. Mir fiel ein, dass tatsächlich wenig gedruckte Dinge in der Wohnung zu finden gewesen waren. Dass die Liste mit den Adressen recht ungelenk geschrieben war. Gar nicht so sehr geschrieben, sondern mehr gemalt. Und in der Wohnung hatte ich den Eindruck gehabt, dass etwas fehlte. Jetzt wusste ich auch, was: Bücher.

»Was macht eine Frau, die nicht schreiben kann, mit einem Headset?«, überlegte ich.

»Sie kann Audiodateien erzeugen. Zum Beispiel. Nun wissen Sie, was Sie wissen wollten. Lassen Sie uns jetzt in Ruhe?«

»Sie müssen mir erst noch was erklären. Kann man an die Daten, die Michaela Paas im Internet gespeichert hat, herankommen?«

»Sie hat sie natürlich mit einem Passwort gesichert. Aber mit ein bisschen Aufwand müsste das gehen.«

»Vor allem als Computerfirma mit Allroundservice.«

Es dauerte einen Moment, bis sie begriff, was ich meinte.

»Herr Rott, das ist illegal. Und so einfach ist es auch wieder nicht. Je nachdem, wie viele Zeichen das Passwort hat, kann es eine Weile dauern.«

»Michaela Paas ist tot«, sagte ich. »Sie wurde ermordet. Die Sache ist wichtig. Bitte finden Sie es raus. Und mailen Sie mir das Material an die Adresse, die auf meiner Visitenkarte steht.«

»Also gut. Wenn ich es schaffe dranzukommen, erhalten Sie einen Link, über den Sie dann Zugriff haben.«

»Wie bei bestimmten Videos?«

»Was für Videos?«

»Schon okay. Also – bitte melden Sie sich. Und machen Sie schnell. Dann – und nur dann – vergesse ich das Ganze und sage nichts der Polizei.«

25

Nachdem ich mich mit belegten Brötchen versorgt hatte, fuhr ich ein weiteres Mal über die Landstraße bei St. Heribert, sah weit hinten die Kölner Bucht liegen, betrachtete die sich weit hinziehende Kette von Hochspannungsleitungen und parkte schließlich an der Bambi-Bar. Nachdem ich den Parcours durch die Hecke absolviert hatte, klingelte ich Sturm. Es war Mittag. Anja schlief sicher nach der anstrengenden brasilianischen Nacht, aber das war mir egal. Es ging mir auch nicht schnell genug. Also verlegte ich mich zunächst aufs Klopfen, dann aufs Hämmern.

»Anja, mach auf«, rief ich. »Ich muss mit dir reden. Dringend.«

Endlich ging die Tür auf.

Vor mir stand ein Gespenst. Eine Horrorgestalt aus der Geisterbahn. Sie trug Anjas blassrosa Bademantel, dazu farblich passende Badelatschen. Auf die Pippi-Langstrumpf-Perücke hatte sie verzichtet. Ihr Kopf war nur eine runde Kugel mit einem feinen dunklen Flaum.

»Remi«, ächzte das Geschöpf. »Mensch, Remi, ich bin müde …«

Sie schien sich am Türrahmen festzuhalten, um nicht umzukippen. Ich schob sie beiseite und ging direkt in das zentrale Wohnzimmer. Anja folgte mir schwankend. Ein seltsamer Geruch ging von ihr aus – eine Mischung aus Alkohol, Schweiß, schmutziger Wäsche, ungeputzten Zähnen und billigem Parfüm. Stöhnend ließ sie sich in die Couch fallen.

»Echt jetzt … ich hab eine richtig harte Nacht vor mir …«

»Du meinst hinter dir.« Ich war stehen geblieben und blickte auf sie hinunter.

»Beides. Die Messe geht ja jetzt erst richtig los. Was willst du? War's schön mit Cindy?«

»Geht so. Sag mal, du hast doch gesagt, es habe eine Zeit in deinem Leben gegeben, in der du und Michaela in Pflegefamilien gewohnt habt. Ich meine, in verschiedenen.«

»Ja. Hab ich gesagt.« Sie seufzte tief. »Und?«

»Du hast gesagt, dass ihr trotzdem nie den Kontakt zueinander verloren habt und sogar auf dieselbe Schule gegangen seid.«

Sie hielt sich den Kopf, als hämmerte ein schwerer Kater unter ihrer Schädeldecke. Was ja auch sein konnte.

»Bist du nur gekommen, um mir vorzubeten, was ich dir alles über Michaela erzählt habe?«

»Wie muss ich mir das vorstellen?«

Sie sah mich an. Das Weiße in ihren Augen war rötlich gesprenkelt. »Was vorstellen?«

»Euer Leben damals. Habt ihr gelegentlich telefoniert?«

»Ja, so war's.«

»Wie war's?«

»Wie du sagst.«

»Und ihr habt euch Briefe geschrieben, oder?«

»Auch.«

»So mit der Hand. Wie Teenager das so machen.«

»Mensch, Remi, man merkt, dass du keine Geschwister hast.«

»Also ja?«

»Natürlich. Aber was soll das denn?«

»Noch eine Frage«, sagte ich. »Könnte es sein, dass Michaela ein Kind hatte?«

Anja war plötzlich wach und saß aufrecht da. »Was sagst du da?«

»Ich war in ihrer Wohnung. Das war der Grund, warum ich Cindy engagiert habe.«

»Was hat denn Cindy damit zu tun?«

Ich ging nicht darauf ein. Ich dachte an die Zeichnungen, die ich in der Wohnung gesehen hatte. »In Michaelas Wohnung habe ich einen Zeichenblock und Stifte gefunden. Und in dem Zeichenblock waren Bilder. Sie sahen aus wie von einem Kind gemalt.«

»Ich weiß nichts von einem Kind.«

»Verstehe. War auch nur so ein Gedanke.«

»Die Bilder waren bestimmt von ihr selbst. Sie hat gern gemalt.«

»Schön, wie du das sagst. Aber ich glaube, du weißt nicht besonders viel über deine Schwester. Oder sagen wir besser *angebliche* Schwester.«

Sie kniff die Augen zusammen. »Angebliche Schwester?«

»Was für ein Spiel spielst du, Anja? Du erzählst mir Märchen. Du weißt grundlegende Dinge über Michaela nicht.«

»Was denn zum Beispiel?«

»Ihr könnt euch gar keine Briefe geschrieben haben.«

»Warum?«

»Sie konnte kaum lesen und schreiben.«

»Wer sagt das?«

»War sie nun deine Schwester oder nicht?«

»Na sicher.«

Sie log. Aber warum? Es ergab keinen Sinn.

Vielleicht hatte Michaela Paas es geheim gehalten. Analphabeten waren sehr geschickt darin, ihre Schwäche zu vertuschen. Vielleicht war es Michaela ja gelungen, das Problem sogar vor der Schwester zu verbergen. Hatte jemand anders die Briefe verfasst?

»Das ist doch Quatsch, Remi«, beharrte Anja.

»Also gut. Noch eine Sache.« Ich umriss, was ich in Leichlingen außerdem erfahren hatte. Dass Michaela Daten in einer Internet-Cloud deponiert hatte. »Hast du eine Ahnung, was das für Daten sein könnten?«

»So was soll sie gemacht haben?« Anja sah ehrlich überrascht aus. »Ich meine, eine Computerexpertin war sie wirklich nicht.«

»Das muss man auch nicht sein. Vor allem, wenn man sich fachliche Hilfe holt. Und die hatte sie. Ich werde noch rauskriegen, was das für Material ist. Aber ich möchte trotzdem wissen, ob du dir einen Reim darauf machen kannst.«

»Daten – das heißt doch Texte, Fotos und so was?«

»Texte wohl nicht. Wenn es stimmt, dass sie nicht schreiben konnte.«

»Also gut, wenn sie nicht schreiben konnte und die Briefe, die sie mir als Jugendliche hin und wieder schrieb, eine Einbildung von mir sind ...« Sie warf mir einen verächtlichen Blick zu.

»Dann könnten es vielleicht Fotos sein. Vielleicht sogar Fotos hier aus dem Club. Vielleicht hat sie jemanden erpresst?«

Das ergab Sinn. Auf einmal hatte ich das Gefühl, mit Anja wieder auf einer Wellenlänge zu sein.

»Sie hat jemanden mit Fotos erpresst«, sagte ich. »Und daher stammt auch das Geld.«

»Verdammt«, keuchte Anja. »Das kann mir eine Menge Ärger einbringen. Stell dir vor, es ist so und kommt raus. Dann kommt kein Schwanz mehr hierher. Ich kann den Laden dichtmachen. Du musst dieses Material so schnell wie möglich finden. Und vernichten. Das Erpressungsopfer ist wahrscheinlich auch der Mörder.«

»Es reicht ja nicht, Michaela zu töten, um die Verbreitung der Fotos zu verhindern. Um ganz sicherzugehen, müsste der Mörder auch die Fotos aus der Cloud entfernen«, überlegte ich. »Der Mörder scheint also jemand zu sein, der sich mit Computern auskennt.«

Anja nickte nur. Ich stand auf, verließ das Haus und ging zum Wagen zurück.

Wieder mal saß ich hinter dem Lenkrad und überlegte, was ich als Nächstes tun sollte.

Denk nach, Rott. Denk nach.

Auf einmal kotzte mich der ganze Fall Michaela Paas so was von an. Wenn sie wirklich jemanden erpresst hatte, wenn die Beweise, die Dokumente dieser Erpressung, wirklich in der Cloud gewesen waren und der große Unbekannte wirklich so ein Computergenie war, wenn er also wirklich die Cloud geleert hatte, nachdem Michaela tot und stumm war – dann war der Fall erledigt. Ich würde nie dahinterkommen.

Es kämen alle möglichen Leute in Frage. Leute, die ich nicht kannte und die ich auch nie finden würde.

Oder zum Beispiel dieser Dürscheid?

Wäre es nicht möglich, dass er zu Michaelas aktiven Zeiten in der Bambi-Bar ein regelmäßiger Besucher gewesen war? Und dass Frau Dürscheid davon nichts wissen durfte?

Wenn sie jetzt die Cloud knackte, würde sie entweder etwas Neues über ihren Mann erfahren – oder der Speicher war leer, weil er alles selbst schon beseitigt hatte.

Eigentlich reichte es doch abzuwarten, was sie fand.

Wenn das Material noch da war, war sie andererseits vielleicht so schlau, dass sie selbst den Speicher leerte, um ihren Mann vor dem Mordverdacht zu schützen. Oder sie konfrontierte ihn damit, erklärte mir aber, der Speicher sei leer gewesen oder habe etwas ganz anderes enthalten. Sie konnte auch irgendwelche eigenen Daten in den Speicher laden und behaupten, das sei der Inhalt gewesen.

Das konnte ich kaum verhindern.

Ich sollte Wonne anrufen.

Meine Energie dafür verwenden, unsere Beziehung wieder ins Lot zu bringen.

Das konnte es doch nicht gewesen sein.

Man musste doch in der Lage sein, miteinander zu reden.

Wonne hatte mir heute Morgen etwas sagen wollen. Was war das? Hatte ich nicht ein Recht, wenigstens das zu erfahren? Egal, was geschehen war?

Zumal ja nun wirklich *nichts* geschehen war.

Ich wurde seit Tagen feindselig behandelt, hatte mir aber nicht das Geringste vorzuwerfen.

Ich hatte bei einem Fall Kontakt zu einer Prostituierten gehabt und sie bei mir übernachten lassen. Nichts weiter.

Nach und nach spürte ich wieder ein wenig Kraft.

Ich nahm das Handy.

Der Ruf ging durch.

Der Anrufbeantworter sprang an. *Verdammte Scheiße*, tobte es in mir.

Und Wonnes Handy war ausgeschaltet.

Was war das eigentlich für eine Journalistin, die nie zu erreichen war?

Heiße Wut brandete in mir auf, und am liebsten hätte ich mein Telefon aus dem Autofenster geschmissen. Dann überlegte ich, ob ich noch mal bei Frau Dürscheid anrufen sollte. Nein, das war nicht so gut. Am Ende ging ihr Mann ran und wurde misstrauisch.

Vielleicht hatte sie mir den Link ja schon gemailt.

Ich drückte auf die Mailabfrage.

»Auftrag für Herrn Remigius Rott«.

Nicht schon wieder!

»Die Antworten waren richtig.
Und das muss belohnt werden.«

Das war was Neues. Zum ersten Mal ging die Kommunikation mit diesem Irren in beide Richtungen. Zum ersten Mal unterhielt ich mich mit ihm.

Darunter stand das nächste Rätsel.

»Wenn sie auf den ersten Blick kommt, kann sie blind machen und den Verstand rauben. Dennoch ist sie die Größte.«

Die Liebe, dachte ich. Das ist doch ganz leicht. Es ist die Liebe.

Verdammter Mist, das passte so dermaßen zu meiner Situation, das konnte doch kein Zufall sein!

Ich hätte dem anonymen Schreiberling am liebsten sofort die Lösung zurückgemailt, da sah ich den Link.

Wieder ein Video.

Das kennen wir ja schon, dachte ich. Du hast mich wieder irgendwo gefilmt. Hört das denn nie auf?

Ich drückte auf den Link, der Browser öffnete sich. Der konzentrische Kreis im Videofenster drehte sich und drehte sich, die Seite brauchte eine Weile, um sich aufzubauen.

Dann erschien endlich das Bild. Es ruckelte, aber ich konnte das Video gut verfolgen.

Wonnes Haustür. Schon wieder.

Es war nicht derselbe Film wie der, den ich bereits gesehen hatte. Die Lichtverhältnisse waren anders. Es war eine andere Tageszeit.

Die Kamera ging nah heran. Die Tür öffnete sich. Offenbar

drückte der Filmer dagegen. Oben hatte also jemand den Öffner bedient.

Die Kamera wanderte die Treppe hinauf.

Von einer plötzlichen Ahnung gepackt, drückte ich auf die Lautstärkeregelung an der Seite des Telefons. Die Schritte desjenigen, der die Kamera in der Hand hielt, wurden hörbar. Vor Wonnes Wohnungstür blieb der Filmer stehen. Ich wusste, was geschehen würde, bevor es zu sehen war.

Die Tür ging auf. Wonnes Gesicht erschien. Sie lächelte. Und wirkte überrascht. Aber nicht wegen der Person, die ihr gegenüberstand.

»Was soll denn das mit der Kamera?«, fragte sie belustigt.

Das Videofenster schloss sich. Der Film war zu Ende.

Die Worte hallten in mir nach wie Lichtreflexe, die immer noch da sind, nachdem man die Augen geschlossen hat.

Was soll denn das mit der Kamera?

Ich drückte noch mal auf den Link.

Keine Chance.

Sie kannte denjenigen, der sie da besucht hatte.

Oder war sie nur einfach höflich gewesen?

Was war geschehen, nachdem der Videofilmer die Kamera ausgestellt hatte?

Was genau wollte er mir mit der Aktion sagen?

War es Liebert?

Der Name flammte plötzlich in meinem Kopf auf. Er hatte die ganze Zeit mit Wonne zu tun gehabt, seit Tagen schon.

Wie von selbst drehten meine Hände den Zündschlüssel, wie von selbst gaben meine Füße Gas, und wie von selbst raste ich nach Bergisch Gladbach.

26

Wonnes Fiat stand auf dem Stellplatz, als ob gar nichts sei. Auf mein Klingeln kam jedoch keine Reaktion. Ich drückte mehrmals den Knopf neben dem Namen Lützenhagen. Ein Wunder geschah. Die alte Dame war von dem Besuch bei ihrem Sohn zurückgekehrt. Der Türöffner summte, und ich raste die Treppe hinauf.

»Ach, junger Mann«, sagte sie gemütlich, während meine Nerven flatterten und ich innerlich kämpfte, um Ruhe zu bewahren. »Sie sind der Freund von …« Sie sah mich stirnrunzelnd an, die hellblaue Häkeljacke über der weißen Bluse eng um ihren Oberkörper geschlungen.

»Rott. Sie kennen mich doch. Ich bin der Freund von Yvonne Freier.«

»Frau Freier, genau.«

»Sie hat Ihnen den Schlüssel für ihre Wohnung gegeben«, half ich der Dame auf die Sprünge. »Falls sie mal weg ist. Wegen der Blumen und so.«

»Ja, richtig.« Sie hob den Zeigefinger, machte aber keine Anstalten, in ihre Wohnung hineinzugehen und den Schlüssel zu holen. »Möchten Sie vielleicht einen Kaffee? Wissen Sie, ich war bei meinem Sohn in Stuttgart und habe welchen mitgebracht. Sie sind doch sicher so freundlich und holen uns unten beim Kamps ein bisschen Kuchen.«

Es war mir schleierhaft, wieso man Kaffee in Stuttgart kaufen musste, aber damit konnte ich mich jetzt nicht aufhalten. »Es tut mir leid, Frau Lützenhagen. Später vielleicht. Das heißt, ein anderes Mal. Ich habe sehr wenig Zeit, und Wonne, ich meine Frau Freier, hat mich dringend gebeten, was zu holen.«

»Ja, die jungen Leute haben es immer eilig. Ich weiß schon. Das ist so schade. Was machen Sie noch mal beruflich, junger Mann? Schreiben Sie auch für die Zeitungen?«

»Ach bitte, geben Sie mir doch den Schlüssel. Ich muss leider schnell wieder weg.«

»Aber Sie bringen ihn mir gleich zurück, ja?«
»Versprochen.«
»Mal sehen, wo ich ihn habe.«
Es vergingen fast vier Minuten, bis ich das glänzende Metallstück endlich in meinen Händen hielt. Sie kamen mir vor wie eine Ewigkeit.

Als Erstes fiel mir auf, dass Wonne ihre Wohnungstür nicht abgeschlossen, sondern nur zugezogen hatte. Das tat sie nie, wenn sie die Wohnung verließ.
»Wonne?«, rief ich hoffnungsvoll in den Flur. »Bist du da?«
Immer noch irrlichterte das Video in meinem Kopf herum. Dazu Wonnes Stimme.
Was soll denn das mit der Kamera?
»Hallo?«
In der Wohnung war es still.
Ich zog meine Pistole und durchsuchte mit erhobener Waffe die wenigen Räume, darauf gefasst, auf einen Eindringling oder auf eine verletzte Wonne zu treffen.
Zuletzt ging ich ins Bad.
Kein Mensch da. Die Wohnung war leer. Im Waschbecken lag etwas, das wie ein Thermometer aussah. Ich beachtete es nicht weiter.
»Wonne?«, rief ich immer wieder in die leere Wohnung, aber es hallte nur meine eigene Stimme zwischen den Wänden wider.
Dann sah ich das Blut.
Es war ein rötlicher Tropfen auf dem Boden in Wonnes winzigem Flur – gleich vor der Wohnungstür. Wie durch Zufall war ich nicht hineingetreten, so war der Fleck auf dem Kunststoff rund und unberührt. Er hatte etwa die Grüße eines Zehn-Cent-Stücks. Ich kniff die Augen zusammen und konnte erkennen, dass etwas entfernt davon noch weitere Spritzer waren. Viel kleiner. Als hätte jemand mit einer Nadel in den Fußboden gestochen.
Ich hockte mich hin, wischte darüber und rieb die Finger aneinander.

Es gab keinen Zweifel.

Mein Herz begann zu donnern. Ein hoher Singsang klang in meinen Ohren.

Ich riss mich zusammen, indem ich mir sagte, was ich tun musste. Weitere Spuren suchen.

Das brachte mich ins Bad zurück. Wieder sah ich das längliche Plastikding, das im Waschbecken lag. Es war leicht oval geformt, weiß-blau und hatte zwei winzige Fensterchen an der Seite. Daneben waren genau dieselben Fensterchen etwas kleiner aufgemalt. Darunter stand in winziger Schrift etwas geschrieben. Ich musste die Lampe über dem Waschbecken einschalten, damit ich es lesen konnte.

Ein Strich hieß »nicht schwanger«. Zwei Striche hieß »schwanger«.

Es waren deutlich zwei Striche zu sehen.

Der Ton in meinen Ohren wurde stärker. Plötzlich blieb mir die Luft weg, und ich sank auf den Wannenrand. Der Schwangerschaftstest verschwamm vor meinen Augen, und als ich wieder klar sehen konnte, bemerkte ich so etwas wie schmutzige Abdrücke. Sie kamen von dem Blut, das an meinen Fingern klebte.

Ich warf das Ding in das Waschbecken zurück, stürmte nach nebenan und rief die Polizei in Wuppertal an. Es dauerte quälend lange Minuten, bis ich Hauptkommissar Hückes am Apparat hatte.

»Ruft ein Detektiv bei der Polizei an«, rief er, nachdem ich durchgestellt worden war. »Sagt der Beamte: ›Das Sozialamt ist einen Stock tiefer.‹ Hahaha …«

»Meine Freundin ist verschwunden«, sagte ich, ohne seinen Blödsinn zu beachten.

Er stoppte sein Gelächter. »Wie, verschwunden?«

Ich berichtete ihm von den Mails, die ich erhalten hatte.

»Langsam, langsam«, sagte Hückes. »Der Entführer, also der *mutmaßliche* Entführer, hat Ihnen in Mails gedroht? Und Videos geschickt?«

»Nicht direkt gedroht. Aber Videos … ja, die hat er geschickt.«

»Nicht *direkt* gedroht? Also ja oder nein?«

»Es waren Rätsel. Er hat mir Rätsel geschickt. Und die Videos zeigten mich. Er muss so eine Art Stalker sein oder so was. Meine Freundin hat er auch gefilmt, und jetzt ist sie verschwunden.«

»Was für Rätsel meinen Sie?«

»Ich weiß es nicht. Sinnsprüche. Wirres Zeug. Aber die Videos sind ganz klar zu erkennen. Ich meine, es ist klar zu erkennen, dass ich da drauf bin. Und auf dem letzten sieht man, wie meine Freundin ihm die Haustür aufmacht. Die Lösung des Rätsels in dieser Mail war ›Liebe‹. Das spricht doch eine deutliche Sprache, oder nicht?« Ich hörte selbst, wie verzweifelt ich klang.

»Irgendwie schon. Könnte sein. Sagen Sie, das hat jetzt aber nichts mit dem Fall Paas zu tun, hoffe ich. Ich meine den Fall, in dem Sie nicht ermitteln. Der Sie nichts angeht, Rott. Das ist Sache der Polizei. Ich dachte, ich hätte mich da klar ausgedrückt.«

»Sicher, das haben Sie.« Die Videos und die Rätsel hatten nichts mit dem Fall Paas zu tun. Das sagte mir mein gesunder Menschenverstand. Ich hatte ja die Mail von dem Unbekannten früher erhalten als den Auftrag von Anja. Daran gab es nichts zu rütteln. Aber mein Gefühl sagte mir was anderes, und ich brachte die Sachen innerlich schon die ganze Zeit miteinander in Verbindung. Gab es irgendein Geheimnis, das die beiden Fälle verband?

Ich stand neben Wonnes Laptop, der auf dem Schreibtisch aufgeklappt war. Seitlich hatte sie eine Maus angeschlossen, und als ich sie berührte, wurde der Bildschirm hell. Genau wie vor einigen Tagen erschien die Webseite, die sie zuletzt besucht hatte. Die Seite mit den Brautkleidern.

Ein Kind, dachte ich.

Eine Hochzeit.

Wenigstens brauchte ich mich jetzt nicht mehr zu fragen, worüber Wonne mit mir reden wollte. Sie war schwanger. Und offensichtlich unschlüssig, ob sie bereit war, mit einem wie mir eine Familie zu gründen. Deswegen war sie so komisch gewesen.

Sie hatte Bedenkzeit gebraucht. Heute Morgen hatte sie mir ihren Entschluss mitteilen wollen. Und mich prompt mit einer Prostituierten angetroffen.

»Ich mache Ihnen einen Vorschlag, Rott«, sagte Hückes. »Sie kommen her und bringen die Videos mit. Wir schauen sie uns an. Es ist leider nicht so einfach, so was zur Anzeige zu bringen. Und auch dass Ihre Freundin verschwunden ist, heißt erst einmal nichts. Wie lange ist sie denn schon weg? Ich meine, wann haben Sie sie zuletzt gesehen?«

»Heute Morgen. Gegen halb zehn, glaube ich.«

»Das sind ja noch nicht mal zwölf Stunden. Aber wie gesagt, zeigen Sie mir mal die Filme. Ich würde sagen, wir arbeiten jetzt mal richtig zusammen. Auch im Fall Michaela Paas. Sie haben bestimmt was rausgekriegt, das auch wir …«

»Ich kann Ihnen die Videos nicht zeigen«, sagte ich fast tonlos. Die Resignation, die aus meiner Stimme sprach, erschreckte mich selbst.

»Aber Sie haben doch eben gesagt …«

»Wenn ich sie einmal gesehen habe, verschwinden sie. Das ist irgend so ein Internettrick.«

»Okay, okay. Um das noch mal zusammenzufassen: Ihre Freundin ist weg. Die Drohungen, die Sie damit in Zusammenhang bringen, haben Sie nicht. Es sind auch keine richtigen Drohungen, sondern einfach nur Aufnahmen, die aber außer Ihnen niemand gesehen hat? Und bei den Aufnahmen stand auch nichts dabei, was auf den Täter schließen lässt?«

»So ist es.«

Er redete weiter auf mich ein, aber ich konnte nicht mehr. Seine Stimme wurde zu einer formlosen Klangwolke. Ich legte einfach auf.

Liebert, dachte ich.

Er könnte der Letzte gewesen sein, der sie gesehen hat. Vielleicht hat sie ihm gesagt, wen sie treffen wollte.

Ich klickte die Seite auf dem Laptop weg. In Wonnes Adressdatei fand ich Lieberts Adresse. Remscheid, Stockder Straße. In Klammern stand eine andere, mit dem Vermerk »alt«. Sie befand sich in Solingen, im Schieferweg. Wonne hatte noch »Nähe Schaberger Bahnhof« dahintergeschrieben.

Ich durfte keine Zeit verlieren.

Wenn Solingen die alte Adresse war, hatte sie keine Bedeutung für mich. Ich hielt mich an die neue. Es stand keine Telefonnummer dabei. Aber es war mir sowieso lieber, direkt hinzufahren.

Ich verließ die Wohnung, zog die Tür zu und schloss ab. Bevor ich Frau Lützenhagen den Schlüssel zurückbrachte, klingelte ich noch bei allen anderen Mietern im Haus. Niemand öffnete. Ich versuchte, möglichst unauffällig aus der alten Dame herauszuholen, ob sie beobachtet hatte, wie Wonne das Haus verließ. Ob jemand bei ihr gewesen war.

Frau Lützenhagen senkte den Kopf und dachte tatsächlich mindestens eine halbe Minute lang nach.

Dann lächelte sie mich an. »Nein, junger Mann. Ich habe nichts gesehen. Ich habe nicht einmal mitbekommen, dass Frau Freier überhaupt weggegangen ist. Wo haben Sie denn den Kuchen? Der Kaffee ist gleich fertig.«

27

In einer Rechtskurve reihten sich vier der typischen, mit schwarzem Schiefer verkleideten Häuser aneinander, als hätte sich ein Vorstadtarchitekt überlegt, die Gegend wenigstens durch ein bisschen bergische Tradition aufzupeppen. Der Versuch war danebengegangen. Das Ensemble wirkte einfach nur trostlos.

Der Besitzer des letzten Gebäudes in der Kette war aus der Reihe getanzt. Er hatte sich einen niedrigen weißen Anbau genehmigt – mit Flachdach und einem großen Fenster zur Straße hin. Davor gab es zwischen Haus und Gehsteig Platz zum Parken. Hinter der Scheibe, die wahrscheinlich mal zu einem Laden gehört hatte, hingen die senkrechten Falten einer Gardine. Offensichtlich war der Bau bewohnt – der Hausnummer nach zu urteilen von Liebert.

Ich war gerade aus dem Golf gestiegen, da näherte sich mit röchelnden Geräuschen, als ob der Auspuff in Fetzen wäre, der alte Corsa, den ich schon kannte. Am Steuer saß der Expolizist. Er parkte ordentlich neben mir ein, schwang sich dann hinaus und kam zu mir. Wie bei unseren letzten Zusammentreffen trug er seine Kunstlederjacke, die zwischen blassem Blau und milchigem Grau changierende Jeans und No-Name-Schuhe.

»Rott«, sagte er, und sein Gesicht hellte sich auf, als würde er sich freuen. »Na, das ist eine Überraschung.«

»Tatsächlich?«

»Warum schon wieder so aggressiv? Hast du ein Problem? Ich will nichts von deiner Freundin. Fang nicht wieder Streit an.«

Ich deutete mit einer Kopfbewegung in Richtung des Eingangs neben dem breiten Fenster. »Ich muss mit dir reden«, sagte ich.

Er griff in die Tasche und holte seinen Tabaksbeutel heraus. »Hast du doch einen Job für mich? Das wäre gut, weißt du, mir geht's finanziell nicht so besonders.«

»Wohnst du hier?«, fragte ich.

»Bis ich was Besseres gefunden habe. Das Haus gehört einem Verwandten.«

»Gehen wir rein. Da redet es sich gemütlicher.«

Er begann, sich eine Zigarette zu drehen. Dabei war er die Ruhe selbst. »Finde ich nicht. Was es zu sagen gibt, können wir auch draußen klären. Ich habe nicht aufgeräumt.«

Von mir aus. Ich wusste zwar nicht, was das Spielchen sollte, aber ich hatte kein Interesse an seiner Wohnung.

Oder hielt er vielleicht Wonne darin gefangen?

»Wann hast du meine Freundin zuletzt gesehen?«, fragte ich.

»Warum willst du das wissen?«

»Antworte einfach, klar?«

»Das war an dem Abend, als wir uns alle getroffen haben.«

»Wir alle?«

Er hatte mit geschickten Fingern die Zigarette fertig gedreht, steckte sie in den Mund und holte ein Feuerzeug hervor. »Na, sie, du und ich. Wir drei.« Wegen der Zigarette nuschelte er leicht. »Vor ihrer Wohnung. Als du Stress mit ihr hattest. Vorgestern.«

»Und danach hast du sie nicht mehr gesehen?«

Er zündete den Glimmstängel an, rauchte, nahm ihn zwischen die Finger und machte eine entschuldigende Geste. »Nein.«

»Und mit ihr telefoniert?«

»Auch nicht. Ich habe seitdem nicht mit ihr gesprochen. Worum geht's denn eigentlich?«

»Sie wollte doch einen Artikel über dich schreiben. Über dich und deine Knastzeit. Hast du eine Ahnung, ob sie noch andere Leute kontaktiert hat, die im Gefängnis saßen? Hast du sie zu irgendwem geschickt? Hat sie irgendwas in der Richtung erwähnt? Dass sie andere Termine hat, meine ich.«

Er lehnte sich auf seinen Wagen. »Wonne ist der Typ Frau, der genau weiß, was er will«, sagte er. »Wirklich beeindruckend. Sie stellt sehr intelligente Fragen. Ich habe ihr beschrieben, wie es im Knast war. Und ich wollte mit ihr zu dem Kumpel in Overath, aber der ist gerade auf Malle. Toll, wenn man einen Job hat … Mit Urlaub und so. Fertig. Sonst gibt's nichts zu sagen von meiner Seite aus. Und jetzt sag du endlich mal, was eigentlich los ist.«

Seine Ruhe übertrug sich komischerweise auf mich. Sie hatte etwas Entwaffnendes.

»Sie ist verschwunden. Und sie ist nicht abgehauen, weil sie die Nase voll von mir hat. Ihr Wagen steht zu Hause vor der Tür. In ihrem Flur habe ich Blut gefunden. Sie geht nicht ans Telefon.«

Und sie ist schwanger. Außerdem schickt mir ein Irrer Videos, fügte ich innerlich hinzu. Ich sagte es aber nicht. Ich wollte nicht in das Fahrwasser von Merkwürdigkeiten kommen wie eben bei Hückes. Liebert wirkte jedoch in keiner Weise ungläubig. Er versuchte nicht einmal, das Ganze ins Lächerliche zu ziehen.

»Hast du die Polizei informiert?«, fragte er. »Meine ehemaligen Kollegen? Hückes?«

»Du kannst dir vorstellen, was er gesagt hat.«

»Ja, kann ich.« Er schmunzelte, nahm einen Zug, stieß den Rauch aus. »Verdammte Scheiße«, sagte er und nickte. »Das sieht wirklich schlecht aus. Ich würde dir gern helfen ...«

Es tat gut, dass mir endlich jemand zuhörte – und wenn es mitten auf der Stockder Straße in Remscheid war. Und auch wenn es Liebert war – ein Typ, zu dem ich eigentlich kein Vertrauen hatte. Keines haben durfte. Dessen eigene Frau seinem gezielten Schuss zum Opfer gefallen war.

Aber das war lange her. Liebert hatte seine Strafe abgebüßt und war resozialisiert. Doch war er wirklich ein anderer Mensch geworden? Was genau war in ihm vorgegangen, als er damals den Schuss abgegeben hatte? Konnte das, was damals in ihm in Gang gesetzt worden war, noch einmal passieren?

»Wie gesagt«, begann er wieder. »Ich habe schon mal mit dir darüber gesprochen. Ich könnte was für dich tun.«

Ich hörte seine Stimme wie durch einen Nebel. Nein, dachte ich. Du brauchst zwar Hilfe, aber Liebert wird es nicht sein. Und wenn er dir hier noch so nett zuhört.

»Hast du ein Telefon?«, fragte ich.

»Na sicher. Ich kann sofort loslegen. Ich habe alles, was benötigt wird. Ich habe mir sogar einen Computer angeschafft.«

Ich musste ihn wieder enttäuschen. Langsam holte ich eine Visitenkarte heraus und reichte sie ihm. Dabei sah er meine Pistole.

»Wenn sich Wonne bei dir meldet«, sagte ich und betonte jedes Wort, »oder wenn du auch nur die leiseste Idee hast, wo sie sein könnte, rufst du mich sofort an, klar?«

Er nahm die Karte, und seine Züge fielen in sich zusammen. Er wurde wieder zu dem geprügelten Hund. Zum gequälten Wesen, das an seinem Schicksal litt.

»Du machst einen Fehler, Rott.« Langsam zerknüllte er das Kärtchen und warf es auf die Straße. »Wenn man Hilfe angeboten bekommt, lehnt man sie nicht ab. Von niemandem, verstehst du? Was habe ich dir getan? Gibt es irgendeinen Grund, dass du mir nicht vertraust?«

»Du weißt, was du zu tun hast«, sagte ich und stieg in meinen Wagen.

Ich musste ein paar Sekunden warten, bis es eine Lücke im Verkehr gab und ich ausparken konnte. Als ich davonfuhr, stand Liebert immer noch vor seiner Unterkunft und sah mir nach. Ich betrachtete ihn im Rückspiegel, bis ich um die Kurve war und er verschwand.

Ohne nachzudenken, war ich in Richtung Bergisch Gladbach gefahren. Als ob mein Unterbewusstsein mir die Anweisung gegeben hätte, in Wonnes Wohnung zurückzukehren. Vielleicht würde ich dort noch andere Spuren finden. Adressen, die ich abklappern konnte.

Auf der Lenneper Straße, kurz vor der Autobahnabfahrt, klingelte mein Handy. Ich fuhr rechts ran.

Hoffentlich ist es Wonne, dachte ich.

Oder wenigstens Liebert.

Ich wühlte in meinen Taschen nach dem Telefon.

»Hallo Herr Rott, Dürscheid hier. Ich konnte an die Cloud herankommen.«

Es ekelte mich regelrecht, dass ich mich jetzt damit befassen musste.

»Verstehe. Und was für Daten sind dort gespeichert worden?«

»Es sind Audiodateien, aber meinem Eindruck nach ist nichts Besonderes darunter. Nichts Geheimnisvolles. Ich glaube, es sind Hörbücher. Dass eine Analphabetin Hörbücher speichert, passt doch. Sie hat so was sicher gern gehört.«

Hatte ich in der Wohnung Hörbücher oder CDs gesehen? Im Wohnzimmer war mir eine kleine Musikanlage aufgefallen, ich hatte sie aber nicht weiter beachtet. Egal – die Nachricht von Frau Dürscheid klang jedenfalls tatsächlich nicht so, als sei in den Daten etwas Sensationelles verborgen.

»Kann ich mir das irgendwie ansehen?«, fragte ich. »Oder anhören?«

»Wie gesagt: Ich maile Ihnen einen Link. Damit kommen Sie in das Verzeichnis. Sie können die Dateien dann von da auf Ihre eigene Festplatte kopieren.«

Ich dachte an die Videos. »Und das geht immer wieder? Ich meine, mehrmals?«

»Wieso fragen Sie das? Natürlich geht das immer wieder. Ich lasse das Cloud-Verzeichnis offen. Wenn Sie die Daten dort nicht mehr haben wollen, können Sie sie ja einfach löschen.«

»Alles klar. Vielen Dank.«

Ich drückte den roten Knopf und fuhr weiter. Nach ein paar Kilometern beschloss ich, nicht nach Bergisch Gladbach zu fahren, sondern nach Wuppertal. In mein Büro.

Ich ignorierte das schmutzige Geschirr, das noch immer vom Abendessen mit Cindy in meiner Küche stand. Und ich versuchte, auch Wonnes Korb auf dem Tisch nicht zu beachten. Er war nach wie vor unangetastet. Es war mir kaum möglich, ihn anzusehen, geschweige denn ihn zu berühren. So drückte ich mich an diesem Zeugnis der letzten Ereignisse vorbei, machte mir einen Kaffee und schmierte mir ein Brot mit Streichkäse.

Dann setzte ich mich an den Rechner.

Es gab keine weitere Mail von dem großen Unbekannten.

Aber die angekündigte Nachricht von Frau Dürscheid. Darin befand sich wie versprochen ein Link – genau wie bei den Videos.

Bevor ich draufklickte, lehnte ich mich zurück und überlegte. Die Sache könnte so ausgegangen sein, wie ich es vorausgesehen hatte. Wenn Michaela Paas also Material in der Cloud gehabt hatte, das Herrn Dürscheid belastete, wäre es möglich, dass seine Frau dieses Material beseitigt und durch die harmlosen Hörbücher ersetzt hatte. Einfach nur, um mir überhaupt irgendwelche Daten anzubieten. Niemand würde etwas anderes beweisen können. Und Herr Dürscheid bliebe unverdächtig.

Sollte ich an dem Fall weiterarbeiten, musste ich Anja fragen, ob Dürscheid Kunde in der Bambi-Bar gewesen war. So würde ich besser einschätzen können, ob Frau Dürscheid mir Daten vorenthielt. Aber auch wenn es eine Zeit gegeben hatte, in der er bei Anja ein und aus gegangen war, hieß das ja nichts.

Um die Sache zu Ende zu bringen, klickte ich den Link an.

Ich wurde auf eine Webseite weitergeleitet, auf der sich ein Verzeichnis mit den Dateien befand. Einige hatten Namen, aus denen ich nicht schlau wurde. Andere führten die Bezeichnung »Zwerg«: Zwerg1, Zwerg2, Zwerg3 und so weiter. Die Endungen zeigten an, dass es Audiodateien waren. Ich schaltete die Lautsprecher ein und öffnete Zwerg1. Eine weibliche Stimme ertönte. Sie klang jung und sprach wie in Gedanken vor sich hin. Aber sie las offensichtlich nichts ab, sondern sie erzählte etwas.

»Also, da ist dieser Zwerg. Der heißt Godo. Und der lebt im Bergischen Land. Das Bergische Land ist ja voller Geheimnisse. Hat mir jedenfalls Ingo erzählt. Da gibt's alte Mühlen und Stauseen, und früher hat es sogar mal Bergwerke gegeben, wo Eisenerz abgebaut wurde und so. Darum geht es. In den Bergwerken leben und arbeiten Zwerge, die sind klein und können sich deshalb in den unterirdischen Gängen gut bewegen. Und wie gesagt, einer heißt Godo, und er führt die Zwerge an. Ich denke, dass das Bergische Land so eine Welt sein sollte wie das Auenland im ›Herrn der Ringe‹. Hab ich im Kino gesehen. Alles ganz altertümlich. Burgen. Landschaft. Ach ja, und ich hab mir überlegt, es könnte auch Drachen geben. Die Zwerge müssen gegen die Drachen kämpfen, weil die Drachen ihnen die Reichtümer aus den Bergen klauen wollen. Die Zwerge brauchen Hilfe, aber woher sollen sie sie kriegen? Die nächste Stadt heißt Colonia, so hieß Köln ja früher, das hab ich mal im Fernsehen gesehen. Und in einer altertümlichen Welt wie der, in der diese Geschichte spielt, heißt sie eben auch Colonia. Von dort erhoffen sich die Zwerge Hilfe. Darum verlassen sie ihre Heimat. Godo führt sein Volk an. Es liegen viele Gefahren vor ihnen. Sie müssen da ja erst mal hinkommen. Dazwischen ist ja auch der Rhein, ein Riesenfluss. Der war in früherer Zeit sicher auch gefährlich und so ... Aber jetzt weiß ich erst mal nicht mehr weiter.«

Ich hatte die Stimme von Michaela Paas noch nie gehört, aber das musste sie sein – aufgenommen an ihrem Computer, mit dem Headset, das ich gesehen hatte.

Frau Dürscheid hatte keine Beweise gegen ihren Mann aus der Cloud gelöscht. Was ich hier hörte, ergab ein ganz anderes Bild. Denn die Geschichte, die Michaela Paas da so vor sich hin erzählte, kam mir verdammt bekannt vor. Das war die Story, die dem Buch von Rubina Hell zugrunde lag. Sogar der Name der Hauptfigur, Godo, war identisch. Michaela Paas erwähnte außerdem einen gewissen Ingo. Damit musste Büchmann gemeint sein.

Hatte Rubina Hell Michaela doch gekannt?

Die Autorin hatte das abgestritten.

Hatte sie gelogen? Und Michaela Paas von der Geschichte in ihrem Buch erzählt?

Aber warum hätte sie das tun sollen? Sie und ihr Agent setzten ja alles daran, dass niemand erfuhr, worum es in dem Roman genau ging, bevor er auf dem Markt war. Sie planten eine riesige Marketingkampagne.

Ich machte die zweite Datei auf. Wieder fing die Stimme an zu erzählen.

»Ich habe mir überlegt, dass die Drachen besser nicht die einzigen Feinde der Zwerge sind. Was sollen sie denn auch mit den Schätzen anfangen? Eigentlich gehören die Drachen also einem mächtigen Herrscher. Und der heißt Ktor. Er ist ein König. Und er will, dass die Zwerge all das Gold und die Edelsteine und so weiter *ihm* geben, damit er einen gewaltigen Krieg führen kann. Gegen die Stadt Colonia. Er muss Schiffe bauen. Dafür braucht er die Reichtümer. Als die Drachen die Zwerge immer weiter bedrängen, wird es eng für Godo und seine Getreuen. Sie müssen nach Colonia und dort Zuflucht suchen. Vielleicht kriegen sie auch raus, was Ktor vorhat, und wollen die Leute aus Köln, also Colonia, warnen. Da gibt's doch die Sage von den Heinzelmännchen, die in Köln leben und den Leuten nachts bei der Arbeit helfen. Das sind entfernte Verwandte von den Zwergen aus dem Bergischen Land, hab ich mir überlegt. Sie sind halt schon früher über den Rhein gewandert. Und könnten für Godo wichtige Verbündete sein. Der Anführer der Heinzelmännchen heißt … hmm, wie könnte der heißen? Ein kölscher Name wäre schön. Klaus? Oder Schmitzi? Vielleicht Jupp. Das überlege ich mir noch, okay? Jedenfalls haben die Zwerge aus dem Bergischen Land grüne Zipfelmützen, und die aus der Stadt haben rote. Okay, ich muss jetzt wieder erst mal nachdenken.«

Damit war auch diese Datei zu Ende. Ich klickte Nummer drei an.

»Wir wollten ja an der Stelle weitermachen, an der die Zwerge behaupten, sie könnten kein Gold mehr fördern, um Ktor nicht zu weiterem Reichtum zu verhelfen. Da spitzt sich die Lage zu. Godo und seine Getreuen werden jetzt zum Kampf gezwungen, und Ktor schickt seinen größten Drachen. Gegen den müssen sie kämpfen. Das ist aber schwer. Godo hat ja nur sein kleines Schwert, das übrigens auch aus der Schmiede von Siegfried stammt. Wir haben ja darüber gesprochen. Die Sache mit den Nibelungen. Ich finde das ziemlich kompliziert, aber so ein paar Ideen daraus könnte man verwenden. Also, jedenfalls … Godo kämpft gegen den Drachen, und er versucht, dem Drachen zu drohen. Er sagt, die Zwerge werden alle zusammenstehen und ihre Feinde besiegen. Doch so ein kleines Zwergenschwert ist natürlich nichts, was einem Drachen wirklich Angst einjagen kann. Und während Godo noch darüber nachdenkt, was er tun kann, da … hmm, Moment.«

Mittlerweile kam mir die Geschichte *sehr* bekannt vor.

Die Aufnahme war noch nicht zu Ende. Michaela Paas redete weiter.

»So, da bin ich wieder. Es geschieht etwas völlig Unerwartetes. Plötzlich erheben sich hinter einem Hügel Hunderte von roten Mützen. Das Heer der Heinzelmännchen aus Köln ist gekommen, um den Zwergen beizustehen. Sie haben den Rhein an der Stelle überquert, wo auch die Nibelungen hinübergelangt sind – auf den Kiesbänken, dort, wo heute Leverkusen liegt. Siehst du, da haben wir wieder was mit den Nibelungen. Und die Heinzelmännchen haben etwas mitgebracht. Schusswaffen, die sie der Stadtgarde von Köln gestohlen haben. Oder sagen wir, gemopst. Sie geben sie natürlich zurück, wenn sie heimkehren. Aber mit den Waffen sind sie stark. Und es kommt irgendwo in den Hügeln bei Altenberg oder bei Schloss Burg zum ersten großen Kampf in der Geschichte. Verstehst du? Das ist der erste große Höhepunkt in dem Buch.«

Aus. Die Datei war zu Ende.

Wahnsinn, dachte ich. Ich weiß, was in der Szene mit Godo passiert. Was das Unerwartete ist.

Mir war aufgefallen, dass Michaela Paas in den Aufzeichnungen jemanden direkt ansprach.

Ich brauchte nicht lange nachzudenken, um darauf zu kommen, wer das war.

Es war nicht so, dass Rubina Hell Michaela Paas die Geschichte erzählt hatte. Es war umgekehrt. Michaela Paas hatte sich die Geschichte ausgedacht, und Rubina Hell hatte ein Buch daraus gemacht.

Ihr Riesending, das demnächst erschien und um das so ein Publicity-Rummel gemacht wurde, stammte nicht von ihr, sondern von einer Analphabetin.

Die man dafür bezahlen konnte. Oder auch nicht.

Und die, wenn die Zahlungen nachließen, auf die Idee kommen könnte, eine Erpressung zu starten. Gegen die Person, die die Lorbeeren und jede Menge Geld einstrich. Die sich anschickte, eine Bestsellerautorin zu werden.

Ich beschäftigte mich noch mit den anderen Dateien. Auch

hier sprach Michaela Paas, aber es waren wesentlich kürzere Aufnahmen – stichwortartige Informationen, die sie festhalten wollte. Sie hatte zum Beispiel Ideen für Schauplätze in ihr Headset gesprochen: »Wie wärs mit einer alten Mühle? Oder Stauseen? Das ist doch spannend. Auf dem Grund eines Stausees liegt ein versunkenes Haus … Oder der Lüderich. Darüber kam heute was im Radio …«

Ein leises Glockensignal zeigte an, dass eine weitere Mail eingetroffen war.

Wieder von Frau Dürscheid.

»Falls es Sie interessiert: Ich habe noch eine kleine Information über den Cloud-Account von Frau Paas. Sie war nicht die Einzige, die darauf Zugriff hatte. Vor einem halben Jahr ungefähr wurden die Dateien auch öfter von jemandem genutzt, der sich unter dem Namen ReinhildK eingeloggt hat. Offenbar hat Frau Paas dann aber das Kennwort geändert, sodass das nicht mehr möglich war. Ich hoffe, die Information kann Ihnen weiterhelfen.«

ReinhildK hatte sich diese Dateien angehört.

ReinhildK war niemand anderes als Reinhild Kallenbach.

Und Reinhild Kallenbach war Rubina Hell.

28

Wie im Rausch fuhr ich nach Gruiten. Der Berufsverkehr hatte Feierabend gemacht. Der Abend brach herein. Hinter der dunstigen Wolkenschicht wurde es dunkel.

Unterwegs überlagerten sich vor meinem inneren Auge verschiedene Bilder auf eine Weise, die in mir das Adrenalin steigen ließ. Als wäre ich selbst Godo, der nur mit Hilfe seiner Verbündeten den Drachen besiegen konnte. Mein Drache hatte zwei Köpfe. Eigentlich waren es ja sogar zwei Drachen: Rubina Hell und ihr Lackel von Agent. Während die Scheinwerfer des Wagens den Asphalt in sich hineinzufressen schienen, liefen meine Gedanken Amok.

Wie hatte ich nur daran zweifeln können, dass die Mails und der Fall Michaela Paas zusammenhingen?

Warum wohl filmte man mich bei meinen Ermittlungen? Wenn es nur um Wonne gegangen wäre, hätte man auch nur sie gefilmt.

Welchen Sinn sollte diese Filmerei überhaupt haben, wenn nicht den, mich von dem Fall abzubringen?

Aber es ist keine Forderung eingegangen, sagte eine leise Stimme in meinem Kopf. Und du hast die erste Mail bekommen, bevor Anja dich beauftragte. Schon vergessen?

Na und?, schrie es in mir. Dann muss der- oder diejenige eben gewusst haben, dass Anja mich anrufen würde. Weil er oder sie wusste, dass Michaela Anjas Schwester war.

In meinen Hirnwindungen brauste und kochte es, sodass mir das Unwahrscheinliche an dieser Konstruktion nicht auffiel.

Wer von den beiden hatte es getan?

Wer hatte sie getötet?

Die Märchentante oder ihr Agent?

Immer wieder tastete ich nach meiner Beretta, die brav und vollgeladen in ihrem Holster ruhte.

Ich würde mich nicht auf irgendwelche Spielchen einlassen.

Wenn sie nicht innerhalb von Sekunden klein beigaben und mich zu Wonne brachten, würde ich bis zum Äußersten gehen und ihnen mit der Waffe drohen.

Das leise Stimmchen wollte mich warnen. Es versuchte, mir begreiflich zu machen, dass ich nichts in der Hand hatte. Ich wusste ja nicht einmal, wo sich Rubina Hell gerade befand. War sie überhaupt zu Hause? Und falls ja, wo war Severing?

Würden sie die Tat so bereitwillig zugeben? Die Zusammenarbeit mit Michaela Paas war nicht verboten. Man konnte sich immer damit rausreden, dass man sich irgendwie finanziell geeinigt hatte. Und wenn der Mord selbst nicht nachweisbar war, würde ich mit meiner Beretta in der Hand genauso dämlich dastehen wie vorher.

Ich brüllte innerlich alles nieder, was Einwände hatte, und raste weiter durch die Nacht.

Als ich ausstieg und die Wagengeräusche erstarben, verschwand auch das Toben in mir. Die plötzliche Stille erschlug mich. Kälte umfing mich.

Und Kälte herrschte auch in mir.

Der glänzende schwarze Wagen stand vor dem Haus.

Sehr gut.

Ich lief zum Eingang und drückte auf die Klingel, an der »Kallenbach« stand. Immer und immer wieder versenkte ich meinen Finger.

»Ja?«, quäkte endlich eine verzerrte Stimme aus dem Lautsprecher der Gegensprechanlage.

»Rott hier«, rief ich. »Ich habe frohe Botschaften für Frau Hell.«

»Gehen Sie«, tönte es zurück. »Und hören Sie mit dem Geklingel auf, sonst holen wir die Polizei.«

Holen *wir* – das klang schon mal gut. Es waren also mehrere Leute dadrin. Frau Hell war nicht allein.

Ich trainierte weiter meine Fingerkuppe.

»Haben Sie mich nicht verstanden?«, brüllte die Stimme wieder. »Das ist Ruhestörung. Hausfriedensbruch.«

Die Klingel befand sich ganz unten – unter einem Stapel von Namen wie Kohlhaas und Scherer. Rubina Hell bewohnte also das Erdgeschoss. Und wenn ich das richtig überblickte, gab es in jeder Etage nur eine einzige Partei.

Neben dem Haus war ein Grünstreifen von etwa drei Metern Breite. Davor ein Metallzaun. Ich sah mich kurz um und kletterte hinüber.

Als ich die Ecke erreichte und nach rechts blickte, fand ich beste Bedingungen vor. Eine Terrasse. Wo es die gab, gab es auch eine Tür. Möbel warteten unter Plastikabdeckungen auf den Frühling. Ein einsamer kahler Baum auf dem bräunlichen Gras ebenso.

In aller Seelenruhe packte ich die Beretta aus, lud sie durch und ging weiter. Ich gelangte an die Scheibe der Terrassentür. Dahinter sah ich zwei Gestalten, die sich, ineinander verschlungen, bewegten. Jetzt ist die Party zu Ende, dachte ich, trat einen Schritt vor, holte aus und schlug mit der Pistole das Glas ein. Dann stieg ich über die Scherben ins Zimmer.

»Frohe Botschaft für Frau Hell«, sagte ich noch mal.

Brüllende Hitze wallte mir entgegen. Vor mir erhoben sich zwei weiße Figuren von einem riesigen weißen Puschelteppich. Ich kannte solche Liegewiesen aus meiner Jugend. Flokati nannte man das. Die eine Gestalt schrie auf. Es war Rubina Hell – und sie war vollkommen nackt. Bevor ich das, was an ihr herumschwabbelte, näher in Augenschein nehmen konnte, war sie nach hinten geflohen. Severing trug blaue Boxershorts, aber keine Brille. Er starrte mich nur an. Ich musste den beiden vorkommen wie ein schwarzer Racheengel. Genau die richtige Einschätzung.

»Herkommen«, rief ich der bleichen Autorin hinterher. »Severing, Sie bleiben hier.« Ich hob drohend die Pistole. »Na los. Alle beide, schön in mein Blickfeld.«

Rubina Hell hatte irgendwo einen Bademantel aufgelesen und übergezogen. Ängstlich befolgte sie meine Anweisung und kam auf uns zu. Dabei tastete sie sich an einem dicht gefüllten Bücherregal entlang. Hinter mir fiel klirrend ein Rest des Fensterglases aus dem Rahmen.

Der Manager fand seine Sprache wieder. »Was wollen Sie von uns? Sind Sie verrückt geworden?« Er sank auf einen Stuhl.

»Tut mir ja furchtbar leid, dass ich Ihr Schäferstündchen stören muss«, sagte ich. »Aber ich wollte etwas bekannt geben. Tataa – Tusch, Trommel, Fanfare: Ich weiß, was in der Geschichte mit Godo passiert. Ist das nicht toll? Was sagen Sie dazu?«

Beide sahen mich völlig entgeistert an, ohne zu reagieren. Also redete ich weiter. »Die Heinzelmännchen aus Köln kommen und helfen ihm und seinen Getreuen im Kampf mit den Drachen. Und ich bin sicher, wenn die mitmischen, dann sieht Ktor ziemlich alt aus. Hab ich recht? Ha!«

Die Augen der beiden wurden größer. Hinter mir zog kalte Luft durch die kaputte Terrassentür in den Raum. Die Hitze wurde erträglicher.

»Das Rätsel ist gelöst. Hab ich jetzt was gewonnen, oder wie?«

»Bitte legen Sie die Waffe weg«, sagte Severing angestrengt, aber ruhig. »Wir tun alles, was Sie wollen. Es hat doch keinen Sinn, wenn jemandem etwas passiert.«

»Gut, dass Sie gerade davon sprechen«, erklärte ich. »Ich frage mich, was Michaela Paas dazu gesagt hätte. *Ihr* ist doch eine ganze Menge passiert, oder nicht?«

»Was meinen Sie denn damit?«, rief Rubina Hell und schüttelte den Kopf, als müsste sie sich die Darlegungen eines komplett Schwachsinnigen anhören.

»Ach, soll ich Ihnen das jetzt alles noch mal erklären? Ich hatte es Ihnen doch bereits mitgeteilt. Aber Sie scheinen es ja vergessen zu haben, da helfe ich Ihnen gern auf die Sprünge. Wissen Sie was, Frau Kallenbach, Hell oder wie auch immer Sie heißen? Sie lieben doch Märchen. Geschichten aus dem Bergischen Land. Ich spiele jetzt mal den Märchenonkel.«

Mir fiel auf, dass der Ort hier im Wohnzimmer etwas ungünstig war. Ich hatte die beiden nicht richtig unter Kontrolle.

»Sie haben doch sicher ein Bad?«, fragte ich.

»Was?«, rief Severing.

»Los, ins Badezimmer.« Ich fuchtelte mit der Beretta herum. »Schneller. Zack, zack. Dort gibt's dann die Märchenstunde.«

Ich trieb sie vor mir her in einen kleinen Flur. Im Vorbeigehen sah ich durch die offene Tür eines Arbeitszimmers einen Schreibtisch mit einem aufgeklappten silbernen Laptop für Obstfreunde darauf. Mit angebissenem Apfel als Logo.

»Bitte lassen Sie uns gehen«, rief Rubina Hell. »Wir haben Ihnen doch nichts getan!«

Sie versuchte, nach vorne zu preschen – zur Wohnungstür am Ende des Ganges. Es gelang mir, Severing, der direkt vor mir ging, seitlich in das Badezimmer zu schubsen und die Autorin am Handgelenk zu packen. Ich zog sie zu mir heran und schob sie dem Manager hinterher. Dabei begann sie, um Hilfe zu schreien. Ich drängelte mich mit hinein und drückte die Tür hinter mir zu.

»Stellt euch in die Dusche. Und keinen Mucks mehr.«

Sie gehorchten zitternd. Ich stand mit dem Rücken zur Tür, um so viel Abstand wie möglich zu ihnen zu haben.

»Erschießen Sie uns jetzt?«, flüsterte Rubina Hell.

Ich verzog meinen Mund zu einem Lächeln. »Erschießen? Es gibt erst mal eine Märchenstunde, schon vergessen? Wo war ich? Ach ja. Also, es war einmal ein armes Mädchen namens Michaela Paas. Das war aufgrund familiärer Probleme ins Abseits geraten und arbeitete als Nutte in einer Bar in Leichlingen. Das Mädchen wollte da raus. So versuchte es, einer anderen Tätigkeit nachzugehen. Putzen zum Beispiel. Aber das war auch nicht so ganz das Richtige. Denn das Mädchen hatte Phantasie. Es konnte sich ganz tolle Geschichten ausdenken. Über Zwerge im Bergischen Land zum Beispiel. Leider hatte das Mädchen ein Problem. Es konnte nämlich weder richtig lesen noch schreiben. Aber es lernte auf diese oder jene Weise eine Frau kennen, die genau das konnte – Bücher schreiben. Und es machte den Fehler, dieser Frau die Geschichten zu erzählen, die es sich ausgedacht hatte. Die Frau war nämlich eine böse Frau. Sie klaute dem Mädchen all seine Ideen und machte daraus ein Buch, das sehr erfolgreich werden würde. Einen Bestseller. Nur durfte natürlich niemand erfahren, dass die Geschichten in Wirklichkeit gar nicht von der bösen Frau stammten. Das musste geheim bleiben. Und so überlegten sich die böse Frau und ihr zwielichtiger Agent eines Tages …«

»Hören Sie auf«, rief Severing. »Wir haben verstanden.«

»Was verstanden?«, fragte ich. »Dass das gar kein Märchen ist, sondern die reine Wahrheit? Dass Michaela Paas die eigentliche Autorin Ihres ›Zwergs von Berg‹ ist, obwohl sie gar nicht schreiben konnte?«

»Wir haben sie dafür bezahlt«, sagte Rubina Hell. »Aber es reichte ihr nicht, wir …«

»Sag nichts, Reinhild … ich meine Rubina«, rief Severing. »Merkst du nicht, was hier läuft? Der will uns einen Mord anhängen. Aber wir haben Frau Paas nicht umgebracht.«

»Aber er muss doch wissen, wie es wirklich abgelaufen ist«, widersprach Rubina Hell. »Herr Rott, es war so: Michaela wollte immer mehr Geld – vor allem, als sie erfuhr, dass wir tatsächlich ein erfolgreiches Buch aus der Geschichte machen würden. Wir haben ihr daher angeboten, sie am Gewinn zu beteiligen. Wir haben sogar einen Vertrag aufgesetzt, aber sie konnte ihn ja nicht lesen. Und sie war so misstrauisch. Sie dachte, wir würden sie übers Ohr hauen. So hat sie ganz einfach immer wieder Bargeld verlangt. Sie hat nichts anderes akzeptiert. Glauben Sie uns doch. Bitte.«

»Wie haben Sie Michaela Paas kennengelernt?«, fragte ich.

»Rott«, meldete sich Severing zu Wort. »Lassen Sie es. Wir haben mit Michaela Paas' Tod nichts zu tun und gegen kein Gesetz verstoßen. Wir haben Ihnen gegenüber nur verschwiegen, dass wir etwas mit ihr zu tun hatten, weil es unserer Kampagne geschadet hätte, wenn das rausgekommen wäre. Ich habe Ihnen schon mal gesagt, dass wir sogar ein Alibi haben.«

»Dafür ist Ihr Motiv aber ziemlich eindeutig«, sagte ich. »Und so ein Alibi kann sich leicht in Luft auflösen.«

»Dann rufen Sie doch die Polizei. Wir haben kein Problem damit. Wissen Sie, was dann passieren wird? *Sie* werden eingebuchtet. Nicht wir. *Sie* sind hier einfach eingedrungen. Mit Waffengewalt. *Sie* haben die Scheibe kaputt gemacht. *Sie* bedrohen uns.«

Ich ließ mich nicht aus dem Konzept bringen. »Wie haben Sie Michaela Paas kennengelernt?«, wiederholte ich.

»Warum ist das so wichtig?«, schrie Severing. Er machte einen Schritt aus der Dusche, aber sofort hob ich die Waffe.

»Zurück«, rief ich. »Los. Beantworten Sie meine Frage.«

Er gehorchte. Doch es war Rubina Hell, die weitersprach.

»Ich war auf der Suche nach einer Putzfrau«, sagte sie. »Über eine Bekannte aus Solingen kam ich auf Michaela und engagierte sie. Wenn sie hier war, erzählte sie mir andauernd irgendwelche Geschichten. Und als sie mitbekam, dass ich Autorin bin, erzählte sie noch mehr. Irgendwann hat sie die Sachen, die ihr einfielen, aufgenommen und mir vorgespielt. Ich suchte gerade nach einem größeren Thema für ein Buch. Nachdem ich ja vorher nur Kurzgeschichten geschrieben hatte. Sie lieferte mir die Ideen. Und die waren wirklich gut. Ihr fiel eine Menge ein. Ich bezahlte Michaela dafür. Mit vierstelligen Summen. Als ich dann den Buchvertrag unterschrieben hatte, wollte sie mehr. Sie verlangte, als Mitautorin auf dem Cover genannt zu werden. Aber das war natürlich unmöglich, weil der Verlag ja gar nichts davon wusste. Als ich ihr das sagte, verlangte sie mehr Geld. Schließlich hat sie sogar gedroht, zur Presse zu gehen. Sie hat behauptet, eine Journalistin zu kennen, der sie alles erzählen würde. Wahrscheinlich hat sie es nicht getan, denn es wurde ja nichts darüber bekannt.«

»Sie ist nicht mehr dazu gekommen«, sagte ich. »Ich habe mit der Journalistin gesprochen. Sie kennen Sie übrigens auch. Es ist die Dame vom Radio, die Sie interviewt hat. Aber sie weiß von nichts.«

»So soll es auch bleiben«, schaltete sich Severing ein. »Haben Sie jetzt endlich genug?«

»Ich denke nicht.«

»Hören Sie«, er hob beschwichtigend die Hände. »Ein Vorschlag: Sie verschwinden. Dann reden wir nicht mehr darüber. Die Geschichte zwischen Michaela Paas und Rubina darf niemand erfahren. Wir haben hart dafür gearbeitet, dass das Buch ein Erfolg wird. Wir möchten nicht, dass es jetzt noch einen Skandal gibt.«

»Wo ist Yvonne?«

»Wer?«, fragte Rubina Hell.

»Meine Freundin. Yvonne Freier.«

Severing hob die Augenbrauen. »Ihre … Freundin?«

»Sie wurde entführt. Und ich will wissen, wo sie ist.«

»Aber …« Rubina Hell suchte nach Worten. »Das wissen wir nicht. Wir kennen Ihre Freundin doch gar nicht.«

»Sie haben Michaela Paas ermordet, und nun haben Sie es auf meine Freundin abgesehen, um mich zum Schweigen zu bringen.«

»Da läuft jetzt aber wirklich was aus dem Ruder«, sagte Severing. »Herr Rott …« Er sprach sehr leise und ganz langsam. »Weder Rubina noch ich haben jemanden ermordet. Und wir haben Ihre Freundin noch nie gesehen. Wir hatten, wie schon gesagt, ein geschäftliches Verhältnis zu Michaela Paas. Gewissermaßen. Das war es aber auch. Wir haben ihr nichts getan. Bitte glauben Sie uns.«

Ich sah die beiden an, und etwas Furchtbares geschah. Der aufgestaute Hass, der adrenalingetränkte Überschwang, mit dem ich hergekommen war – all das schrumpfte zur Größe eines Moleküls zusammen. Von irgendwoher brach sich die Überzeugung Bahn, dass die Sache mit den anonymen Mails nicht zu den beiden passte.

»Wie gesagt, wenn es gar nicht anders geht, können wir auch die Polizei holen«, sagte Severing. »Aber das muss doch nicht sein. Und ich sage es zum dritten Mal: Wir können ja sogar beweisen, dass wir nichts mit dem Mord zu tun haben.«

»Ach, tatsächlich?«, gab ich ernüchtert zurück. »Das sagen komischerweise alle.«

»Gut«, sagte Severing. »Ich würde sagen, wir führen uns jetzt mal wie normale Menschen auf, und Sie geben mir die Chance, Ihnen zu beweisen, dass wir unschuldig sind.«

Die beiden hatten ihre Angst augenscheinlich überwunden. Sie hofften jetzt nur noch, dass ich darauf einging.

»Lassen Sie mich rüber in Rubinas Arbeitszimmer gehen«, bat Severing. »Dort liegen die Unterlagen.«

»Was für Unterlagen?«

»Rubina hat an dem Tag, an dem Michaela Paas umkam, Unterricht in Kreativem Schreiben gegeben. In Wolfenbüttel.«

»Wolfenbüttel?«

»Dort gibt es die Bundesakademie für kulturelle Bildung. Ich weiß nicht, ob Ihnen das was sagt, aber …«

»Nein, das sagt mir nichts.«

Verdammt, dachte ich. Wenn sie das belegen können … Und es sah danach aus.

»Sie können es auch selbst nachprüfen«, sagte Severing. »Im Internet. Und mein Angebot gilt. Keine Polizei. Ich bitte Sie.«

Der Lauf der Beretta senkte sich wie von selbst. Vorsicht, dachte ich. Keine Schwäche zeigen. Das kann immer noch ein Trick sein. Ein kleiner Fehler, und sie überwältigen dich.

»Seien Sie fair, Herr Rott«, sagte Rubina Hell.

Ich ging rückwärts aus dem Bad, zog dabei den Schlüssel von innen ab und schloss die beiden ein. Dann nahm ich mein Handy und öffnete den Internetbrowser. Es dauerte eine Weile, bis ich gefunden hatte, was ich suchte. Ich blieb in dem kleinen Flur stehen. Einmal war mir so, als hörte ich aus dem Bad, wie jemand etwas sagte.

»Ganz ruhig bleiben«, rief ich. »Ich bin noch hier. Machen Sie keine Dummheiten.«

»Die größte Dummheit haben *Sie* gemacht«, rief Rubina Hell.

Ich kam auf die Seite der Bundesakademie. Es stimmte. Die Autorin hatte an zwei aufeinanderfolgenden Tagen einen Kurs geleitet. Titel: »Wie man einen verdammt guten Fantasy-Roman schreibt«. Sie war sicher nicht darauf eingegangen, wie das wirklich ging. Indem man nämlich jemanden fragte, der tatsächlich Phantasie besaß, und dann einfach aufschrieb, was derjenige sich ausdachte.

Der Workshop hatte an beiden Tagen aus je zwei Teilen bestanden. Rubina Hell hatte darüber doziert, wie man schrieb. Heiko Severing war auch dabei gewesen. Er hatte einen Vortrag über das Wesen des Buchgeschäfts gehalten. Und darüber, wie man mit Agenten und Verlagen zusammenarbeitete. Wie man Exposés verfasste. Wie man sich mit einem Projekt bewarb.

Ich surfte noch ein wenig, suchte nach den Kernwörtern und fand in verschiedenen Blogs sogar Kommentare von Teilnehmern zu dem Kurs.

Wie vom Donner gerührt stand ich da. Konnte das wirklich eine Sackgasse sein? Die Kälte von der kaputten Tür war bis hierher vorgedrungen.

»Hallo?«, rief Severing von drinnen. »Sind Sie noch da?«

Die Enttäuschung betäubte mich. Ich stand hier rum und vergeudete Zeit.

Wonne, wo bist du nur?

Wer hat dir was angetan?

Wenn alles in sich zusammensinkt, dachte ich, wenn alles nur ein Trugbild ist, dann ist Wonne vielleicht wieder zu Hause. Und alles ist ein Irrtum.

Ich holte ihre Nummer aus der Wiederwahlliste. Der AB ging ran. Es war unerträglich für mich, ihre Stimme zu hören.

Verdammt, verdammt, verdammt.

Jetzt wurde von innen gegen die Badezimmertür geschlagen. »Herr Rott. Lassen Sie uns raus. Bitte.«

Meine Wangen wurden heiß. Ich ging ein paar Schritte durch die Wohnung. Als ich mich dem Ausgang zur Terrasse näherte, knirschte es unter meinen Schuhen.

»Herr Rott? Hallo?«

Ich ging zurück in den kleinen Flur. Das Geld, das ich bei Michaela Paas gefunden hatte … Die Hälfte davon war noch da. Tausendfünfhundert Euro. Das musste reichen, um die kaputte Scheibe reparieren zu lassen. Ich kramte die Scheine hervor, bückte mich und schob sie unter der Tür durch.

Drinnen rumorte es. »Herr Rott, jetzt können Sie uns doch rauslassen«, rief Severing.

Auf dem Boden lag etwas Weißes. Ein Blatt Papier, das mir aus der Tasche gefallen war, als ich nach dem Geld gesucht hatte. Es waren die Adressen, die ich in Michaela Paas' Wohnung gefunden hatte.

»Herr Rott?«

Ich starrte auf den Zettel. Komisch. Diese Straße war mir doch heute schon mal untergekommen.

»Wie hießen die Leute aus Solingen, die Ihnen Michaela Paas als Putzfrau empfohlen hatten?«, fragte ich.

»Was?«, kam es von drinnen. »Bitte sprechen Sie lauter.«

Ich wiederholte meine Frage. Die unbeholfen hingemalten Buchstaben auf dem Blatt waren im Dunkel des Flurs schlecht zu erkennen. Aber ich wusste, was da stand.

»Heinrich«, sagte Rubina Hell. »Frau Heinrich hatte bei mir einen Kurs belegt, an der Volkshochschule, und …«

»Die Adresse? Wo wohnt sie?«

»In der Nähe vom Schaberger Bahnhof.«

Das durfte nicht wahr sein.

»Die Adresse«, wiederholte ich. »Los, sagen Sie schon. Wie heißt die Straße?«

»Herr Rott, das reicht jetzt«, rief Severing. »Lassen Sie uns raus.«

Doch Rubina Hell sprach weiter. Offenbar hatte sie verstanden, dass es mir um etwas Wichtiges ging.

»Die genaue Adresse weiß ich nicht mehr. Eine Seitenstraße der Schaberger. Ich bin nach dem Kurs mal bei ihr gewesen. Sie wissen doch, wo der Schaberger Bahnhof ist, oder?«

Oh ja, das wusste ich. Das wusste eigentlich jeder, der sich im Bergischen Land auskannte. Er lag oben auf dem Berg, oberhalb der Wupper direkt an der Müngstener Brücke, und war die letzte Station in Solingen, bevor die Bahnlinie das tiefe Tal über die gigantische Stahlkonstruktion in Richtung Remscheid überquerte.

»Warten Sie mal … Die Straße heißt Schieferweg, glaube ich. Aber was hat das denn mit Michaela zu tun? Bitte, Herr Rott …«

Vor meinem geistigen Auge tauchte ein Bild auf. Es zeigte das Display von Wonnes Laptop. Zu lesen war die Adressdatei, die ich aufgerufen hatte, als ich heute Mittag in ihrer Wohnung gewesen war. Liebert hatte zwei Einträge gehabt. Eine alte und eine neue Adresse. Die neue lautete Stockder Straße, Remscheid. Die alte Schieferweg, Solingen.

Liebert, daran erinnerte ich mich jetzt ganz genau, hatte bis zu dem Mord an seiner Frau im Schieferweg gewohnt.

Im Schieferweg hatte er seine Frau erschossen.

Und Michaela Paas hatte bei Leuten im Schieferweg geputzt. Sie hatte in Lieberts Nachbarschaft gearbeitet. Vielleicht sogar direkt im Haus nebenan.

»Und wie lange ist das her?«, rief ich ins Badezimmer. »Keine Sorge, das ist die letzte Frage«, fügte ich hinzu. »Dann verschwinde ich.«

Rubina Hell schien nachzudenken, denn es dauerte eine Weile, bis sie antwortete. »Fünf Jahre bestimmt. Vielleicht auch sechs.«

Ich drehte den Schlüssel um. Wandte mich dem Wohnzimmer zu. Ging über die knirschenden Glassplitter.

Und verließ durch die kaputte Terrassentür die Wohnung.

29

Es war schönste Tagesschauzeit, als ich in die Schaberger Straße einbog. Es gab also eine gute Chance, dass die Heinrichs zu Hause waren.

Ich hatte sie wie alle anderen auf der Liste angerufen. Aber sie hatten behauptet, der Name Michaela Paas sage ihnen nichts. In Zeiten, in denen der Staat illegal beschaffte Finanzdaten kaufte, war man natürlich vorsichtig, etwas zuzugeben, was auch nur im Entferntesten mit Schwarzarbeit in Zusammenhang gebracht werden konnte. Besonders im Telefongespräch mit einem Unbekannten.

Ich ließ den Wagen stehen und ging zu Fuß weiter. Im Schein der Straßenlampen passierte ich ein stilistisch vielfältiges Sammelsurium von Häusern. Da stand Fachwerk neben Fertigbau, mit Schiefer verkleidete Wände neben modernen Doppelhäusern. Dichte Hecken, zum Teil mit feinem Schnee bedeckt, verwehrten den Blick in die Vorgärten. Dann wieder öffneten sich seitlich enge Durchfahrten, denen man nicht sofort ansah, ob es private Wege waren, die zu zurückgesetzten Gebäuden führten, oder Verästelungen der offiziellen Straße. Je weiter ich kam, desto enger wurde das Ganze, und schließlich zweigte nach rechts der Schieferweg ab.

Weiter hinten wurde er zum Feldweg, der sich im Brachland verlor. Zur Schaberger Straße hin gab es jedoch ein paar Häuser. Ich verglich die Hausnummern und stand vor zwei Gebäuden, die einander ähnelten wie ein Ei dem anderen. Rechts hatte Liebert gewohnt.

Das war das Haus, das er mit seiner Frau bewohnt hatte. Und in dem sie umgekommen war. Allerdings nicht drinnen, sondern hinten auf der Terrasse.

Sie hatte aus einer wohlhabenden Familie eines Bauunternehmers gestammt. Und ein wenig von diesem Reichtum war auch in Lieberts Schoß gefallen, nicht zuletzt in Form dieses Hauses.

Hätte es das Drama nicht gegeben, er hätte ein glücklicher Mann sein können. Doch hinter den Kulissen lauerten Probleme. Der Schwiegervater hatte vom Ehemann seiner einzigen Tochter verlangt, dass er bei der Polizei Karriere machte. Liebert hatte diesen Druck nicht ausgehalten. So war es jedenfalls in der Gerichtsverhandlung dargestellt worden, über die damals alle Zeitungen berichteten. Der Bulle von Berg, einst ein Hoffnungsträger der Wuppertaler Kripo, hatte Eheprobleme, begann zu trinken und griff irgendwann im Laufe einer Auseinandersetzung mit seiner Frau zur Pistole.

Nach der Tat war er geflohen. Einer der Beamten, die nach ihm fahndeten, hatte sogar bei mir angerufen. Alle waren vollkommen geschockt gewesen über das, was in Lieberts Haus passiert war. Ich auch. Ich hatte ihnen einen Hinweis geben können. Ich wusste, dass Lieberts Schwiegervater noch eine Wohnung in Leverkusen besaß. Und auch, wo die Wohnung war, weil ich Liebert dort einmal getroffen hatte. Als sie ihn dort festnahmen, war er betrunken. Später ergab eine Untersuchung, dass er auch zu dem Zeitpunkt, als er den tödlichen Schuss abgab, ziemlich blau gewesen sein musste. Nachbarn hatten ausgesagt, dass es vorher bei Lieberts Streit gegeben hatte. Wieder mal.

Ich klingelte an der Tür des linken Hauses.

Hinter der Scheibe ging ein Licht an, und eine Silhouette näherte sich. Von irgendwoher drang Hundegebell zu mir nach draußen. Hoffentlich erwartete mich nicht so ein aggressiver Kläffer wie bei Büchmann.

Ein hochgewachsener älterer Mann öffnete mir. Ich war vorbereitet und hielt diesmal nicht meine Visitenkarte, sondern meinen Ausweis von der Vereinigung der Privatdetektive in der Hand.

»Ja bitte?«, sagte der Mann.

»Sie sind Herr Heinrich?«

»Ganz recht.«

Ich versuchte, mir meine brennende Ungeduld nicht anmerken zu lassen, als ich mein Sprüchlein aufsagte, dem zufolge ich für die Staatsanwaltschaft tätig war.

»Wir haben heute Morgen telefoniert«, fügte ich hinzu. »In dem Telefonat ging es um Michaela Paas, die bei Ihnen als Putzfrau tätig war.«

Ich sah ihm an, dass er sich erinnerte. »Ich habe Ihnen doch schon …«

»Wir haben Zeugen dafür, dass Frau Paas bei Ihnen gearbeitet hat«, schnitt ich ihm das Wort ab. »Aber keine Sorge, mich interessieren weder Schwarzarbeit noch Steuerhinterziehung. Es geht vielmehr um die Sache mit Ihrem ehemaligen Nachbarn.«

»Sie meinen Herrn Liebert?«

»Darf ich reinkommen?«

»Ich muss ohnehin eine Runde mit dem Hund gehen. Reden wir doch auf einem kleinen Spaziergang.«

Gut, dachte ich. Warum nicht?

Er kam mit einem Mischling mit langem, wie verschwitzt aussehendem grauen Fell zurück, der mir bis zu den Knien reichte und eifrig an mir herumschnupperte. Wir spazierten langsam in Richtung Schaberger Straße.

»Worum geht es denn nun?«, fragte er.

»Frau Paas hat bei Ihnen geputzt«, sagte ich. »Von wann bis wann war das?«

»Sie sagten, es ginge um Herrn Liebert. Was heißt das?«

»Ich kann es Ihnen nicht sagen. Bitte beantworten Sie meine Frage.«

»Ich muss überlegen … Sie kam zweimal die Woche. Meiner Frau ging es damals gesundheitlich nicht so gut. Es ist sicher fünf Jahre her. Ach ja, genau – jetzt fällt es mir wieder ein. Sie hat kurz nachdem nebenan der Mord geschehen ist, aufgehört.«

»Von sich aus?«

»Ich habe sie entlassen.«

»Und warum? War sie als Putzfrau nicht gut? Wollte sie zu viel Geld?«

»Komisch, dass Sie das fragen.«

»Warum?«

Wir hatten die Abzweigung der Straße erreicht. Heinrich ging nach rechts. Dort kam nach etwa zweihundert Metern eine Überführung über die Bahn. Dahinter führte der Weg zum Bahnhof, und man konnte durch den Wald den steilen Hang hinunter ins Tal spazieren.

»Weil Herr Liebert neulich bei mir war. Er hat ganz ähnliche Dinge gefragt.«

»Er hat sich nach Michaela Paas erkundigt?«

»Ja, ich hatte sogar einen Moment lang den Eindruck, dass die Polizei ihn wieder eingestellt hat. Er trat auf wie ein Ermittler.«

»Was wollte er wissen?«

»Er hat gewissermaßen den Nachmittag noch mal Revue passieren lassen. Also den Tag, an dem es passiert ist. Sie wissen schon. Als Frau Liebert umkam. Irgendwann wurde mir klar, dass er wohl doch kein Polizist mehr ist. Die können ja niemanden einstellen, der im Gefängnis gesessen hat. Er hat mir jedenfalls erzählt, dass er wegen guter Führung schon nach fünf Jahren rauskam. Er hatte sowieso Glück. Er wurde ja nicht wegen Mordes, sondern wegen Totschlags bestraft. Weil er laut Verteidigung schon bei der Tat unter Alkoholeinfluss gestanden hat. Man konnte ihm nicht nachweisen, dass er den Mord geplant hat. Wahrscheinlich war er sogar vermindert schuldfähig.«

Ja, daran erinnerte ich mich auch. Immer mehr Details kamen mir in den Sinn. Und gleichzeitig wuchs meine innere Beklommenheit.

Wir blieben stehen. Der Hund schnüffelte an einer Mauer und markierte sie schließlich. Doch dann hatte er immer noch keine Lust weiterzugehen. Heinrich hatte Geduld und drängte ihn nicht. Hinter den Fenstern des Hauses, an dem wir stehen geblieben waren, flackerte ein Fernseher.

»Also – Frau Paas hat bei Ihnen geputzt, und Sie haben sie rausgeschmissen. Warum denn nun??«

»Ich hatte den Eindruck, dass sie stahl. Ich konnte es nicht beweisen. Aber mir war so, als sei immer wieder mal offen herumliegendes Geld weggekommen. Ich war aber nicht der Einzige, der das glaubte. Frau Liebert glaubte es auch.«

»Sie meinen Herrn Lieberts Frau? Ihre Nachbarin?«

»Ja. Sie hat mir das kurz vor ihrem Tod gesagt.«

»Hat Frau Paas denn auch bei Ihren Nachbarn geputzt?«

»Nein. Aber Frau Liebert hatte Michaela Paas an dem Tag in ihrem Garten erwischt. Es war Sommer, die Türen waren offen. Unsere Häuser stehen ja direkt nebeneinander. Zwei Schritte, und man ist auf der Nachbarterrasse. Noch zwei Schritte, und man steht in einem fremden Wohnzimmer. Frau Paas hat sich rausgeredet. Sie hat behauptet, sie hätte im Nachbargarten eine bestimmte Pflanze gesehen und sich dafür interessiert. Wir haben ihr geglaubt.«

Wir gingen weiter. Ich überlegte. Herr Heinrich fragte mich nichts, er war die Geduld selbst.

»Haben Sie Michaela Paas eigentlich Frau Kallenbach als Putzfrau empfohlen? Frau Kallenbach ist die Schriftstellerin, bei der Ihre Frau einen Kurs gemacht hat. Sie sagt, sie sei durch Ihre Frau auf Michaela Paas gekommen. Aber Sie hatten doch gar kein Vertrauen zu ihr. Wenn Sie glaubten, dass sie stahl.«

»Daran kann ich mich nicht erinnern. Möglich, dass meine Frau mit Frau Kallenbach gesprochen hat, bevor wir den Verdacht hatten. Ich weiß es nicht mehr.«

Als wir wieder anhielten, warf ich ihm eine Feststellung hin: »Frau Liebert kam an einem Tag im Juli um.«

»Ja, so war es«, sagte Heinrich.

»War Frau Paas an diesem Tag auch bei Ihnen?«

»Ja, das war sie.«

»Das kam aber in der Gerichtsverhandlung nie zur Sprache, oder? Sie hätte doch vielleicht eine gute Zeugin abgegeben.« Wieder schien eine Erinnerung vom Himmel zu fallen. »Die eigentliche Tat«, fuhr ich fort, »hat ja niemand gesehen. Auf der Pistole fanden sich verschiedene Fingerabdrücke, nicht nur die von Liebert ...«

»Herr Rott, wir konnten doch den Behörden damals nicht sagen, dass wir schwarz eine Putzfrau beschäftigen. Es war ja auch nicht nötig. Es hatte den ganzen Nachmittag Streit bei den Lieberts gegeben. Furchtbares Geschrei. Die beiden hatten ernsthafte Eheprobleme. Liebert war in seinem Beruf völlig überfordert. Nach außen hin war er der tolle ›Bulle von Berg‹, wie ihn die Medien damals nannten. Aber er hatte schwer zu kämpfen. Er sollte ja beruflich eine ganz neue Richtung einschlagen und Chef von irgend so einer neuen Art von Verbrechensbekämpfung werden. Es war doch klar, was da drüben vor sich ging. Aber soll man sich da als Außenstehender einmischen? Das hätte keinen Zweck gehabt. Und dann war sie tot ... Liebert war eindeutig der Täter. Niemand musste erfahren, dass Frau Paas bei uns war. Sie war selbst sehr geschockt an dem Tag. Wir haben sie einfach nach Hause geschickt.«

»Könnte sie denn was gesehen haben?«

»Möglich wäre es. Aber wie gesagt. Das ist nicht wichtig.«

Die Informationen, die mir Heinrich mitteilte, schichteten sich in mir aufeinander. Vermischt mit meinen Erinnerungen an den Fall fühlte ich mich, als befände sich in meinem Kopf ein gewaltiges Tetris-Spiel. Lauter einzelne Klötzchen fielen in verschiedenen Formen herab, und ich musste sie zu schönen klaren Ebenen zusammenbauen.

»Computer«, sagte Heinrich.

»Was? Wie meinen Sie das?«

»Herr Liebert sollte Computerexperte der Kripo werden. Jetzt weiß ich es wieder. Er hat damals, bevor seine Frau umkam, viele Schulungen mitgemacht, war oft unterwegs – manchmal ganze Wochen lang.«

Zack, wieder war eine Schicht fertig.

Liebert ist Computerexperte.

»So«, sagte Heinrich und blieb stehen. Vor uns lag die Bahnlinie. »Manchmal sehe ich mir hier die vorbeifahrenden Züge an. Aber heute haben wir kein Glück damit. Die Brücke wird saniert. Vielleicht wird ja dabei das goldene Niet gefunden.«

Ich kannte die Geschichte vom goldenen Niet gut. Das lernte man hier in der Gegend im Heimatkundeunterricht. Angeblich war es 1897 bei der Fertigstellung der Brücke als Schlussstück eingebaut worden. Niemand wusste jedoch, wo es sich befand und ob es nicht sowieso eine Legende war. So etwas wie der Nibelungenschatz.

»Wegen der Arbeiten fahren gerade keine Bahnen über die

Brücke« sagte Heinrich. »Das macht es den Selbstmördern leichter.«

»Wieso sollte es ihnen das leichter machen?«

»Abgesehen davon, dass man völlig unbemerkt auf die Gleise gelangen kann, gibt's auf der Brücke jetzt eine Arbeitsplattform. Das ist wirklich eine unerfreuliche Sache.«

Mir war klar, dass er die Selbstmordrate und nicht die Bauarbeiten meinte.

»Kommen Sie, Herr Rott, gehen wir zurück.«

Mir fiel etwas ein. »Haben Sie neulich, als Herr Liebert bei Ihnen war, erwähnt, dass Frau Paas am Todestag seiner Frau bei Ihnen gearbeitet hat?«

»Ich glaube, er wollte irgendwie die alten Zeiten wieder aufleben lassen«, sagte er, ohne meine Frage direkt zu beantworten. »Er war am Anfang, bevor das alles passierte, eigentlich glücklich hier. Schon bevor er neulich bei mir war, ist er nach seiner Haftentlassung oft hier spazieren gegangen. Man kann ja herrlich durch den Wald runter zur Wupper gehen. Er liebt die Landschaft und den Brückenpark. Er ist auch ein großer Fan der Müngstener Brückenrätsel.«

»Was für Rätsel?« Diesmal war ich es, der stehen blieb.

Heinrich sah mich erstaunt an.

Auch der Hund schien sich zu wundern, warum wir nicht weitergingen.

»Kennen Sie die nicht? Sie wissen aber doch, dass es da unten den Brückenpark gibt, oder?«

»Schon. Und was hat es mit den Rätseln auf sich?«

Heinrich lächelte. »Es sind zehn Rätsel im Brückenpark verteilt. Sie stehen auf Metallplatten. Das ist so was wie eine Schnitzeljagd für Kinder. Eine Künstlerin hat das gestaltet. Sie heißt Ulrike Böhme.«

Mein ungutes Gefühl steigerte sich. »Sie meinen Rätsel, in denen Dinge umschrieben werden? Wie zum Beispiel die Zeit, das Glück, der Mut und so was?«

»Ja genau.«

Das Summen in meinen Ohren meldete sich wieder.

Wir waren an der Abzweigung der Schieferstraße angekommen.

»Wissen Sie nun alles, was Sie wissen wollten, Herr Rott?«

Ich riss mich zusammen. »Eines möchte ich noch mal klipp und klar hören. Haben Sie Herrn Liebert gesagt, dass Frau Paas bei Ihnen war an dem Tag, als Frau Liebert getötet wurde?«

»Ja, ich habe es ihm gesagt.«

»Wissen Sie, dass Frau Paas vor Kurzem selbst einem Mord zum Opfer fiel?«

»Nein. Wirklich? Das ist ja furchtbar.« Er wirkte ehrlich betroffen. Selbst wenn er etwas darüber in der Zeitung gelesen hatte: Dass es sich bei der Toten um seine ehemalige Putzfrau handelte, musste er nicht wissen. Michaela Paas' Name war ja nie veröffentlicht worden.

»Das heißt«, fügte er hinzu, »das ist der eigentliche Fall, in dem Sie ermitteln?«

»Ich denke, Sie haben mir darin weitergeholfen. Vielen Dank.«

Ich verabschiedete mich und eilte meinem Auto entgegen. Das Summen war stärker geworden. Meine Hände zitterten, als ich nach den Schlüsseln suchte. Ich tastete nach meiner Pistole. Alles war an seinem Platz.

Ich öffnete die Autotür, setzte mich hinter das Lenkrad und streckte die linke Hand aus, um neben mir zuzumachen. Die rechte Hand war schon dabei, den Zündschlüssel zu drehen. Ich zögerte einen Moment, weil das Lenkradschloss nicht gleich aufging, drehte noch einmal. Da kam ein Schatten auf mich zu. Etwas knallte. Der Schatten wurde größer und bekam blutige Fransen. Wieder krachte es an meinem Schädel. Ich merkte noch, wie ich zur Seite sank.

Und dann wusste ich nichts mehr.

30

Was soll denn das mit der Kamera?

Wonne sagte es wieder und wieder.

Was soll denn das mit der Kamera?

Ihre Stimme rauschte hallend wie ein Echo durch meinen Kopf.

Was soll denn das mit der Kamera?

Plötzlich herrschte Stille.

Meine Arme waren ausgebreitet, die Handgelenke irgendwo angebunden. So saß ich da. In meinem Kopf wummerte es.

Ein Feuerzeug flammte vor mir auf. Ganz kurz sah ich in der Dunkelheit ein Gesicht. Etwas knisterte leise, dann roch es nach Zigarettenrauch. Ich versuchte, mich zu bewegen. Die Folge war ein höllischer Schmerz, der von den Händen zu den Schultern hinaufzog. Weiße Schlieren erschienen vor meinen Augen.

»Na, wieder wach?«, erkundigte sich Liebert. »Hat ja lange genug gedauert.«

Ich wollte sprechen, aber es kam nur ein Krächzen.

Die Zigarette glühte auf, als er daran zog. Dann wurde der Qualm unerträglich, und ich musste husten.

»Du rauchst nicht mehr, hatte ich vergessen. Sorry. Moment.«

Er machte eine Bewegung, und auf einmal ging das Licht im Armaturenbrett meines Wagens an. Ich sah die Tachobeleuchtung und die hell unterlegten Knöpfe. Etwas summte. Liebert hatte das Seitenfenster ein Stück nach unten gefahren. Er saß auf dem Beifahrersitz. Ich befand mich auf der Rückbank. Meine Arme waren links und rechts an die Haltegriffe oberhalb der Türen gefesselt.

»Jetzt muss ich es aber wieder dunkel machen«, sagte er. »Sonst sieht uns noch jemand. Obwohl ich nicht glaube, dass hier um diese Zeit jemand vorbeikommt.«

Er drehte den Schlüssel, und das Licht erlosch.

Hinter den schwarzen Scheiben gab es nichts als Finsternis.

In einem Wohngebiet waren wir nicht. Liebert musste den Golf irgendwo hingefahren haben, wo es einsam war.

»Wo ist Wonne?«, fragte ich mühsam.

»Der geht's gut. Ich glaube allerdings, dass das nach unserer Unterhaltung nicht mehr lange so bleibt.«

»Liebert, was soll das denn alles? Lassen Sie uns in Ruhe. Sie haben Ihre Rache gehabt. Darum ging es doch, oder? Weil Michaela Paas ... das heißt, ich nehme an, dass sie ...«

Er sprach ganz ruhig, als er mich unterbrach. »Was habe ich? Was sagst du da?« Langsam nahm er einen Zug von der Zigarette. Sein Gesicht war unsichtbar, aber ich war sicher, dass sein Blick auf mir ruhte. Sein gequälter Hundeblick. »Du enttäuschst mich, Rott. Waren wir nicht beim Du?«

Ich zerrte an meinen Fesseln. Einen Moment lang hatte ich das Gefühl, ich könnte mich aus den Dingern befreien, wenn ich nur lange genug daran zog. Und es hinnahm, mir die Haut abzuschaben. Alles, was ich erntete, waren weitere Schmerzen.

»Verdammt, lassen Sie ... lass Wonne in Ruhe. Sie hat dir nichts getan.«

»Ich dachte, du hättest inzwischen begriffen, worum es hier geht, Rott. Aber wie ich sehe, stehst du immer noch auf dem Schlauch. Natürlich hat sie mir nichts getan. Sondern du.«

»Ich? Und was soll das gewesen sein?«

»Erinnerst du dich nicht? Damals – meine Festnahme?«

Doch, ich erinnerte mich.

»Ich hatte mich in unsere Wohnung in Leverkusen geflüchtet«, sagte er. »Mir ging's richtig dreckig. Keine drei Stunden zuvor hatte ich Natalie tot im Wohnzimmer entdeckt. Kannst du dir vorstellen, was das heißt? Nein, das kannst du nicht. Noch nicht. Wird sich bald ändern.« Er machte eine kurze Pause. Rauchte. »Ich habe meine Kollegen angerufen, total panisch natürlich, aber als die kamen, wollten die *mich* festnehmen. Dabei hatte ich doch gar nichts getan. Die dachten, *ich* hätte geschossen. Gut, vieles sprach gegen mich. Es war ja meine Pistole gewesen, und Natalie und ich hatten Stress. Mein Job machte mich fertig. Mein Schwiegervater wollte, dass ich so schnell wie möglich befördert werde. Der dachte an gar nichts anderes. Natalie zuliebe hängte ich mich rein. Lernte. Machte Weiterbildungen. Wurde im IT-Bereich ausgebildet. Als ob mich das interessiert hätte! Ich wäre lieber im Morddezernat geblieben. Das war mein Ding. Als Mordermittler kannte man mich. ›Der Bulle von Berg‹, schrieben die Zeitungen. Weißt du noch? Das war so ein richtiger Ehrentitel …«

Liebert redete, und das war gut. Solange er hier bei mir blieb, tat er Wonne nichts, wo auch immer sie war. Wenn das, was er sagte, stimmte. Aber auf seine Art wirkte er fast vernünftig.

»Der ›Bulle von Berg‹«, sinnierte er weiter. »Aus dem wollten sie einen Bürohengst machen. Stell dir das vor. Wahnsinn. Hatte ich das etwa verdient?«

»Dafür kann ich nichts«, rief ich. »Liebert, ich habe deine Karriere nicht zerstört. Und ich kann auch nichts für den Tod deiner Frau.«

»Nein. Aber du hast mich daran gehindert herauszufinden, wer sie umgebracht hat. Du hast mich den Kollegen ausgeliefert. Ich hatte mich gerade in die Leverkusener Wohnung gerettet, von der kaum einer was wusste – nur mein Schwiegervater natürlich, denn dem gehörte sie ja. Und da gibst du den Kollegen den entscheidenden Tipp.«

»Habe *ich* dich festgenommen? Kann *ich* was dafür, dass du dich in Mordverdacht gebracht hast?«

»Wer denn sonst?«

»Der Richter? Der Staatsanwalt? Mensch, Liebert. Es war doch nicht ich, der dich in den Knast gebracht hat.«

»Du hast mich den Kollegen verraten. Und du bist sogar persönlich nach Leverkusen gekommen. Ich habe dich gebeten, mich abhauen zu lassen. Erinnerst du dich? Denk nach, Rott. Erinnerst du dich denn nicht?« Er nahm einen letzten Zug und schnippte die Zigarette nach draußen.

Doch, doch, natürlich erinnerte ich mich. Nachdem ich mit den Kripoleuten gesprochen hatte, war ich zu der Adresse vorgefahren. Ich hatte ihnen einen Gefallen tun wollen, damit ich bei denen später mal was guthatte. So was ist wichtig für einen

Privatdetektiv. Ich weiß noch, wie ich an dem gesichtslosen Wohnblock in Alkenrath ankam.

In den Gärten roch es nach Rauch. Es war ein warmer Sommer, die Leute grillten. Irgendwer machte mir die Haustür auf, ich rannte nach oben, hämmerte an die Wohnungstür. Erst meldete er sich nicht, dann hörte ich drinnen ein Geräusch, und er rief irgendwas. Es gelang mir, ihm klarzumachen, dass ich allein war. Ich brachte ihn dazu, mir die Tür zu öffnen. Die Wohnung war unbewohnt und vollkommen leer. Liebert saß heulend an einer Wand auf dem Laminatfußboden, eine Schnapsflasche in der Hand. Bei der späteren Ermittlung kam heraus, dass er sie unterwegs an einem Büdchen gekauft hatte.

»Du warst total besoffen«, sagte ich. »Du hättest keine drei Minuten vor deinen Kollegen fliehen können.«

»Ich habe dich gebeten, mich gehen zu lassen.«

Offenbar wollte er seinen damaligen Totalausfall nicht mehr wahrhaben.

»Jahrelang habe ich auf die Gelegenheit zur Rache gewartet. Und nun ist sie da. Zuerst war Natalies Mörderin dran. Und jetzt kommst du.«

»Du willst mich umbringen? Warum tust du es dann nicht? Ich habe sogar eine Pistole dabei.«

»Der Tod kommt sehr schnell, Rott. Zu schnell. Ich habe da eine bessere Idee.«

Ich ahnte, was er vorhatte. Und wenn er das Auto verließ und ich mich bis dahin nicht befreit hatte, um ihn zu überwältigen, hatte ich verloren. Weiterreden, dachte ich. Zeit gewinnen.

»Michaela Paas war auch sehr schnell tot«, sagte ich. »Ihr hast du es leicht gemacht.« So genau wusste ich das gar nicht. Egal.

»Ja, das stimmt, aber man kann es sich manchmal nicht aussuchen.«

»Bist du eigentlich wirklich sicher, dass sie deine Frau getötet hat?«

»Sie hat es selbst zugegeben. Du kannst dir nicht vorstellen, wie schwer es war, jahrelang still zu sitzen und darauf zu warten, endlich den wahren Schuldigen ermitteln zu können. So oft denkst du, das kommt nie mehr raus. Es vergeht viel zu viel Zeit. Aber ich riss mich zusammen. Hoffte. Bangte. Hoffte wieder. Ich erreichte, dass ich wegen guter Führung früher rauskam. Und ich begann sofort mit meinen Ermittlungen. Schließlich war es dann gar nicht so schwer. Ich habe herausgefunden, dass Michaela Paas nebenan bei den Heinrichs gearbeitet hat. Ich ermittelte ihre Vorgeschichte. Ich wusste, dass sie zum Klauen neigte, und mir fiel wieder ein, dass Natalie mal gesagt hatte, sie sei in unserem Garten gewesen. Und habe sich seltsam verhalten. Also traf ich sie, um aus ihr herauszukitzeln, was wirklich geschehen war.«

»Das klingt, als hättest du bei dem Geständnis etwas nachgeholfen.«

»Wofür hältst du mich? Ich wollte die Wahrheit herausfinden. Nicht mehr, aber auch nicht weniger. Sie kam mir fast froh vor, dass sie es jemandem erzählen konnte. Aus ihrer Sicht war es ein Unfall. Sie war drüben bei uns gewesen, wie ich es mir gedacht hatte. Natalie hat sie ertappt. Die Paas bekam die Pistole in die Hand. Es gab Gerangel. Die Waffe ging los.«

»Die Pistole lag so offen herum? Hast du sie da hingelegt? Durchgeladen und entsichert? Wer ist denn so blöd?«

»Ja«, rief Liebert gereizt. »Ja, das war blöd. Superblöd sogar. Ich war eine Stunde vorher nach Hause gekommen und hab das Ding einfach irgendwo hingelegt. Ich hab die Pistole einfach vergessen. Dann bin ich rauf ins Schlafzimmer. Ich war irre müde. Natalie kam mir nach und verwickelte mich in eines dieser anstrengenden Gespräche. Wir sollten am Abend bei ihrem Vater sein, der eine Grillparty schmiss. Ich war die ganze Nacht auf den Beinen gewesen, und am nächsten Tag würde wieder eines dieser dämlichen Computerseminare anfangen. Nie hatte ich Ruhe. Wir bekamen Streit.«

»Das haben die Nachbarn auch gesagt.«

»Ich schmiss die Schlafzimmertür zu. Natalie ging. Danach habe ich sie nicht mehr lebend gesehen. Ich blieb liegen, döste. Irgendwann gab's einen Knall, ich schreckte auf, war eingeschlafen. Ich fand sie unten … Michaela Paas hat vielleicht sogar die Pistole selbst klauen wollen.«

»Du musst den Mord an ihr von langer Hand geplant haben. Du bist extra bei Büchmann eingebrochen, hast das Schwert gestohlen …«

»Ich musste ja irgendwie von mir ablenken. Der Spinner kam mir gerade recht.« Etwas raschelte. Er begann wieder, sich eine Zigarette zu drehen. »Und dann habe ich beobachtet, wie du dich an dem Fall abarbeitest. Heutzutage kann man ja viel machen. Handyüberwachung ist zum Beispiel ganz was Feines. Dein Telefon hat mir fast immer gesagt, wo du gerade warst. Außer, der Akku war leer. Aber in der Zeit habe ich dich eben einfach so verfolgt. Ist ja auch kein Hexenwerk. Einmal wäre ich beinah so weit gewesen, die Sache schon vorher durchzuziehen.«

»Was meinst du damit?«

»Da gingen die Nerven mit mir durch. Als du in Büchmanns Versteck warst. Ich bin auch da gewesen. Ich dachte, ich könnte noch was mitgehen lassen, um es so drehen, dass er wieder verdächtigt wird. Irgendein Indiz, das ich irgendwo hinterlassen könnte. Und in dem Moment kommst du da rein. Ich hab da wirklich die Gewalt über mich verloren. Statt abzuhauen, habe ich dich angegriffen. Ich kriegte mich gerade noch ein, als Büchmann reinplatzte. Damit war er aus dem Schneider. Aber das war ohnehin nur eine Sicherheitsmaßnahme gewesen. Mir blieb ja noch deine Yvonne. Die konnte ich leicht für mich interessieren. Sie kommt schnell mit Leuten in Kontakt. Wir haben gemeinsam den Plan mit der Story über Exknackis ausgetüftelt. Wunderbare Sache. So konnte ich an ihr dranbleiben. Ganz offiziell. Und an dir.« Das Feuerzeug schnickte. Die Flamme beleuchtete Lieberts Gesicht. Die Falten darin wirkten jetzt härter.

»Sie ist schwanger«, sagte ich.

»Weiß ich. War Natalie übrigens auch. Das kam im Prozess nicht so deutlich raus. Und sonst wusste es keiner. Ein toller Zufall, meinst du nicht?«

»Liebert, tu ihr nichts«, rief ich. »Es hat doch sowieso keinen Zweck. Willst du denn zurück in den Knast?«

Was redete ich denn da? Den Knast würde man ihm sowieso

nicht ersparen können. Auch wenn er Wonne nichts tat. Für den Mord an Michaela Paas war er bereits fällig.

»Rede, so viel du willst«, sagte er. »Ich muss jetzt leider.« Er öffnete die Tür. Kalte Luft kam herein.

Wie konnte ich ihn aufhalten? Gar nicht. Ich zog an meinen Fesseln. Es war nutzlos.

»Ich gehe nicht wieder ins Gefängnis, Rott. Das wäre nicht gerecht. Und ich sorge für Gerechtigkeit. Du weißt doch: Ich bin der ›Bulle von Berg‹.«

»Ich dachte, das ist jetzt Hückes«, rief ich.

»Witzbold Hückes, ja. Das war überhaupt die Krönung, dass er aus mir eine Karnevalsfigur gemacht hat. Aber der hat nichts anderes. Den muss man lassen. Bis dann, Rott.«

»Ja!«, schrie ich. »Bis dann, wenn du wieder im Knast sitzt.«

»Komm an die Brücke«, sagte er ruhig. »Die Rätsel hast du ja gelöst. Vielleicht sehen wir uns da ja noch.«

Damit zog er den Autoschlüssel ab, stieg aus und knallte die Tür zu. Das rote Pünktchen seiner Zigarette wurde immer kleiner und verschwand in der Dunkelheit.

31

Stille und Dunkelheit. Dicht und so eng, als müsste ich daran ersticken. Und ein einziger Gedanke.

Der geht jetzt irgendwohin und bringt Wonne um.

Damit du dasselbe erlebst wie er.

Liebert hatte zum Fesseln meiner Handgelenke so etwas wie Wäscheleine verwendet. Die Schnüre besaßen eine glatte Kunststoffoberfläche. Wenn ich zog, hatte ich das Gefühl, nach und nach ein wenig Spiel zu bekommen.

Immer nur Bruchteile von Millimetern.

Sehr langsam. Und sehr schmerzhaft.

Was sollte das bedeuten, dass wir uns vielleicht noch sehen würden, wenn ich zur Brücke kam?

Ich ahnte es. Doch dann würde alles endgültig zu spät sein.

Ich zog und zog. Gleichzeitig grübelte ich darüber nach, ob es einen Hinweis gab, der mir sagen konnte, wo er Wonne versteckt hielt. Und wie ich es schaffen konnte, vor ihm dort zu sein.

Außen zermarterte ich meine Handgelenke und meine Arme.

Innen mein Gehirn.

Mit den Händen kam ich langsam weiter.

Mit dem Denken gar nicht.

Das Schlimme war, dass die quälend lange Zeit, die meine Befreiungsversuche dauerten, mir immer wieder einhämmerte, dass ohnehin alles zu spät war. Dass er Wonne längst erwischt hatte. Dass sie gerade erschossen irgendwo lag. Ob sie als Letztes an mich gedacht hatte? Oder an ihr Kind?

Unser Kind.

Ich biss die Zähne zusammen. Meine Hände fühlten sich an, als würde sie jemand in kochendes Wasser tauchen.

Ich schwitzte. Der Schweiß machte meine Haut ein klein wenig rutschig. Ein Hoffnungsschimmer.

Ich zerrte weiter.

32

Im ersten Morgengrauen taumelte ich aus dem Wagen.

Nach endlosen Stunden war es mir endlich gelungen, die linke Hand zu befreien. Dann hatte es noch mal sehr lange gedauert, bis ich den Knoten auf der anderen Seite gelöst hatte. Ein furchtbares Geduldspiel für einen Rechtshänder.

Meine Hände bluteten und brannten entsetzlich.

Wo war ich?

Ein großer Platz aus platt gefahrenem Schlamm.

Ein Schild, das ich von meiner Position im Auto aus nicht hatte sehen können.

»Fußweg zum Brückenpark Müngsten«.

Darunter ein Pfeil.

Mit tauben Beinen lief ich los. Zuerst war es mehr ein Torkeln, aber ich biss die Zähne zusammen, kämpfte mich weiter.

Ich kam an einer Metallplatte vorbei, auf der das zehnte Rätsel geschrieben stand.

Sie sitzt dir im Nacken. Sie lässt dich schwitzen. Sie kann dich lähmen. Aber sie verleiht dir auch Flügel!

Flügel, bat ich innerlich. Bitte Flügel.

Das andere hatte ich schon.

Es war, als würde die Sonne durch eine fahle Staubschicht gefiltert. Da kam der Müngstener Brückenweg. Mein Atem rasselte laut. Erst jetzt merkte ich, dass meine Pistole nicht im Holster war. Liebert hatte sie natürlich mitgenommen.

Für Wonne.

Sie sollte durch eine Kugel aus *meiner* Waffe sterben.

So wie Lieberts Frau Natalie durch einen Schuss aus *seiner* Waffe gestorben war.

Vorbei an der still daliegenden Schmiede, den Metallfiguren.

Dem Brückenbogen entgegen, der mir jetzt wie ein riesiges aufgesperrtes Maul vorkam.

»Komm an die Brücke«, hatte Liebert gesagt.

Hier war ich nun. Was jetzt?

Als ich fast genau unter dem Stahlgerüst stand, sah ich etwas Unförmiges auf dem Boden liegen.

Es sah aus wie ein dunkler Haufen Äste oder Altkleider, umgeben von Nässe. Doch dann sah ich einen Schuh, ein furchtbar verdrehtes Bein, eingehüllt in verwaschenen Jeansstoff. Darüber einen helleren Fleck. Das bräunliche Kunstleder von Lieberts Jacke.

Ich blieb stehen und starrte an, was von ihm übrig geblieben war. Alle Geräusche wurden überlagert durch ein immer stärker werdendes Wummern in meinen Ohren, durch das nach und nach ein Ruf drang.

»Remi!«

Ich drehte mich um.

Aus der Richtung von Haus Müngsten kam eine Gestalt auf mich zugelaufen. Es war eine Frau. Schlank. Dunkles, kurzes Haar. Stiefel. Mantel. Sie kam rasch näher. Und sie hatte eine Pistole in der Hand. Meine Beretta.

Erst als sie fast vor mir stand, erkannte ich Anja. Sie trug eine Perücke, die ich noch nicht an ihr gesehen hatte.

Mit Entsetzen sah sie auf Lieberts Leiche.

»Er … er hat es tatsächlich getan«, stammelte sie. »Scheiße.« Dann sah sie mich an und schwieg. Sie hielt die Pistole gesenkt. »Was hat er mit dir gemacht?«, fragte sie und betrachtete meine blutigen Hände.

»Wo ist Wonne?«, fragte ich. »Wieso hast du meine Pistole?« Die eigenartige Taubheit, die mich seit meiner Befreiung aus dem Auto befallen hatte, verschwand und machte Aggression Platz. »Was hast du überhaupt hier zu suchen?«, schrie ich. »Hast du mit dem da unter einer Decke gesteckt?«

»Beruhige dich, Remi. Wir müssen die Polizei holen.«

In einem Anfall von verzweifelter Wut warf ich mich gegen sie und entriss ihr die Waffe. »Ja, die Polizei holen. Das können wir. Aber erst will ich wissen, was mit Wonne ist. Ist sie tot? Wo ist sie?«

Jetzt hatte ich die Beretta in der Hand. Ich ging einen Schritt zurück, zielte in den Himmel und schoss. Der Knall hallte durch das enge Tal und schreckte einige Krähen auf, die zu zetern begannen.

»Der nächste Schuss ist für dich, wenn du nicht sofort redest.«

Anja erstarrte. »Hast du dein Auto da?«, fragte sie.

»Du sollst reden!«

»Ich sage ja alles, aber wir brauchen ein Auto.«

»Heißt das, du kannst mich zu Wonne bringen?«

»Ja, das heißt es.«

»Also los.«

Ich dachte in diesem Moment gar nicht daran, dass Liebert ja den Autoschlüssel mitgenommen hatte – und dass er wahrscheinlich in seiner Tasche steckte. In dem grauenhaften Bündel …

Ich trieb sie vor mir her und wagte gar nicht mehr zu fragen, ob Wonne noch lebte. Liebert hatte viele Stunden Zeit gehabt, seinen Plan zu vollenden. Was hätte ihn daran hindern sollen?

»Du hast mit Liebert zusammengearbeitet«, sagte ich, um mich von dem Gedanken abzulenken. »Wieso?«

»Remi, ich habe auch nicht alles gewusst. Er hat nur gesagt, dass er herausfinden will, wer Michaela umgebracht hat. Er sagte, es wäre gut, wenn sich ein Detektiv der Sache annehmen würde. Er selbst wollte aber nicht in Erscheinung treten.«

»Du hast freiwillig mit einem Mörder zusammengearbeitet?«

»Ich wusste, dass er im Knast war. Aber dass er Michaela umgebracht hat, weiß ich erst seit heute Nacht.«

»Sie war nicht deine Schwester.«

»Nein, war sie nicht. Ich hab gelogen. Du solltest glauben, dass ich wirklich an der Aufklärung ihres Todes interessiert bin.«

»Und das Geld?«

»Das hat sie mir tatsächlich gegeben. Ich fand ja, das allein sollte reichen, um der Sache nachzugehen. Aber du wolltest ja unbedingt einen triftigen Grund hören, als ich dir den Auftrag gab. Da musste ich das mit der Schwester eben erfinden.«

Liebert war wirklich raffiniert gewesen. Er hatte Michaela Paas' Vergangenheit genutzt. Außerdem meine alte Bekanntschaft mit Anja. Wonnes Beruf. Meine notorische Geldknappheit.

Wir hasteten weiter.

»Was ist mit Wonne passiert?«, fragte ich.

»Nachdem du gestern bei mir warst und mir erzählt hast, dass du in Michaelas Wohnung warst, habe ich Liebert angerufen, um ihm das zu sagen. Mir wurde auf einmal klar, dass da irgendwas nicht stimmt. Dass er selbst in die Sache verwickelt ist. Und dass er mit dir eine Rechnung offen hat. Heute Nacht, ziemlich spät, so gegen vier, kam er dann an und wollte mit mir reden. Mich beschwichtigen. Ich sah, dass er deine Pistole dabeihatte. Da wusste ich, dass es gegen dich geht. Ich habe ihn reingebeten, ihn abgelenkt und seinen Wagen untersucht. Ich dachte, er hat dich geschnappt oder so was. Aber im Kofferraum lag eine Frau.«

Tot, dachte ich panisch. Wonne liegt tot im Kofferraum des Corsa.

»Sie war gefesselt. Ich befreite sie. Sie sagte, sie hieße Yvonne und sei deine Freundin. Da kam Liebert auf den Parkplatz. Es gelang uns, ihn zu überwältigen. Ich schnappte mir die Pistole, aber er konnte abhauen. Er hat Wonne den ganzen Plan erzählt, was er mit dir vorhatte und dass er Michaela getötet hat und so weiter. Sie sagte, dass er sich wahrscheinlich umbringen würde. An der Brücke. Also bin ich zum Schaberger Bahnhof gefahren und dann hier runtergelaufen. Den ganzen Weg durch den Wald. Aber ich kam zu spät.«

»Du kamst zu spät«, sagte ich, als wäre ich ein Echo.

Wir hatten die Stelle erreicht, wo es unter der Hauptstraße hindurch zum Parkplatz ging. Es war jetzt schon viel heller geworden. Anja hielt an.

»Was ist?«, fragte ich.

»Ich glaube, du verstehst noch nicht ganz. Wonne lebt«, erklärte sie. »Und es geht ihr gut.«

Ich wollte mich nicht täuschen lassen. »Anja, verarsch mich nicht. Wenn dem so wäre, warum hast du sie dann nicht mitgebracht?«

»Ich bin einfach losgefahren, Liebert hinterher. Wonne ist im Club geblieben.«

»Und das soll ich dir glauben? Dass sie im Club sitzt und Däumchen dreht?«

»Lass uns hinfahren.«

»Ich glaube, du lügst. Wonne würde entweder selbst herkommen oder die Polizei anrufen. Und die müsste dann längst hier …«

Ich schwieg, weil ich etwas gehört hatte.

Ein Martinshorn ertönte. Es kam von weit her und näherte sich schnell.

Kaum dass ich meine Verblüffung überwunden hatte, kam ein Streifenwagen herangeprescht, bog quietschend in den Brückenweg ein und raste auf uns zu. Als er uns erreicht hatte, stoppte er. Die Türen gingen auf. Zwei Polizisten stiegen aus.

»Sie sind verletzt«, sagte der eine. Der andere beugte sich in den Wagen und griff zum Funkgerät.

Ich beachtete die beiden nicht weiter, denn eine der hinteren Türen öffnete sich.

Wonne stieg aus – lebendig und unverletzt.

Da war sie.

Warf sich in meine Arme.

Küsste mich.

»Remi, ich bin …«, flüsterte sie, als wir endlich dazu kamen, Atem zu holen. »Wir kriegen ein …«

»Ich weiß«, sagte ich.

Und dann war es, als würde schon wieder die Nacht hereinbrechen. Um mich herum gingen die Lichter aus.

Epilog

Als ich meinen kleinen Schwächeanfall überwunden hatte, konnte ich endlich mit Wonne reden.

Sie machte mir klar, was ich mir schon gedacht hatte. Es war ihr schwergefallen, sich nach dem Feststellen der Schwangerschaft eine Zukunft mit mir vorzustellen. Sie war, was das betraf, so unsicher gewesen, dass sie sich von mir zurückzog.

Als sie ihre Bedenken das erste Mal überwunden hatte, hatte sie mich mit Cindy in meiner Wohnung angetroffen.

Beim zweiten Mal kam sie nicht mehr dazu, sich mit mir in Verbindung zu setzen, denn da hatte Liebert sie geschnappt.

Wie gut, dass wir jetzt endlich dazu kamen zu reden.

Und das taten wir. Den ganzen Tag, die ganze Nacht. Manchmal unterbrochen durch andere Dinge. Ja, das – und intensive Urlaubsplanung. In Wonnes Wohnung. An ihrem Laptop. Und als wir schließlich so weit waren, dass wir online Teneriffa für zwei Personen gebucht hatten und ich auf die Bestätigungsmail wartete – um sie auszudrucken und als Quell der täglichen Vorfreude an die Wand zu pinnen –, da rauschten noch andere Mails herein.

Eine davon war von Liebert.

Er hatte mir noch die letzte Nachricht geschickt. Das zehnte Rätsel, das noch fehlte.

»Auftrag für Herrn Remigius Rott

Sie sitzt dir im Nacken. Sie lässt dich schwitzen. Sie kann dich lähmen. Aber sie verleiht dir auch Flügel.«

Ich kannte es ja schon.

Und ich kannte auch die Lösung.

Ein Video war nicht dabei.

Dank

Mein Dank für die Hilfen bei der Vorbereitung dieses Buches gilt: Michael Bauer-Brandes und seiner Frau Monika Brandes, die ich bei der Recherche an der Müngstener Brücke kennenlernte und die mir erlaubten, ihre schöne »Eventschmiede« im Schaltkotten in den Kriminalroman einzubauen. Außerdem danke ich der Firma inch-media für die fachliche Beratung in Computerfragen und meiner Frau Claudia für die geduldige erste Korrektur des Manuskripts. Marit Obsen war mir wieder eine scharfsinnige Lektorin.

Die Rätsel aus dem Müngstener Brückenpark sind wie beschrieben Teil eines sehenswerten großen Gesamtkonzepts von Ulrike Böhme.

Die Theorie, dass die Nibelungensage zum Teil im Bergischen Land spielt, stammt nicht von mir. Wichtige, für mich sehr inspirierende Bücher dazu schrieben Heinz Ritter-Schaumburg (»Die Nibelungen zogen nordwärts«, Reichl Verlag, von mir genutzte 3. Auflage 2007) und Harry Böseke (»Sagenhafte Irrtümer«, ah! Erlebnis Verlag Frank Ahlert, von mir genutzte 1. Auflage 2006).

O. B.

Oliver Buslau
BERGISCH SAMBA
Broschur, 256 Seiten
ISBN 978-3-89705-326-7

»Spannend, solide und sauber geschrieben. Zu empfehlen.«
Westdeutsche Zeitung

»Ein reines Lesevergnügen.« Bergisches Handelsblatt

Oliver Buslau
NEANDERMORD
Broschur, 240 Seiten
ISBN 978-3-89705-565-0

»Buslau verbindet sympathisch gezeichnetes bergisches Lokalkolorit mit der Figur eines geradezu vertraut wirkenden Mittvierzigers – vom Leben immer leicht überfordert, aber hartnäckig und dickköpfig für zehn.« WDR 4, Buchtipp

»Alles, was Rott-Fans lieben: Spannung, griffige Charaktere und reichlich Lokalkolorit.« Westdeutsche Zeitung

www.emons-verlag.de

Oliver Buslau

ALTENBERGER REQUIEM

Broschur, 288 Seiten

ISBN 978-3-89705-812-5

»Wenn der Kölner Autor Oliver Buslau den Wuppertaler Privatdetektiv Remigius Rott auf Verbrecherjagd schickt, darf der Leser sicher sein, dass er neben einer spannenden Kriminalgeschichte auch eine wunderbare Reise durchs Bergische Land bekommt.«

Rheinische Post

»Ein Heimatkrimi für den sonnigen Nachmittag im Garten.«

Bergische Landeszeitung

»Liebevoll und mit viel Humor präsentiert Buslau den Lesern seinen sympathischen Helden, der sich durch das Leben schlägt und lässig auf seine Schwächen pfeift, bis ihn die Liebe zur Strecke bringt.«

Westdeutsche Zeitung

www.emons-verlag.de

Oliver Buslau

DAS GIFT DER ENGEL

Broschur, 336 Seiten

ISBN 978-3-89705-480-6

»Spannend und gut geschrieben. Zu empfehlen vor allem auch für Liebhaber von klassischer Musik.« Kirchenzeitung für das Erzbistum Köln

»Nicht ohne den ihm eigenen Humor entwickelt Buslau eine raffiniert erzählte Geschichte mit Rückblenden, viel interessantem Wissen zur klassischen Musik und brillant entworfenen dramatis personae. Vielleicht sein bisher bester Roman.« Musenblätter.de

www.emons-verlag.de

Oliver Buslau

DER VAMPIR VON MELATEN

Broschur, 336 Seiten

ISBN 978-3-89705-669-5

»Buslaus von reizvollen musikalischen Anspielungen durchdrungene Schauermär belebt das Vampir-Genre auf überraschend frische und originelle Weise. Eine Fortsetzung scheint zwingend erforderlich!« Kölner Stadt-Anzeiger, Magazin

www.emons-verlag.de

OLIVER BUSLAU
Schatten über Sanssouci
HISTORISCHER KRIMINALROMAN
emons:

Oliver Buslau
RHEINSTEIGMORD
Broschur, 224 Seiten
ISBN 978-3-95451-062-7

»Auch diesmal bleibt Buslau seinem Ansatz treu, einen unterhaltsamen Krimi mit historischen Geschehnissen aus der Region anzureichern. Ein kurzweiliges Lesevergnügen.« Ksta

»Ausgezeichnet recherchiert.« Mein Rheinland